SONIA LAREDO

DAS GLÜCK DER WORTE

SONIA LAREDO

DAS GLÜCK DER WORTE

ROMAN

Aus dem
Spanischen von
Anja Rüdiger

Deutsche Verlags-Anstalt

In freudvollem Gedenken an meine Freunde,
die Gebrüder Jacob und Wilhelm Grimm.
Nicht zu vergessen Hans Christian Andersen.

Words, words, words …

William Shakespeare

Dein Leben sei wie ein offenes Buch.

Auguste Comte

Der Mensch ist wie ein Buch: Die Gestaltung des Umschlags ist die Geburt; die Widmung ist die Taufe; die Anmerkungen für den Leser sind das Schreien und Klagen; der Inhalt ist die Kindheit; das Thema ist das Leben und Handeln; die Druckfehler sind die Irrtümer und Verbrechen; die Korrekturen sind die Reue.

Charles Fitzgeoffrey

ICH erinnere mich noch gut an den Tag, an dem ich als sehr kleines Mädchen lesen lernte. Es war ein magisches Ereignis. Niemals werde ich die Aufregung vergessen, die ich empfand, als die Buchstaben auf einmal vor meinen Augen einen Sinn ergaben. Nur einen Moment zuvor waren sie mir noch wie kleine Tiere erschienen, die sich in der Erde versteckten, damit niemand sie sehen konnte, und kurz darauf erwachten sie zum Leben und waren in der Lage, der Welt einen Sinn zu geben, sie zu strukturieren.

Als Erwachsene habe ich mir die Freude, die ich damals empfand, oft ins Gedächtnis gerufen, wobei es mir absolut nachvollziehbar erschien, dass die ersten literarischen Texte religiösen oder wissenschaftlichen Inhalts waren. Denn zu schreiben ist eine Liturgie, ein Glaube und eine ganz besondere Wissenschaft. Das Lesen ist jedoch noch viel mehr. Und so wurde ich zu einer Leserin, die sich immer wieder aufs Neue von dem, was auf dem Papier steht, beeindrucken lässt, zu einer treuen Anhängerin jener ehrwürdigen Zeichen, zu einer Spezialistin dessen, was anderen aus der Feder floss.

Und sobald ich in der Lage war, flüssig zu lesen, erlag ich der Macht guter Geschichten.

Hoffnungslos.

Im Laufe meines Lebens haben mir die Bücher schon das ein oder andere Mal das Leben gerettet. Die Schriftsteller, tot oder lebendig, wurden zu meinen engsten Freunden und haben mich niemals im Stich gelassen, haben mir leise ihre Geschichten eingeflüstert, haben mit mir gesprochen, wenn sonst niemand da war, von ihren Herzen zu meinem Herzen, das so oft gebrochen war. Durch sie bin ich von dieser tödlichen Krankheit namens Einsamkeit verschont geblieben, die so viele Menschen erfasst, die sich außerstande sehen, Tag um Tag ihr Leben mit sich selbst zu verbringen, die keine in ihren Büchern ewig lebenden Freunde haben, wie es bei mir der Fall war und immer noch ist.

Mein ganzes Leben über haben mich die Bücher vor dem Absturz bewahrt, vor der Depression, der Isolation und sogar vor dem Wahnsinn. Daher konnte ich mir gut vorstellen, dass sie mich auch vor dem Bankrott und der Armut retten würden, sollte es einmal dazu kommen. Und das tat es.

DIE ARBEIT

Es geschah an einem ungewöhnlich strahlenden Frühjahrsmorgen in Madrid, nachdem es der Stadt gelungen war, sich, dank einiger überraschender erfrischender und belebender nächtlicher Regenfälle, von der grauen Smogschicht zu befreien.

Ich war Lektorin von Beruf, und die Lage war nicht gut – die Verkaufszahlen waren dramatisch gesunken, in einigen Fällen bis zu fünfzig Prozent, denn die Rezession wütete gnadenlos. Alle hatten darunter zu leiden, vom Bäcker über den Betonbauer bis zum Friseur der Königin.

Es war kein angenehmer Tag.

Seit vier Jahren arbeitete ich unter einem enormen Druck. Manche Leute denken, ein Lektor, der Bücher verkaufen will, übe Verrat am reinen Wesen der Kunst – es gibt tatsächlich Menschen, die noch immer an diesem Vorurteil festhalten. Ich kenne Leute, die, um ihre absurde These zu untermauern, Bücher grundsätzlich nicht kaufen, sondern stehlen.

Einer dieser Buchkleptomanen, der als junger Mann vor Jahrzehnten in Paris lebte, hat mir mal gestanden, dass es ihm und einigen Kommilitonen gelungen ist, einen wunderbaren Pariser Buchhändler zu ruinieren, der sie alle bei sich aufgenommen und sie mit seiner Freundschaft, Kaffee und anregender Konversation versorgt hatte. Sie plünderten diese Buchhandlung systematisch aus, wobei sie ihre Taten vor sich selbst damit entschuldigten, dass es obszön sei, Bücher zu verkaufen, und dass der arme Buchhändler nicht nur sehr reich sein müsse, sondern es wahrlich verdient habe, bestohlen zu werden.

Als wären Bücher keine Güter. Natürlich sind sie besonders erlesene und wertvolle Güter, aber auch eine Ware, die, wenn sie nicht genügend Käufer findet, in den Regalen verrottet, leise dahinscheidet und verhindert, dass neue Bücher verlegt werden, die die Bildung, das Wissen und überhaupt den Reichtum eines Landes und der ganzen Welt steigern.

Ich erhielt also Druck von oben, Erfolge vorzuweisen, damit das Buchverlegen sich lohnte. Aber die Geschäfte gingen alles andere als gut, und an Tagen wie jenem hatte man den Eindruck, dass die gesamte Verlagsstruktur unter der herrschenden Spannung zu zerbrechen drohte.

Manchmal, wenn es mir zu viel wurde, schloss ich die Tür meines Büros und erlaubte mir ein paar Minuten – nur ganz wenige Minuten – der Ruhe. Dann schloss ich auch die Augen und versuchte, meinen Kopf freizubekommen, ihn von allen Emotionen zu lösen, ihn zu leeren wie ein mit Gerümpel vollgestopftes Zimmer.

Aber es war nutzlos.

Wie ich da am Schreibtisch saß, den Kopf in die Hände gestützt, muss ich ausgesehen haben wie eine Figur auf den Kachelbildern in der Altstadt von Madrid: mit einer Gesichtshaut aus gelben und indigoblauen Kacheln, die Augen zwei Rechtecke aus glasiertem Ton, in die jemand vor vielen Jahren mit Mangan die Umrisse eingezeichnet hatte. Das Bild einer traurigen, gestressten Frau, durch eine schwarze Linie von allen anderen getrennt, in der für die Bilder typischen Cuerda-Seca-Technik.

Plötzlich klingelte das Telefon. Ich schreckte auf und strich mir das Haar aus der Stirn, versuchte eilig, mich ein wenig zurechtzumachen, als könnte der Anrufer mich sehen. Ich war mir sicher, dass es sich um schlechte Nachrichten handelte. Seit einer Weile hatte ich nur noch schlechte Nachrichten erhalten. Das war wohl ein Zeichen der Zeit.

In diesem Fall waren die schlechten Nachrichten am Ende gute Nachrichten, aber es musste erst einiges passieren, bis sie zu Letzteren wurden.

Es war mein Chef. Er wollte mich zum Essen einladen, am selben Tag noch. Mir war nicht klar, was diese Eile sollte. Auch wenn das Ende der Welt drohte, musste man doch nichts überstürzen. »Ich bin heute leider mit einer wichtigen Autorin zum Mittagessen verabredet. Ein Termin, der schon seit Wochen feststeht.«

»Sagen Sie ab. Ich erwarte Sie um zwei im Restaurant Casa Botín in der Calle Cuchilleros«, entgegnete er.

Der Ton seiner Stimme war von einer falschen Entspanntheit, mit einer Nuance, die zugleich Mäßigung und Besessenheit suggerierte. Mir stellten sich die Nackenhaare auf, doch wie immer gelang es mir irgendwie, aus einer fast versiegten Quelle in meinem Inneren für ihn ein paar entzückende Schleimereien zu schöpfen. »In Ordnung. Kein Problem. Dann bis später«, lenkte ich ein. In die Casa Botín?, dachte ich misstrauisch. Völlig übertrieben. Wollte der Trottel etwa um meine Hand anhalten??

Ich sagte also das Treffen mit der Autorin ab. Es kostete mich fast eine Stunde, mich dafür zu entschuldigen, und ich versprach, es irgendwie wiedergutzumachen. Sie war eine von den Autorinnen, die sich ständig beschwerten, aber auch eine der wenigen, deren beachtliche Buchverkäufe den Bilanzen des Verlages äußerst guttaten: Lob und Preis sei ihren mittelalterlichen Liebesschnulzen. Wäre sie Cervantes begegnet, hätte sie ihn zu Tode erschreckt. Aber vielleicht hätte sie ihn auch fasziniert? Möglicherweise beides.

Ich kam zehn Minuten zu früh ins Restaurant, aber Pedro, mein Chef, war bereits dort. Wir bestellten einen Aperitif, und er gab irgendwelche Belanglosigkeiten von sich, was mich überraschte, da er mir sonst immer Vorhaltungen machte. Das beunruhigte mich.

Wir aßen Schweinefilet und Seehecht.

Als man uns den Kaffee servierte, hatte ich mir bereits anderthalb Stunden lang irgendeinen Blödsinn angehört, mit dem er meine Seele quälte, und dabei sein Profil bewundert. Wie, bitte, war es möglich, einem Menschen beim Essen gegenüberzusitzen, der einem ununterbrochen das Profil zuwandte? Jedes Mal, wenn ich mit ihm an einem Tisch saß, stellte ich mir diese Frage, und jedes Mal war das Einzige, was mir dazu einfiel, dass es mir entsetzlich unangenehm war.

Und dann ließ er die Bombe platzen.

»Sie sind entlassen, es tut mir leid. Es ist nichts Persönliches, Brianda, bitte glauben Sie mir das. Wir befinden uns in einer schwierigen Lage, wie Sie wissen. Sie werden eine beträchtliche Abfindung erhalten. Schließlich haben Sie fünfzehn Jahre für uns gearbeitet. Daher steht Ihnen eine recht hohe Summe zu. Und Sie sind noch jung genug, um … Außerdem, auch wenn die Branche in der Krise steckt, bin ich sicher, dass jemand mit Ihrer Erfahrung …«

An das, was danach kam, erinnere ich mich kaum.

Ich weiß nicht, ob ich etwas gesagt habe oder ob ich einfach aufgestanden und gegangen bin, völlig verstört. Wahrscheinlich wirkte ich wie eine verlassene Geliebte, der man sich auf offener Straße einfach so entledigt hatte, als wäre sie Abfall. Und das in einer Zeit, in der selbst der Beruf der Geliebten in der Krise steckte.

Wenn ich das Ganze heute im Rückblick betrachte, stelle ich mir gern vor, dass ich – die fügsame Brianda, die ich damals war – das Restaurant in der Haltung einer Heldin wie aus den Liedern der Zeit des Cid verließ. Wahrscheinlicher ist es allerdings, dass ich eher der eulenartigen traurigen Doña Tadea Valle-Incláns glich – auf direktem Weg in die Schlange vor dem Arbeitsamt.

Mir hatten der Stress und die Ängste im Berufsleben schon länger zu schaffen gemacht. Ich sah schlecht aus.

Manchmal, wenn ich durch die Straßen im Zentrum von Madrid ging – wo sich das Verlagsgebäude und meine Wohnung befanden –, hätte ich mir, von meinem eigenen Anblick erschreckt, am liebsten das Gesicht verhüllt. Daher war der Umstand, dass ich mit vom Weinen verquollenem Gesicht durch die Altstadt lief, nicht gerade das Beste, was mir an jenem Tag passieren konnte.

Als ich wieder zur Besinnung kam, wurde mir klar, dass ich vor dem Scheitern davonlief – »Es ist nichts Persönliches …«, hatte Pedro gesagt –, vor der Angst, die seit meinem achtzehnten Lebensjahr mein Leben bestimmt hatte, seit ich, von einem Moment auf den anderen, erwachsen geworden war. Und der Gedanke, dass ich völlig hilflos allein meinen zerstörerischen Kräften überlassen war, machte mich schwindelig; mir wurde klar, dass ich vor einer Brianda floh, die ich möglicherweise an dem Tisch in dem Restaurant zurückgelassen hatte und die schweigend dem Geschwätz und den dummen Entschuldigungen ihres Chefs zuhörte.

All das wurde mir bewusst, während ich mich dem Haus näherte, in dem ich wohnte.

Es hatte mich fast zwanzig Jahre gekostet, meine etwas mehr als fünfzig Quadratmeter große Wohnung abzuzahlen, die im Viertel Las Musas lag, in dem sich angeblich das literarische, politische und elitäre Leben in Madrid abspielte. In früheren Zeiten natürlich. Dort hatten Lope de Vega, Cervantes und Góngora gelebt. In den alten Straßen des Goldenen Zeitalters, die sich nun gegen das stürmische einundzwanzigste Jahrhundert wappnen mussten. Die alten Bars und Bierlokale waren inzwischen voll von Mobiltelefonen und erloschenen Gesichtern, denen offensichtlich die Mittel fehlten, das Leuchten in ihren Augen zu entzünden. Veranstaltungssäle und angesagte Restaurants mit weniger angesagten Preisen, Bürgersteige, auf denen sich die Gäste der neuen Bars drängten, um in der Nähe des Teatro Español oder der Comedia ein Gläschen zu trinken in dem Wissen, dass der Tag kommen würde, an dem sie keine Münzen mehr haben würden, um im Vorübergehen ihre trockenen Kehlen zu befeuchten.

Schließlich ging ich um die letzte Ecke und atmete tief durch. Ich war in meiner Straße angekommen, der Calle Marqués de Cubas, der früheren Calle del Turco. Mühsam öffnete ich die Haustür und stieg in den dritten Stock zur Wohnung hinauf. Betrat den großen Raum, den ich mir vor Jahren als eine Art literarischen Salon vorgestellt hatte, in den ich Freunde einladen und in dem ich Autoren empfangen wollte, in dem ich auf einem der beiden großen Ledersofas lesen und träumen wollte, in der Behaglichkeit von dezenten Wandfarben und tabakfarbenen Kolonialmöbeln. Es war still. Die Jalousien vor den Balkonen waren heruntergelassen, und die ganze Wohnung war von einem leichten Geruch nach Leder und Büchern durchdrungen wie eine exquisite, extra für mich hergerichtete Umgebung. Meine kleine Galaxia Gutenberg war ausgestattet mit Regalen aus massivem, geschliffenem und lackiertem Buchenholz und angefüllt mit Büchern, von denen ich viele persönlich lektoriert hatte. Die meisten waren bei dem Verlag erschienen, in dem ich beinah mein ganzes berufliches Leben über gearbeitet hatte, in dem Unternehmen, von dem ich fälschlicherweise angenommen hatte, dass ich dort bis zur Rente meinen Platz haben würde.

Ich liebe den Geruch von Büchern. Nach natürlichen Materialien, nach Zellulose, nach Diazoniumharz und Fotopolymeren, all den Stoffen, aus denen ein Buch besteht und die zusammen diesen besonderen Duft und diese einzigartige Struktur ergeben. Bücher waren für mich wunderbare Naturelemente wie Wasser, Bäume oder Kinder.

Was soll ich von nun an tun?, dachte ich. Was würde aus mir und meinen Büchern werden? Natürlich konnte ich nach einer anderen Arbeitsstelle suchen… aber in der Branche hatte sich in den letzten Jahren nichts und niemand bewegt. Was hatte mein Chef gesagt? »Sie sind noch jung genug, um…« Ich erinnerte mich nicht, ob er den Satz vollendet hatte. Ich spürte einen Knoten im Magen oder vielleicht auch im Herzen.

Die Zukunft hatte mir schon immer Angst gemacht. Ich zählte nicht zu den Menschen, die leicht vertrauten, auf das Glück, auf andere, auf die Güte einer perfekten Zukunft. Meiner Meinung nach ließ sich die Zukunft nur in der Vergangenheit konjugieren.

Ich warf meine Aktentasche auf den Boden, setzte die Sonnenbrille ab, zog mir die Schuhe aus und ließ mich völlig erschöpft aufs Sofa fallen.

Ein Buch, dachte ich nervös, ich brauche ein Buch, das mir sagt, was ich machen soll …

Der Trick hat bei mir immer funktioniert, mein ganzes Leben lang: Wenn ich ein Problem hatte und keine Lösung fand, stellte ich mich vor mein Bücherregal, schloss die Augen, drehte mich ein paar Mal um mich selbst, hielt wie eine Magnetnadel, direkt aufs Regal ausgerichtet, inne, öffnete die Augen und heftete den Blick auf irgendein zufällig gewähltes Buch, genauso wie jemand, der sich ein Reiseziel aussucht, indem er mit dem Finger irgendwo auf eine Weltkarte tippt: Das war mein russisches Roulette der Weisheit und des Wissens. Die Bücher waren meine geheimen Ratgeber. Ich hatte keine Mutter, an die ich mich hätte wenden können, auch keinen Vater. Ich hatte kaum noch lebende Verwandtschaft (eine entfernte Cousine in Deutschland, das war's auch schon). Dank meines Berufs kannte ich viele interessante Menschen, faszinierende Schriftsteller und andere extrem gebildete und beeindruckende Leute. Doch was ein Buch für mich persönlich bedeutete, nur für mich allein, konnte mir sein Verfasser in den seltensten Fällen direkt vermitteln. Das, was ich auf diesen beharrlichen, widerstandsfähigen, manchmal melancholischen, gelegentlich gnadenlosen, sogar brutalen, immer erleuchtenden Seiten fand, diese immense Kraft, die in den Büchern steckte, konnte ich nirgendwo anders entdecken.

Die Bücher, alle Bücher dieser Welt, bildeten mein persönliches I Ging, mein großes Buch der Wandlungen, meine Glückslektüre; sie bewiesen mir jeden Tag aufs Neue, dass es nicht stimmt, dass das Schicksal festgeschrieben ist, und selbst wenn es so wäre, war es immer möglich zu korrigieren, neu zu schreiben, zu verbessern. Das galt nicht nur für Texte, sondern auch für das Leben. Die Bücher waren meine Orakel, und sie wiesen mir den Weg in die Freiheit. Sie waren meine Spuren auf dem Raureif, auf dem brüchigen Eis der Existenz, das gerade dabei war, sich zu festigen. Sie waren mein gewinnbringendes Glück, die Schreie der Drachen, die im Wald aufeinandertrafen, die Möglichkeit der Katastrophe oder der Erlösung, die stille, ruhige Kraft, die aus der Weisheit entsteht und in meinen Händen landete, in die alles hineinpasste: das Universum, die alte jugendliche Dummheit und die neue Dummheit in der Zeit des Erwachsenseins, die Geduld, der Erfolg und das Scheitern, der heftige Aufruhr des Herzens und die Heiterkeit der Seele ...

Ich hatte schon immer gewusst, dass ich die Welt in meinen Händen hielt, solange meine Hände in der Lage waren, ein Buch zu öffnen – denn dort wartete sie auf mich: unversehrt, makellos, vollkommen und gleichzeitig beschädigt, unrein und gewöhnlich.

Und weil ich mich dort, in meinem Heim, so einsam, gescheitert und verzweifelt fühlte, begann ich mit meinem Spiel mit den Büchern, um Trost zu finden. Ich bereitete mich darauf vor, dem Weg zu folgen, den die Bücher mir weisen würden, ohne zu wissen, dass sie mich in ein magisches Königreich führen würden, in dem ein geheimnisvoller Mann, ein uraltes Geheimnis und ein unermesslicher Schatz auf mich warteten.

DAS WISSEN

Will ich aus meinem Leben ein Kunstwerk machen, muss ich nach Wissen streben, denn laut Pascal sind wir zum Denken bestimmt, darin liegt unsere Würde. Daher sollte man sich bemühen zu denken, umsichtig zu denken. Die Gedanken sollten niemals erschöpft sein; der Raum und die Zeit sind endlich, aber das Denken ist ein Geschenk des Absoluten für das unbedeutende menschliche Wesen.

Zu der Zeit, als Juan Manuel de Rosas als Diktator über Argentinien herrschte, war Domingo Faustino Sarmiento, ein fortschrittlicher Denker und einer der weitsichtigsten Männer der argentinischen Republik, vor den Missständen in seinem Heimatland nach Chile geflohen. Als Sarmientos Mutter nicht mehr ertragen konnte, wie sehr ihr Sohn sich in der Ferne nach der Heimat sehnte, soll sie die Regierung angefleht haben, ihm die Rückkehr zu gestatten.

So kam Sarmiento zurück nach Argentinien, doch dort hatte sich die Lage noch verschlimmert. Also nahm er erneut den Kampf auf, um das Leben der Menschen zu verbessern, was dazu führte, dass er ein weiteres Mal das Land verlassen musste, diesmal weil er von der Regierung ausgewiesen wurde.

Es heißt, dass er kurz bevor er die Grenze nach Chile überquerte, an einem Landgut vorbeikam, an dessen Tor das argentinische Wappen angebracht war. Er machte halt und schrieb mit einem Stück Kreide ein paar Worte auf Französisch darunter, in der Sprache, in der er erzogen worden war: *On ne tue pas les idées* – Die Gedanken lassen sich nicht töten. Es war das Jahr 1840, und zwei Maultiertreiber, die dem seltsamen Graffitikünstler zusahen, machten sich über ihn lustig, obwohl sie natürlich keine Ahnung hatten, was Sarmiento dort hingeschrieben hatte. »Beim nächsten Wolkenbruch wird nichts mehr davon übrig bleiben«, versicherten sie ihm lachend. Ohne sich nach ihnen umzuwenden, ging Sarmiento mit der für ihn bezeichnenden Würde davon und sagte: »Das, was ich dort hingeschrieben habe, bleibt für die Ewigkeit.«

Und das stimmt.

Denn wer sollte in der Lage sein, einen Gedanken zu töten, die Ewigkeit zu beenden? Allein die Vorstellung kommt dem Manifest des italienischen Futuristen Marinetti gleich: »Tod dem Mondschein!«

Um aus meinem Leben ein Kunstwerk zu machen, muss ich denken und lernen. Lernen, was Freundschaft bedeutet, Verantwortung, Mitgefühl. Die Geschichte der Erde und der Städte der Antike. Sprachen, die ich noch nicht kenne, das Geheimnis des Lichts und der einfachen Leute. Die Weisheit, die in den alten Legenden steckt und in den Seiten der Bücher, die mich wie treue Reisegefährten begleiten.

Und die Reise, die mir bestimmt ist, wird eine lange Reise sein.

Nachdem ich eine Weile mit geschlossenen Augen an meinen Regalen entlanggegangen war, blieb ich stehen und betrachtete die dichten Buchreihen vor mir, bis mein Blick auf einen einzelnen Band fiel.

Zu meiner Überraschung handelte es sich dabei um die Bibel.

»Eine Predigt hat mir gerade noch gefehlt …«, dachte ich entnervt.

Um an das Buch heranzukommen, musste ich auf eine Leiter steigen, die Zimmer waren hoch, und meine Bibliothek reichte bis zur Stuckverzierung unterhalb der Decke hinauf. Die Bibel stand zwischen anderen Büchern, in denen ich ebenso selten las.

Es war ein Faksimile einer mehrsprachigen Bibel, deren Originalausgabe einst Francisco Kardinal Jiménez de Cisneros in Auftrag gegeben hatte.

»Keine schlechte Wahl«, befand ich. »Immerhin ist es ein sorgsam erstellter Sammelband, der von mehr als vierzig verschiedenen Autoren verfasst wurde. Man kann also wirklich nicht sagen, dass dies ein improvisiertes Werk ist oder gar eines dieser neumodischen *instant-books*, denn seine Fertigstellung hat insgesamt sechshundert Jahre gedauert. Es ist mehrsprachig, auf Hebräisch, Aramäisch und Griechisch geschrieben. Was das angeht, also sehr modern. Und zweifellos handelt es sich um einen Bestseller.« So redete ich mit mir selbst, als ginge es darum, ein Buch meines – inzwischen ehemaligen – Verlagshauses auf der Frankfurter Buchmesse an einen ausländischen Lektor zu verkaufen. »Ich wünschte, ich wäre damals für die Erstveröffentlichung verantwortlich gewesen. Denn dann wäre ich bestimmt nicht als entbehrlich entlassen worden … Als überflüssig, als nutzlos …!«

Ich führte Selbstgespräche.

Vor Kurzem hatte ich einen Artikel gelesen – in einer jener Onlinezeitungen, deren Schlagzeilen voller Fehler sind, barmherzigerweise »Errata« genannt –, in dem dem Leser versichert wurde, dass die Angewohnheit, Selbstgespräche zu führen, gut für das mentale Gleichgewicht sei. Ich war immer vom Gegenteil ausgegangen, nämlich dass Leute, die mit sich selbst redeten, übergeschnappt seien. Aber die Zeiten änderten sich. Mythen brachen in sich zusammen oder wurden umgestoßen, von der Realität eingeholt. Was gestern noch heilig war, war heute profan und wurde verdammt. Wir lebten in einer Zeit des Kulturvandalismus. Doch in diesem Moment war mir all das vollkommen egal.

Ich betrachtete meine Bibel aufmerksam. Es war zweifellos eine wunderschöne Ausgabe. Ich wog sie in der Hand. Ich schloss die Augen wie als kleines Mädchen und wünschte mir etwas.

Dann schlug ich das Buch aufs Geratewohl auf. Die dünnen Seiten waren leicht wie Schmetterlingsflügel. Und ... Bingo! Das Buch Kohelet: *Alles hat seine Stunde. Für jedes Geschehen unter dem Himmel gibt es eine bestimmte Zeit: eine Zeit zum Gebären und eine Zeit zum Sterben, eine Zeit zum Pflanzen und eine Zeit zum Abernten der Pflanzen.*

Vorsichtig schloss ich das Buch wieder. Es war etwas ganz Besonderes. In Leder gebunden, mit Dünndruckpapier. Ich blies über die Kanten, um den Staub zu entfernen, und strich zärtlich über den Rücken. Für mich war dieses Buch ein lebendiges Wesen wie alle Bücher. Es sehnte sich nach meiner Zärtlichkeit wie eine Katze oder ein Ehemann.

Ich hatte bekommen, was ich brauchte, und wollte es an seinen Platz zurückstellen. Also stieg ich wieder auf die Leiter, und als ich die Bibel in die Lücke zwischen den Büchern schob, rutschte dabei der danebenstehende Band heraus und fiel zu Boden.

Ich stieg die Leiter hinunter, bückte mich und hob ihn neugierig auf.

Es handelte sich um einen *Reiseführer durch das Magische Spanien und seine geheimnisvollen Wege*. Für die Gestaltung des Umschlags waren Fotos der Kathedrale von Santiago de Compostela, von Steinen und Bäumen, die der baskische Maler Agustín Ibarrola im Wald von Allariz verschönert hatte, vom Inneren des Klosters von San Zoilo in Carrión de los Condes in der Provinz Palencia und vom Fluss Eo in Castropol in Asturien verwendet worden, mit einem, meiner Meinung nach, nicht besonders gelungenen Ergebnis. Das Ganze wirkte viel zu erdrückend für das kleine Cover. Dennoch erschien mir der Reiseführer auf eigenartige Weise unschuldig und vorurteilsfrei.

Im dämmrigen Licht des Frühlingsabends setzte ich mich mit dem Buch in der Hand aufs Sofa. Fast eine Stunde lang las ich darin. Die Tränen verschwanden von meinem Gesicht und hinterließen auf der Haut eine salzige Spannung, wie ein sich vom Strand zurückziehendes Meer.

Irgendwann schloss ich die Augen und schlummerte mit dem Buch in der Hand ein, auf diese wunderbare Art und Weise, wie einen der Schlaf beim Lesen übermannt, sodass man die Worte aus dem traumhaften Werk, das ein Buch ist, mit in die eigenen Träume nimmt.

Als ich wieder erwachte, war es Nacht geworden.

Ich hatte mein Handy auf stumm geschaltet. Mit einem Rest von Schläfrigkeit in meinem Kopf, die sich langsam auflöste wie der Wasserdampf aus einer Badewanne, sah ich auf das Display. Ich hatte fünf Anrufe und drei Mitteilungen erhalten, alle von beruflichen Kontakten. Aber ich übte meine Arbeit nicht mehr aus. Ich war entlassen worden. Ich beschloss, auf keinen der Anrufe zu reagieren. Auch nicht auf den meines Chefs. Meines ehemaligen Chefs.

Ich öffnete eine Flasche amerikanisches Bier und bestellte telefonisch etwas zu essen. Mein Magen war völlig leer, als wäre die Mahlzeit am Mittag, während der ich von meinem Schicksal erfuhr, gar nicht in meinem Körper angekommen.

Ich surfte im Internet, bis ich über eine Suchmaschine einen Flug nach Santiago de Compostela für den kommenden Nachmittag fand.

Inzwischen hatte ich mich beruhigt, oder zumindest war ich nicht mehr so wütend.

Als hätte ich gerade Senecas *Von der Ruhe des Geistes* gelesen.

Ich beschloss, allein für mich zu feiern, dass ich zwar meine Arbeitsstelle verloren, dafür aber ein Stück Freiheit gewonnen hatte, Zeit zu reisen, Neues zu entdecken … Das Schicksal war nicht festgeschrieben. Es war an mir, es zu formulieren, jeden Tag. Buchstabe für Buchstabe, Silbe für Silbe, Wort für Wort. Als schriebe ich ein Buch.

Das Buch meines Lebens: mein gelungenstes Kunstwerk.

Am nächsten Tag stand ich früh auf, früher als sonst. Ich schrieb eine lange Mail an meinen Vermögensverwalter. Wir waren sehr vertraut, manchmal dachte ich, dass er und seine Frau so etwas wie meine Familie waren, die einzige Familie, die mir geblieben war. Seit Jahren schon war er notariell bevollmächtigt, meinen Besitz zu verwalten und Geschäfte für mich zu tätigen. Er war ein Mann mittleren Alters, der ein Zwillingsbruder des derzeitigen Wirtschaftsministers hätte sein können, wobei ich nicht sagen könnte, ob diese Tatsache für oder gegen ihn sprach. Auf jeden Fall schätzte er mich, er war loyal und hatte mich immer gut beraten. Er hatte sogar einen Zweitschlüssel für meine Wohnung. Ich erklärte ihm die Situation, bat ihn, sich in meinem Namen um die Abfindung zu kümmern, die ich erhalten würde, meinen Telefon- und Gasanschluss zu kündigen, alles in Bezug auf das Arbeitslosengeld zu regeln und mich bei der Sozialversicherung als Selbstständige zu melden – »Literaturagentin und Übersetzerin« fiel mir spontan ein; das waren Tätigkeiten, für die ich qualifiziert war und für die ich kein Unternehmen brauchte, das mich einstellte, ich wäre meine eigene Chefin und hätte zur Abwechslung mal eine Vorgesetzte, die mich verstand – und es würde mir die Schlange vor dem Arbeitsamt ersparen. Denn die Vorstellung, offiziell arbeitslos zu sein, war für mich unerträglich.

Ich würde verreisen, ließ ich ihn wissen.

Das Datum meiner Rückkehr stehe noch nicht fest. Ich würde mich regelmäßig bei ihm melden.

Das Glücksspiel mit meinen Büchern hatte mir gezeigt, dass es für alles den richtigen Moment gab, dass ein Zeitabschnitt zu Ende gegangen war und ein anderer begann und dass die Richtung, die ich nun einschlagen sollte, nach Norden führte. Das teilte ich meinem Vermögensverwalter so allerdings nicht mit, denn auch wenn er mich seit der Kindheit kannte, hätte der gute Mann mich für völlig verrückt gehalten.

Ich schickte die Mail ab und seufzte zufrieden, als ich das Klickgeräusch hörte, das verkündete, dass die Nachricht unterwegs war.

Dann schaltete ich die Sicherungen für das Licht und die elektronischen Geräte aus. Als ich den Kühlschrank ausräumen wollte, zögerte ich einen Moment. Bisher war ich eine viel beschäftigte berufstätige Frau gewesen, die keine

Zeit gehabt hatte zu kochen, sodass in meinem armen Kühlschrank gähnende Leere herrschte. Drei Dosen holländisches Bier und ein Corona. Und ein Stück Ziegenkäse (mindestens aus dem zwanzigsten Jahrhundert stammend, optimistisch geschätzt).

Ich nahm meinen Koffer vom Schrank, der immer für ungeplante Reisen gerüstet war. Mit Kleidung – sorgfältig ausgewählt und für alle Gelegenheiten und Breitengrade geeignet – sowie Waschzeug und Kosmetikartikeln für einen Monat. In einen Handkoffer packte ich ein paar Bücher und meinen Pass, für den Fall, dass ich das Land verlassen würde.

Ich verspürte eine Art Flattern im Magen, wie immer, wenn ich etwas Neues wagte und sich plötzlich Unsicherheit und negative Vorahnungen einstellten. Doch dann wurde mir klar, dass es Schlimmeres gab.

Ich bestellte ein Taxi und blätterte in dem dämmrigen Licht, das durch die heruntergelassenen Jalousien fiel, noch ein wenig in dem Reiseführer, während ich wartete. Es war ein verwaistes, irgendwie abgenutztes Licht, das mir meine Wohnung wie eine Landschaft am anderen Ende eines Tunnels erscheinen ließ.

Zum letzten Mal bevor ich ging, überkam mich ein Gefühl, als hätte mich ein geliebter Mensch verlassen.

Kurz darauf meldete das Klingeln an der Tür, dass das Taxi unten auf mich wartete. Schnell setzte ich meine Sonnenbrille auf und strich meine Hose glatt.

»Ich bin gleich da«, sagte ich in die Sprechanlage.

Ich verließ den Flughafen am Steuer eines winzigen, mit einem Navigationssystem ausgerüsteten Mietwagens. Trotz des feinen Regens, der die Felder bewässerte und das Autofahren erschwerte, fühlte ich mich leicht, als könnte mir nichts und niemand etwas anhaben. Ich hatte mein Handy ausgestellt und es auf dem Tisch in meiner Wohnung in Madrid zurückgelassen. Eine Woge der Hoffnung erfüllte mein Herz, als wäre dort in den letzten Stunden eine neue Vene gewachsen. Wie einer jener alten positivistischen Denker, ein Saint-Simonist oder ein verrückter Utilitarist, war ich davon überzeugt, dass mein Leben sich verbessern konnte, dass es sich korrigieren ließ, und ich hatte in diesem Moment weder Zeit noch Lust, dies infrage zu stellen.

Ich fuhr zu einem Ort, den mir ein Buch gewiesen hatte. Die Bücher waren mein Kompass. Mein Schicksal waren das Valle del Limia und der Fluss des Vergessens. Allariz und seine Wälder mit den von Agustín Ibarrola bemalten Steinen, die vielleicht von Feen und anderen Zauberwesen bevölkert waren, die Schätze für denjenigen aufbewahrten, der sie erlöste. Hexen, die in den alten verlassenen Siedlungen und Grabhügeln lebten, Naturgeister mit Goldhaar und kokettem, besessenem Blick, die mich mit offenen Armen empfingen.

Wie schon der alte Seneca sagte: *Fortuna kann die Macht wegnehmen, nicht den Mut.* Und in diesem Moment war Mut das, was ich am meisten brauchte.

Ich schaltete das Navigationssystem ein und auf stumm, machte meinen iPod an und hörte entspannt Musik, während ich gemächlich durch die Gegend fuhr und die Landschaft betrachtete.

Als mir schließlich auffiel, dass ich die Abfahrt auf die Umgehungsstraße N 525 verpasst hatte, befand ich mich in einem kleinen Ort, dessen Name nirgendwo zu lesen stand. Ich machte halt, um in dem, wie es schien, einzigen Lokal ein spätes Mittagessen einzunehmen. Vorher besichtigte ich jedoch noch die romanische Kirche aus dem zwölften Jahrhundert, in der sich einige barocke Gemälde befanden und ein Wasserbecken, wie die Templer sie angelegt hatten – und tatsächlich war am Eingang ein Schild angebracht, das bestätigte, dass die Kirche vom Templerorden erbaut worden war. Allerdings verriet auch das Schild nicht, wie die Kirche oder der Ort hieß. Ich dachte, dass die entsprechenden Hinweisschilder wahrscheinlich von Vandalen zerstört worden waren, beendete den Besuch und maß der Sache keine weitere Bedeutung bei.

Ich begegnete keinem weiteren Menschen als dem schweigsamen alten Mann, der mir in dem Lokal ein Käsebrot und eine Fanta servierte, und seiner Frau, die ich in der Küche hinter der Bar hantieren hörte. Vielleicht hielt der Regen die Ortsbewohner in ihren Häusern zurück.

»Schlechtes Wetter heute«, versuchte ich ungeschickt, ein Gespräch anzufangen, doch der Mann brummte nur etwas, während er nickte, als wollte er sagen: »Hab ich auch schon gemerkt, ich bin ja nicht blöd ...!«

Dennoch fühlte ich mich zum ersten Mal seit Monaten, vielleicht Jahren, von Frieden erfüllt. Einem Frieden, in dem höfliche Lügen, Spannungen, Stress und Angst vor dem Scheitern keinen Platz hatten.

In diesem Moment waren Brot und Käse das Einzige, was mich interessierte. Und vielleicht der Regen. Und das bedeutete Frieden.

Als ich die Gegend um die Kirche erkundet hatte, hatte mir der Regen das Haar durchnässt, aber es war nicht kalt, und das Gefühl der Frische, das ich empfand und auch in dem Lokal noch spürte, war nicht nur physisch.

Genüsslich atmete ich ein.

Ich aß auf, bezahlte und gab ein großzügiges Trinkgeld, das angesichts der Sturheit, mit der mich der Wirt behandelt hatte, völlig unangemessen war; dann ging ich zurück zu meinem Auto, das ich nur wenige Meter vom Eingang des Lokals entfernt abgestellt hatte.

Ich übernachtete in einer kleinen Pension namens O Canizo, die ich einige Kilometer von dem Ort entfernt entdeckte.

Am nächsten Morgen stand ich früh auf, frühstückte und schickte mich an, meine Reise fortzusetzen.

Die Dame an der Rezeption, eine große junge Frau mit rosiger Haut, die hinter dem Tresen aufragte wie eine Pinie in einem Blumenbeet, verabschiedete mich freundlich.

»Wir hoffen, dass Ihnen der Aufenthalt in unserem Haus gefallen hat. Auf diesem Teil des Jakobswegs sind zu dieser Jahreszeit nicht besonders viele Leute anzutreffen.« Sie lächelte mit einem plötzlichen Anflug von Schüchternheit. »Bitte unterschreiben Sie hier. Vielen Dank und gute Reise.«

»Danke.« Ich gab das Lächeln zurück.

Ich hatte vor, über die A 6 nach La Coruña zu fahren, dort die kommende Nacht zu verbringen und mich dann auf den Weg zur asturischen Küste zu machen. Ich sehnte mich danach, das Meer zu riechen. Dem Meer war es wie Marc Aurel gleichgültig, ob es drei Tage oder drei Jahrhunderte zu leben hatte; es würde auf mich warten. Und das Kantabrische Meer mit seinem Spiel von kontrastierenden Blautönen, mit seiner abgründigen Arroganz und dem wie mit Fäusten um sich schlagenden Wasser war mir schon immer das liebste gewesen. Ein Meer, das nicht einfach Meer war, sondern etwas viel Größeres.

Um die Mittagszeit und trotz oder gerade wegen des Navigationssystems – das Gerät verführte mich zu einem blinden Vertrauen, das offensichtlich nicht angebracht war – hatte ich mich erneut verirrt.

Am Kilometerstand erkannte ich, dass ich weiter gefahren war als gedacht, und seit Santiago hatte ich nicht mehr getankt. Und nun wies die Tankanzeige darauf hin, dass ich bald kein Benzin mehr haben würde.

Dass ich mich verfahren hatte, beunruhigte mich nicht besonders. Zum ersten Mal nach vielen Jahren hatte ich genügend Zeit, um mich zu verirren. Das war also kein Problem. Aber ich hatte Hunger und wollte nicht auf irgendeiner Landstraße im Regen, der immer heftiger wurde, und im Wind, der seit ein paar Stunden heulte wie ein kleines Kind, liegen bleiben. Auch die Vorstellung, im Auto schlafen zu müssen, schien mir nicht gerade verlockend.

Ich programmierte das Navigationssystem neu, verirrte mich wieder und gelangte zu einer Landstraße, die mehr für Ziegen geeignet schien als für Autos. Nach meinen Berechnungen musste ich mich irgendwo zwischen Navia, Boal und Villayón befinden, aber das Navigationssystem schien total überfordert. Vermutlich war der Empfang in dieser bergigen Gegend äußerst schlecht. Es hätte mich nicht gewundert, wenn an einem dieser steilen, unwegsamen Abhänge irgendwo das dunkle, kalte Pfarrhaus aufgetaucht wäre, in dem die Brontë-Schwestern aufgewachsen waren.

Ich sah in der Bedienungsanleitung des Wagens nach. Nach dem Stand der Tankanzeige zu urteilen hatte ich nur noch Benzin für weniger als zwanzig Kilometer. Ich entschied mich für das Risiko, der steinigen Straße zu folgen. Nach ein paar Kilometern war auf der rechten Seite ein kleiner Fluss zu sehen, der immer wieder zwischen den Granitblöcken aufblitzte, die gerade vom Himmel gefallen zu sein schienen. An einem Aussichtspunkt, von dem aus sich der Fluss zwischen Weiden und Pappeln durch die Landschaft schlängelte, stand ein kleines Schild. Ich hielt am Straßenrand, stieg aus dem Auto und zog den Regenmantel an, den ich für derartige Notfälle immer im Koffer hatte. Es war ein verwittertes weiß gestrichenes schmiedeeisernes Schild, auf dem in sorgfältig geschriebenen gotischen Buchstaben stand:

Herzlich willkommen
in der Gemeinde Nuba
am Jakobsweg

Darunter hatte jemand ein kleines Holzschild befestigt, das verkündete:

LOCUS DOCENDI
Antiquariat und Buchhandlung
Wegen Geschäftsaufgabe aus Altersgründen
Nachfolger gesucht.
5 Kilometer geradeaus.

Eine Buchhandlung. Ich musste lächeln.

Bücher, Massen an Büchern. Die für mein literarisches Glücksspiel zur Verfügung standen, um darin die Zukunft zu lesen. Die mir den Weg weisen würden. Da war es völlig egal, dass ich keine Ahnung hatte, wo ich mich befand und wohin ich wollte.

Sie würden mir all meine Zweifel nehmen.

»›Ort des Lehrens‹«, sagte ich zu mir selbst, wobei der Wind mir kaum ermöglichte, die eigenen Worte zu hören.

»Was für ein treffender Name für eine Buchhandlung. Und das in dieser einsamen Gegend …«

Das allein war schon äußerst ungewöhnlich – ein Ort, immerhin, und eine Buchhandlung, auch wenn ich in dem Moment eine Tankstelle viel dringender gebraucht hätte als eine Bibliothek –, aber ein Blick über die Mauer ließ mich vor Überraschung erstarren. Vor meinen Augen erstreckte sich eine Landschaft, die ich nur als märchenhaft bezeichnen kann: uralt und zauberhaft, wie auf einer retuschierten Fotografie.

Der Ausblick umfasste Berge, Schluchten, Felsengruppen, auf denen Ebereschen und Büsche wuchsen, ein Wäldchen, das die grau und blau schimmernden Überreste eines Schlosses umgab, und eine mehrere Kilometer lange Steinmauer. Und mitten in dieser Umgebung hatte das Wasser des kleinen Flusses, der mich schon eine Weile begleitet hatte, einen See gebildet, an dessen Ufer ein Dorf lag. Zwischen den steinernen Häusern schienen die Bäume wie hingetupft. Am Rand des Ortes ragte die Ruine eines Turmes auf, die zu dieser Tageszeit trotz des nassen Wetters in einem rötlichen Farbton leuchtete, der der Glut der Frühlingssonne zu entstammen schien, hätte diese sich nicht schüchtern hinter den Regenwolken versteckt gehalten.

Der kleine See, der im Nordosten aus dem Fluss entstanden war, erstrahlte vor mir in unablässigem Glanz. Und der Himmel wirkte über dieser außergewöhnlichen Landschaft wie der Grund einer tiefen Schlucht. Hätte man mir gesagt, dass ich gerade mit dem Kopf voraus in ein Bild von Gustave Doré aus dem neunzehnten Jahrhundert eingedrungen wäre, hätte es mich nicht gewundert. Ich fühlte mich wie Alice auf der anderen Seite des Spiegels. Alice im Wundergarten.

Ich entschied auf der Stelle, dass Nuba mir außerordentlich gefiel, abgesehen davon hatte ich keine andere Wahl: Entweder ich fuhr dort hinunter, um jemanden zu finden, der mir ein paar Liter Benzin verkaufen würde, oder …

Es hatte genauso plötzlich aufgehört zu regnen, wie es angefangen hatte, und direkt über Nuba rissen die Wolken ringförmig auf und umgaben den Ort wie eine Blumenhecke, die um ein Schloss wuchs. Wie ein Pfau, der sein Rad schlug, breitete Nuba ein florales Mosaik dunkler Schattierungen um sich herum aus, das mit dem intensiver werdenden Sonnenlicht immer heller aufleuchtete. Es war, als hätte jemand im Herzen dieses Winkels der Erde ein Licht entzündet, vielleicht zu Ehren meiner Ankunft.

Auf einmal war mein Gedächtnis wie ausgeschaltet; ich fühlte mich nicht fremd an diesem Ort, weil ich einfach keine Ahnung mehr hatte, wohin ich gehörte. Mein Kopf war völlig leer von allem, was mich eben noch belastet hatte.

Wer war ich? Woher kam ich? War ich denn nicht mein ganzes Leben lang hier gewesen …? War ich hier in Nuba nicht zu Hause?

Ich stand dort an dem Aussichtspunkt, betrachtete geistesabwesend, wie eine zarte Wolkenspirale sich mit einer leichten Wellenbewegung oberhalb der Berggipfel in der frischen Brise auflöste, und dachte, dass sich die Wolken dort oben brachen wie die Wellen im Meer. In dem Moment sah ich, wie am Himmel ein schwacher Regenbogen entstand, dessen bleiche Farben von Rot bis Violett mit jeder Sekunde intensiver wurden. Ich war glücklich, dass ich diesen Augenblick in der Weltgeschichte miterleben durfte, der sich niemals wiederholen würde. Natürlich würde es andere Nachmittage und andere Regenbögen geben, würde sich das Sonnenlicht noch in Millionen von Regentropfen brechen, die es wie winzige Prismen in ein Fest an Farben verwandelten, doch dieser Moment gehörte allein mir, meinem Blick, meinen Sinnen, meinem Geist, der sich so sehr nach Farben und kühlen Nebelbögen sehnte.

Plötzlich tauchten in einiger Entfernung hinter dem Berg, an dem sich der Aussichtspunkt befand, zwei Gestalten auf: eine junge Frau und ein Kind von etwa zehn Jahren, die wahrscheinlich von einem verregneten Ausflug zurückkehrten. Bald hatten sie den Aussichtspunkt erreicht.

Ich betrachtete die gut aussehende Fremde mit neidischem Blick. Sie trug legere Kleidung, hatte rotblondes Haar und den klaren, aufmerksamen Blick einer Frau, die weiß, was sie will – anders als ich, die ich in die Welt sah, als wäre ich gegen meinen Willen in einem Kloster eingesperrt.

Das Kind, das einen grünen Stock durch die Luft wirbelte, als wäre er ein magisches Schwert, wirkte wie direkt dem Schaufenster eines Luxuskaufhauses entstiegen.

»Hallo«, grüßte ich mit einem freundlichen Lächeln.

»Guten Tag. Ist das nicht ein verrücktes Wetter?« Die Frau half dem Jungen auf die Terrasse, wischte ihm ein paar Schlammtropfen von der Hose und umarmte ihn zärtlich.

»Du bist ein echter Champion«, sagte sie und gab ihm einen Kuss auf die Stirn, was der Junge mit halb geschlossenen Augen genoss.

Ich sah die beiden an und seufzte tief. Ich stellte mir das Leben der Frau vor, die etwa in meinem Alter war, mit ihrem gesunden, glückstrahlenden Kind und der Kraft, die von ihr ausging. Gerne hätte ich mein Leben gegen das ihre eingetauscht.

Sie fragte mich, ob ich eine Pilgerin sei, und ich antwortete, dass es genau das sei, womit ich mein Leben verbrächte: zu pilgern. Wir plauderten ein wenig über das Wetter und die schöne Aussicht, und nachdem die beiden ein paar Schlucke Wasser getrunken und sich mit Blick auf den Regenbogen hingesetzt hatten, der allmählich verblasste, erzählte sie mir, dass sie eine Bergwanderung unternommen hatten. Sie habe Familie in dem Ort, eine Cousine, der es gesundheitlich nicht gut gehe, und auch ihr Mann arbeite in Nuba. Nun würden sie sich allmählich auf den Rückweg nach Hause machen. Sie lebten in einer Stadt im Norden Portugals, wo sie eine kleine Möbelwerkstatt leitete; unterwegs würden sie ein Mal übernachten und am nächsten Tag den Rest der Strecke fahren.

Ich meinerseits erzählte ihr mit jenem Vertrauen, das einen manchmal gegenüber völlig Fremden überkommt, dass ich einfach losgefahren war und Madrid so weit wie möglich hinter mir lassen wollte.

»Aber Nuba musst du dir ansehen. Es ist ein wunderschöner Ort. Wenn du schon hier bist, solltest du nicht einfach weiterfahren. Er ist nicht groß, du wirst nicht viel Zeit verlieren.«

»Ja, ich denke, ich schaue ihn mir mal an.«

Als die beiden sich auf den Weg zu ihrem Auto machten, das in der Nähe parkte, stieg auch ich widerwillig wieder in meinen Wagen. Ich wäre gern noch länger an diesem Aussichtspunkt geblieben, aber irgendetwas drängte mich, ans Ziel zu kommen. Als ich dem Lauf des Flusses folgte, fiel mir auf, dass er von kleinen Bächen gespeist wurde, sodass ich den Eindruck hatte, eine Landschaft aus der Zeit Petrarcas zu durchqueren – oder eines Disneyfilms. Es hätte mich nicht gewundert, hinter einer Kurve einen Molch auftauchen zu sehen, der per Autostopp nach einer Mitfahrgelegenheit suchte.

Ich ließ das Fenster herunter und hörte das rhythmische Schlagen eines Spechts, der, im Wald verborgen, zwischen runzligen Stämmen und Schichten von Moos die einfachen Träume seiner Vogelseele lebte.

Mich durchlief ein plötzliches Glücksgefühl, das mir die Beine zittern ließ.

Am Ortseingang von Nuba lag ein altes Pilgerhospital. Im ganzen Dorf gab es im Grunde keine Straßen, sondern lediglich Wege, die genau der Länge des Gartenzaunes entsprachen und zu einem der goldfarbenen Steinhäuser führten, die sicher auf römischen oder suebischen Fundamenten errichtet worden waren. Ich fragte mich, welches Wunder wohl dafür gesorgt hatte, dass dieser Ort der Immobilienspekulation entgangen war.

Das angenehme Gefühl, zwischen Blättern und Bäumen verborgen zu sein, übertraf bei Weitem meine Unsicherheit, nicht zu wissen, wo ich mich befand, und ich lächelte wie eine Idiotin in die menschenleere Umgebung.

Ich beschloss, zu Fuß weiterzugehen, und parkte das Auto in einem Holzschuppen, wo schon ein Motorrad abgestellt war, da ich keinen Hinweis fand, der mir dies verbot. Überhaupt hatte ich nur wenige Verkehrszeichen oder Schilder gesehen, abgesehen von dem, das mir an dem Aussichtspunkt den Weg gezeigt hatte, und der Steinplatte, die das alte Pilgerhospital als solches auswies.

Obwohl inzwischen wieder die Sonne schien, war es kalt, sodass ich eine Tweedjacke überzog und den Regenmantel in den Koffer packte.

Nicht weit von meinem improvisierten Parkplatz entfernt stieß ich auf eine Kirche im, wie es schien, italo-byzantinischen Stil, doch ich widerstand der Versuchung, hineinzugehen, und setzte meinen Weg fort. Ich würde sie später besichtigen.

Kurz darauf begegnete ich ein paar älteren Frauen, die mich grüßten wie eine gute alte Bekannte.

»Guten Tag. Wie geht's, wie steht's?«, sagten sie beinah im Chor, alle mit einem breiten Lächeln im Gesicht.

»Gut. Danke. Guten Tag«, stotterte ich, leicht eingeschüchtert von der unerwarteten Herzlichkeit.

Dann fiel mir auf einmal die Buchhandlung wieder ein. Und das Benzin, das ich so dringend benötigte!

»Entschuldigen Sie... Können Sie mir vielleicht sagen, wo ich eine Buchhandlung namens Locus Docendi oder so ähnlich finde?«

Die Frauen drehten sich noch einmal zu mir um und sahen mich aufmerksam an, als müssten sie mich erst durchschauen, um mich wirklich zu erkennen. Sie hätten perfekt in ein Stück von Shakespeare gepasst.

»Die Buchhandlung von dem alten Brummbären Don Lorenzo? Von Don Lorenzo Orozco, meinen Sie...?«, fragte mich eine von ihnen.

»Don Lorenzo, Don Lorenzo!«, mischte sich eine andere ein. »Natürlich. Die Buchhandlung von Don Lorenzo! Eine andere gibt es hier nicht. Gehen Sie einfach weiter nach unten, bis zum See. Sehen Sie dort den Abhang? Na ja, Abhang ist gut, wirklich steil ist er ja nicht, vor allem, wenn man runter- und nicht raufgeht. Und Sie müssen ja runter. Am Fuß des Abhangs also kommen Sie auf eine Art Platz, und da befindet sich Locus Docendi.«

»Vielen Dank, Sie sind sehr …«

»Nichts für ungut, meine Liebe.«

Sie wandten sich wieder um und gingen weiter.

»Hören Sie!«

Noch einmal drehten sie die Köpfe in meine Richtung, inzwischen leicht misstrauisch.

»Ja?«, fragten sie wie aus einem Munde.

»Gibt es hier zufällig irgendwo eine Tankstelle? Mir ist das Benzin ausgegangen, und ich bräuchte …«

Sie machten sich nicht einmal die Mühe zu antworten, sondern brachen in schallendes Gelächter aus und setzten kichernd ihren Weg fort.

»Ich komm schon klar!«, murmelte ich.

Der Himmel war stellenweise leicht verschleiert. Neue Wolken waren wieder aufgezogen.

EHRLICHKEIT

Um aus meinem Leben ein Kunstwerk zu machen, muss ich ehrlich sein, denn Unehrlichkeit ist nicht sehr kunstvoll. Ein Fälscher ist nicht mit dem Herzen bei der Sache, und man merkt ihm den Schwindel an, den billigen Anzug, der im Licht einer unbeholfenen Fiktion edel erscheint, im Schein der Sonne jedoch nur noch peinlich wirkt.

In der Kunst ruht die tiefe Wahrheit.

Die Lüge ist der ausgeleierte Verschluss der Flasche, die den narkotisierenden Trank der Farce enthält. Doch dessen Wirkung hält nicht lange an. Wie bereits in der Geschichte von Pinocchio zu lesen ist, lassen sich Lügen nicht wirklich verbergen, denn es gibt zwei Arten: die mit den kurzen Beinen und die mit den langen Nasen.

Ich möchte so ehrlich sein wie die Houyhnhnms Jonathan Swifts, um Respekt vor mir selbst zu bewahren, mein Leben im Tageslicht zu führen und nicht eingesperrt in der engen Zelle des Schwindels.

Wenig später erreichte ich am Fuß des Abhangs den kleinen Platz, genau wie die lustigen Weiber von Nuba gesagt hatten.

Wie die meisten Häuser im Ort war auch die alte Buchhandlung aus Sandstein gebaut, der an den polierten Stellen das Licht reflektierte wie die Wassertropfen in einem See. Ein Wappen und eine Widmung waren in den Stein gehauen, doch die Worte waren so verwittert, dass ich sie nicht entziffern konnte. Das Haus strahlte eine Art noble Souveränität aus, einen gewissen Stolz darauf, all die keltischen Nebel und die unzähligen Unwetter überlebt zu haben. Es erinnerte an eine kleine felsige Insel mitten im Meer, eine Festung, die wie ein Leuchtturm schillerte und hoch über den Bäumen über die Umgebung wachte. Schwarzer Wacholder und Steineichen wuchsen dort wie Nutzpflanzen, und an der alten hölzernen Tür stehend nahm ich einen leichten Duft nach Ginster wahr.

Ein Schild wie das am Aussichtspunkt bestätigte mir, dass ich meinen Bestimmungsort erreicht hatte. Meine »Bestimmung«. Ich lächelte, während ich das Wort im Geiste buchstabierte.

Auf der anderen Seite des ungepflasterten Platzes fiel mir ein kleines verlassenes Haus auf, wo in einem Fenster im ersten Stock ein Schild mit der handgeschriebenen Aufschrift »Zu verkaufen« und einer Telefonnummer zu sehen war.

Ich blickte mich ein letztes Mal um und trat dann über die Schwelle der Buchhandlung, wobei ich meinen Rucksack fest an mich drückte.

»Hallo. Guten Tag!«, sagte ich, während ich vorsichtig einen Schritt vor den anderen setzte, als wäre der Boden mit Glühwürmchen bedeckt, mit etwas Schönem, leicht zu Zerstörendem, das ich aus Unachtsamkeit beschädigen könnte.

Das Innere der Buchhandlung lag im Halbdunkel. Es dauerte einen Moment, bis sich meine Augen an das spärliche Licht gewöhnt hatten. Der Eingangsbereich, von dem aus sich eine Treppe aus grünlichem Marmor ins obere Stockwerk wand, führte in vier verschiedene Räume, die mit Regalen aus altem Pinienholz vollgestellt und mit Massen an Büchern in fröhlicher Unordnung angefüllt waren.

Die Wände waren schiefergetäfelt mit einem Sockel aus rotem Granit, und eine große Kristalllampe, die ausgeschaltet an der Decke hing, wirkte wie ein gefirnisster Sandhaufen, während das Licht durch ein Dachfenster hereinfiel, unter dem ein Kerzenleuchter angebracht war.

Ich grüßte erneut, diesmal etwas lauter. Doch ich erntete nur Stille, die lediglich von einem entfernt klingenden leisen Geräusch durchbrochen wurde, das sich anhörte wie ein Schaukelstuhl, der irgendwo im Haus vor sich hin wippte.

»Hallo!«

Ich beschloss, weiterzugehen. Ein Holzschild über einem der Türbogen verkündete: »Philosophen«.

Es war seltsam, aber ich empfand keine Furcht, als ich in diesen unbekannten Raum eindrang, obwohl er wirkte wie ein verzaubertes Zimmer aus einem Märchen von Hans Christian Andersen. Nur Freude. Freude und Neugierde.

Epiktet hat einmal gesagt, dass man durch die Überwindung von Furcht und Begierde Freiheit erlangt. Was mich anging, hatte ich nach Jahren der Furcht – vor dem Scheitern, dem Verlust der Arbeit, der Armut, davor, nicht geliebt zu werden … – nun jegliche Furcht hinter mir gelassen. Zumindest für den Augenblick. Es gibt nichts Besseres, um seine Furcht zu überwinden, als sich ihr zu stellen, den tiefsten Ängsten ins Auge zu sehen, erleichtert die Schultern hängen zu lassen und seufzend zu sagen: »Jetzt ist es passiert.« Ich hatte plötzlich meinen schlimmsten Befürchtungen direkt gegenübergestanden, mich von ihnen genährt, sogar von denen, die nur in meiner Einbildung existierten (und vielleicht die schlimmsten von allen waren), und nun empfand ich keine Furcht mehr, sondern einen seltsamen glücklichen Frieden. Außerdem nahmen mir der Anblick und der Geruch der Bücher jegliches Misstrauen und Unbehagen. Ich fühlte mich zu Hause oder, besser: im Paradies.

Der Raum war riesig, und die gewölbte Decke ließ ihn wie das Innere einer Kapelle wirken, die durch ein großes Fenster mit geschliffenem Glas erhellt wurde. Die Wände waren vollständig von Büchern bedeckt. Die Buchrücken in den verschiedensten Farben und Materialien schufen ein poetisches, mystisches Ambiente. Durch das Fenster waren verschwommen blühende Hecken zu sehen.

Ich nahm ein altes Exemplar der *Nikomachischen Ethik* von Aristoteles aus Stageira, dem Sohn eines Arztes am Hof des makedonischen Königs Amyntas und Lehrer Alexanders des Großen, aus dem Regal.

Ohne Freunde möchte niemand leben, las ich und seufzte, als ich mich fragte, ob ich Freunde hatte, ob mir einer meiner Freunde von früher geblieben war. Ich vermisste meine Freunde von der Universität. »Alte Freunde sind wie alter Wein«, lautet ein Sprichwort.

Ich seufzte erneut und schloss das Buch.

Die Sache war klar.

Die Bücher – und mein literarisches Glücksspiel – wiesen mir den Weg der Freundschaft, auch wenn ich nicht wirklich wusste, was das bedeuten sollte.

»Guten Tag, Señorita«, sagte da eine raue Stimme in meinem Rücken.

Ich schreckte auf, und beinah hätte ich das Buch fallen lassen.

»Oh! Guten Tag. Es tut mir leid, ich …«

»Kein Problem. Schauen Sie sich ruhig um.« Ein Mann zwischen sechzig und siebzig sah mich mit freundlich blitzenden Augen an, während sein Mund unverändert ernst blieb.

Wie er dort stand, im Licht des späten Nachmittags, umgeben von all den prächtigen Büchern, wirkte er wie ein Teil der Einrichtung. Vielleicht war er ja tatsächlich gerade einem der Bände entsprungen und hatte vor mir Gestalt angenommen, weil er es leid war, nur auf dem Papier zu existieren, und nun ausprobieren wollte, was das Leben so zu bieten hatte.

Mit wachem Blick beobachtete er mich hinter seiner Brille. Er trug eine karierte Weste, ein weißes Hemd und eine Hose in der Farbe von trockenem Laub; er war groß, hielt sich aufrecht und sah genauso aus, wie ich mir Tom Sawyers Algebralehrer vorstellte. Das wirre Haar schien eher das Ergebnis einer bewussten Abneigung gegen das Kämmen als einer Nachlässigkeit geschuldet. Er wirkte zugleich ordentlich und ein wenig schlampig, und beim Gehen zog er ein Bein leicht nach. Er trat an meine Seite und stellte ein paar Bücher ins Regal zurück.

»Ich sehe, Sie interessieren sich für Aristoteles«, murmelte er kaum hörbar vor sich hin.

»Ja, genau, Aristoteles ...«, entgegnete ich und fühlte mich irgendwie unbeholfen. Ich wusste nicht, was ich sagen sollte, ausgerechnet an diesem Ort, wo ich von so vielen Worten umgeben war.

Ich wollte etwas Einfallsreiches von mir geben, um diesem Mann zu zeigen, dass ich genau wie er oder sogar noch besser mit Worten umzugehen wusste. Schließlich hatte ich mich mein ganzes Leben über intensiv mit ihnen befasst, hatte mich in sie geflüchtet, mir mit ihnen meine Realität und meine Träume geschaffen. Dass sie mir normalerweise zuflogen und ich nicht um sie ringen musste.

Doch ich brachte keine Silbe heraus.

Ich hielt das Buch in den Händen und starrte den Mann an wie eine Idiotin. Er stellte ein paar Bände ins Regal, wählte andere aus, wischte mit einem Lappen, den er irgendwo aus dem Nichts zu nehmen schien, Staub und runzelte die Stirn, während er sich einem Buch mit abgenutztem Rücken näherte, um die Schrift darauf zu entziffern.

Wir verbrachten einige Minuten schweigend. Ich las weiter in dem Buch, und er widmete sich seiner Aufgabe des Reinigens und Ordnens mit gewandter Effektivität.

Schließlich entschied ich mich, das Schweigen zu brechen.

»Sie haben eine wundervolle Buchhandlung«, sagte ich zögernd. Ich wandte mich dem Mann zu und streckte ihm die Hand hin. »Entschuldigen Sie, dass ich mich noch nicht vorgestellt habe. Mein Name ist Brianda Gonzaga, und ich habe das Schild mit Ihrem Angebot gesehen. Sie suchen einen Nachfolger für den Laden?«

»Vielleicht ja, vielleicht nein«, antwortete er. »Gonzaga, ja? Wie die Geliebte des Dichters Gutierre de Cetina ... Hmmm ...«

Sein Händedruck war fest, aber herzlich, und das gefiel mir.

»Sehr erfreut. Ich bin Lorenzo Orozco. Händler von alten, neuen und gebrauchten Büchern, stets zu Ihren Diensten, wenn es sinnvolle Dienste sind«, fügte er hinzu. Seine Augen waren von einem strahlenden Azurblau mit dunklen Punkten darin, und sie schienen ständig zu lächeln, was im deutlichen Gegensatz zu seinem eher finsteren Gesichtsausdruck stand.

»Das ist ein sehr großes Haus für einen einzelnen Menschen ... Sie leben doch allein hier, oder?«, fragte ich.

Don Lorenzo schüttelte entrüstet den Kopf.

»Brianda, sehen Sie sich doch mal um: Ich lebe hier mit etwa dreißigtausend Schriftstellern zusammen.« Das Wort

»Schriftsteller« sprach er mit besonderem Nachdruck aus. »Das sind jede Menge Leute, gar nicht so leicht, die alle unterzubringen. Und Schriftsteller sind sehr anspruchsvolle Menschen, das kann ich Ihnen sagen. Stellen Sie sich vor, wenn alle auf einmal Lust haben, sich ein Fußballspiel anzusehen, muss ich ein ganzes Stadion mieten!«

»Bitte duzen Sie mich doch«, bemühte ich mich etwas Sinnvolles zu sagen. Señor Orozco musste mich für ziemlich dämlich halten. Wahrscheinlich zu Recht.

»In Ordnung.« Er rieb sich die Hände und betrachtete mich mit einem amüsierten Blick. »Aber leider kann ich dir nicht erlauben, mich zu duzen. So sind nun mal die Gepflogenheiten. Schließlich bin ich ein ehrwürdiger alter Mann und du eine junge Unbekannte.«

»Ich bin Lektorin.«

»Tatsächlich.«

»Zumindest war ich es. Ich bin entlassen worden.« Ich konnte nicht verhindern, dass mir Tränen in die Augen stiegen. Überrascht und beschämt fuhr ich mir mit der Hand übers Gesicht.

Er betrachtete mich aufmerksam und brummte etwas Unverständliches. Dann eilte er behände wie ein junger Mann durch den Raum.

»Blicke nicht zurück und setze deinen Weg fort, denn das ist die einzige Möglichkeit herauszufinden, wohin er dich führt.« Diesmal sprach er laut und deutlich. Das Buch, in dem er dabei blätterte, war erst vor einer Woche erschienen; ich kannte Autor und Verleger persönlich, aber ich hielt es für besser, dies für mich zu behalten, um nicht für eine nervige Angeberin gehalten zu werden. »Und wenn du traurig bist, vergeude keine Zeit mit Weinen. Mit oder ohne Tränen. Denn wie schon der gute Rojas sagte, ist es einfältig oder dumm zu weinen, da man mit Weinen nichts erreichen kann. Aber es steht mir nicht zu, dir Ratschläge zu geben. Schließlich kenne ich dich überhaupt nicht.«

»Nein, nein…«, wehrte ich ungeschickt ab. »Ich bin froh, mit jemandem reden zu können. Und dankbar für Ratschläge, auch wenn ich sie möglicherweise nicht befolgen werde.«

Das amüsierte ihn.

»Gut, Brianda, das gefällt mir.« Zum ersten Mal lächelte er auch mit dem Mund. »Und was kann ich dir nun Gutes tun? Hast du schon ein Buch gefunden, das dich interessiert, oder möchtest du dich noch weiter umsehen?«

»Ich hätte gern den Aristoteles«, sagte ich und suchte in meinem Rucksack nach meinem Portemonnaie, sodass ich dem Mann nicht in die Augen sehen musste. »Und ich würde gern Ihre Buchhandlung übernehmen.«

Ich wachte mit dem Gefühl auf, hundertundein Jahr geschlafen zu haben. Länger als Dornröschen.

Für einen Moment wusste ich nicht, wo ich mich befand, und das beunruhigte mich.

Etwas Derartiges war mir erst ein Mal im Leben passiert, nachdem ich kurz hintereinander drei Mal nach Südamerika geflogen war und unter einem Jetlag litt. Damals war ich eines Tages aufgewacht und wusste nicht mehr, ob ich mich in meinem kleinen Zimmer im Hotel La Antigua in Lima befand oder irgendwo in einer Straße in Rio de Janeiro.

Das Morgenlicht fiel durch das Geländer des großen Balkons leicht gefiltert ins Zimmer, begleitet von fröhlichen Kinderstimmen. Es waren die Herzschläge des Hauses, die die Ankunft des Morgens feierten.

Da fiel mir wieder ein, dass Don Lorenzo, der Buchhändler, mich in einem der Zimmer im oberen Stockwerk seines Hauses untergebracht hatte.

Sogar mir erschien es seltsam, dass der Mann eine Fremde wie mich, die zwar ein Fan von Aristoteles war, aber offensichtlich völlig unberechenbar, so einfach in seinem Heim aufgenommen hatte. Aber es passte zu Nuba, das mir inzwischen wie ein magisches Königreich erschien, wo die ungewöhnlichsten Dinge möglich waren, sogar alltäglich, denn das Märchenhafte schien hier völlig normal zu sein.

Das Schlafzimmer wirkte mit seinen nackten hohen Wänden wie eine Zelle in einem Zen-Kloster, einem Ort, der der Meditation vorbehalten war. Es war schlicht und einfach eingerichtet, leicht und elegant; nur das große Himmelbett aus dunklem, in rötlichen und ockerfarbenen Tönen lackiertem Holz, das mich wie eine weiche Wattewolke aufgenommen hatte, passte nicht ganz dazu. Die Laken rochen ein klein wenig muffig, nach jener Abwesenheit menschlicher Düfte, die den Dingen anhaftet, die nur selten in Gebrauch sind.

Am Vorabend hatte ich meinen Koffer aus dem Auto geholt und meine Sachen in eine Truhe aus den Dreißigerjahren geräumt, deren Intarsien ein helldunkles Zickzackmuster zeichneten. Ich strich mit der Hand darüber, es fühlte sich angenehm kühl an.

Ich öffnete die Balkontür, und sofort war das Zimmer von Licht erfüllt. Auf dem Platz waren nun ein paar Menschen, die mehr oder weniger gemächlich dahinschritten, sodass der Ort nicht mehr so ausgestorben schien wie am Vortag.

Es war gerade acht Uhr morgens, als ich in Don Lorenzos Refugium – so nannte er es – hinunterging. Er hatte sich eine kleine Wohnung im hinteren Teil des Hauses eingerichtet, die in einen Garten voller Hortensien, Begonien, Kaladien und anderer duftender Pflanzen mündete, der genauso gepflegt vernachlässigt wirkte wie das Haar und die Buchhandlung seines Besitzers.

Der Garten zeugte darüber hinaus jedoch von dem eingehaltenen Versprechen der Harmonie mit der Welt.

»Guten Morgen, Don Lorenzo.«

Vom Garten aus gelangte man direkt in die Küche, und der Duft nach frischem Kaffee hüllte mich ein, kaum dass ich durch die Tür getreten war.

»Guten Morgen«, entgegnete der Buchhändler. »Hast du gut geschlafen?«

»So gut wie seit Jahren nicht mehr«, antwortete ich, und seine Augen leuchteten auf.

»Hattest du Zeit, Aristoteles zu lesen, bevor du dich in Morpheus' Arme begeben hast?« Ungefragt stellte er eine Tasse dampfenden Kaffee vor mich hin. »Schwarz oder mit Milch?«

»Ja, hatte ich. Mit Milch, danke.«

Auf dem gelb gestrichenen Holztisch stand ein Kristallkrug mit blauen Lilien und einigen Eukalyptuszweigen.

Vorsichtig führte ich die Tasse an den Mund und nahm einen kleinen Schluck.

»Magst du geröstetes Brot?«

Ich nickte und dachte, wie ungewöhnlich und gleichzeitig völlig natürlich diese Szene wirkte. Saß ich tatsächlich gerade beim Frühstück am Tisch eines völlig Fremden, nachdem ich die Nacht in seinem Haus verbracht hatte?

Oder war ich es, die fremd war …?

Allerdings, fiel mir ein, war Don Lorenzo im Grunde gar kein Fremder für mich. Absolut nicht, denn immerhin war er ein Freund von Aristoteles, Rojas, Ibn Tufail, de Quevedo,

Li Bai, Shakespeare ... Und wenn man Menschen nach ihren Freunden beurteilen konnte, war Don Lorenzo die perfekte Gesellschaft für mich, denn er hatte die besten Freunde der Welt.

Die Küche und die übrigen Räume der Wohnung befanden sich dort, wo früher die Ställe gewesen waren, wie mir Don Lorenzo erklärte. Daher waren die Decken in diesem Teil des Hauses niedriger. Das Heim eines glücklichen Zwerges. An den Wänden hingen vergilbte Stiche, die Büchern aus dem neunzehnten Jahrhundert entnommen waren. Sie zeigten völlig unterschiedliche Szenen: eine Ansicht von Kairo mit der Zitadelle und der Sultan-Hassan-Moschee; *Die Tantalusqualen* von M. Lobrichon; *Zwei Familien* (ein Gemälde von Mihály von Munkácsy, das vor Kurzem in der Akademie der Künste in Berlin ausgestellt worden war) ... Das Porzellan war weiß, aus Sevilla, und die Wände blau gestrichen.

Ich sah Don Lorenzo über den Rand meiner Kaffeetasse hinweg an und dachte, dass es mir gefallen würde, wenn er mein Vater wäre. Allerdings nicht, weil ich etwas gegen meinen wirklichen Vater gehabt hätte, sondern weil mein wirklicher Vater nicht mehr lebte. Ich hatte weder Eltern noch einen Job. Und meine Freunde waren in etwa dieselben wie die des Buchhändlers: Kafka, Mark Twain, Lope de Vega, Ambrose Bierce ...

Ja: Wäre Don Lorenzo mein Vater, wäre alles halb so schlimm.

»Ich habe über dein Angebot nachgedacht«, sagte Don Lorenzo. »Und auch über Aristoteles.« Für einen Moment meinte ich, er hätte mir zugezwinkert, aber er wurde nur von einem Sonnenstrahl geblendet. »Du hast mir ja gestern erzählt, dass du im Moment keine Arbeit hast.«

»Mhm …« Ich nickte und schluckte ein Stück geröstetes Brot mit hausgemachter Blütenmarmelade hinunter.

»Aristoteles hat mal gesagt, dass in der Armut und sonstigem Missgeschick die Freunde als einzige Zuflucht gelten. Wie sieht es bei dir aus, Brianda? Bist du arm? Hast du Freunde?«

»Nein, ich bin nicht arm. Obwohl es heutzutage ja auch eine Art von Reichtum ist, Arbeit zu haben, weil es so wenige Arbeitsstellen gibt, und ich habe im Moment keine. Aber ich habe Ersparnisse«, entgegnete ich, diesmal ohne zu stottern. Am Vortag war ich ständig über irgendwelche Formulierungen gestolpert, daher war ich jetzt froh, relativ normal reden zu können. »Und in ein paar Tagen erhalte ich eine Abfindung von dem Unternehmen, für das ich mein gesamtes Berufsleben lang gearbeitet habe und das mich jetzt auf die Straße gesetzt hat.«

»Ich verstehe.«

»Und was meine Freunde angeht, bin ich in der gleichen Lage wie Sie. Also bin ich reich.«

»Du meinst …«

»Ja, die, die sich bei Ihnen dahinten im Laden aufhalten, stapelweise, alphabetisch und nach Themen geordnet. Übrigens bin ich sehr ordentlich, und die alphabetische Ordnung ist mir die liebste.«

»Was würde dich im Moment glücklich machen, Brianda?«

»Das höchste Gut, das ich erreichen kann, auch wenn ich nicht weiß, worin es besteht«, antwortete ich im Sinne von Aristoteles.

Don Lorenzo verstand mein Signal, und er entspannte sich, schob den Stuhl zurück und schlug die Beine übereinander. An diesem Tag trug er eine andere Weste, diesmal mit bunten Streifen. Er strich sich übers Kinn, während er den Blick zum Fenster schweifen ließ.

Zwei Blaumeisen flatterten über einem üppigen Busch blühender Kamille wie ein Liebespaar, das zusammen einkaufen geht.

Er dachte nach.

»Weißt du, ich hatte mehrere Angebote von Leuten, die meine Buchhandlung übernehmen wollten. Wie du siehst, bin ich ziemlich alt und würde gern ein wenig kürzertreten. Mehr Zeit für meinen Garten haben. Auf Reisen gehen. Ich meine, tatsächlich zu verreisen, denn in Gedanken bin ich immer unterwegs.« Er schenkte sich noch eine Tasse des starken Kaffees ein. Er trank ihn schwarz, ohne Zucker. »Ich brauche nur eine kleine Rente, die mir erlaubt, mir ein paar Wünsche zu erfüllen. Ein Teleskop zum Beispiel. Ich habe keine Schulden und keine hohen Ansprüche an das Leben, das mir noch bleibt. Aber ich kann meine Buchhandlung nicht irgendjemandem überlassen. Du gefällst mir, Brianda. Du liebst Bücher, das merkt man sofort, und deshalb vertraue ich dir. Deswegen habe ich dir letzte Nacht angeboten, hier zu übernachten. Deswegen habe ich dir mein Refugium geöffnet und dir das Buch von Aristoteles zu einem Sonderpreis überlassen. Weil du Bücher liebst, nur deswegen. Denn das ist der beste Grund von allen, meiner Meinung nach.«

»Wenn es ein Sonderpreis war, dann vielen Dank noch.«

»Gern geschehen. Aber was ich eigentlich damit sagen will, ist, dass ich meinen Laden gern einem Nachfolger übergeben würde, bisher aber noch niemanden gefunden habe, der dafür geeignet wäre. Du könntest vielleicht dieser Nachfolger sein. Oder auch nicht.«

»Ich würde mich sehr darüber freuen.«

»Ja, aber wie unser gemeinsamer Freund Aristoteles gesagt hat, sollte sich die Glückseligkeit nicht nach den Schicksalen richten, denn dann stünde sie auf sehr schwachen Füßen und man müsste den Glückseligen – oder die Glückselige in deinem Fall – für eine Art Chamäleon erklären.«

»Ich verstehe nicht.«

»Brianda, du bist erschüttert und traurig. Man merkt, dass der Schicksalsschlag, der dich ereilt hat, dich aus der Bahn geworfen hat.« Er richtete die gesprenkelte Fliege, die er am Kragen trug. »Wir alle sind die Generäle unserer Existenz und dazu verpflichtet, den Sieg zu erringen. Frag unseren Freund Aristoteles, und du wirst sehen, was er dazu sagt.«

Unruhig rutschte ich auf meinem Stuhl hin und her. Ich kannte diesen Mann erst seit ein paar Stunden, und schon hatte er mich durchschaut. Mein Geist musste noch durchsichtiger sein als die Glasscheibe in seiner Küchentür.

»Es ist eigenartig, aber es war immer mein Wunsch, etwas Besonderes aus meinem Leben zu machen, ein Kunstwerk ...«

»Das ist gut, aber pass auf, dass es ein echtes Kunstwerk und keine Fälschung wird.«

Meine Antwort bestand in einem traurigen Lächeln.

»Es stimmt, dass ich gerade ziemlich deprimiert bin. Zu scheitern ist nicht gerade ein Grund zu feiern, denke ich. Ich habe Angst«, gestand ich widerwillig, »aber ich versuche, all das Schlechte, das mir durch den Kopf geht, zu vergessen und neu anzufangen.«

»Vergessen? Warum? Warum willst du dein Scheitern verdrängen, wenn es doch ein Teil von dir ist? Willst du einen Teil von dir vergessen? Vergessen, was du bist ...?« Er schüttelte den Kopf und stand auf, stellte die gebrauchte Kaffeetasse in die Spüle.

»Ich versuche, meinen Irrtum zu korrigieren«, bemühte ich mich, es besser zu erklären, aber es war an der Zeit, die Buchhandlung für die Kunden zu öffnen.

»Dieser Ort ist eine der vielen Stationen auf dem Pilgerweg nach Santiago de Compostela«, sagte Don Lorenzo, bevor er ging. »Ab und zu kommen Pilger her. Vor allem zum Ende des Frühlings hin, im Sommer und am Herbstanfang. Aber die Umgehungsstraße hält viele Leute davon ab, in Nuba Station zu machen. Die meisten, die mit dem Auto hierherkommen, haben sich verfahren, wie du. Die mit dem Bus kommen, wissen, was sie erwartet; sie werden hergebracht und steigen zufrieden aus. Und dann gibt es die, die sich von dem Weg nicht abschrecken lassen und zu Fuß kommen. Das sind die Besten, Leute die überall hingelangen, da sie nur ihren eigenen Füßen, ihren eigenen Kräften vertrauen. Ich habe jede Menge Bücher von Reisenden hier, die diese in ihren Rucksäcken mitgebracht haben. Das, was man zum Überleben braucht: Wasser, Brot, eine Zahnbürste und Bücher, so denken diese Leute. Wenn sie während ihres Aufenthaltes hier ein Buch ausgelesen haben, überlassen sie es mir, legen es in einen Karton, der an der Tür steht, damit ich dafür sorge, dass jemand anderes es lesen kann. Auf diese Art bin ich an Bücher in den verschiedensten Sprachen gekommen. Sogar auf Tagalog, kannst du dir das vorstellen?«

Ich zog erstaunt die Augenbrauen hoch.

»Unglaublich«, murmelte ich leicht entmutigt.

»Was ich sagen will, ist, dass dieser Ort an einer Kreuzung liegt. Hier kommen die unterschiedlichsten Menschen vorbei. Und die meisten von ihnen sind gute Menschen. Wie du, dessen bin ich mir sicher, und frag mich nicht, warum, denn dann riskierst du, dass ich dir darauf antworte ... Aber etwas fehlt dir noch, Brianda. Etwas, das du brauchst, um meinen Laden zu übernehmen.«

»Was? Was fehlt mir?« Ich hob fragend die Hände.

»Wenn ich das wüsste! Dann würde ich es dir sagen, und vielleicht würde es dir helfen, es zu finden.« Er seufzte und zog die Augenbrauen zusammen. »Du allein musst es herausfinden. Ich kann dir leider nicht dabei helfen.«

»Na toll!«, sagte ich entmutigt.

»Aber ich kann dir etwas anbieten.«

»Was?«

»Komm mit!«

Wir traten in den Garten hinaus und gingen ums Haus herum. Don Lorenzo öffnete die Tür zum Laden und grüßte ein paar Bekannte aus dem Ort, die vorbeikamen. Er hängte das Schild, auf dem er bekannt gab, dass er einen Nachfolger suchte, nach draußen, als handelte es sich um die täglich wechselnde Speisekarte eines Restaurants, und wir traten in den Hausflur.

Es war kühl und sonnig, ein perfekter Frühlingstag.

An einem Ort wie diesem haben nicht einmal die Kinder Angst vor der Dunkelheit, dachte ich, auch wenn ich schon bald erfahren würde, dass dies absolut nicht stimmte.

Wir betraten den Laden. Durch das Dachfenster drang ein Streifen perlgrauen Lichts herein, das mir zur Begrüßung ins Gesicht fiel.

»Ich werde dir ein Geheimnis verraten.« Don Lorenzo drehte sich um und sah mir in die Augen. Er war größer als ich; das Alter hatte ihn nicht gebeugt und würde seiner aufrechten Haltung wohl auch nichts mehr anhaben können. »Hier, in diesen vier Wänden, ist der Schlüssel zu einem Schatz versteckt. Wenn du ihn findest, gehört die Buchhandlung dir.«

»Und wer bekommt den Schatz dann?«, erkundigte ich mich und bereute meine profane Frage sofort.

Der alte Buchhändler lächelte leicht bemüht, wie es mir schien.

»Den darfst du auch behalten. Natürlich«, sagte er gnädig. »Ich biete dir an, hier zu arbeiten und mich zu unterstützen, während du nach dem Schatz suchst. Ich werde dich nicht dafür bezahlen, aber du bekommst Unterkunft und Verpflegung bei mir. Du kannst bleiben, solange du willst, und wenn du dich langweilst oder erfolglos aufgibst oder wenn du wegwillst, weil du andere Pläne hast, kannst du jederzeit aufbrechen. Jederzeit.«

Amüsiert sah ich ihn an.

Ich glaubte, dass er mir nicht die ganze Wahrheit gesagt hatte, auch wenn seine lachenden Augen im Gegensatz zu seinem ernsten Gesichtsausdruck daran zweifeln ließen. Wenn er mir versicherte, dass hier der entscheidende Hinweis zu finden war, der verriet, wo jener Schatz versteckt war, wer war ich, dies anzuzweifeln? Und wenn der Sack mit den Reichtümern nicht aufzufinden war, wen kümmerte das? War die Suche nicht viel unterhaltsamer als das Finden? Das Abenteuer aufregender als die Auflösung? Die Entwicklung der Geschichte interessanter als das Ende …?

»Einverstanden«, willigte ich schneller ein, als ich eigentlich wollte.

Wir besiegelten es mit einem Händedruck.

Ich betrachtete Don Lorenzo eingehend und hatte das seltsame Gefühl, dass dieser Mann wie ein Schiff auf dem Ozean war, weit weg von dem Ort, von dem aus ich ihn sah.

FREUDE

Wie soll ich aus meinem Leben ein Kunstwerk machen, wenn es mir an Freude fehlt? Wie Rabelais ziehe ich das Lachen den Tränen vor, aber manchmal fällt es mir schwer, dem Befehl der Freude Folge zu leisten und sie wirklich anzuwenden wie eine Medizin, die meinem Geist die Kraft zurückgeben kann.

Den Abend lang währet das Weinen, aber des Morgens ist Freude, heißt es im Buch der Psalmen.

Gern hätte ich mehr Freude empfunden, viel mehr. Nicht jene stille Freude ohne Fröhlichkeit, von der Byron spricht, sondern die gesunde Freude de Mussets. Die Emily Dickinsons, die sich damit von ihrer Unsicherheit erholte.

Natürlich weiß ich – weil ich Ausiàs March gelesen habe –, dass es niemanden gibt, *der nicht traurig ist und der's auch niemals war.* Aber ich verzichte auf die Gesellschaft von jenen Menschen, die glauben, dass die ganze Welt traurig ist und dass in der Traurigkeit eine gewisse Erhabenheit liegt, wie der argentinische Dichter Leopoldo Lugones versichert.

Ich mag diejenigen nicht, die den Schmerz in sich tragen, die anderen ihre Traurigkeit weitergeben, als teilten sie unglückbringende Karten aus, diejenigen, die allein durch ihre Anwesenheit den Morgen verdunkeln.

Mir gefallen das Lachen und das Lächeln.

Ich kann hören, wie sie den Seiten meiner Kinderbücher entspringen. Tom Sawyer und Huckleberry Finn, die sich voller Glück gemeinsam auf Schatzsuche begeben.

Ich mag die Freude in Kiplings *Dschungelbuch*, in Louisa May Alcotts *Betty und ihre Schwestern*, die Freude Jules Vernes und Antoine de Saint-Exupérys (eine bittersüße Freude, denn die Hoffnung ist eine Welt, die der Lebensfreude entspringt).

Und die Freude, die ich von anderen erfahre, ist das schönste Geschenk, genauso wie das schönste Geschenk, das ich anderen machen kann, meine Freude ist.

Zu lernen, mit Freude den Kampf gegen die Sorgen zu gewinnen. Sich neue Dinge zu erschließen. Die Freude ist der einzige Papierkorb, aus dem die Dunkelheit recycelt wird, das Gewicht eines bedrückten Herzens.

Die Traurigkeit dagegen ist ein toxisches Element, das sich mit der Schnelligkeit einer Geschlechtskrankheit verbreitet, denn die, die uns lieben, vergiften sich mit unserer Traurigkeit.

Wenn mein Leben wirklich ein Kunstwerk werden soll, hat die Traurigkeit darin genauso wenig zu suchen wie in einem Ehebett mit von der Liebe noch zerknüllten Laken.

Aber wie vertreibt man die Traurigkeit aus seinem Leben, wenn sie zur Gewohnheit geworden ist? Kann ich sie einfach daraus entfernen, so wie man einen alten rostigen Nagel aus der Wand zieht? Der alte rostige Nagel der Traurigkeit hat sich fest in die Wände meines Herzens gebohrt. Und die Traurigkeit vergiftet die Freude, denn während die Freude das Haus unseres Lebens mit Seidentapeten bestückt, lässt die Traurigkeit es rosten und verrotten, bis es schließlich samt dem Nagel in der Wand in sich zusammenfällt.

Ich möchte keine traurige Frau sein.

Nachdenklich ja.

Vorsichtig.

Ruhig.

Aber bitte nicht traurig.

Ich bete, dass das Leben mich vor den Schäden, die die Traurigkeit anrichtet, bewahrt. Dass es mir die Medizin des Lachens verordnet, mit der Allzweckwaffe des Jubels in Reichweite. Dass es die Flecken, die die Traurigkeit auf meiner Haut hinterlassen hat, mit Seife aus Zitronen und Nelken abwasche.

Dass die Werke von Aristophanes und Menander, Juan del Encina und William Shakespeare – soweit es sich um dessen Komödien handelt – kommen, um mich aus der Traurigkeit zu reißen. Dass Laurence Sterne, Titus Petronius und William Brown sich meiner erbarmen.

Dass ich der Traurigkeit lebend entkomme, dass ich nicht dazu versklavt werde, ihre unerträgliche Last zu tragen ...

Dass ich von dem schwachen Gen der Traurigkeit befreit werde.

Amen.

Meine erste Woche in Nuba war vergangen, ehe ich michs versah. Ich freundete mich mit den Bäumen und den Vögeln an. Sie gesellten sich nun zu den Dichtern, Romanautoren und Philosophen hinzu, die mich ständig begleiteten. Don Lorenzo in der Buchhandlung zu unterstützen war eine ruhige, einfache Aufgabe. Wir sortierten, machten sauber und bedienten die Kunden. Einige Pilger kamen in den Laden, und nach und nach lernte ich die Bewohner des Ortes kennen, den Briefträger, den Bäcker, zufriedene Hausfrauen mit geröteten Wangen, die in der Buchhandlung vorbeikamen, um Hallo zu sagen oder Bücher für ihre Kinder zu bestellen. Holzfäller und nach Orientierung suchende Jugendliche, die E. T. A. Hoffmann lasen, anstatt mit der Playstation vor dem Computer zu sitzen, bunt herausgeputzte junge Mädchen, die nach versteckten Liebesromanen suchten. Es kamen mehr Kunden, als ich erwartet hatte, und der Gedanke, dass Locus Docendi so beliebt war, machte mich glücklich.

Eines Morgens, als Don Lorenzo gerade den »Artischockenkopf« bediente, einen rothaarigen jungen Mann mit dem Lausbubengesicht eines Kobolds, der als Gepäckträger im einzigen Hotel im Ort arbeitete – einem einfachen, preiswerten Gasthaus namens Luces del Norte –, hörte ich sie von einem Auto sprechen, das in der Nähe des Pilgerhospitals geparkt stand. Das ließ mich aufschrecken, denn ich hatte meinen Mietwagen komplett vergessen!

»Keine Ahnung, wem die Rostlaube gehört«, beschwerte sich der Artischockenkopf, »aber jetzt reicht's! Seit Tagen schon steht der einfach so auf einem fremden Parkplatz!«

»Die Dinge sollten immer am richtigen Platz sein«, meinte Don Lorenzo nickend. »Manchmal geschieht das nicht von selbst. Aber dafür sind wir Menschen ja da, nicht wahr, Ramón?« So hieß der Artischockenkopf in Wahrheit. »Um dafür zu sorgen, dass die Dinge am richtigen Ort sind. Von allein kommen sie nicht dorthin. Keine Sorge, der Besitzer des Wagens wird sicher bald auftauchen.«

Don Lorenzo packte das, was der Artischockenkopf gerade erworben hatte, in Papier ein.

Ich räusperte mich leise, ließ das liegen, womit ich gerade beschäftigt war, und ging zu den beiden hinüber.

»Ramón, entschuldige, aber ich glaube, das ist mein Wagen. Ich meine, er gehört mir nicht, aber ...«

Der junge Mann sah mich argwöhnisch an.

»Ist es nun Ihr Wagen oder nicht? Das müsste Ihnen doch

eigentlich klar sein, oder? Sie haben ihn doch nicht gestohlen oder so etwas ...?«, fragte er misstrauisch.

»Nein, nein! Gestohlen, also bitte ...!« Ich lächelte nervös. »Es ist ein Mietwagen, aber mir ist das Benzin ausgegangen ... Ich habe ihn völlig vergessen. Ich bin seit meiner Ankunft hier bestimmt ein Dutzend Mal an dem Schuppen, in dem er steht, vorbeigekommen, aber mein Gehirn hat das arme Auto irgendwie ausgeblendet. Ich will sagen ... Vergiss es, das ist nicht dein Problem. Aber ich muss es zurückgeben. Das wird sonst unendlich teuer. Weißt du vielleicht jemanden, der mir ein paar Liter Benzin verkaufen könnte?«, fragte ich verlegen. »Genug, um in die Stadt zu fahren, den Wagen bei der Mietwagenagentur abzugeben und die Sache abzuschließen? Auch wenn ich keine Ahnung habe, wie ich dann wieder hierher zurückkommen soll.«

»Sei vorsichtig, wenn du in die Stadt fährst, es soll ein Unwetter geben«, warnte Don Lorenzo.

Die Vorstellung, Nuba auch nur für einen Tag zu verlassen, hüllte mich wie ein dunkler Schleier ein. Fortgehen, nachdem ich gerade erst angekommen war ...?

Der Mietwagen. Wie ärgerlich!

Der Artischockenkopf verzog nachdenklich das Gesicht.

»Ich könnte Ihnen das Benzin verkaufen.«

»Vielen Dank, Ramón, du bist unglaublich!«

»Was meinen Sie mit ›unglaublich‹? Dass Sie an jemanden wie mich nicht ›glauben‹ können? Was ist an mir unglaublich? Ich bin ziemlich normal, denke ich. Oder?«

»Ja, klar. Du bist überhaupt nicht unglaublich. Vergiss es! Das ist nur so eine Redensart.«

Sofort machte ich mich auf die Suche nach dem Autoschlüssel, der wahrscheinlich mit in der Truhe lag, in die ich meine wenigen Sachen geräumt hatte. Ich nahm gleich die Papiere mit heraus und zog mich um.

Als ich am Schuppen ankam, wartete der Artischockenkopf dort bereits auf mich, mit einem riesigen Trichter und einer Plastikflasche mit einer glänzenden Flüssigkeit darin.

»Ah, dieses stinkende Zeug!«, murmelte ich, während ich den Tankdeckel öffnete. »Bitte einmal volltanken!«

Als der junge Mann fertig war, erklärte er mir, was er sich überlegt hatte, um mein Problem mit der Rückfahrt zu lösen.

»Mein Cousin José arbeitet im Sägewerk. Er kommt heute Abend aus der Stadt hierher. Er ist immer drei Tage die Woche in Nuba und schläft im Hotel. Wissen Sie, er arbeitet nur drei Tage in der Woche, die anderen verbringt er in der Stadt bei seiner Freundin.« Ramón kratzte sich am Kopf, auf dem sein feuerrotes Haar wucherte wie Unkraut. »Ich habe ihn gebeten, dass er Sie am Nachmittag hierher mitnimmt. Das heißt, Sie können in die Stadt fahren, das Auto abgeben, einen Spaziergang machen und etwas essen, und so etwa um fünf holt mein Cousin Sie ab. Hier ist seine Telefonnummer, damit Sie einen Treffpunkt ausmachen können. Wenn Sie gleich losfahren, ist genügend Zeit.« Er sah auf die Uhr. »Den Weg kennen Sie ja, oder?«

»Ja, ich kenne den Weg.« Ich dachte daran, wie schwierig es gewesen war, hierherzukommen, und die Vorstellung, zurück in die Stadt zu fahren, behagte mir gar nicht. »Hier das Geld für das Benzin. Stimmt, oder? So viel, wie du gesagt hast.«

Der junge Mann zählte sorgfältig nach, wobei er die Scheine und Münzen gut festhielt, als hätte er Angst, dass sie wie Vögel davonfliegen könnten.

»Ja, stimmt.«

»Vielen Dank noch mal, Ramón.«

Der Artischockenkopf wandte sich um und hob noch einmal die Hand, bevor er sich auf den Weg zurück ins Hotel machte.

»Ich bin froh, dass Sie die Karre hier wegbringen, ehrlich … Sie haben Glück, dass die Polizei hier nicht so streng ist. Oder sagen wir, Sie haben Glück, dass es hier keine Polizei gibt.«

Ich fuhr den kurvigen Weg entlang, der aus Nuba hinausführte. Nachdem ich den Aussichtspunkt hinter mir gelassen hatte, wurde die Landschaft rauer und ein wenig düsterer, gerade so, wie ich es in Erinnerung hatte. Nuba war wirklich ein ganz besonderer Ort, als läge er auf einer Wolke. Und offensichtlich profitierte es von einem speziellen Mikroklima, das die Pflanzen und die Tierwelt extrem begünstigte. Ein Flecken blühenden und üppig gedeihenden Lebens auf der Landkarte der Region.

Ich ließ mir Zeit.

Als ich Nuba ein gutes Stück hinter mir gelassen hatte, überkam mich plötzlich jenes altbekannte Angstgefühl. Ich fühlte mich wie Rotkäppchen im Wald; alles um mich herum wirkte bedrohlich, obwohl ich mich sicher und geborgen in dem kleinen Mietwagen befand, dessen Motor fröhlich vor sich hin schnurrte.

Und dann wurde es finster.

Die Wolken wurden dick und zäh wie geschmolzene Schokolade, die in einem Krug abkühlt. Es war, als bräche mitten am Tag die Nacht herein.

Ich dachte an die Legenden von Zaubereien und Gespenstern in Heines *Reisebildern*. Burgruinen, von Plünderern zerstört und von Kobolden bewohnt. Eine Frau, die nachts majestätisch durch Flure und Galerien wandelte, der fließende Stoff ihres eleganten schwarzen Seidenkleids flatterte im nächtlichen Wind – ein schönes Bild, wenn man davon absah, dass der Dame der Kopf fehlte. Heines Geschichten waren traurig, düster, finster. Auch die der im Kampf gefallenen Soldaten, die des Nachts wieder vom Schlachtfeld aufstanden und mit dem Tambour an der Spitze nach ihrer Vaterstadt marschierten …

Ich machte das Radio an, um mich von den makabren Geschichten abzulenken, aber es war nur ein monotones Rauschen zu hören. Es hatte angefangen zu nieseln, und die Bäume am Straßenrand erschienen mir wie Hexen und Dämonen, die jeden Moment über mich herfallen würden.

Ich brauchte dringend Musik. Mit Musik ließen sich die Geister vertreiben, dachte ich. Ich schalt mich selbst, weil ich mich wie ein ängstliches kleines Mädchen benahm.

Plötzlich ertönte ein ohrenbetäubender Donnerschlag, und in dem Blitz, der eine Sekunde später die Dunkelheit des Waldes durchschnitt, sah ich ein Auto vor mir, das praktisch aus dem Nichts auftauchte. Ich bremste – hätte der Himmel mir nicht diese unerwartete Erleuchtung geschickt, wäre ich garantiert auf den Wagen aufgefahren.

Es war ein Geländewagen, neben dem mein Kleinwagen winzig wirkte.

Er stand an der rechten Straßenseite geparkt, war jedoch so breit, dass er ein gutes Stück auf die Fahrbahn ragte. Vielleicht hatte er eine Panne gehabt. Da ich nun schon mal angehalten hatte, nutzte ich die Gelegenheit, um nach meinem iPod zu suchen. Darauf war Musik für viele Stunden gespeichert, genug, um mich begleitet zu fühlen. Der iPod war in meinem Rucksack auf dem Rücksitz des

Wagens. Ich brauchte das Gerät nur einzustöpseln, und meine Angst würde mit den Takten der Musik von R.E.M. verschwinden.

Langsam fuhr ich an dem Geländewagen vorbei und versuchte zu erkennen, ob jemand darin saß. Vielleicht hatte der Fahrer Probleme und konnte Hilfe gebrauchen. Doch mein Wagen war wie ein Spielzeugauto neben diesem Monstrum, und ich konnte nichts erkennen. Ich würde aussteigen müssen, um einen Blick hineinwerfen zu können, wenn ich das wirklich wollte.

Der Regen wurde heftiger. Von dort, wo ich mich befand, konnte ich den Fluss nicht ausmachen, obwohl ich das Dröhnen des wilden Wassers deutlich hörte. Der Wald war in einem Käfig aus dampfenden Gewitterwolken gefangen. Die Pappeln und die Nadelbäume klammerten sich im peitschenden Wind aneinander, der über den grünen Baldachin der Baumkronen jagte.

Ich sehnte mich nach der heimeligen Wärme des Hauses von Don Lorenzo, der in diesen Momenten wahrscheinlich, zwischen seinen Büchern geborgen, zusah, wie der Regen im Dichtersaal an die Fensterscheibe prasselte.

Kurz entschlossen zog ich den Regenmantel über und band die Kapuze unter dem Kinn fest. Jetzt sah ich aus wie ein erwachsen gewordenes Rotkäppchen, das sich nach einem erfüllten Leben noch einmal im Wald verirrt.

»Hallo, ist hier jemand?«, schrie ich aus Leibeskräften, doch die einzige Antwort war das Brausen des Windes.

Es war nicht möglich, festzustellen, ob jemand in dem Wagen saß. Der Regen peitschte gegen die Scheiben, sodass ich den Eindruck hatte, in die dunklen, verschwommenen Tiefen des Meeres zu blicken.

Ich wollte gerade zu meinem Auto zurückgehen, als zwei kräftige Hände mich am Arm fassten.

»He!«, rief ich ängstlich.

»Kommen Sie mit!« Auch der Mann schrie, damit ich ihn in dem Getöse hören konnte. »Keine Panik! Ich werde Sie nicht auffressen.«

Er trug ein dunkelgrünes Regencape und wirkte düster und mürrisch. Er war groß, und der Regenvorhang vor seinem Gesicht verbarg seine Augen.

»Was?« Vor Schreck raste mein Herz wie verrückt.

»Ich sagte, dass Sie bei dem Wetter nicht wieder ins Auto steigen sollen«, brummte er. »Haben Sie die Tür geschlossen? Die Autotür? Haben Sie die Handbremse angezogen? Ja oder nein?«

Ich stand stumm und wie gelähmt vor ihm und starrte ihn an wie eine Erscheinung. Der Mann nahm mir den Autoschlüssel aus der Hand und ging zu meinem Wagen hinüber. Er setzte sich auf den Fahrersitz, startete den Motor und fuhr ihn vom Straßenrand weg eine leicht ansteigende Böschung hinauf; dann zog er die Handbremse an, legte den Gang ein, stieg aus und schloss ab. Zuletzt überzeugte er sich davon, dass die Fenster alle geschlossen waren, ging noch einmal prüfend um den Geländewagen herum, der anscheinend seiner war, und kam zu mir zurück. Ich hatte die ganze Zeit über verdattert und reglos im Regen gestanden und ihm zugesehen, ohne zu wissen, was ich denken oder tun sollte.

»Los!«, befahl er.

Er reichte mir die Hand.

Ich betrachtete ihn, sein in dem wütenden Wind und Regen verzerrt wirkendes Gesicht, und fand, dass er aussah wie ein gewiefter Jäger, der über ungeahnte Kräfte verfügt.

Wie jener Askeladden aus dem norwegischen Märchen, der eines Tages beschließt, den Troll zu bestehlen, um die Prinzessin und die Hälfte des Königreichs zu gewinnen.

Ich traute mich nicht, ihm meine Hand zu geben.

»Los!«, wiederholte er.

Das Unwetter hatte seinen Höhepunkt erreicht. Ich konnte mich kaum noch aufrecht halten und war sicher, dass der Wind mich jeden Moment wie ein Blatt durch die Luft wirbeln würde.

Der Mann brummte etwas, aber ich konnte nicht verstehen, was er sagte.

Schließlich griff er einfach nach meiner Hand und zog mich mit sich in den Wald.

Auch hier, zwischen den Bäumen, zerrte der Wind noch an uns, jedoch nicht mit der gleichen wütenden Kraft wie vorher. Wir kamen nur mühsam voran; ich stolperte hinter ihm her, aber er ließ mich nicht los.

Ich spürte die Schwielen in seiner Hand; seine Haut war rau wie die eines Bauern und fühlte sich an wie das rissige Leder eines alten Koffers.

Ich wusste nicht, was ich von der Sache halten sollte. Die Szene erinnerte an einen kindlichen Albtraum. Der Wald um uns herum wurde immer dunkler und bedrohlicher. Es knackte, zischte, klopfte. Unser Weg schien unendlich. Schließlich gelangten wir zu einer finster aussehenden Hütte. Das Holz wirkte verrottet und die Fensterscheiben trüb.

»Die Hütte der Ziegenhirten, besser als nichts«, sagte der Mann. Er schob mich unter den Dachvorsprung, um mich vor dem herunterprasselnden Regen zu schützen, und tastete auf dem Sims an der Tür herum, bis er den Schlüssel gefunden hatte. »Gehen Sie rein!«

Ich gehorchte ohne Widerworte.

Er musste sich anstrengen, die Tür zu schließen, und als es ihm gelungen war, den Wind auszusperren, jagte dieser heulend um die Hütte.

»Ziehen Sie Ihre Kleider aus.«

Erschreckt drückte ich mich an die Wand.

»Wie bitte?«

»Ich sagte, dass Sie Ihre Kleider ausziehen sollen, wenn Sie keine Lungenentzündung bekommen wollen.« Er seinerseits hatte bereits das Regencape abgelegt und an einen Haken an der Tür gehängt. Pullover und Hose folgten. Er trug die für Landarbeiter typische Kleidung, eine farblich nicht gerade gut aufeinander abgestimmte Kombination. Ungeschickt murmelte er eine Entschuldigung. »Verzeihung. Alles klar?«

»So kalt ist es ja eigentlich gar nicht jetzt im Frühling«, wandte ich ein.

Der Mann zuckte mit den Schultern.

»Wie Sie meinen.«

Er stand in Unterwäsche vor mir, trug aber Boxershorts, was es nicht ganz so peinlich machte.

Die Hütte war höchstens zehn Quadratmeter groß und enthielt kaum etwas außer einem Feldbett, einem grob gezimmerten Tisch, ein paar wackeligen Stühlen und einem Kamin, neben dem einige Holzscheite aufgeschichtet waren. Ein paar Milchkannen standen herum.

Ich zog die klatschnasse Kapuze ab, während er ein Feuer machte. Die Leichtigkeit, mit der es ihm gelang, das Feuer zum Brennen zu bringen, faszinierte mich; offensichtlich kannte er sich aus. Vielleicht war er Hirte – oder Holzfäller. Letztere gab es wegen des Sägewerks einige im Ort. Den Cousin des Artischockenkopfs zum Beispiel.

Apropos! Wegen des Unwetters würde ich es wahrscheinlich nicht mehr schaffen, den Wagen zurückzugeben, sodass der Cousin des Artischockenkopfs umsonst auf mich warten würde. Ich hatte nicht einmal ein Handy, um ihm Bescheid zu sagen, denn das hatte ich ja in Madrid gelassen, wo es sich in wohlverdienter Ruhe von den elektromagnetischen Wellen treiben ließ. Bis zu diesem Moment hatte ich es kein bisschen vermisst.

Auch wenn ich dem Mann gegenüber etwas anderes behauptet hatte, fror ich entsetzlich. Eine Eiseskälte kroch mir durch die Haut in die Knochen und durchdrang mich, als wäre ich ein Schwamm, der sie gierig aufsaugte.

Ich näherte mich dem Kamin, um mich etwas aufzuwärmen.

Dabei störte mein unbequemer Regenmantel: Außen begann ich zu glühen, während ich innerlich noch immer starr vor Kälte war.

Ich zog den Mantel aus und hängte ihn zu dem Cape des Mannes an den Haken an der Tür.

Durch die Ritzen im Holz drang kalte Luft herein, und draußen schlug der Fensterladen rhythmisch gegen die Wand.

»Ich war auf dem Weg in die Stadt«, meinte ich, um irgendetwas zu sagen. »Ich wusste, dass es ein Gewitter geben sollte, aber mit solch einem Unwetter hatte ich nicht gerechnet.« Ich wies nach draußen, aber der Mann beachtete mich kaum.

Er machte es sich auf der Liege bequem, als wäre es ein königliches Bett mit bestickten Laken, und streckte die Beine aus. Er war muskulös, auf eine gesunde, natürliche Art, eine Muskulatur, wie man sie von harter Arbeit bekommt und nicht von Sporttraining und Anabolika.

Ich war mitten im Raum stehen geblieben, unschlüssig, ob ich erneut versuchen sollte, ein Gespräch anzufangen, oder ob ich, in der Hoffnung, dass das Gewitter bald vorbei sein und jeder seiner Wege gehen würde, gar nichts tun sollte.

Schließlich entschied ich mich für die Wärme des Feuers, weil ich vor Kälte zu zittern begann. Mein Haar war trotz der Kapuze, die ich getragen hatte, völlig durchnässt. Meine Bluse klebte mir an der Brust, und die feuchte Hose scheuerte an der Taille. Ich zog Stiefel und Strümpfe aus und ging zum Kamin hinüber. Ich mag Feuer. Es hat keine bestimmte Gestalt und lässt sich in keine Form pressen; es verändert sich unaufhörlich, verwandelt sich auf magische Art. Lustig und böse, bedrohlich und anregend.

Ich beobachtete den Mann aus den Augenwinkeln. Er hatte sehr kurzes Haar; es war kastanienfarben mit ein paar grauen Strähnen. Seine Augen waren von einer verwaschenen Farbe zwischen Grün und Braun wie das Wasser in den Tiefen eines wilden Flusses. Ich schätzte ihn auf um die vierzig, aber er hatte sich einen jungenhaften Zug um den Mund bewahrt.

Anscheinend merkte er, dass ich ihn betrachtete, denn er stand auf.

»Sie sollten sich die nassen Kleider ausziehen. Ich verspreche, nicht hinzusehen, wenn es das ist, was Sie davon abhält. Wenn Sie sie dort in die Nähe des Feuers hängen, wie ich es gemacht habe, werden sie schnell trocknen«, meinte er.

Ich sagte nichts darauf, befolgte seinen Rat aber wenig später.

Draußen tobte das Unwetter mit orkanartigen Windböen und heftigen Regenschauern; die ganze Hütte knarrte.

Vielleicht befanden wir uns im Reich des Zauberers Oz. Oder Noah würde gleich mit der Arche vorbeikommen. Ich betete, halb tot vor Kälte und Scham, dass die Sintflut bald vorbei sein würde.

»Sie können sich auf die Liege legen, wenn Sie möchten.«

»Ich heiße Brianda.«

»Brianda, legen Sie sich hin. Wenn Sie möchten«, wiederholte er. Er sah mich durchdringend an, nannte jedoch nicht seinen Namen. »Ich nehme den Stuhl.«

»Das ist nicht nötig. Ich bleibe lieber hier.«

»Wie Sie wollen.«

Er ließ sich auf dem freien Stuhl nieder, und so saßen wir beide schweigend nebeneinander am knisternden Feuer, während draußen das Unwetter tobte.

Ich weiß nicht, wie viel Zeit verging.

Keiner von uns sagte etwas. Die Kälte verschwand langsam aus meinem Körper. In Unterwäsche und dünnem Baumwollhemd auf dem unbequemen Stuhl sitzend, hüllte mich erstaunlich schnell eine angenehme Wärme ein.

Der Mann roch gut. Nicht nach Parfüm – er entsprach eher dem Bild eines Seemanns aus der Schiffsbesatzung Hernán Cortés' als dem eines gut gekämmten Büroangestellten aus dem Zentrum Madrids –, doch er verströmte einen angenehm männlichen Geruch, dort, im Schein des Feuers, in dem seine Lippen wirkten wie zwei feine aus Drachenblut gezeichnete Linien.

Auf einmal sah er mich an, so intensiv, dass ich förmlich spüren konnte, wie seine Augen mich berührten. Verwirrt wandte ich den Blick ab und konzentrierte mich auf meine Haare, die ich zu einem Zopf gebunden hatte, aus dem immer noch Wasser tropfte. Vorsichtig löste ich ihn, damit sie trocknen konnten.

»Du bist schön«, sagte er plötzlich, als zöge er einen Strauß Orchideen aus der Asche im Kamin.

»Schön?«

Nein, ich war nicht schön. Das wusste ich, seit ich mit fünf Jahren aus Versehen die hässliche Hornbrille einer Tante meiner Mutter zerbrochen hatte. Die Frau hatte sich schimpfend über mich gebeugt, ihr Gesicht so nah an meinem, dass ich ihren Atem spüren konnte. »Du bist hässlich, Brianda. Böse und hässlich!«, hatte sie mir zugezischt, so leise, dass nur ich es hören konnte; meine Mutter, die, nur wenige Meter von uns entfernt, vorwurfsvoll herüberblickte, hatte ihre Worte nicht gehört.

Später in jener Nacht hatte sie sich zu mir gesetzt und gefragt, was los war.

»Die Tante hat gesagt, dass ich hässlich bin. Ich wusste nicht, dass ich hässlich bin«, hatte ich ihr schluchzend gestanden.

»Niemand, der geliebt wird, ist hässlich, mein Schatz.« Meine Mutter hatte mir übers Haar gestrichen. »Und du wirst geliebt. Du hast Papa und mich, die dich über alles lieben. Du bist schön, Brianda. Für mich bist du die Schönste auf der ganzen Welt.«

Aber dann waren meine Eltern bei einem Verkehrsunfall ums Leben gekommen, und es gab niemanden mehr, der mich daran erinnerte, dass ich nicht hässlich war, weil ich geliebt wurde.

»Du bist schön.«

Wer oder was war dieser Mann? Holzfäller, Jäger, Wolf, Geist...? Wieso verschwendete er seine Zeit damit, mir zu sagen, dass ich schön sei, während draußen die Welt unterging?

Meine Wangen glühten vor Verlegenheit. Meine Beine zitterten.

Ich senkte den Blick und sah auf meine Zehen.

Dann berührte er mein Haar. Nur ganz leicht.

»Kannst du es im Nacken hochnehmen?«, bat er mich.

Seine Stimme war rau und gleichzeitig weich. Er sprach leise, so wie man mit unheilbar Kranken redete.

Ich nahm mein Haar im Nacken hoch, einige feuchte Strähnen lösten sich daraus und fielen mir auf die Brust und ins Gesicht.

Er stand auf und stellte sich hinter mich; ich blieb reglos sitzen, als wollte ich ihm eine Wunde in meinem Nacken zeigen. Ich spürte seinen Blick auf mir. Seine so ungewöhnlich intensiv strahlenden Augen bohrten sich in meine Haut, durch jede einzelne Pore.

In mir stieg die Frage auf, was hier gerade passierte, aber ich schob sie beiseite. Ein überwältigendes, unschuldiges Gefühl strömte durch meine Adern, ein Gefühl, wie es jeden Tag in jedem Winkel der Erde die Welt erneuert, wenn zwei Menschen sich suchen und finden.

Wie Rapunzel hatte ich mein Haar heruntergelassen, und er stieg daran in mein Schlafzimmer herauf. Er hatte beinah nichts gesagt und mich doch mit Girlanden gekrönt.

Dieser Mann ließ mir das Glück jenes aufregenden Werbens zukommen, das älter ist als die Berge und das Meer.

Ich dachte an Lady Chatterleys Liebhaber. Ob es mit ihm genauso gewesen war? War er ihm ähnlich? War er wie der Mann, der jetzt hinter mir stand und unverwandt meinen Nacken betrachtete, ohne etwas zu tun oder zu sagen?

Nein, das stimmt nicht.

Ich dachte damals an nichts und niemanden. Ich konnte

nichts anderes tun, als zu fühlen, Logik und Verstand waren ausgeschaltet. Ich hörte nicht einmal mehr den Lärm des tobenden Unwetters. Ich war taub und stumm und zu nichts mehr in der Lage.

Der Mann legte seinen Mittelfinger in meinen Nacken, und ich ließ mein Haar auf seinen Arm fallen. Seine Hand strich über meine Schulter um meinen Hals und umfasste ihn. Er drehte vorsichtig meinen Kopf und sah mir direkt in die Augen. Dann näherte er sein Gesicht dem meinen. Sein Atem roch gut, nach einem kühlenden Erfrischungsgetränk an einem Sommernachmittag. Er ließ mich einen Moment los und drehte den Stuhl um, auf dem ich saß. Nun hatte ich das Feuer im Rücken und spürte, wie die Hitze meine Wirbelsäule hinaufwanderte.

Er umfasste meine Schultern und zog mich hoch. Er war groß, seine Brust hatte etwas Unwirkliches, was durch das spärliche Licht, das durch die Fensterritzen fiel, noch verstärkt wurde.

»Leg dich hin.« Diesmal blieb der Nachsatz »... wenn du möchtest« aus.

Ich antwortete nicht. Bewegte mich auch nicht.

Er trat noch näher an mich heran und nahm mich auf den Arm. Er war kräftig. Mühelos hob er mich hoch. Bis zu diesem Tag hatte mich noch nie ein Mann getragen, in meinem ganzen Leben noch nicht. Alle Männer, mit denen ich bisher zusammen gewesen war, waren dafür zu eingebildet gewesen oder zu schwach oder hatten Rückenprobleme und durften nicht schwer heben, nicht mal die Einkaufstaschen, geschweige denn mich.

Ich fühlte, dass ich flog, und hätte am liebsten vor Freude gejauchzt wie ein kleines Mädchen, aber ich blieb still. Hielt den Atem an. Ich presste die Lippen aufeinander, damit mein Mund ja nichts verriet, was ich später bereuen könnte.

Mit der Grazie eines Balletttänzers, der seine Partnerin auf die Fußspitzen stellt, ließ er mich wieder auf den Boden hinunter. Er legte sein Hemd und seine Hose auf die Matratze und wies mit einem leichten Lächeln auf das gemachte Bett.

Ich setzte mich auf den Rand und lehnte mich dann langsam zurück, bis ich auf dem Rücken lag, wobei ich mit den Oberschenkeln und den Armen über seine noch feuchte Kleidung strich, die das Feuer inzwischen erwärmt hatte.

»Mach es dir bequem«, bat er mich und half mir, die wenigen Kleidungsstücke auszuziehen, die ich noch trug. Er faltete sie und legte sie ans Kopfende der Liege.

»Ich weiß nicht …«, wandte ich schwach ein. »Was bedeutet das alles? Ich weiß es nicht.«

»Natürlich weißt du es«, sagte er. »Das ist die Liebe, Brianda.« Er trat zu mir und sah mich ernst und besorgt vom Fußende des bescheidenen Lagers aus an. »Oder vielleicht weißt du es tatsächlich nicht.«

Er berührte meine Füße, strich immer wieder mit den Händen darüber, mit seinen schwieligen, rauen Händen, und meine Füße genossen diese Berührung. Dann betrachtete er sie einige Minuten lang wie ein Tier, das seine Nahrung, bevor es sie frisst, einer gewissenhaften Prüfung unterzieht. Er hob mein Bein an und hielt meinen rechten Fuß ins Licht des Feuers. Er streichelte ihn wie ein Amulett, legte ihn schweigend zurück und nahm meinen anderen Fuß. In aller Ruhe wiederholte er die ganze Prozedur. Er hatte alle Zeit der Welt.

Als er mit meinen Füßen fertig war, rückte er hinauf zum Kopfende und bettete meinen Kopf in seine Arme. Ausführlich begutachtete er meine Ohren, und dann strich er mit dem Mittelfinger über meine Augenbrauen. Er schloss meine Augen, erst eines, dann das andere, und strich mir übers Haar.

Mit dem Finger folgte er der Form meines Schlüsselbeins und meiner Brüste. Seine Finger wanderten über meinen Körper, kleine, vorsichtige Küsse, die mit einem frischen, gesunden Duft überzogen waren.

Ich verharrte schweigend, ganz ruhig, erregt und ängstlich, ein Geist des Waldes, verwirrt von einem plötzlichen hellen Lichtschein.

»Schließ die Augen«, sagte er.

Ich gehorchte.

Er sprach nicht, seine Hände sprachen. Er strich mit den Fingerspitzen über meine Lider und meine Nase. Dann glitten seine Finger in die Höhle, die mein Schlüsselbein unterhalb meines Halses formte, und füllten sie wie einen ausgetrockneten See, dem der Himmel neues Wasser schenkt. Ich erschauderte, als ich seine Zärtlichkeiten auf meinen Brüsten spürte. Ich merkte, wie meine Brustwarzen unter seinen Berührungen hart wurden. Der leiseste Druck seiner Hände auf meiner Haut waren Spuren, die der Regen hinterließ.

Obwohl ich mit geschlossenen Augen dalag, sah ich ein geheimnisvolles Strahlen vor mir, von der Dichte und dem Ausmaß, die meine Bewegungslosigkeit und sein Schweigen ihm zukommen ließen.

Eine ganze Weile hielt er sich zwischen meinen Beinen auf. Er berührte mich wie ein Blinder, der das Antlitz einer Göttin ertastet. Ich spürte seine Bewunderung, seine Vorsicht. Die Wärme seines Körpers, die so anders war als die, die das Feuer ausstrahlte. Seine Wärme erhitzte mein Blut, die des Feuers trocknete meine Haut.

Er berührte mich mit den Spitzen seiner Finger; sie waren lang und rau, harte Arbeit gewohnt, aber ebenso geschickt in den Fertigkeiten der Liebe, und er hörte nicht auf, bis ich jaulte wie eine rollige Katze, trunken von dem Duft nach nasser Erde, der die bescheidene Hütte ausfüllte.

Anschließend zog er seine Hose aus und legte sich auf mich. Und dann, erst dann, beugte er sein Gesicht zu mir herunter und küsste mich.

»Jetzt öffne die Augen«, bat er mich.

SEX

Um aus meinem Leben ein Kunstwerk zu machen ... Ja, zugegeben, darf auch die körperliche Liebe nicht fehlen. Wobei sie befriedigend sein sollte und frei von jeglicher Ansteckungsgefahr.

Das Unwetter hatte sich vollständig verzogen, und die Sonne erstrahlte zu Ehren der frisch gegossenen Felder in ihrem schönsten Gewand.

Wir gingen zu unseren Autos, die hoffentlich immer noch genau da standen, wo wir sie geparkt hatten. Ich hatte keine Ahnung, wie spät es war. Der Eindruck, für unbestimmte Zeit der Welt entflohen zu sein, machte mir ein schlechtes Gewissen und erfüllte mich mit einem unguten Gefühl. Ich war wie ein neugeborenes Tier und konnte alles um mich herum nur verschwommen wahrnehmen.

Ich dachte – diesmal tatsächlich – an John Singer, den taubstummen Protagonisten in Carson McCullers' Roman *Das Herz ist ein einsamer Jäger*, der verzweifelt nach einer Liebe sucht, die er niemandem erklären kann. Genau so fühlte ich mich in diesem Moment, völlig machtlos und unfähig, von dem Knäuel an Gefühlen zu erzählen, das mir die Kehle und den Magen zuschnürte. Der Duft dieses Mannes umfing meinen Körper wie ein Maßanzug.

Ich sah ihn nur ein paar Meter vor mir, seine kräftige Gestalt, voll konzentriert. Auf der Jagd nach neuen Emotionen.

Meine Knie zitterten, wenn ich an die Empfindungen dachte, von denen ich glaubte, sie in der Hütte zurückgelassen zu haben, neben den frischen, noch feuchten Holzscheiten, die er für den nächsten Besucher, der Schutz suchen würde, aufgestapelt hatte.

Die Art, wie er mir meinen Namen ins Ohr geflüstert hatte, nur meinen Vornamen, als wäre ich eine Heldin aus einem Epos, die keinen Nachnamen braucht, kein beschreibendes Adjektiv oder irgendein anderes Wort, um sich zu schmücken. Das leichte Kribbeln, das meinen ganzen Körper erfasste, als er mein Ohr mit seinem Kinn berührte und ich seine leicht kratzenden Bartstoppeln fühlte und seinen Atem roch, der nach Milchreis duftete, nach Erdbeerbonbons und nach Zitronenshake.

Ich sah, wie er einen Fuß vor den anderen setzte und mir den Weg zur Straße wies.

Ich zog an seiner Hand, um seine Aufmerksamkeit zu erregen.

»Die Schnürsenkel an meinem Stiefel sind aufgegangen. Ich muss sie …« Ich wies auf meine Füße, wagte kaum, ihm in die Augen zu sehen, und blickte lieber zu Boden.

Er beugte sich nieder, band den Schnürsenkel mit geschickten Händen, stand wieder auf, nahm meine Hand, und wir gingen weiter, er vorweg.

Ich betrachtete seinen Rücken, seine Muskeln, die sich unter dem Hemd abzeichneten und sich im Rhythmus seines Gangs bewegten. In der anderen Hand trug er sein Regencape, das mit jedem Schritt leise knisternd wie eine Fahne vor- und zurückwehte. Ich musterte seinen Hintern und seine Oberschenkel, die sich in vollendeter Form unter der perfekt sitzenden Hose abzeichneten.

Ich begutachtete die Art, wie er meine Hand hielt. Wie Tarzan und Jane, dachte ich mit einem dämlichen Lächeln, das er in dem Moment zum Glück nicht sehen konnte.

Wenn ich all das – all das! – einer Bekannten erzählt hätte, einer Arbeitskollegin in Madrid zum Beispiel, hätte sie mich mit großen Augen von oben bis unten angesehen, mir gleichzeitig neugierig, entsetzt und neidisch zugehört und zu mir gesagt: »Was? Du hattest ungeschützten Sex mit einem Fremden …? Verdammt, Brianda, wer hätte das von dir gedacht …!«

Denn ja, genau das war es, was passiert war, nicht mehr und nicht weniger.

»Das ist die Liebe, und das weißt du. Oder vielleicht auch nicht.«

Was hatte er damit sagen wollen? Dass ich vielleicht nicht wusste, was Liebe war, oder dass es vielleicht nicht Liebe war, was mit uns geschah?

Nein, es war keine Liebe. Natürlich nicht. Es war ein Urinstinkt. Nichts Romanhaftes, bar jeder Rhetorik, Grausamkeit oder Unsicherheit. Etwa wie die Begegnung zweier Cro-Magnon-Menschen, die zufällig aufeinandertreffen, sich riechen, sich lauernd beobachten, ihrem Instinkt und ihrer Lust gehorchen, keine gegenseitige Zuneigung erwarten, keine Telefonnummern und Gesundheitszeugnisse austauschen. Die sich am Feuer paaren und gegenseitig nichts vormachen. Und die, wenn sie fertig sind, glänzende Augen haben.

Ja, würde ich zu meiner Arbeitskollegin sagen. Sex mit einem Fremden. Und nicht nur einmal. Mehrere Male … Nun ja.

Und das war's, denn das Unwetter war vergangen, und jeder musste seiner Wege gehen und seine Pflichten erfüllen. Denn die Zeit ist wie Cinderellas Kürbiskutsche, die, wenn es vorbei ist, zu Asche zerfällt, in kleine Zeitfünkchen, in die sterblichen Überreste eines jeden. Ja, würde ich sagen. Ja. Ein Stich mitten ins Herz, der gleiche wie seit Jahrtausenden, das nur einen Moment andauernde Gefühl, den perfekten Ort auf der Welt gefunden zu haben. Ein vergänglicher Augenblick im Paradies. Ohne jede Psychologie, ohne jedes Vorurteil, ohne Zivilisation, ohne Moral, ein offenes Feld für ungezügelten Sex, mit einer aus der Natur geborenen Kraft.

Ja, würde ich meiner Bekannten sagen. Ja. Mit einem Fremden.

Glücklicherweise standen die Autos noch am selben Ort. Schlammbespritzt und voller Laub, aber stolze Überlebende der Katastrophe.

Er nahm mir den Autoschlüssel aus der Hand und öffnete mir die Tür. Er hielt sie auf, bis ich richtig saß.

»Du bist nicht von hier, Brianda«, sagte er. Seine Augen blickten traurig.

»Ich wohne jetzt in Nuba, bei Don Lorenzo, dem Buchhändler. Ich helfe bei ihm aus.«

Ich wagte nicht, ihn nach seiner Telefonnummer zu fragen, seiner Adresse, seiner Sozialversicherungsnummer, seiner Blutgruppe, dem Namen seiner Eltern, seinem Lieblingsgericht, nach was auch immer, was mir helfen würde, ihn wiederzufinden, ihn einzufangen und für immer an meinem Bettpfosten festzubinden.

»Brianda, Brianda …« Er gab mir einen Kuss auf die Stirn. Strich mir übers Haar, das nun offen und wirr auf meine Schultern fiel, weil ich das Haarband verloren hatte.

Dann drehte er sich um, stieg in seinen Wagen, startete den Motor und war auf dem Weg in Richtung Kreisstraße, bevor ich Zeit für irgendeine Reaktion hatte.

Er hatte sich nicht einmal von mir verabschiedet.

Hatte mir nicht mal seinen Namen gesagt.

Als ich mich von meiner Verblüffung erholt hatte, schloss ich die Autotür und fuhr los. Vielleicht würde ich ihn einholen, dachte ich.

Aber ich hatte kein Glück.

Auf der Kreisstraße gab ich Gas, obwohl von seinem Geländewagen nichts zu sehen war.

Ich kam spät in der Stadt an, die Mietwagenagentur war bereits geschlossen. Also entschied ich, mir ein Zimmer für die Nacht zu nehmen und den Cousin des Artischockenkopfs vom Hotel aus anzurufen. Es lag ganz in der Nähe der Agentur, wo ich am nächsten Tag das Auto zurückgeben wollte. Ich parkte den Wagen in der Hotelgarage, ging auf mein Zimmer und rief den Mann an.

»Ah, Sie sind es …«, sagte er mit einem Seufzer der Erleichterung. »Mein Cousin hat sich Sorgen gemacht, wegen des Unwetters.«

»Es ist nichts passiert. Mir geht es gut«, entgegnete ich.

Ich hatte mich aufs Bett gesetzt und versuchte, mir die Stiefel auszuziehen, an denen mindestens zwei Kilo Dreck hing. Während ich sprach, betrachtete ich die schmucklose, glatte Zimmerdecke, als wäre es die kunstvolle Vertäfelung eines fürstlichen Palastes.

»Das freut mich«, meinte der junge Mann. »Hören Sie, das Problem ist, dass ich schon auf dem Weg nach Nuba bin. Ich konnte nicht länger warten, weil ich morgen arbeiten und sehr früh aufstehen muss, wissen Sie? Vor Sonnenaufgang.«

»Kein Problem. Das verstehe ich vollkommen.«

»Aber meinem Cousin war es sehr wichtig, dass ich eine Mitfahrgelegenheit für Sie organisiere, deshalb habe ich mich bemüht ... Ich meine, ich habe jemanden gefunden, der Sie morgen mitnehmen kann. Etwa um die Mittagszeit.«

»Super«, seufzte ich erleichtert.

»Sie können mit meinem Chef fahren, Don Tomás, dem Besitzer des Sägewerks. Er muss morgen nach Nuba zurück. Wenn Sie mir sagen, wo Sie untergekommen sind, würde er Sie dort abholen.«

Ich sagte ihm den Namen des Hotels und bedankte mich.

Dann legte ich auf und vertiefte mich erneut in die Betrachtung der Zimmerdecke, ließ meinen Blick von einem Riss zum anderen schweifen, quer über die gesamte Fläche wie ein Surfer auf einem See. Als kleines Mädchen war dies eine meiner Lieblingsbeschäftigungen gewesen: in meiner Fantasie Bilder auf die rissigen Wände zu projizieren, in die Muster der Vorhänge, Schatten und Wolken, Dinge heraufzubeschwören wie fantastische Städte, biblische Szenen, königliche Gefolge, goldene Krüge, sogar Nichtgegenständliches wie Einsamkeit, Zufriedenheit, Hunger ... zusammen mit erlesenen Kleidern und Gesichtern, die niemand außer mir sehen konnte, da sie sich hinter dem Streifenmuster verbargen, das das Licht und der Zufall überall hinzeichneten.

Schließlich, nachdem mein Blick ich weiß nicht wie lange ziellos durchs Zimmer gewandert war, bemühte ich mich, die Trägheit zu überwinden, die mich erfüllte. Ich stand auf und zog mich aus, bis ich völlig nackt war. Ich wollte diesen Duft nicht verlieren. Ich musste duschen, zögerte es aber hinaus, weil ich diesen Geruch am liebsten für den Rest meines Lebens auf der Haut getragen hätte.

Ich verbrachte eine unruhige Nacht.

Die Matratze in dem bescheidenen Hotel war genauso dünn wie die Scheibe Mortadella, die es zum Frühstück gab, und so blieb ich mehr oder weniger die ganze Nacht wach, schlummerte nur hin und wieder kurz ein. Mir tat der Rücken weh, meine Muskeln waren verspannt. Mein Kopf war voller Düfte, Erinnerungen und Bilder. Mein Unterbewusstsein kämpfte mit meinem Bewusstsein um das üppige Mahl des vergangenen Nachmittages. Ich fühlte mich ermattet, von meinem Magen stieg ein Brennen bis in meine Brust, meine Kehle, mein Gehirn.

Ich berührte meine Ohren, meinen Hals, meine Füße, meine Lippen, strich mit den Fingern genauso darüber – aber es war nicht genauso –, wie er es ein paar Stunden zuvor getan hatte. Ich fuhr mit meiner Hand, die so viel weicher war als seine, über meinen Körper, streichelte meine Haut, versuchte vergeblich, in meinem Körper die gleichen Empfindungen zu wecken wie er, doch stattdessen fühlte ich mich machtlos. Wie ließ sich meine Lust wecken, wie konnte ich diese trockene Pflanze nähren, dass sie über die Zeit und den Raum hinauswuchs, worin ich gefangen war?

Der Morgen dämmerte bereits, als ich schließlich, von meinen eigenen Gedanken erschlagen, einschlief.

Das Telefon im Zimmer klingelte, meiner Bitte entsprechend, um acht, um mich zu wecken, damit ich mich früh auf den Weg machen konnte.

Zum Glück hatte ich für alle Fälle Kleidung zum Wechseln im Auto.

Während ich lustlos an meinem Frühstück kaute, dachte ich daran, wie anders meine Erfahrung vom Vortag mit jenem Mann gewesen war als alles, was ich bis dahin erlebt hatte – in meinem unbeholfenen Gefühls- und Sexualleben, von dem man, um es gleich zu sagen, nicht behaupten konnte, dass es sich durch große Romanzen oder unvergessliche Erlebnisse auszeichnete. Seit ich mein Studium abgeschlossen hatte, seit ich ins Erwachsenenleben eingetreten war, hatte ich keine echte Liebesbeziehung mehr gehabt. Und vorher – unnötig zu sagen – auch nicht.

Ich hatte mich auf meinen Beruf konzentriert, darauf, wovon ich etwas verstand und was mir Freude machte: Bücher, gute Bücher. Als ich dreißig Jahre alt wurde, erschien mir die Tatsache, keine dauerhafte feste Beziehung zu haben und keine konkreten Absichten, eine Familie zu gründen, absolut nicht beunruhigend. Schließlich war ich es gewohnt, ohne Familie zu leben. Ich war eine unabhängige Frau; die Schicksalsschläge in meinem Leben – oder besser: der große Schicksalsschlag, meine Eltern so plötzlich zu verlieren – hatten mich dazu gezwungen. Ohne es zu wollen, hatte ich gelernt, allein über mein Leben zu bestimmen, war ich ein freier Mensch geworden. Allein auf der Welt zu sein hatte zumindest diesen Vorteil: Man war auf einen Schlag vor der großen Gefahr der Abhängigkeit gefeit. Ich wusste, auch ohne dass mein Vermögensverwalter es mir immer wieder sagen musste, dass die Ersparnisse meiner Eltern nicht für mein ganzes Leben reichen würden und dass es besser war, rechtzeitig für mich selbst zu sorgen. Ich hatte mich niemals mit dem Gedanken beschäftigt, mir einen Mann zu suchen und darauf zu vertrauen, dass er dafür sorgen würde, dass wir jeden Tag etwas zu essen hatten. Das hatte ich schon immer für antiquiert und überholt gehalten. Eine unabhängige berufstätige Frau zu sein war also meine einzige Option.

Ich hatte – im Gegensatz zu vielen meiner Freundinnen und Bekannten, deren Liebeskummer ausgereicht hätte, um sämtliche Schüler in Dostojewskis Russland bestens zu unterhalten – nur einige wenige gescheiterte Liebesbeziehungen mit Betrug und Verrat hinter mir, aber trotzdem hatte ich niemals an romantische Liebesgeschichten geglaubt. Wenn man es drastisch formulieren wollte, könnte man sagen, dass ich nicht an die Liebe glaubte. Die Kunst der Verführung erschien mir eine hübsche Entschuldigung, um die Wollust zu verschleiern, eine erlesene, kunstvoll gewebte Decke, um den alten zerlumpten Strohsack der Fleischeslust zu kaschieren. Die Männer, die ich bisher kennengelernt hatte – insgesamt war ich mit fünf oder sechs zusammen gewesen –, hatten mich nicht sonderlich beeindruckt; einer vielleicht, mit dem ich besonders negative Erinnerungen verband, doch zum Glück hatte ich damals rechtzeitig die Konsequenzen gezogen.

Ich war also, wenn man es so ausdrücken wollte, nie in die Falle der »großen Liebe« getappt, jenem »Ich kann ohne dich nicht leben«, »Nur mit dir bin ich glücklich«, »Wenn du nicht bei mir bist, bin ich ein Niemand«, »Ich brauche dich«, »Ohne dich bin ich ein Nichts« zum Opfer gefallen.

Nein, so etwas funktionierte bei mir nicht.

Ich war allein glücklich.

Manchmal hatte ich mir sogar in der Gesellschaft eines meiner Liebhaber heimlich gewünscht, allein zu sein.

Ich brauchte keine Erlaubnis von irgendeinem Mann, um mich allein mit mir wohlzufühlen. Und auch wenn ich mich in Wahrheit allein mit mir nie wirklich wohlgefühlt hatte, war mir vollkommen bewusst, dass ein Mann diesem Unwohlsein nicht abhelfen könnte. Obwohl die meisten der

Männer, mit denen ich zusammen gewesen war, durchaus interessante Menschen waren, hatte ich wegen keinem von ihnen jemals eine schlaflose Nacht verbracht, wie es mir nun passiert war.

Und das war bei Weitem nicht das Einzige, was den Mann, dem ich gestern während des Unwetters im Wald begegnet war, von den bisherigen Männern in meinem Leben unterschied.

Ich empfand eine beinah kindliche Verwirrung, wenn ich daran dachte. Ja, die Unterschiede waren enorm. Zunächst einmal war es das erste Mal gewesen, dass ein Mann mich im Bett glücklich gemacht hatte. Ich meine, dass es das erste Mal gewesen war, dass ich einen Orgasmus hatte, dass ich mit einem Mann zum Höhepunkt gekommen war oder dank eines Mannes und nicht aus purer Verzweiflung heraus. Ich dachte daran, wie ich meine Unschuld verloren hatte: mit zwanzig Jahren – weil ich allmählich ungeduldig wurde und der Meinung war, dass wenn es nicht bald passieren würde, ich niemals eine *normale* Frau sein würde –, auf äußerst unbeholfene Art und Weise und mit einem Jungen, der mir nicht mal gefiel. Lange Zeit hatte ich es für einen Fehler gehalten. Ich hätte auf den richtigen Mann warten sollen.

Und der richtige Mann war zweifellos der Mann im Wald gewesen. Auf eine gewisse Weise hatte ich tatsächlich erst jetzt meine Unschuld verloren – in meinem Alter! Bis ich auf jenen geheimnisvollen Mann in der Hütte gestoßen war, war ich noch Jungfrau gewesen. Das war die Wahrheit. Auf eine unsichtbare, tief in meinem Inneren verborgene Art, die nichts mit reiner Körperlichkeit zu tun hatte.

Eigenartigerweise kannte ich viele Frauen, denen es ging wie mir, deren Männer sie im Bett nicht glücklich machten.

»Aber, Mädchen!«, hatte mir einmal eine geistreiche Autorin gesagt, »es ist gar nicht so wichtig, einen Orgasmus zu haben; es geht um das Küssen, die Zärtlichkeit, den Körperkontakt…«

Zu der Zeit hatte ich eine bildschöne Assistentin von sechsundzwanzig Jahren, die nicht nur hübsch, sondern auch äußerst intelligent war und die brav lächelte, während sie der Autorin aufmerksam zuhörte. Aus Respekt schwieg sie, aber als wir wieder unter uns waren, meinte sie fröhlich: »Die Frau hat in ihrem Leben wohl noch keinen Spaß im Bett gehabt. Was für ein Pech, denn so ein richtiger Orgasmus hält jung und sorgt für einen frischen Teint!«

Über das Hoteltelefon rief ich bei Don Lorenzo an, um ihm zu sagen, dass es mir gut ging, auch wenn davon auszugehen war, dass der Artischockenkopf und sein Cousin ihn bereits informiert hatten. In den kleinen Dörfern auf dem Land verbreiten sich Neuigkeiten auf diese Art schneller als übers Internet.

»Eine tolle Aushilfe bist du!«, beschwerte sich der Buchhändler. »Nimmt sich einen Tag frei, und am Ende sind es zwei. Du könntest glatt einer Geschichte von Lewis Carroll entsprungen sein.«

Bei der Gelegenheit rief ich auch gleich Miguel, meinen Vermögensverwalter, an, der mich auf den neuesten Stand meiner Finanzen brachte. Er hatte sämtlichen Papierkram erledigt, und die Abfindung war bereits auf meinem Konto eingegangen. Er bereitete gerade alles vor, um mich als Selbstständige zu melden. Wir hatten ein geheimes Abkommen getroffen, nach dem er, um derartige Dinge zu erleichtern, meine Unterschrift fälschen durfte, sodass meine persönliche

Anwesenheit nicht einmal für die komplizierten Behördenangelegenheiten erforderlich war, mit denen der Staat seine Steuerzahler zu unterhalten pflegte. Außerdem verfügte er über die notariell beglaubigte Erlaubnis, in meinem Namen zu unterschreiben.

Der Mann war jeden Cent wert, den ich ihm bezahlte. Ich bat ihn noch, bei Gelegenheit meine persönlichen Dinge aus meinem ehemaligen Büro im Verlag zu holen. Nach dem Mittagessen mit meinem Chef, während dessen ich die schlechte Neuigkeit von meiner Entlassung erfuhr, hatte ich beschlossen, mein Büro nicht noch einmal zu betreten; es befanden sich eh so gut wie keine persönlichen Dinge von mir darin. Keine Fotos von Kindern, Eltern oder Geschwistern und auch keine welke Pflanze, die von ihrem Blumentopf aus einen perfekten Ausblick auf meine alltägliche Verzweiflung hatte. Aber es waren einige Bücher in meinem Büro, die ich gern haben wollte. Bücher, die ich lektoriert und von denen ich in der kleinen Bibliothek in meiner Kammer, an meinem Arbeitsplatz, in meinem Zimmer im Unternehmen ein Exemplar aufbewahrt hatte; Bücher, denen ich mich mit Liebe und Sorgfalt gewidmet hatte. Bücher, die so etwas wie meine Kinder waren. Und ich wollte sie nicht als Waisen zurücklassen. Also bat ich Miguel, sie in Kisten zu packen und in meine Wohnung zu bringen.

GEDULD UND MUT

Um aus meinem Leben ein Kunstwerk zu machen, musste ich Durchhaltevermögen besitzen, durfte ich nicht zu früh aufgeben. Ich musste mit kleinen Schritten vorangehen, einen nach dem anderen, unermüdlich, ohne mein Ziel aus den Augen zu verlieren. Natürlich würde ich auf Hindernisse stoßen, aber davon durfte ich mich nicht entmutigen lassen, ich musste geduldig sein. Letzten Endes ist es einfacher, über eine raue Oberfläche zu gehen als über eine allzu glatte: Die Hindernisse in unserem Leben sorgen für die Bodenhaftung.

Deswegen ist ein Hindernis keine Widrigkeit, sondern eine Chance. Man ist gezwungen, einen Moment innezuhalten, um es eingehend zu betrachten, Schlüsse zu ziehen und die beste Taktik zu wählen. So lässt sich ein lästiger Stolperstein nach dem anderen überwinden, und es geht sicher voran.

Wenn wir uns von der ersten Schwierigkeit entmutigen lassen, wenn wir uns im Selbstmitleid suhlen, weil das Leben keine einfache, glatte Wegstrecke ist, werden wir nie vorwärtskommen. Und das ist gut so, denn wäre das Leben ein kontaktfreier schwereloser Raum, würden wir in eine bodenlose Leere stürzen. Also ist es wichtig, nicht aufzugeben. Als Soldat der Infanterie des Lebens immer ganz vorn an der Front zu stehen, denn das Leben gewährt generell keine Pausen. Das Leben ist hartnäckig, es erfordert Durchhaltevermögen.

Niemand sagt, dass das einfach ist. Wer hat schon ein einfaches Leben? Und viel wichtiger: Was bedeutet das: ein einfaches Leben?

Führen Diktatoren ein einfaches Leben? Despoten? Verbrecher? Reiche Erbinnen …? Ist es leicht, das Böse zu bereuen und nicht den Verstand zu verlieren, wie es bei einem solchen Leben leicht geschehen kann? Wer will schon ein leichtes Leben, wenn es darauf hinausläuft?

Gut, solche Leute gibt es immer, aber ich gehöre mit Sicherheit nicht dazu.

Denn um aus meinem Leben ein Kunstwerk zu machen, muss ich meine Fehler bewusst korrigieren und aus ihnen lernen. Obwohl ich manchmal denke, dass es ganz angenehm sein kann, auch mal den Mut zu verlieren. Etwas aufzugeben stellt sich hin und wieder als durchaus vorteilhaft dar, aber ich werde nicht auf Edgar Allan Poes Raben hören, der die schwarzen Flügel des Pessimismus schlägt und dabei sagt: »*Never more!*«

Nein. Nimmermehr »nimmermehr«.

Niemals werde ich mich einschließen und James Sully lesen, laut dem das Leben ein langer Kreuzweg aus Schmerz und Langeweile ist. Denn das würde bedeuten, meine Existenz allein mit meinem kranken Geist in einer kleinen verschlossenen Kammer ohne Fenster zu verbringen. Ein kleiner Vogel, eingesperrt in einem Käfig der Finsternis, der niemals singt, weil er nicht weiß, wann die Sonne scheint.

Ich ziehe den freien Willen vor und den Drang des winzigen Säugetiers, das überlebt hat, während die Saurier ausgestorben sind, und darum kämpft, die Welt zu erobern. Sich weiterzuentwickeln, die Gestalt und die Größe zu verändern, komplexer zu werden.

Ich weiß nicht, was morgen sein wird, genau wie König Salomo, aber der nächste Tag ist mein Ziel, und schon heute mache ich mich auf den Weg.

Als ich meine Telefonanrufe erledigt hatte, ging ich in die Hotelgarage hinüber, stieg ins Auto und fuhr zur Mietwagenagentur. Ich wartete, während der Angestellte sich davon überzeugte, dass alles in Ordnung war. Ich zahlte mit Kreditkarte und sah auf die Uhr. Mir blieb noch ein wenig Zeit, bis der Chef von Ramóns Cousin mich abholen würde.

Daher beschloss ich, ein wenig herumzugehen und ein paar Süßigkeiten für Don Lorenzo zu kaufen – und mich selbst vielleicht mit einer Seidenbluse zu beschenken.

Das Wort »Seide« ging mir immer wieder durch den Kopf. Meine Haut sehnte sich danach, von etwas Leichtem gestreichelt zu werden. Würde eine Bluse ausreichen? Wie schnell man sich an Zärtlichkeiten gewöhnen konnte, dachte ich. Warum hatte ich sie bisher nicht vermisst?

Die Stadt war klein und übersichtlich, ganz anders als Madrid, und ich fand schnell die Hauptgeschäftsstraße, wo ich bekam, was ich suchte.

Ich ging zum Hotel zurück, bezahlte für die Nacht und sagte Bescheid, dass jemand kommen würde, um mich abzuholen. Und weil das noch ein wenig dauern würde, ging ich noch einmal in mein Zimmer hinauf und zog die hübsche Bluse aus rosafarbener Seide an, die ich gerade gekauft hatte.

Als das Telefon auf dem Nachttisch klingelte, lag ich wieder auf dem zerwühlten Bett und ließ den Blick über die unsichtbaren kleinen Straßen jener Stadt schweifen, die ich in meiner Fantasie an der schmucklosen Decke sah. Ich dachte an nichts, mein Bewusstsein wanderte ziellos umher wie die Heldin einer düsteren Geschichte auf der Flucht vor der Gefahr.

»Señorita Gonzaga? Ein Herr hat nach Ihnen gefragt. Er wartet hier in der Halle auf Sie«, teilte der Rezeptionist mir mit verbindlicher Stimme mit.

Ich bedankte mich und stopfte schnell die schmutzigen Kleidungsstücke in meinen Rucksack. Ich packte die Reisezahnbürste und die Zahnpasta ein und band mein Haar nachlässig zu einem Zopf zusammen. Er reichte mir bis zur Taille und sah niemals so gepflegt und ordentlich aus, wie ich es gern hätte. Dann verließ ich das Zimmer.

Als ich aus dem Aufzug trat, wandte ich mich erst der Rezeption zu, stellte jedoch fest, dass niemand da war. Ich sah den breiten Rücken eines Mannes, der im Eingangsbereich des Hotels aus dem Fenster sah. Draußen zeichnete sich die massige Silhouette eines großen Geländewagens ab.

Es war nicht nötig, dass er sich umdrehte. Ich hatte Don Tomás, den Chef von Ramóns Cousin, sofort erkannt.

Der Mann, den ich im Gewitter im Wald kennengelernt hatte – »kennengelernt« im biblischen Sinne –, war zu mir gekommen.

Die Ereignisse eines Lebens erfolgen auf eine eigenartige, unerklärliche Art und Weise.

Bisher war mein Leben nach einer durchaus logischen Reihenfolge abgelaufen, die nur von Schicksalsschlägen wie dem Tod meiner Eltern unterbrochen wurde. Alles andere war nach einer natürlichen, rationalen, einfachen und ruhigen Ordnung geschehen, in der auf eine Aktion eine Reaktion eintrat. In der Geschichte meines Lebens, aus dem ich so gern ein Kunstwerk machen wollte, gab es kein Königreich, keine Helden. Mein Leben war ein ruhiger, maßvoller Ort ohne Schrecken. So war es jedenfalls gewesen, bis ich vor etwas mehr als einer Woche meine Arbeit verloren und die Flucht ergriffen hatte. Damit trat mein Leben in eine neue Dimension ein, einen Ort, an dem Gras und Bäume wuchsen, Trauben und Nüsse gediehen; an dem hin und wieder ein Gewitter niederging, der jedoch seine Güter anbot, wie die rettende Insel dem Schiffbrüchigen Schutz gewährt.

Ich empfand Dinge, die ich noch nie zuvor gefühlt hatte.

Ich, die unvollendete Frau, eine unter vielen, unter all den anderen, die tadellos ihre Arbeit machte und trotz ihrer Bemühungen scheiterte, hatte eine Reise unternommen, die von dem vorgesehenen Weg abwich, die keine festgelegte Route hatte, mich jedoch schon kurz nach dem Aufbruch in den Zielhafen führte.

Für Mozart war die Musik die Sprache, die er am besten verstand – meine Sprache waren die Bücher, und sie hatten mir den Weg nach Norden gewiesen, nach Nuba, zu der alten Buchhandlung. Die Dinge geschahen jetzt in einem anderen Rhythmus, als wären sie Ereignisse aus einem weniger gewöhnlichen Leben als dem meinen, dem Leben einer schöneren, besondereren Frau, als ich es war.

Tomás war eines dieser unerklärlichen Geschehnisse.

Die lange Fahrt nach Nuba verging wie im Flug, und ich erinnere mich kaum noch daran, ebenso wenig wie an all den Unsinn, den ich in ihrem Verlauf von mir gab, und das ist auch gut so. Ich weiß nur, dass Tomás beinah kein Wort sprach. Er sah nur immer wieder zu mir herüber; sah mich an, auf die Art, wie allein er es tat, sodass ich das Gefühl hatte, das Universum um mich herum hätte aufgehört zu existierten, es gäbe nur noch mich, mein ungekämmtes Haar und meine heftige Verwirrung.

Als wir an dem Aussichtspunkt ankamen, hielt Tomás den Wagen an, und wir betrachteten schweigend die Landschaft, die so schön und geheimnisvoll war mit all den in die Berge gebauten Brücken, den Ruinen und den Schluchten.

Zu jedem Helden in einer Geschichte gehört ein Königreich, ein Königreich, das er eines Tages sein Eigen nennen könnte, wenn er sich geschickt anstellt. Während ich an jenem Tag im strahlenden Sonnenschein auf die Gegend um Nuba blickte, wie sie unter dem glatten, wolkenlosen Himmel lag, spürte ich, dass sich dort, in dem hinter Bäumen verborgenen Ort, mein Königreich befand. Und dass die Buchhandlung von Don Lorenzo ganz schnell zu meinem Zuhause geworden war.

Tomás gab mir einen zarten, ungeschickten Kuss.

»Brianda ...«, flüsterte er. Meine Hände begannen zu zittern, und ich fühlte eine heiße Flamme in meinem Innern auflodern.

Er startete den Motor, und wir fuhren zurück auf die Straße.

Am Hang, direkt oberhalb der Buchhandlung, ließ er mich aussteigen.

Schnell wandte ich mich um, denn ich wollte ihn nicht fortfahren sehen.

Ich ging zum Platz hinunter und spürte die Pflastersteine durch die aufgeweichten Sohlen meiner Stiefel; dabei schwankte ich wie eine Betrunkene, die in der Dunkelheit durch einen Fluss watet. Ich hörte den klagenden Gesang eines Vogels, konnte ihn jedoch nicht sehen, und plötzlich fühlte ich eine unendliche Traurigkeit.

Als ich die Buchhandlung betrat, empfing Don Lorenzo mich mit lächelnden Augen, ein glücklicher Mensch aus einer anderen Zeit.

Er musste eine Veränderung an mir bemerkt haben, weil er mir gleich befahl, etwas zu essen, obwohl die Mittagszeit längst vorbei war und ich gar keinen Hunger hatte. Und als wir anschließend in die Buchhandlung zurückkehrten, trug er mir eine ganze Reihe von Aufgaben auf.

»Diese Bücher müssen geordnet werden. Kannst du bitte für jedes ein Formular anlegen und ein Foto für den Onlineshop machen?«, bat er höflich.

Er gab mir einen Stapel alter Bücher, und ich nickte mechanisch. Ich bewegte mich wie in Trance. Der oberste Band auf dem Stapel hatte abgewetzte Ecken, einen verschlissenen Umschlag und Stockflecken. Ich legte die anderen Bücher auf einem Tisch ab und betrachtete schweigend das Exemplar, das ich in der Hand hielt.

Es war eine recht ungewöhnliche Ausgabe von *Das Buch vom Freunde und vom Geliebten* des mallorquinischen Autors Ramon Llull, des Doctor Illuminatus, eines Mannes aus dem dreizehnten Jahrhundert, der aus katalanischem Adel stammte. Er war ein weit gereister, vielsprachiger Missionar, Philosoph und Schriftsteller; er verzichtete auf sein Vermögen und widmete sein Leben dem Reisen im Dienste seines besonderen Laienapostolats und wonach ihm ansonsten der Sinn stand, und seine Abenteuer brachten ihn mehr als einmal in große Gefahr.

Schon wieder wiesen mir die Bücher den Weg.

Ich schlug das Buch aufs Geratewohl auf und las ein paar Verse: *Sag, Freund – sprach der Geliebte –, wirst du Geduld haben, wenn ich dein Sehnen verdopple? – Gewiss, wenn du mir auch mein Lieben verdoppelst! – Sprich, Narr: Hast du Geld? – Er antwortete: Ich habe einen Geliebten. – Hast du Dörfer, Burgen, Städte, Grafschaften oder Herzogtümer? – Er antwortete: Ich habe Liebe, Gedanken, Tränen, Verlangen, Mühsal und Sehnsuchtsleid. Sie sind besser als Kaiser- und Königreiche.*

Da bemerkte ich die Nässe auf meinen Wangen.

Tränen, die mein ungutes Vorgefühl zum Ausdruck brachten, dass ich nie wieder von Tomás hören würde, dem Mann, den ich im Unwetter kennengelernt hatte und der für Sonnentage vielleicht nicht der richtige war.

Drei Wochen vergingen.

Ich arbeitete von acht Uhr morgens bis acht Uhr abends in der Buchhandlung. Don Lorenzo und ich machten am Nachmittag eine Pause – von halb zwei bis halb fünf –, während der ich in meinem Zimmer las, nachdem ich eilig das Essen, das mein Chef zubereitet hatte, verschlungen hatte. Ich war keine gute Köchin. Ab und zu ein Nudelgericht, das war's. Er dagegen freute sich, wenn er mit seinen Kochkünsten noch einen anderen Gaumen erfreuen konnte als seinen eigenen, auch wenn er weniger fein war. Um meine mangelnden kulinarischen Fähigkeiten auszugleichen, half ich beim Saubermachen: einmal am Tag die Regale im Geschäft und der Rest des Hauses einmal pro Woche. Die Arbeit störte mich nicht. Manchmal war ich sogar dankbar dafür.

Don Lorenzo und ich hatten eine ganz spezielle Beziehung. Er, der keine Kinder hatte, und ich, die ich keine Eltern hatte, passten recht gut zueinander. Die Liebe zu den Büchern verband uns. Anders, als es auf den ersten Blick schien, war Don Lorenzo eher sanftmütig, und ich war es gewohnt, keine Probleme zu bereiten, sondern eher, sie zu lösen, sodass wir uns nie stritten, außer um irgendwelche Nichtigkeiten, die uns beiden nicht so wichtig waren, als dass wir uns über den anderen geärgert hätten. Außerdem bewahrten wir uns beide unsere wohltuende Unabhängigkeit: er in seiner Gartenwohnung und ich im oberen Stock des Hauses.

Wir freuten uns, wenn Pilger kamen. Die Buchhandlung wurde in mehreren Reiseführern erwähnt, unter anderem im englischsprachigen *Lonely Planet*, was uns ständig Besucher bescherte. Ältere Leute und junge Menschen mit strahlendem Blick, staubigen Schuhen und unterschiedlicher Nationalität, die auf einmal in den Laden kamen und Bücher in ihrer Sprache suchten oder ihre eigenen, bereits gelesenen Ausgaben, die anderen noch viel zu bieten hatten, in der Kiste an der Tür abgeben wollten. Bücher können ein sehr langes Leben haben – wie die Bäume, die den Platz beschatteten, nun, da der Frühling bald in den Sommer übergehen würde.

Ich konnte nicht aufhören, an Tomás zu denken.

Dabei bemühte ich mich, ihn aus meinen Gedanken zu verdrängen, doch das gelang mir nur, wenn ich las und in andere Welten floh, in denen nicht einmal er einen Platz hatte.

Ich hatte herausgefunden, dass Tomás Herla, der Eigentümer des Sägewerks in Nuba, verheiratet war. Als ich das vom Cousin des Artischockenkopfs erfuhr, erfasste mich eine plötzliche Übelkeit, die mir den Magen umdrehte. Nur mit Mühe konnte ich mich zusammenreißen. Aber ich wollte nicht, dass Don Lorenzo bemerkte, wie sehr mich das aus dem Gleichgewicht brachte.

Der Cousin redete gern und erzählte mir am Tag nach meiner Rückkehr, nach meinem Abenteuer mit dem Unwetter und der Seidenbluse, bereitwillig alles, was es über Tomás zu sagen gab.

»Er ist ein guter Chef, wissen Sie?« Ramóns Cousin hatte die Angewohnheit, den Kopf zu neigen, sodass es genau wie beim Artischockenkopf schien, als würde er sich wegen jeder Kleinigkeit Sorgen machen, wie ein misstrauischer kleiner Vogel, der überlegt, ob er es wagen soll, das Wasser aus dem Brunnen am Platz zu trinken; es musste in der Familie liegen. »Manchmal ist er ein wenig seltsam, und er redet weniger als ein kaputtes Radio, aber er ist in Ordnung. Er zahlt großzügig, und die Geschäfte gehen gut, auch jetzt während der Krise, weil wir viel in die Länder im Norden Europas und am Persischen Golf liefern. Und, na ja, er hat es ja auch nicht leicht mit …«

»Mit was?«, fragte ich, hinter einem Tisch aus Balsaholz im Dichtersaal stehend, den ich zu meinem Schreibtisch erklärt hatte. Ich stellte die Frage scheinbar ganz nebenbei, ohne meine Arbeit zu unterbrechen.

»Mit dem, womit er leben muss.«

Mehr war vorerst nicht aus ihm rauszukriegen.

Doch bevor er ging, nachdem er sich mit Don Lorenzo über die Lieferung von ein paar Brettern für die Vorratskammer abgestimmt hatte, kam er noch einmal zu mir und meinte: »Sagen Sie keinem, dass ich Ihnen erzählt habe, dass die Frau von Don Tomás verrückt ist. Ich will nicht, dass jemand denkt, dass ich ein Klatschmaul bin, auch Sie nicht.«

Er ging, und ich blieb sprachlos zurück.

Der Sommer kam und mit ihm die Zeit der reifen Früchte. Don Lorenzo widmete sich seinem Garten mit dem Stolz und dem Eifer eines Francis Masson, jenes Schotten, der im achtzehnten Jahrhundert Gärtner in den Royal Botanic Gardens von Kew in London gewesen war. Auf der Jagd nach Früchten wuchs der Buchhändler zwischen Tomatenstauden, Knoblauchpflanzen und *petroselinum crispum* über sich hinaus. Unser Garten – und ich sage »unser«, weil Don Lorenzo so von ihm sprach und mir dabei die Gnade eines Eigentums zuwies, die ich nicht verdiente – huldigte dem Sonnenkönig. Wir kämpften gegen Ameisen und Blattläuse, die wie ein Gaunerpärchen immer gemeinsam auftraten. Ich versuchte, sie mit lautem Rufen zu verscheuchen – »Raus! Raus!« –, worüber mein Chef sich kaputtlachte, bevor er ein Hausmittel zückte, mit dem er die Insekten aus unserem Reich vertrieb. Zumindest vorübergehend.

Mir gefielen vor allem die Erdbeerbäume mit ihren kleinen hellen Glöckchen und die blühenden Rhododendren sowie der rosafarbene Amerikanische Berglorbeer mit seinen seidenen grünen Blättern und den purpurfarbenen Knospen.

Der riesige Kirschbaum brach fast unter der Last seiner Zweige zusammen, und die Vögel wollten uns die Beute entreißen, was wir ihnen jedoch nicht erlaubten. Don Lorenzo und ich stopften uns derart mit den prallen roten Früchten voll, dass wir nachts nicht schlafen konnten.

Ich verbrachte die Tage ununterbrochen kauend, genau wie die jungen Leute, die in Gruppen in die Buchhandlung einfielen, bevor sie nach Santiago de Compostela weiterzogen. Mitunter überließ Don Lorenzo ihnen die große leere Garage, um dort zu übernachten, und am Abend, nachdem er das Geschäft geschlossen hatte, bereiteten wir ihnen eine einfache Mahlzeit aus Brot und Mortadella zu, die sie johlend und pfeifend entgegennahmen, als handelte es sich um erlesene orientalische Gaumenfreuden. Immer war einer dabei, der sang. Und einmal zauberte ein junger Australier, der so gut aussah wie ein Schauspieler, eine Geige aus seinem Rucksack hervor. Staunend lauschten wir, wie er im Garten unter dem Sternenhimmel Schubert-Lieder spielte. Eines der Mädchen betrachtete ihn hingerissen, und ich musste sofort den Blick abwenden, da eine Woge an Gefühlen mich zu ersticken drohte.

Bei alldem hatte ich den Schatz nicht vergessen. Ich suchte ihn zwischen den Büchern in den Regalen. Ich suchte Zeichen, Hinweise, die mich zu der Schatzkarte, dem Brevier, der Höhle des Piraten führen würden. Ich fragte Don Lorenzo, ob er mir einen Tipp geben könnte, aber mein Chef war, was das anging, verschwiegen wie ein Grab.

»Wer suchet, der findet«, sagte er geheimnisvoll. »Und wenn du ihn noch nicht gefunden hast, hast du noch nicht genügend gesucht. Also such weiter.«

Na gut, es war wohl eine Art Spiel, aber in jedem Fall regte es mich dazu an, noch mehr Bücher zu lesen.

Ich las und las. Von Hesiod bis Borges, von Henry James bis Calderón de la Barca. Einige Bücher las ich zum wiederholten Mal, denn als ich sie das erste Mal gelesen hatte, war ich so jung gewesen, dass sie mir nun wie neue Bücher erschienen. Jane Austen. Rilke. E. M. Forster. Quevedo. Hans Christian Andersen und die Gebrüder Grimm.

Manche Bücher verschlang ich. Andere nahm ich mir mit Ruhe vor, las hier und dort eine Stelle. Ich schloss sie umsichtig und stellte sie wieder an ihren Platz im Regal.

Am Abend ging ich, mit Büchern beladen, die Treppe zu meinem Zimmer hinauf.

Der Briefträger kam täglich in der Buchhandlung vorbei und brachte uns Buchpakete in allen Größen; einige enthielten Neuerscheinungen, die meine Kollegen in den großen Konzernverlagen in Madrid und Barcelona herausgegeben hatten, andere die von einem der vielen Kleinverlage, die überall gegründet worden waren. Seltsam, dass in den Zeiten, in denen ständig vom »Tod« des Buches die Rede war, so viele neue Verlage entstanden. Und beinah allen gelang es zu überleben.

Der Briefträger hatte die Eigenart, zu pfeifen, und wenn er kam, stellte ich mir vor, dass wir in Hobbiton lebten, dem Dorf von Frodo aus *Der Herr der Ringe*. Ich habe keine Ahnung, warum er diese Vorstellung bei mir auslöste, Tatsache jedoch ist, dass ich mich jedes Mal freute, wenn sein nicht mehr junges, aber stets heiteres Gesicht auftauchte. Er war immer gut gelaunt, obwohl die Last, die er zu tragen hatte, jeden Tag so schwer war, dass er sie in einem Einkaufswagen durch den Ort schieben musste.

»Hallo, jemand zu Hause?«, rief er von der Tür aus und ließ einen Pfiff folgen.

»Hallo, Eugenio!« Lächelnd eilte ich zu ihm hinüber.

Obwohl ich mich selbst nicht sehen konnte, fiel mir auf, dass mein Lächeln, seit ich in Nuba war, viel natürlicher geworden war. Es war nichts Gekünsteltes mehr daran. Vielleicht erschien und verschwand es schneller als zuvor, aber es war authentisch.

In Madrid war ich der tapfere Zinnsoldat gewesen, der gelernt hatte, dass er unbedingt bis zum Ende durchhalten muss, um zu erfahren, wie die Dinge ausgehen würden. Ich war der lügende Hirtenjunge in Äsops Fabel gewesen und entdeckte nun den Wert der Ehrlichkeit.

Ich aß, las und putzte das Haus, in meinem Schlafzimmer wirbelten die Emotionen in der Luft wie die Blätter der Begonien in der Abendbrise. Ich sehnte mich nach Lachen und Weinen, ich begann Sätze, die ich nie beendete.

Eines Nachts, in die Laken meines riesigen Betts gehüllt, die nun frisch und sauber rochen und nicht mehr nach staubiger Einsamkeit wie am Tag meiner Ankunft, fühlte ich etwas Seltsames in meinem Inneren, etwas, das sich drehte wie Windmühlenflügel, das dahinfloss wie das Wasser des nahen Flusses, das stark war wie die Stimme des Perikles und süße Worte murmelte wie der unsichtbare Chor in George Eliots Gedicht; das aus meinem Inneren entweichen und meine Hand berühren konnte, um so Teil eines Gedichts von Walt Whitman zu werden. Ich spürte, dass ich mit meinen Fingern ein kleines Stückchen Glück eingefangen hatte.

Und es war gar nicht so schwierig gewesen.

DER ALTE HERR, DER ALLES VERGASS

LESEEMPFEHLUNG: *Senilità* von Italo Svevo

Einmal pro Woche besuchte uns Ciriaco, der die Apotheke in Nuba geführt hatte und schon seit Jahren pensioniert war. Dabei war er nicht älter als Don Lorenzo, der noch fleißig arbeitete und offenbar nicht wirklich an den Ruhestand dachte.

»Der Unterschied ist, dass ich das mache, was mir gefällt«, erklärte Don Lorenzo mir eines Tages. »Ciriaco dagegen hat sein ganzes Leben lang das getan, was anderen gefiel. Seine Mutter wollte, dass er Apotheker wird, damit er in ihrer Nähe blieb, und so studierte er in Santiago Pharmazie. Anschließend kehrte er hierher zurück, eröffnete die Apotheke und sah zu, wie das Leben zwischen Antibiotika und Aspirin dahinfloss. Wahrscheinlich sieht er deswegen immer so aus, als wäre er erkältet. Er hat nie geheiratet, weil seiner Mutter keine Anwärterin gut genug für ihren Sohn erschien. Er hat niemals eine Familie gegründet.«

»Genau wie Sie«, stellte ich fest, während ich ein Buch entstaubte, und fühlte mich wie eine strenge Mutter, die ihrem ungezogenen Sohn die Leviten las.

»Bei mir war es ganz anders, du unverschämtes junges Ding.«

»Ja, Sie sind immer ein besonderer Fall«, meinte ich seufzend.

»Ciriaco und ich sind gleich alt. Er ist nur ein paar Monate vor mir geboren. Wir waren zusammen in der Schule und beim Militär. Aber ich habe die Liebe zumindest kennengelernt. Bei ihm bin ich mir da nicht so sicher.«

»Hatte er denn mal eine Freundin, die ihm mehr bedeutete als die anderen?«

»Ja, ich glaube schon, aber wirklich ernst war auch das nicht. Es ist schon ewig her, wir waren alle noch sehr jung. Sie war eine schöne Trapezkünstlerin, die im Ort auftrat. Sie gehörte zu einem Zirkus, wie du dir denken kannst.«

»Und was hat Ciriacos Mutter dazu gesagt?«

»Doña Elena? Oje … Ich erinnere mich noch gut daran.« Offensichtlich bereitete das, was das Gedächtnis vor Don Lorenzos Augen erstehen ließ, ihm großes Vergnügen. »Sie wurde zur Furie. Ihr Geschrei war wahrscheinlich bis nach Frankreich zu hören. ›Eine Zirkusartistin!‹, keifte sie. Eine Vagabundin wollte das Herz und vor allem das Vermögen ihres geliebten Sohnes stehlen! Hi, hi, hi …! Du hättest ihr Gesicht sehen sollen. Aber zu der Zeit warst du noch gar nicht geboren.«

Ich hielt in meiner Arbeit inne und setzte mich hin, um zuzusehen, wie Don Lorenzo sein Werkzeug sorgsam auf einem zweiten großen Tisch aus Balsaholz ausbreitete, wo er ein paar Bücher neu binden wollte.

Ich liebte diese Buchhandlung, und ich war glücklich, dass ich hier sein durfte. Ich fühlte mich wie Hänsel und Gretel, nachdem sie der Hexe entkommen waren und überall im Knusperhaus Perlen und Edelsteine fanden.

»Und warum das alles?«, meinte der Buchhändler. »Ich

weiß es nicht. Ich nehme an, dass die Menschen sich an das Leben klammern, obwohl sie wissen, dass es begrenzt ist. Materielle Dinge sind für sie greifbarer als geistige Werte, und viele Leute verstehen nicht, was wirklich wichtig ist. Oder sie sind einfach schlecht. Oder dumm.« Er hob den Blick. »Wenn man vom Teufel spricht …«

Die Gestalt seines Freundes Don Ciriaco erschien im Türrahmen. Mit schleppenden Schritten trat er in den Raum, begleitet von dem klackenden Geräusch seines Spazierstocks.

»Guten Tag«, begrüßte er uns.

Er war einer jener Männer, die, auch wenn sie mit einem leichten Hemd, einer weiten Hose und einem Strohhut bekleidet sind, wirken, als trügen sie eine Rüstung.

Wir erwiderten seinen Gruß im Chor.

»Es ist heiß draußen, Lorenzo. Eine Hitze, die direkt aus der Hölle kommt.«

»Vor Kurzem hast du dich noch beklagt, dass es zu kalt ist.«

»Ja, aber das war im Winter. Jetzt beklage ich mich über die Hitze.«

»Fändest du es besser, wenn es im Sommer kalt und im Winter warm wäre?«

»Ja, tatsächlich. Das wäre wunderbar.«

»Ich glaube, wenn es im Sommer kalt wäre, würden wir den Sommer Winter nennen. Und umgekehrt. Aber wie du meinst.«

Wenn ich die beiden Männer zusammen sah, fiel mir jedes Mal auf, wie unterschiedlich sie auch äußerlich waren. Der eine gealtert und gebeugt wie der Greis, der er noch nicht war, der andere stolz und aufgerichtet wie der junge Mann, der er nicht mehr war.

Das Leben bietet verschiedene Möglichkeiten, völlig unterschiedliche Wege; und der Weg, für den man sich entscheidet, führt einen in einen ganz bestimmten Hafen.

Ich sagte mir, dass ich, wenn ich die Wahl hätte, lieber den Weg meines Chefs einschlagen wollte als den von Don Ciriaco. Auch ich würde den weniger begangenen einschlagen.

Ich wollte aus meinem Leben ein Kunstwerk machen und keine unvollständige Ölskizze.

Von einer Welle des Mitleids erfasst, lächelte ich Don Ciriaco zärtlich zu, was zugegebenermaßen arrogant und hochmütig war, das Mitgefühl desjenigen, der sich sicher vor den Fehlern glaubt, die er in dem anderen sieht, und dem nicht klar ist, dass es andere, viel schlimmere Fehler gibt, die man begehen kann.

»Wir werden alt, Lorenzo«, sagte der pensionierte Apotheker.

»Du vielleicht.«

»Du auch!«

Mein Chef zuckte mit den Schultern.

»Gut, ich auch. Aber weniger als du.«

»Aber ich bin nur zwei Monate älter!«

»*Alter* ist noch immer das einzige Mittel, das man entdeckt hat, um lange leben zu können, wie der französische Komponist Daniel Auber sagte, dem wir den *Fra Diavolo* und andere Werke verdanken, die hier nichts zur Sache tun.«

»Bei allem, was die Leute sich so ausdenken, hätte schon längst etwas dabei sein können, was uns diese unangenehme Lage, in der wir beide und so viele andere überall auf der Welt uns befinden, erspart hätte.«

»Ciriaco, weißt du, was man früher über Clemenceau sagte? Man nannte ihn den ›Tiger‹, und das nicht von ungefähr. Mit dreiundachtzig Jahren flanierte er noch schwungvoll über die Pariser Boulevards und warf den *midinettes* zärtliche Blicke zu«, erklärte Don Lorenzo, während sein Freund sich schwerfällig unter einem Hängeregal niederließ, das voller Bücher stand, deren Einbände eine Farbe hatten, die ich »die Farbe der Zeit« getauft hatte, weil es die war, die nach langer Zeit von jeder Farbe blieb.

Wie das Gesicht von Don Ciriaco, dachte ich in dem Moment.

»Auf einem Boulevard spazieren zu gehen ist auch etwas Besonderes. Ich kenne Paris gut, Lorenzo. Besser als du. Aber ob ausgerechnet Clemenceau ein Vorbild ist! Für nichts in der Welt wollte ich sein wie er. Viel zu hart, viel zu streng. Die Leute wussten, was sie von ihm zu halten hatten. Und ich auch.«

»Na gut, aber was ich meine, ist seine Art, dem Alter zu begegnen. Zu jener Zeit gab es in Paris einen Arzt namens Voronoff, der dafür berühmt war, eine Methode zur Verjüngung der Haut entdeckt zu haben. Das Geheimnis bestand darin, dass er seinen Patienten ein Serum unter die Gesichtshaut spritzte, das er aus Affenhoden gewonnen hatte.«

»Um Himmels willen!« Ich schluckte.

Affenhoden?

Don Lorenzo nickte und zuckte mit den Schultern.

»Heutzutage sind die Methoden doch kaum appetitlicher. Wie auch immer. Tatsache ist, dass jener Doktor Voronoff Clemenceau einen Besuch abstattete. Sie sprachen über dies und das, und schließlich bot der Arzt ihm seine speziellen Dienste an. Daraufhin stand der alte Tiger auf, klopfte dem Mann auf die Schulter und meinte lächelnd: ›Vielen Dank, aber meinen Sie nicht, damit sollten wir warten, bis ich alt bin?‹«

Die Anekdote gefiel mir. Don Ciriaco offensichtlich nicht.

»Du und deine Geschichten. Und deine Bücher«, lautete sein einziger Kommentar.

»Ich beklage mich nicht. Denn ich bin ein reicher Mann. Ich habe einen Schatz, stimmt's, Brianda? Auf jeden Fall bin ich reicher als du. Weißt du, Ciriaco, ich habe gelesen, dass ...«

»Du liest doch immer. Ein Wunder, dass du überhaupt noch etwas siehst. Hast du eigentlich keine Brille?«

»Hast du *Senilità* von Italo Svevo gelesen?«

»Das fehlte noch!«, beschwerte sich der Apotheker. »Dass ich jetzt noch was über senile alte Leute lese.«

»Sei nicht dumm, das ist keine Geschichte über senile alte Leute. Im Gegenteil: Die Protagonisten sind jung.«

»Und?«

»Alt zu sein hat nichts damit zu tun, alt zu sein.«

»Na klar!« Don Ciriaco brach in ein höhnisches Gelächter aus. »Was ist denn das für ein Quatsch, Lorenzo!«

»Manchmal legt sich das Leben wie eine Schlinge um unseren Hals«, erklärte mein Chef, während er sich wieder seiner Arbeit widmete, »und lässt uns altern, weil es uns früher sterben lassen will, als nötig wäre. Und ohne dass du es merkst, bist du auf einmal ein alter Mann. Du bist alt, weil du der Willenlosigkeit, der Lustlosigkeit und dem Schmerz nachgibst. Und in den meisten Fällen handelt es sich um einen Schmerz ohne Wunde, was die schlimmste Art von Schmerz ist. Du warst schon alt, als du noch jung warst, weil du niemals Freude am Leben hattest, dir niemals deines Glücks bewusst warst, des Glanzes in deinen Augen, der morgen vielleicht nicht mehr da sein wird. Du wirst nie mehr so jung sein wie heute, Ciriaco.«

»Den Glanz in meinen Augen habe ich schon vor langer Zeit verloren, wenn er überhaupt jemals da war, mein Freund«, murmelte Don Ciriaco und schloss einen Knopf an seinem Hemd, während er die Bücher um sich herum betrachtete und bei dem Versuch, die Titel zu lesen, die Augen hinter seinen Brillengläsern verengte. »Manchmal denke ich, dass es besser so ist. Dass alt zu sein bedeutet, zu vergessen. Denn wenn man vergisst, erinnert man sich auch nicht mehr an die Gründe, die einen am Leben festhalten lassen. So fällt es einem leichter, zu gehen, zu wissen, dass es jeden Moment so weit sein könnte, ohne dauernd vor Wut aufzuschreien. Aber abgesehen davon und wenn du meine bescheidene Meinung wissen möchtest, halte ich die Zeit für eine Sauerei.«

Mein Chef schenkte seinem Freund ein strahlendes Lächeln.

»Nein, Ciriaco, du irrst dich. Die Zeit ist unerlässlich, damit dein Geist Früchte tragen kann. Wie viele Früchte hat dein Geist hervorgebracht, Ciriaco? Und wie könntest du deine Seele mit Licht füllen, wenn die Zeit nicht ihre Schattenseiten hätte?«

Ciriaco zog die Brille aus und rieb sich die Augen. Dann entgegnete er bedächtig: »Du bist eine alte Nervensäge, Lorenzo.«

Ich war davon überzeugt, dass ich Tomás lange Zeit nicht wiedersehen würde, aber durch Zufall liefen wir uns erneut über den Weg. Wobei ich mir nicht sicher war, inwieweit unsere Begegnung tatsächlich zufällig war.

Ich machte jeden Abend einen Spaziergang in der Nähe der Burgruine. Sobald wir das Geschäft geschlossen hatten, eilte ich mit der Ausrede, mir ein wenig die Beine vertreten zu müssen, in Richtung See wie ein Schüler in die Pause. Die Burg war ein Teil der Stadtmauer gewesen, die einst den Ort umgeben hatte, und sie befand sich auf der Halbinsel am Fluss. Dort, wo die Mauer am besten erhalten war, begann der älteste Teil des Dorfs, wo es ausschließlich gepflasterte Straßen gab und die Häuser sich eng aneinanderdrängten, anders als in den anderen Ortsteilen, wo jedes Haus von einem großen, mit einer Steinmauer umzäunten Garten umgeben war. Die Stadtmauer war – sicher aus Verteidigungsgründen – verwinkelt, aus großen Quadersteinen erbaut und mit einem Wehrgang mit Zinnen bekrönt. Der Fluss bildete den Wassergraben. Ein kleines, von einem Rundbogen überspanntes Tor führte auf eine Brücke in Richtung Norden.

Mir gefiel vor allem die uneinnehmbar scheinende Puerta del Rey, ein großer fünfeckiger Turm, der der massivste Turm der Stadtmauer und der Burg war. Ich fühlte mich gut, wenn ich unter seinem hohen Spitzbogen hindurchging, um dann zu einem gewölbten gotischen Bogen zu gelangen und nach wenigen Metern zu einem weiteren Bogen, an dem einmal ein Gitter oder ein Eisentor angebracht gewesen war, das im Falle eines Angriffs heruntergelassen werden konnte. Jedes Mal, wenn ich hier entlangging, hatte ich das Gefühl, einen Zeittunnel zu durchschreiten, der mich in die Vergangenheit führte, durch dunkle, kalte Gänge und über steinerne Treppen in eine Zeit der aufrichtigen Gefühle. Und jedes Mal durchlief mich ein Schauer an unerklärlichen Emotionen, der mich für einen Moment mit reinem Glück erfüllte.

Die Burg, zu der man durch die Puerta del Rey gelangte, erhob sich im Nordwesten und war im Grunde ein durch sieben Türme geschütztes Rechteck – vier Türme an den Ecken und drei in der Mitte jeder Seite, abgesehen von der Westseite, die zum Fluss hin zeigte. Die große Anzahl an Türmen ließ mich daran denken, wie sehr sich die Bedeutung gewisser Orte im Laufe der Geschichte verändern konnte. Das, was einmal eine eindrucksvolle, strategisch günstig gelegene Stadt gewesen war, war heute nur noch ein unbedeutendes Dorf, das von wenigen Touristen besucht wurde, und dort, wo früher nur Einöde war, bildeten sich heute Metropolen. Und niemand wusste, was morgen mit ihnen geschehen würde, niemand konnte es voraussehen – genauso wenig, wie man in den bedeutenden Orten von einst hatte vorhersagen können, was einmal aus ihnen werden würde.

Ein Waffenhof war in der Burg erhalten geblieben, der auf allen vier Seiten von Bogengängen umgeben war und in dessen Mitte es einen Brunnen gab, der von einer dicken Metallplatte bedeckt war und einst die Festung mit Wasser versorgt hatte. Einer der Ehrentürme hielt sich mit Würde aufrecht und präsentierte stolz seine Galerie mit der steinernen Brüstung unter dem vierseitigen Dach mit Turmhelm. Ich liebte es, dort hinaufzuklettern und den Ausblick auf die abendliche Landschaft zu genießen. Sowohl die Burg als auch die Stadtmauer waren stets für Besucher geöffnet, und außer wenn zwei oder drei Busse mit Touristen im Ort waren, war es angenehm ruhig.

Eines Tages, als ich auf den Turm gestiegen und in die Betrachtung des Horizonts versunken war, hörte ich Schritte auf der Treppe heraufkommen.

Eine leichte Unruhe verursachte mir Gänsehaut.

Ich fürchtete stets, von jemandem bei einer angenehmen Beschäftigung überrascht zu werden; immer hatte ich dann dieses dumme, unangenehme, unbegründete Gefühl, etwas Verbotenes zu tun.

Ich sagte mir, dass es sicher nur ein kleiner Junge war, der Verstecken spielte, obwohl die Kinder des Ortes sich nur selten an der Burg und der Stadtmauer aufhielten, sodass ...

Als Tomás' Kopf über der Brüstung erschien, war ich bereits bis zur Wand zurückgewichen. Ich lachte nervös. Er blieb einige Meter vor mir stehen und sah mich fragend an. Stumm wie ein Fisch, schweigend wie die dicken Mauern der Festung.

Von der schäbigen Holzhütte zum Schloss, wir steigern uns ..., dachte ich.

»Hallo, Brianda.«

»Du hast mich erschreckt.« Mühsam löste ich mich von der Wand. »Hallo.«

Tomás schwieg.

»Du redest nicht sehr viel, was?«

Tomás zuckte mit den Schultern.

»Worte komplizieren die Dinge früher oder später.«

Dieser Anfall von philosophischer Aufrichtigkeit aus dem Mund des Mannes, mit dem ich die intimste und gleichzeitig schweigsamste Begegnung meines Lebens gehabt hatte, überraschte mich.

Ich sah ihn verwundert an.

Hier waren wir nun wieder, weit oben an einem einsamen Ort, wie Joan of Kent und der Schwarze Prinz, Opfer einer verbotenen Leidenschaft, die weder der Dame noch dem Edelmann zur Ehre gereichte.

»Was willst du? Was machst du hier?«, grummelte ich und bemühte mich um Haltung. Drei Wochen waren seit unserer Begegnung im Wald vergangen, und er hatte es nicht einmal für nötig befunden, in der Buchhandlung vorbeizukommen, um Hallo zu sagen. Es entsprach wohl doch der Wahrheit, wenn man behauptete, »Alle Männer sind gleich, auch die, die anders sind«.

»Ich habe dich an der Puerta del Rey gesehen und …«

»Bist mir gefolgt?«

Tomás antwortete nicht, und ich merkte, dass es ihm schwerfiel, ruhig zu atmen.

Er kam auf mich zu, und ohne ein Wort zu sagen, strich er mein Haar zurück und nahm mein Ohrläppchen zwischen die Finger. Ich hatte keine Ohrlöcher, weil mein Vater es nach meiner Geburt verweigert hatte, wie meine Mutter mir erzählt hatte. »Ich will nicht, dass meine Tochter sich Ringe in die Ohrläppchen steckt wie eine Wilde«, soll er gesagt haben.

Tomás streichelte mein Ohr. Ich spürte ein Flattern im Magen, das von seinen Fingern kam und mich die Augen schließen ließ. Auf einmal wusste ich, dass ich eine Seele hatte oder vielleicht zwei oder drei, die bis zu diesem Moment irgendwo in der Gegend meines Bauchnabels verborgen gewesen waren.

Ich hielt die Augen geschlossen und gab mich den Empfindungen hin, die seine Finger in mir weckten. Es war wie eine Droge, als stickten seine Finger ein verführerisches Muster auf meine Haut. Es war wie in ein Riesenrad zu steigen, und ich wollte mehr. Viel mehr. Es sollte ewig dauern.

Ich roch seinen frischen Duft, das natürliche Kunstwerk seiner Anwesenheit umgab mich. Es gefiel mir, blind zu sein und die Sehnsucht zu spüren, die seine Finger in mir weckten.

Dann umfasste er meinen Nacken und küsste mich dort am Haaransatz. Ein Kuss, der meine Haut nährte, pflegte und heilte wie eine teure Creme.

Ich wollte mich umdrehen, seinen Mund suchen, als Tomás den Druck seiner Finger auf meinem Hals verstärkte, nur für eine Sekunde, bevor er mich losließ und den Turm hinabstieg, mit festen Schritten, die auf der Treppe hallten.

Als ich die Augen öffnete, war er bereits verschwunden.

Schon wieder.

Seit jenem Tag auf dem Turm habe ich Tomás nicht mehr wiedergesehen. Eigentlich unglaublich, dass man sich in einem so kleinen Ort nicht begegnete.

Es war bereits Mitte Juni, der Hochsommer nahte, als mir auffiel, dass sich einer der Lehrer im Ort, der Lope hieß und häufig in der Buchhandlung vorbeikam, besonders interessiert mit mir unterhielt oder mir zumindest mehr Aufmerksamkeit schenkte als die anderen Bewohner Nubas.

Eines Tages trat er zu meiner Überraschung mit einem riesigen Strauß Schwertlilien auf mich zu.

»Diese Blumen sind eine immense Herausforderung für die hiesigen Gärtner«, sagte er, als er sie mir überreichte. »Sie vertragen das milde Klima nicht.«

»Oh! Tatsächlich?« Ich wusste nicht, was ich sagen sollte.

»Schau mal, diese großen braunen und grauen Flecken, sind die nicht der Wahnsinn!«

Lope war ein attraktiver Mann.

An diesem Tag war er angezogen wie zum Golfspielen, trug sogar eine dieser typischen Mützen. Immer, wenn ich ihm begegnete, dachte ich, dass er aussah wie ein Reisender in der Zeit der Romantik, als das Einzige, was ein Dandy neben der indischen Küche und dem Sumpffieber zu fürchten hatte, die unerwiderte Liebe war.

Ich wusste, dass Lope geschieden war und einen Sohn hatte, der irgendwo bei der Mutter lebte. Ich war mir nicht sicher, wo. Er sprach nicht gern von seiner Vergangenheit, und ich war nicht neugierig genug, um hartnäckiger nachzufragen.

»Seit ein paar Wochen bist du ganz besonders hübsch«, fügte er hinzu, nachdem er die Blumen losgeworden war, die nun in meinen Armen lagen. Ich fühlte mich, als wäre ich gerade zur Miss Spanien gewählt worden.

»Vielen Dank. Ich weiß nicht, was ich sagen soll. Sie sind wunderschön. Wie komme ich zu der Ehre? Ich habe ja nicht mal Geburtstag heute.«

»Sie werden sich nicht lange halten. Ich hoffe, sie gefallen dir.«

Er kam mir sehr nahe, als er das sagte, als ob er mir ein Staatsgeheimnis verraten wollte.

Don Lorenzo trat zu uns, um sich den Blumenstrauß mit kritischem Blick anzusehen.

»Hm«, war sein einziger Kommentar.

Er ging wieder, kam aber direkt noch einmal zurück.

»Hm«, machte er noch einmal.

Lope und ich lächelten uns an. Offensichtlich gab es nichts weiter zu sagen, also sah ich mich nach einem Gefäß um, in das ich die Blumen stellen konnte. Sie waren so fest zusammengebunden, als hätte Lope sie fesseln wollen.

»Brianda, darf ich dich etwas fragen?«

Ich schüttelte den Kopf, dann nickte ich gedankenverloren, während ich eine leere Vase aus dunkelrotem Kristall, die auf dem Tisch meines Chefs stand, mit Wasser füllte. Aus seinen nervösen, verkrampften Gesten schloss ich, dass Lope mir jetzt irgendeine unangenehme persönliche Frage stellen wollte, etwa nach meiner BH-Größe. Vielleicht war Lope ein seltsames Wesen wie jene indischen Nagas, Gottheiten, halb Mensch, halb Schlange, die normalerweise unter der Erde lebten und wenn sie ans Sonnenlicht kamen, Buchhändlerinnen seltsame Dinge fragten. Dinge wie ...

»Was hast du am Wochenende vor?«

Ich brach in Gelächter aus. Das Lachen entstand tief in meiner Kehle, war dunkel und dämlich und erstickte mich beinah.

Sofort war Don Lorenzo wieder bei uns, mit einem Stapel Papier in den Händen und einem Kuli hinter dem Ohr.

»Ist alles klar bei euch?«, fragte er mit gerunzelter Stirn.

Ich gestikulierte hilflos.

»Alles bestens, Chef.«

»Hast du ihr einen Witz erzählt?«, wollte Don Lorenzo wissen.

»Nein. Ich habe keine Ahnung, was so lustig ist.« Lope wandte sich gekränkt ab.

»Entschuldige, Lope, es tut mir leid ...!« Ich ging zu ihm und wollte meine Hand auf seine Schulter legen, doch er wich mir aus. »Ich weiß nicht, was mit mir los ist. Ich dachte, du wolltest mir irgendeine seltsame Frage stellen, und als es dann etwas so ... völlig Normales war, musste ich lachen. Sei bitte nicht sauer.«

Don Lorenzo verschwand wieder. Ich hörte, wie er etwas vor sich hin murmelte und einen Stuhl zurechtrückte. Er war damit beschäftigt, ein paar alte Bücher einzubinden. *Edward Youngs Nachtgedanken*, die französische Ausgabe in der Übersetzung von Letourneur; *Die indische Hütte* von Bernardin de Saint-Pierre; *Thaddäus von Warschau* von Jane Porter und *Les Délassements de l'Homme sensible* von François de Baculard d'Arnauld. Die Käufer, treue Kunden der Buchhandlung, warteten bereits seit Wochen darauf. Don Lorenzo würde die alten Bände so gekonnt neu einbinden, dass sie wie frisch aus der Druckerei aussahen.

Er hatte versprochen, es mir beizubringen, aber bisher noch keine Zeit dafür gefunden.

»Ich muss mich entschuldigen, wenn ich dir mit meiner Frage zu nahe getreten bin.«

»Nein, überhaupt nicht. Was sollte mich an der Frage stören?«, entgegnete ich und versuchte, mich wieder normal zu benehmen. »An den Wochenenden mache ich eigentlich nichts Besonderes, außer zu lesen und …« Und zu träumen, dachte ich. »Manchmal kümmere ich mich um die Hausarbeit, wenn ich die Woche über nicht dazu gekommen bin.«

»Aha.«

»Und jetzt, bei dem guten Wetter, helfe ich Don Lorenzo im Garten. Ich zupfe Unkraut aus. Es ist unglaublich, wie hartnäckig Unkraut sein kann. Wenn ich nur halb so willensstark wäre, hätte ich wahrscheinlich schon zu Fuß den Mond erreicht.« Ich griff nach meinem Zopf und zupfte an den krausen, rebellischen Haarspitzen. »Weißt du, wir werden Tomaten einkochen. Wir haben so viele Tomaten im Garten, dass wir sie unmöglich alle essen können, selbst wenn wir jedem Ortsbewohner oder sogar jedem Menschen auf der Erde ein Kilo schenken würden.«

»Aha.«

»Na gut, das ist ein bisschen übertrieben, aber du verstehst mich schon … Am kommenden Wochenende wollen wir mit dem Einkochen anfangen; Don Lorenzo hat eine Menge leere Gläser aufbewahrt. Die werden wir alle mit eingekochten Tomaten für den Winter füllen. Wir horten Vorräte wie die Eichhörnchen.«

»Also hast du keine Zeit?«

»Wofür?«

Lope wand sich unruhig in seinem Sonntagsanzug. Er wirkte wie ein Schürzenjäger, der entschieden hat, brav zu werden und sich zu verlieben.

Ich fühlte mich unwohl und blickte zur Seite.

»Brianda, ich wollte dich nur um eine Verabredung bitten. Nichts Außergewöhnliches«, erklärte er und heftete seine kindlich blauen Augen auf mich. »Mach dir keine unnötigen Gedanken. Ich habe gedacht, wir könnten ein bisschen am See spazieren gehen. Vielleicht hast du Lust zu schwimmen. Es gibt einen kleinen Strand. Wir können ein Picknick machen, wenn du möchtest, ich kümmere mich um alles. Ich bringe eine Tortilla mit, etwas Kühles zu trinken und welche von den leckeren Bocadillos aus dem Laden von Sagrario, der Tante von Ramón, dem Artischockenkopf. Hast du die schon mal probiert?«

Langsam schüttelte ich den Kopf. Offensichtlich war der Artischockenkopf mit dem halben Ort verwandt.

»Nein. Ich gehe eigentlich nie einkaufen. Das macht Don Lorenzo. Aber ich kenne den Laden.« Ab und zu war ich dort gewesen, um ein paar Konserven und eingelegtes Gemüse zu kaufen, die einzigen Lebensmittel, von denen ich etwas verstand.

Ich betrachtete Lope einen Moment aufmerksam, seine ruhigen, zuvorkommenden Gesten, die vielleicht Ausdruck eines mangelnden Selbstbewusstseins waren oder aufrichtiger Reife oder beides. Man konnte ihm schon von Weitem ansehen, dass er ein hilfsbereiter Mensch war.

Ich schüttelte den Kopf über mich selbst. In letzter Zeit kamen mir nur völlig schwachsinnige Gedanken.

Seine blauen Augen strahlten in seinem leicht gebräunten Gesicht.

Er sah wirklich gut aus, und ich musste mir eingestehen, dass sich bisher noch nie ein Mann wie er um mich bemüht hatte. Meine Kolleginnen in Madrid – die alle weit herumgekommen waren, zumindest in ihrer Fantasie – hätten mir einen Schubs gegeben, wenn sie Lope gesehen hätten. »Siehst du nicht, was für ein toller Typ das ist, und gute Manieren hat er auch noch! Wann hat dich schon mal so ein Sahneschnittchen um ein Date gebeten? Schnapp ihn dir, bevor er es sich anders überlegt!«

Offensichtlich hatte ich mich tatsächlich verändert, seit ich nach Nuba gekommen war, wenn mich nun sogar ein Mann wie Lope um eine Verabredung bat.

Noch nie hatte mir jemand einen Strauß Lilien geschenkt und mir versichert: »Seit ein paar Wochen bist du ganz besonders hübsch.«

In der Uni hatte mal ein Typ, der mir sehr gefiel, mit dem ich aber nie etwas hatte, zu mir gesagt, ich solle mein Haar doch offen tragen, dann sei ich vielleicht auch als Mensch etwas offener. Das hatte mir zu denken gegeben, mir sogar ein bisschen geschmeichelt, auch wenn ich seinen Rat nicht befolgte. Doch jetzt, als Lope mir seufzend und frustriert gegenüberstand und Tomás irgendwo im Chaos der alltäglichen Dinge untergegangen war, sagte ich mir, dass vielleicht der Moment des offenen Haars gekommen sei.

Ich griff mit ungeduldigen Fingern in meinen Zopf und begann, ihn zu lösen. Entschieden schob ich das Bild von

Tomás, das mir plötzlich vor Augen stand, zur Seite. Ich wollte jetzt nicht an ihn denken.

Einen Augenblick lang umgab Lope und mich die perfekte Stille eines geweihten Ortes. Doch das fröhliche Zwitschern einer Meise irgendwo im Garten beendete sie so rasch, dass wir sie nicht genießen konnten. Die Natur hasst die Stille, dachte ich. Auf dem Land machen sogar unsichtbare Wesen Geräusche. Immer gibt es etwas, das sich bewegt, lärmt, brüllt, geboren wird, vorankommt ... Die Melodie des Lebens, das ewige Tonband. Vielleicht sind wir deshalb gezwungen, zwischen dem Lärm und dem Tod zu wählen, zwischen dem Leben und dem Nichts.

Es war Donnerstag. Ich fragte Lope, ob Samstag ihm recht sei. Wir würden zum See gehen, schwimmen und dann etwas essen, mit Aussicht auf die sogenannte *Casa del Estanque*, die nichts weiter als eine weitere Ruine in der Nähe der Burg war, die für das wechselnde Farbenspiel im Laufe des Tages bekannt war, das die Wandfarben der noch stehenden Überreste boten.

»Wunderbar, Brianda! Du wirst sehen, es wird ein unvergesslicher Tag werden.« Zufrieden verabschiedete Lope sich von mir mit einem antiquierten Kopfnicken, das mich erneut zum Lachen brachte.

Keiner von uns beiden ahnte in dem Moment, wie recht Lope hatte: Es sollte wirklich ein unvergesslicher Tag werden.

Allerdings.

Am Freitag wechselten Don Lorenzo und ich bei der Arbeit kaum ein Wort.

Er war mit dem Einbinden weiterer Bücher beschäftigt – er versuchte, ein Exemplar von Alexander von Humboldts

Ideen zu einer Geographie der Pflanzen in einer Ausgabe von Levraut, Schoell et Cie. aus dem Jahr 1805 zu restaurieren, das so vergilbt war, dass es beinah die Farbe der Bluse hatte, die ich trug. Die von unzähligen unbedachten Lesern über zwei Jahrhunderte malträtierten Seiten waren so spröde, dass er äußerst angespannt war.

Ich meinerseits verbrachte den ganzen Morgen damit, Bücher zu verpacken, die wir übers Internet verkauft hatten und die ich am nächsten Tag ganz früh zur Post bringen wollte.

Obwohl ich oft am Computer saß, um die per Mail eingegangenen Bestellungen zu bearbeiten, interessierte ich mich nicht für die Nachrichten oder die Onlineausgaben der Tageszeitungen. Das, was »draußen« passierte, war mir völlig gleichgültig. Ich wollte nicht wissen, was in der Welt geschah. Ich informierte mich auch nicht über die aktuellen Neuerscheinungen der Verlage oder die Bestsellerliste, von der ich lange Jahre über wie besessen gewesen war.

Ich gehörte nun zu Nuba, war ein Teil des Horizonts und der Felder, war wie das Laub der Bäume, wie die Wassertropfen, die zu Gewitterwolken wurden, wie der Tau, in dem die Käfer badeten, und die wolkenlosen Sonnentage, deren perlmuttfarbenes Licht auf die Ziegel der Dächer fiel.

Während ich meine tägliche Arbeit erledigte, dachte ich an Tomás. Im Grunde dachte ich ständig an ihn, auch wenn ich das nicht gern zugab.

Ich fragte mich, ob er wie Demosthenes an das griechische Ideal der Liebe glaubte: *Wir halten uns Mätressen zu unserem Vergnügen, Konkubinen für unsere tägliche Versorgung und Ehefrauen, damit sie uns legitime Nachfahren gebären.* Vielleicht war das die Lebensweise, die er sich wünschte. Ich hatte den Eindruck, dass die Männer auch heute noch die gleichen amourösen Schizophrenien praktizierten wie vor zweitausendfünfhundert Jahren. Goethes Wahlverwandtschaften waren nach wie vor reine Fiktion, und die gleichberechtigte Partnerschaft, diese fortschrittliche Erfindung des zwanzigsten Jahrhunderts, existierte in den meisten Fällen lediglich in der Theorie.

Am Samstag stand ich wie üblich um sieben Uhr morgens auf. Auf dem Dorfplatz fand ein kleiner Markt statt, mit Ständen, an denen Obst verkauft wurde, Wurstwaren, billige Schuhe, Haushaltswaren, Eisenwaren ... Es gab auch ein paar Landschaftsmaler, die den Touristen und Pilgern ihre Ölbilder und Radierungen anboten, einen Stand mit nicht gerade erlesener Unterwäsche – manchmal fand sich allerdings doch das ein oder andere außergewöhnliche Stück darunter –, Rattanmöbel und Korbwaren.

Ich sprang mit Schwung aus dem Bett, wie ich es immer tat, stolperte und wäre beinah hingefallen. Mühsam wankte ich zum Bett zurück und setzte mich, bis das Schwindelgefühl vorbei war. Die Dunkelheit im Zimmer verursachte mir auf seltsame Art Beklemmungen, was noch nie vorgekommen war. Durch die Balkontür fielen ein paar helle Strahlen ins Zimmer, auf die ich meinen Blick konzentrierte.

Ich sagte mir, dass ich reichhaltiger essen müsse, etwas anderes als nur Kirschen und Pfirsiche. Schluss mit Nektarinen- und Feigengelagen. Offensichtlich reichte meine Herbivoria nicht aus, um mich auf den Beinen zu halten.

Nach einer Weile, als es mir allmählich besser ging, kam mir der Gedanke, dass ich krank sein könnte, dass Tomás mich vielleicht mir irgendeiner Geschlechtskrankheit angesteckt hatte.

»Ungeschützter Sex mit einem Fremden ...«

Im Geiste hörte ich das Gelächter meiner werten Exkolleginnen. Eigentlich neigte ich nicht zu Hypochondrie; der Tod meiner Eltern hatte mir gezeigt, dass es nicht reichte, gesund zu sein, um zu überleben. Sie waren zwei gesunde, kräftige Menschen gewesen, bis ein Möbelwagen – der nicht einmal legal unterwegs war, der Fahrer war ein Schwarzarbeiter, der absolut keine weiße Weste hatte, wenn mir das Wortspiel erlaubt ist – ihr Leben so lässig beendete, wie Don Lorenzo und ich das Unkraut im Garten auszupften. Seitdem war ich davon überzeugt, dass Krankheit nicht das Hauptübel ist, das unser Leben bedroht, sondern dass auch der Zufall und das Unglück ihren Teil dazu beitragen. Deshalb hatte ich nie besonders auf meine Gesundheit geachtet. Außerdem stärkten geringe Mengen an Viren und Bakterien die Widerstandskraft – genau wie Liebeskummer davor schützt, allzu schnell wieder den Kopf zu verlieren. Waren Impfungen im Grunde nicht genau das Gleiche? Gift, das den Körper darauf vorbereitete, andere Gifte zu vertragen.

Doch an jenem Morgen sendete mein Körper mir eindeutige Alarmsignale. Ich sagte mir, dass ich zum Arzt gehen und mich auf Aids testen lassen musste, auf Hepatitis, Gonorrhö, Syphilis, Typhus oder was auch immer meinen Körper befallen hatte, auf hinterhältige Art, in Gestalt der Liebe.

Ich betrachtete mich im Badezimmerspiegel.

Das Bad lag auf dem Flur, und ich war die Einzige, die es benutzte. Don Lorenzo kam nur selten herauf. Er meinte, dass es ihn an seine Mutter erinnere und dass er nicht gern in die Vergangenheit zurückblicke, zumindest nicht jeden Tag.

Eigentlich sah ich relativ gesund aus. Meine Augen glänzten, als hätte man sie in der Farbe von Whisky neu gestrichen. Und meine Haut schimmerte wie mit Wachs poliert.

Noch vor wenigen Wochen hätte man mich für eine Figur aus einem fantastischen Roman von Hanns Heinz Ewers halten können, jetzt war ich wie eine Protagonistin von Jane Austen.

Ich seufzte ergeben, aber insgeheim zufrieden, und zog mich aus, um zu duschen. Meine Brüste taten weh, doch abgesehen davon war alles wieder in Ordnung.

Ich wusch mir die Haare und spülte das Shampoo sorgfältig aus. Das Wasser floss lauwarm und eher spärlich aus den alten Armaturen, die unaufhörlich ihr klagendes Lied von alten, ermatteten Rohren sangen.

Ich beschloss, die Haare offen zu tragen, sie aus ihrem Gefängnis zu befreien. Es war egal, dass sie ins Essen fallen würden, dass sie stören würden, wenn ich den Boden im Eingangsbereich fegte – heute kein Zopf, und los!

Ich zog meinen uralten Badeanzug an, suchte in den Tiefen der Kleidertruhe nach etwas Hübschem und entschied mich für ein apricotfarbenes Musselinkleid. Dazu wählte ich ein Paar geflochtene Sandalen. Zusammen wirkte das Ganze angenehm leicht und ansprechend und nicht zu elegant, genau richtig für einen Tag auf dem Land. Was in Nuba ja eigentlich jeder Tag war.

Ich frühstückte gemeinsam mit Don Lorenzo und beeilte mich dann, zur Post zu kommen und die Päckchen aufzugeben, ohne der Versuchung nachzugeben, ein wenig auf dem Markt zu stöbern, der bereits voller Menschen war: junger Paare mit kleinen Kindern in Tragetüchern auf dem Rücken, gestandener Hausfrauen, die die Waren mit kritischem Blick musterten, Rentner, die die Zeit totschlugen, ohne zu bemerken, dass sie von allein verging. Dazu der ein oder andere Hund, den man in jeder anderen Stadt als herrenlos bezeichnet hätte, nicht aber hier in Nuba.

Mein Lieblingspostbote war nicht da, weil samstags keine Post zugestellt wurde, also bediente mich seine junge Kollegin.

»Guten Tag, Señorita Brianda.«

»Guten Tag, Gloria.« Mein Haar, das so viel Freiheit nicht gewohnt war, fiel mir ins Gesicht. Ich strich es nach hinten und stapelte die mitgebrachten Pakete mit den bereits ausgefüllten Formularen vor der jungen Frau auf.

»Wunderbar, dass Sie schon alles vorbereitet haben. Dann geht es schneller hier am Schalter, stimmt's?« Sie zwinkerte mir zu. »Übrigens steht Ihnen das offene Haar ausgezeichnet.«

Gloria war etwa Mitte zwanzig und hatte kurzes, lockiges schwarzes Haar. Sie kämpfte mit ein paar Kilo zu viel und war eine begeisterte Leserin von Liebesromanen. Ich hatte ihr Stendhal empfohlen, und seine romantische Empfindsamkeit hatte ihr gefallen, sodass sie nun seine sämtlichen Werke verschlang.

»Danke, Gloria.« Ich lächelte ihr zu. »Mit Rechnung, wie immer.«

Weil sie mit ihrem Aussehen nicht zufrieden war (aber welche Frau ist das schon? Schließlich haben sogar Filmstars und Topmodels ihre Probleme mit dem Äußeren), hatte ich ihr geraten, Ovid zu lesen. Und danach war sie mir so dankbar, dass sie mir immer eine Sonderbehandlung zukommen ließ, wenn sie mich mit Paketen beladen in die Post kommen sah und die Warteschlange lang war. »Lass sie einfach hier, Brianda, und komm später vorbei, um die Belege abzuholen«, raunte sie mir zu und wies auf eine Ecke neben dem Schalter. Dann setzte ich die schweren Pakete ab, seufzte erleichtert und machte mich eilig davon, bevor sich jemand beschwerte, der darauf wartete, dass er an der Reihe war.

Schönheit schenket ein Gott. Wie wenige prangen in Schönheit. Wahrlich, dem größten Teil fehlt es an solchem Geschenk. Pflege bewirkt Ansehen, versicherte Ovid. *Ihr auch belastet das Ohr euch nicht mit teuren Steinen, die der indische Mohr sucht in der grünlichen Flut. Tretet auch auf nicht schwer in golddurchwobenen Kleidern. Solches Geschmeide verscheucht, statt uns zu fesseln. Schwarz steht schneeiger Haut. Schwarz stand der Tochter des Brises; als sie geraubt ward auch, trug sie ein schwarzes Gewand. Weiß steht dunkler Haut. Weiß, Cepheus' Tochter, gefielst du.*

Im Folgenden sagt Ovid, dass es wohl nicht nötig sei, seine Leserinnen vor dem unschönen Geruch unter den Achseln zu warnen oder sie daran zu erinnern, die Beine zu enthaaren, sich das Gesicht zu waschen oder die Zähne nicht aus Trägheit schwarz werden zu lassen. Er rät, sich die Augen zu schminken und das Haar zu kämmen und dabei Wert auf die Auswahl der Zofe zu legen. Frauen mit länglichem Gesicht empfiehlt er einen Mittelscheitel, denen mit rundem Gesicht einen hohen Knoten, der die Ohren frei lässt, um Perlen darin zu tragen. Er tröstet uns Frauen, indem er darauf hinweist, dass wir von der Natur begünstigt seien, denn während die Männer kahl würden, könnten wir das graue Haar färben oder spärliches Haar mit einer Perücke bedecken, was man jedoch niemals zugeben dürfe, denn einer Frau müsse das Haar immer den Rücken hinabwallen. Außerdem weist er darauf hin, dass sich eine Frau niemals vor den Augen des Mannes zurechtmachen dürfe … Und all diese Ratschläge erteilte ein Mann, der im Jahr 43 vor Christus geboren wurde, wahrscheinlich ohne zu wissen – oder doch –, dass sie auch mehrere Jahrtausende nach seinem Tod noch Gültigkeit haben würden.

Ich ging nach Hause und wartete dort mit einem Buch in der Hand auf Lope. Gleich nach der Rückkehr vom Postamt hatte ich es herausgesucht, Gloria hatte mich an Ovids wunderbaren Text in *Ars amatoria* erinnert. Ich machte es mir im Schatten eines Feigenbaums auf einem Gartenstuhl bequem und hob ab und zu den Kopf, um Don Lorenzo zuzusehen, wie er so schwungvoll Unkraut ausriss wie ein Abenteurer, der sich einen Weg durch den Dschungel bahnt. Ich öffnete das kleine Buch von Ovid und lächelte, als ich seine Ratschläge darüber las, wie und mit wem Frauen Beziehungen haben sollten: *Sorge der Fürsten vordem und der Könige waren die Dichter; hohe Belohnung zuteil wurde dem alten Gesang. Heilige Würde besaß und verehrungswürdigen Namen sonst der Sänger, und reich flossen die Schätze ihm zu.*

(Ich grinste von einem Ohr zum anderen; klar, dass Ovid den Frauen die Dichter empfahl, er war ja selbst einer.) Des Weiteren warnte er davor, sich mit Dieben einzulassen – *Jener von ihnen vielleicht, der als der geschmückteste auftritt, ist ein Dieb; und dein Kleid ist es, für welches er brennt* –, und vor denjenigen, die Geschenke versprachen und sie niemals machten – *Die sich bei vielen gemacht schuldig getäuschten Vertrauns.* Er gab gute Tipps, wie man mit dem Liebhaber kommunizieren sollte, ohne dass der Ehemann davon erfuhr: *Doch zu täuschen bedacht eure Männer ihr seid; bringe geschickt den Brief der Magd Hand oder des Burschen.* Und er gab einen wertvollen Rat in der Kunst der Verführung: *Schreib ihm wieder nach kurzem Verzug; stets reizet das Zaudern Liebende, wenn der Verzug kürzere Dauer nur hat.*

Gegen zwölf kam Lope durch die Buchhandlung in den Garten. Er grüßte Don Lorenzo, lehnte freundlich eine Limonade ab – »Ich habe eine Kühlbox mit Erfrischungsgetränken im Kofferraum« –, und dann starteten wir unseren Ausflug.

Ich glaube nicht, dass jemand in Nuba etwas von der Philosophie des Schintoismus wusste, geschweige denn von ihrer Anwendung auf Gärten und Parks. Die Umgebung des Ortes war eine verspielte Ansammlung von Schönheit, die nur dem Lauf der Zeit zuzuschreiben war, die manchmal erstaunliche Früchte trägt, so wie Obst, das ohne genetische Veränderungen von innen und von außen köstlich ist. Soweit ich wusste, hatte niemand den Lauf des Flusses Nor vorgezeichnet, noch waren die Bäume, Ruinen, wilden Pilze von einem Gartenarchitekten platziert worden. Die Ortsbewohner nahmen es als selbstverständlich, dass die Dinge so waren, dass sie perfekt zusammenpassten wie die Teile eines Puzzles, die zu einem wunderschönen Bild zusammenwuchsen. Sie waren so an dieses Wunder gewöhnt, dass sie es – auch wenn sie den Fremden unermüdlich die Schönheit ihres Ortes priesen – als gegeben hinnahmen.

Der Schintoismus lehrt, dass alle natürlichen Dinge ebenbürtig sind, und verehrt alles Schöne, weil er davon ausgeht, dass darin die Geister leben, dass sie darin ihre Heimat gefunden haben. Der See von Nuba war, als wäre er von einem japanischen Landschaftsarchitekten gestaltet worden, ein einzigartiger Ort der Kontemplation, an dem jeder Stein von einer unsichtbaren Hand genau an die Stelle gelegt worden schien, wo er ein angenehmes mineralisches Plätschern verursachte, den perfekten Klang von klarem fließendem Wasser. Das, was die Leute hier »Strand« nannten, den Bereich, wo der Fluss breiter wurde und sich anstaute, war mit Felsen bestückt und mit kleinen Margeriten bewachsen. Das Kieselufer entsprach nicht wirklich dem, was man unter einem Strand versteht, aber man musste sich nur ein wenig umsehen, um zu erkennen, dass man sich in einem Paradies befand: Hier gab es Schönheit im Überfluss.

Frische Luft, grüne Hügel, klares Wasser. So hätte sich das Wappen von Nuba zusammensetzen können.

»Du siehst wunderschön aus, Brianda«, sagte Lope. »Möchtest du dich setzen?«

»Und du bist sehr nett«, entgegnete ich. Und es stimmte.

Lope war es ein Bedürfnis, das Leben anderer besser zu machen, dachte ich. Sicher auch das Leben der Frau an seiner Seite. Er war so ganz anders als die Menschen, die ständig fordern und nie etwas geben; diejenigen, die dafür sorgen, dass man sich ewig schuldig fühlt, die Unersättlichen, die nie genug haben. Natürlich konnte er auch ein Meister der Täuschung sein, der hinter diesem Engelsgesicht ein Monster verbarg – wer wusste das schon.

Nun gut. Hier war ich also und stellte mir alle möglichen Fragen über einen Mann, während ich in Wahrheit an einen anderen dachte.

Wir entdeckten eine Steinbank in der Nähe eines jahrhundertealten Ahornbaumes, der uns angenehmen Schatten spenden würde. (Ich dachte an den Ahornsirup, den ich immer von meinen Reisen nach New York mitgebracht hatte, und leckte mir die Lippen.) Lope breitete eine rotweiß karierte Decke auf dem Boden aus, die aussah wie auf einer amerikanischen Postkarte aus den Fünfzigerjahren, und stellte das Essen auf die Bank, um es vor den Ameisen zu schützen. Mit dem Imbiss hatte er sich selbst übertroffen und nicht nur die angekündigten Bocadillos mitgebracht, sondern auch verschiedene Frischhalteboxen mit Nudelsalat, eingelegtem Grillgemüse, kleinen Thunfischempanadas, verschiedenen Sorten Käse, Rettich, dazu Eistee (er erklärte mir, dass er die Flasche die ganze Nacht über im Gefrierfach aufbewahrt hatte, damit sie schön kühl blieb), Trauben, Unmengen der von mir so sehr geliebten Feigen, außerdem ein paar Brownies, die, so schwor er, selbst gebacken waren, wenn auch nicht von ihm, sondern von der Tante des Artischockenkopfs.

»Das Wasser ist in dieser Jahreszeit ziemlich kalt, aber du kannst dich ein bisschen in die Sonne legen und dich am Ufer erfrischen. Wenn du willst, kannst du natürlich auch schwimmen gehen ... Ich will dir keine Vorschriften machen, es ist nur so, dass ...«

»Mach dir keine Gedanken, schauen wir einfach mal ...«

Wir tranken etwas Tee aus roten Plastikbechern im Stil von mittelalterlichen Trinkgefäßen.

Ich zog mein Kleid aus und faltete es sorgfältig zusammen. Im Badeanzug fühlte ich mich ein wenig plump, aber ausnahmsweise war es mir egal. Lope breitete ein Handtuch aus, damit ich mein Kleid darauflegen konnte, sodass es nicht schmutzig wurde. Er war geradezu rührend aufmerksam.

Ein stets hilfsbereiter Mensch.

Wären wir in einem Roman von Jane Austen gewesen, hätte er mich sicher alle dreißig Sekunden gefragt, ob ich noch etwas Tee wollte.

Ich lächelte boshaft.

Mir wurde bewusst, dass ich Lope gegenüber ungerecht war.

Dass meine verletzenden Gedanken, auch wenn ich sie für mich behielt, ihn demütigten. Und das war nicht fair.

Was hätte Don Lorenzo zu mir gesagt, wenn ich in seiner Gegenwart so über diesen netten und zweifellos guten Mann gelästert hätte, der nichts anderes getan hatte, als mir seine Aufmerksamkeit zu schenken und mich zu umsorgen? Fast meinte ich seine Stimme zu hören: »Brianda, lies mal die Geschichte von der Schönen und dem Biest. Ich habe hier die Version von Clifton Johnson. Vielleicht lernst du daraus, dass man sich nicht von Äußerlichkeiten täuschen lassen sollte. Oder erinnere dich an die Verse von Emily Dickinson, jene, die besagen: *Kann ich auch nur ein Herz am Brechen hindern, so leb ich nicht vergebens.* Ist dir denn in deinem Alter noch nicht klar geworden, dass es das Mitgefühl ist, was uns wachsen lässt? Ja, sieh mich nicht so an, ich spreche von dem Mitgefühl, von dem bereits im zweiten Buch Mose die Rede ist, von dem Herodot schreibt, als er die Geschichte von Kyros erzählt, wie er Kroisos das Leben schenkt. Ich rede von den Dingen, die wichtig sind, Brianda. Ich weiß, dass es scheint, als wolle ich dir die Leviten lesen, und vielleicht denkst du, dass wir beide zu alt dafür sind. Aber die Wahrheit ist, dass es Dinge gibt, die zu lernen man nie zu alt ist.«

Ich sagte irgendetwas Banales, um meine Verwirrung zu überspielen, und lächelte Lope herzlich an. Er lächelte erfreut zurück, während er ein Stück Brot auspackte und es mit Käse belegte.

Ich kam zu dem Schluss, dass es mir im Moment egal war, ob Lope wirklich so perfekt war, wie es schien.

»Es ist zwar noch etwas früh, um zu essen, aber wir können ja schon mal ein bisschen probieren«, sagte er. »Wir können tun, wozu wir Lust haben.« Ich meinte, eine gewisse Sehnsucht aus seinen Worten zu hören.

Da war nun dieser Mann, der meine Freundinnen vor Neid hätte erblassen lassen, den ich nur ein paar Wochen zuvor noch für unerreichbar gehalten hätte.

Machte er mir den Hof?

Am liebsten hätte ich ihn direkt danach gefragt. »Sag mal, Lope, flirtest du mit mir? Was genau sind deine Absichten? Und was verdienst du so? Wie sieht es mit deiner Rente aus? Wie verbringst du deine Ferien? Sprichst du Englisch? Willst du Kinder haben? Welche Krankheiten gibt es in deiner Familie …?«

Ich stand auf und sagte, dass ich testen wolle, wie kalt das Wasser war.

»Alles klar. Ich bereite währenddessen schon mal das Picknick vor«, entgegnete er eifrig.

Etwa fünfzig Meter entfernt hatten es sich ein paar Leute gemütlich gemacht, eine Familie, die ebenfalls beschlossen hatte, im Freien zu essen.

Niemand kam auf den Gedanken, hier draußen zu grillen, obwohl es nicht einmal Verbotsschilder gab – niemand wollte das Paradies der Waldbrandgefahr aussetzen, alle hatten zu Hause zubereitete Speisen dabei, die man kalt essen konnte.

Ich beobachtete ein Paar, das in einigem Abstand zu der dicht umeinander versammelten Familie Hand in Hand langsam am Ufer entlangspazierte, zum schmaleren Teil des Sees hin, in meine Richtung. Sie trug einen Hut, der so leicht war, dass er im Wind fortzufliegen drohte. Er stützte sie, als ob sie bei jedem Schritt fallen könnte. Ich spürte einen leichten Stich der Eifersucht.

Vorsichtig ging ich über die Steine näher ans Wasser heran. Erst dort zog ich die Sandalen aus und stellte sie an einen trockenen Platz.

Ich hockte mich hin und betrachtete mein Spiegelbild auf der Oberfläche des Wassers. Dann fasste ich mein Haar mit beiden Händen im Nacken zusammen und blickte auf die Steine am Grund des Sees und auf mein zitterndes Gesicht über ihnen. Die Wellen, die niemals stillstanden, ließen das Bild verschwimmen. So verharrte ich einen Moment, ohne mich ins Wasser zu wagen, das tatsächlich viel zu kalt war.

Als ich den Blick wieder hob, war das Paar näher gekommen. Die Strahlen der Mittagssonne fielen schräg und verschatteten ihre Gesichter. Ein Regen warmen Lichts badete sie in einem goldenen Schein. Zwei Götter. Zeus und die reizbare Hera, bevor sie sich den alltäglichen Abenteuern und Kriegen stellten.

Er behandelte sie wie eine zarte Pflanze, die ihr ganzes Leben lang hinter steinernen Mauern verbracht hatte und sich nach der Bequemlichkeit eines Gewächshauses sehnte. Schon von Weitem war zu sehen, wie besorgt er um sie war.

Ich spürte, wie die Eifersucht in mir aufwallte und mein Unwohlsein, das mich schon am Morgen befallen hatte, noch verstärkte.

Als die beiden nur noch etwa zwanzig Schritte von mir entfernt waren, erkannte ich, dass es sich um Tomás handelte, der mit seiner Frau, der Verrückten, am Ufer des Sees spazieren ging.

Tomás grüßte mich mit einer knappen Handbewegung und einem kurzen »Guten Tag«, das in meinem Herzen widerhallte und mich beinah das Gleichgewicht verlieren ließ.

Ich grüßte murmelnd zurück und wandte mich sofort von den beiden ab. Die Zeit verging auf einmal so langsam, dass mir wenige Minuten wie Jahre erschienen, es dauerte ewig, bis sie meinem Blick entschwunden waren, dahin zurückgekehrt, woher sie gekommen waren. Jede Sekunde, die verging, schmerzte.

Zum Glück befreite mich Lope aus dem Albtraum.

An einem der mitgebrachten Brote kauend, kam er zu mir. Er trug weiß, gelb und schwarz gestreifte Badeshorts.

»Und? Gehst du schwimmen? Ich habe dir ja gesagt, dass das Wasser eiskalt ist.«

»Wohl eher nicht.«

»Geht es dir gut? Du bist so bleich.«

Ich spürte, wie sich mir der Magen umdrehte.

Nein, es ging mir nicht gut.

Meine Beine waren wie Gummi, und mein Gehirn war völlig blockiert. Ich war wütend, traurig, verärgert. Ich spürte den Drang, Tomás zurückzurufen, ihn zu packen, mich auf ihn zu werfen und ihn zu schlagen. Vor den Augen seiner verrückten Frau und dieser widerwärtigen Familie, die nur ein paar Meter von mir entfernt lachte und plauderte, als wäre die Erde der perfekte Ort, um glücklich zu sein.

Nein, es ging mir nicht gut.

Ich sehnte mich nach den starken, rauen Händen des Mannes, der gerade direkt vor mir vorübergegangen war und in diesen kräftigen, rauen Händen die zarten, leblosen Hände seiner verrückten Frau gehalten hatte.

»Alles in Ordnung«, log ich, obwohl ich mich schwer auf Lopes Arm stützte, als wir zu unserem improvisierten Tisch zurückkehrten. »Ich habe einfach nur Hunger …«

»Wir können zusammen schwimmen gehen, wenn du möchtest. Du brauchst keine Angst zu haben, ich bin ein guter Schwimmer. Ich bin sogar als Rettungsschwimmer ausgebildet.«

»Vielleicht nach dem Essen, wenn du dann noch Lust hast.«

Aber das hatte dann keiner von uns beiden.

An diesem Abend aß ich nichts.

Ich blieb in meinem Zimmer, lag im Halbdunkel, ohne irgendetwas zu tun; versuchte, meinen Kopf zu leeren. Es wurde immer später dunkel, und das bleiche Licht, das durch die Fensterläden vor der Balkontür fiel, störte mich. Wie konnte die Welt es wagen, mich mit ihren Sonnenstrahlen zu quälen, wenn ich voller Schatten der Verzweiflung war …?

Ich wollte keine Erinnerungen mehr, keine Empfindungen.

Ich wollte nicht lesen, nicht träumen, keine Vermutungen anstellen, nicht grübeln; ich wollte kein Risiko eingehen. Ich sehnte mich nach dem Frieden der lächelnden Buddhas, der Steine im Fluss, der Friedhöfe.

Und ausgerechnet jetzt kündigte sich auch noch ein Gewitter an. Ab und zu war in der Ferne Donner zu hören, Geräusche wie in einem Albtraum, die die atmende Atmosphäre umklammerten und deren Echo in meinem Zimmer widerhallte. Es klopfte.

»Darf ich?«

Mühsam richtete ich mich im Bett auf und ordnete, so gut es ging, mein Haar, das die Form einer wenig ansehnlichen wilden Mähne angenommen hatte. Hätte Ovid mich so gesehen, hätte er mir mit Recht eine Rüge erteilt.

»Nur zu«, sagte ich, obwohl ich keine Lust hatte, mit wem auch immer zu reden. »Die Tür ist offen.«

Don Lorenzo trug eine seiner bunten Westen, und auch sein Haar war ungekämmt. Er strich sich mit der Hand über den Kopf, um es ein wenig zu glätten. »Oje. Was ist los?«

Ich zuckte mit den Schultern und kaute auf einer Haarsträhne.

»Bist du krank? Was ist passiert?« Dann fügte er hinzu: »Draußen bläst ein irrer Sturm. Wenn der Wind sich einmal entscheidet, in dieses Tal einzufallen, ist es, als bliese ein Riese Wirbelstürme.« Er seufzte und setzte sich in den alten Schaukelstuhl, in dem ich es mir immer zum Lesen bequem machte, bevor ich schlafen ging. Das mit der Zeit glatt geriebene Holz des Stuhls fühlte sich an wie die Haut eines Kindes und hatte auch beinah die gleiche Wärme.

»Mir geht es nicht gut, schon seit ich heute Morgen aufgestanden bin. Vielleicht habe ich gestern etwas Schlechtes gegessen, ich weiß es nicht.«

Don Lorenzo zog zweifelnd eine Augenbraue hoch.

»In Madrid mag das vorkommen, aber nicht in Nuba. In diesem Haus gibt es kein schlechtes Essen!« Er verlieh seinen Worten besonderen Nachdruck. »Das, was in schlechtem Zustand ist, bist du!«

»Möglich.«

»Die Frage ist, warum?« Don Lorenzo stand auf und ging durchs Zimmer. Er trat an den großen, wunderschön verzierten Biedermeierschrank und strich mit der Hand über die Türen und die feinen Säulen an den Seiten.

»Dieser Schrank …«, murmelte er, ohne den Satz zu beenden. »Du hast mir erzählt, dass du schon achtzehn Jahre alt warst, als deine Eltern ums Leben kamen.«

»Ja, das stimmt.«

»Also haben deine Eltern dir, als du klein warst, Geschichten erzählt?«

»Hauptsächlich mein Vater. Meine Mutter war keine große Geschichtenerzählerin. Ihre Geschichten waren sehr kurz; sie hatte keine Lust, sich etwas auszudenken, und kam immer schnell zum glücklichen Ende. Mein Vater dagegen ...« Ich schloss die Augen und kämpfte mit den Tränen. »... mein Vater konnte wunderbar Geschichten erzählen!«

»Hm. Aber offenbar haben diese Geschichten dich nichts gelehrt, Brianda. Man muss dich nur ansehen.«

»Ich verstehe nicht.«

»Was lernt ein Kind aus Geschichten, Brianda?« Er drehte sich um und sah mich mit seinen lebendigen blauen Augen an, die so wenig zu dem bereits spärlich gewordenen Haar auf seinem Kopf passten. »Denk einmal nach!«

Das tat ich, aber weil ich zu geistigen Höchstleistungen gerade nicht in der Lage war, sagte ich das Erste, was mir einfiel, Ausdruck meiner Niedergeschlagenheit und meiner Wut.

»Aus Geschichten lernt man, dass man nicht vom Wolf gefressen wird, wenn man Glück hat und er dafür die Großmutter verschlingt. Dass man aufpassen muss, aus welchem Material man sein Haus baut, weil es sonst von einem wilden Tier umgepustet wird. Dass Hexen die besten Süßigkeiten haben. Dass die meisten Männer, in die Prinzessinnen sich verlieben, in Wahrheit Tiere sind.« Ich dachte einen Moment nach. »Der Wolf hätte Rotkäppchen ruhig fressen können. Rotkäppchen ist ein blödes kleines Mädchen – die Zimperliese der klassischen Kinderliteratur, nur dass sie statt eines Schoßhündchens einen Wolf hat. Die dumme Nuss hat jeden Tag die halbe Speisekammer zum Haus ihrer Oma geschleppt, die garantiert unter Altersdiabetes leidet, bei dem ganzen süßen Kram, mit dem Rotkäppchen und ihre verantwortungslose Mutter sie vollstopfen, und der Wolf ist so blöd und verschmäht die Leckereien und will stattdessen das Kind fressen. Soll er doch, verdammt noch mal!«

»Hattest du als kleines Mädchen Angst vor dem bösen Wolf?«

»Natürlich, wer denn nicht?«

»Hast du immer noch Angst vor dem bösen Wolf?«

»Nein, also …« Ich zweifelte. Wem würde ein böser Wolf schließlich keine Angst machen? »Ich weiß nicht. Ich denke, ja.«

»Hast du mal Édouard Brasey gelesen? Man kann den Wolf aus dem Märchen auch auf etwas … modernere Art interpretieren. Ein Wolf ist eine Gelegenheit. Ein unverhofftes Ereignis. Etwas, das plötzlich in deinem Leben geschieht und es völlig verändert. Die Wölfe lauern im Dickicht, warten darauf, dass sie über dich herfallen können. Du selbst, Brianda, hast als kleines Mädchen sofort begriffen, dass jenseits des Weges, den du jeden Tag gehst, schreckliche Gefahren lauern. Und dennoch hast du dich verirrt, erst vor Kurzem. Erinnerst du dich?«

»Natürlich.«

»Aber das hat dich hierhergeführt. In dieses Haus mitten im Wald, in meine Buchhandlung. Nach Nuba, einen Ort, der, von Wäldern umgeben, in einem märchenhaften Tal liegt. Einen seltsamen Ort, der ganz anders ist als alles, was du bisher kanntest.«

»In der Tat.«

»Und ich, der Buchhändler ›aus früheren Zeiten‹, wie du mich so gern nennst, ich, Lorenzo Orozco, Einwohner von

Nuba, hätte die Hexe in der Geschichte deines Lebens sein können, meinst du nicht? Und meine Buchhandlung ist das Knusperhäuschen und meine Bücher die Leckereien, auf die du nicht verzichten kannst, so wie Hänsel und Gretel die Finger nicht von den Süßigkeiten lassen konnten …«

Ich musterte den gütigen Mann vor mir von oben bis unten. Die böse Hexe? Mit seiner zerknitterten Hose, dem weißen Baumwollhemd und einer seiner vielen gestreiften Westen, die fröhlich vor sich hin fusselte? Also bitte!

»Das glaube ich nicht. Sie sind nicht der Typ dafür. Für so etwas muss man geschaffen sein. Dieses Märchen von Hänsel und Gretel lässt mir noch heute die Haare zu Berge stehen und verdirbt mir den Appetit für mehrere Tage. Das Schlimmste an diesen beiden dämlichen Kindern ist, dass sie, nachdem sie die Hexe losgeworden sind und deren Schatz gefunden haben, zurück zu ihren sadistischen, verräterischen Eltern gehen, die sich natürlich extrem darüber freuen, ihre Kinder wiederzuhaben, weil sie jede Menge Gold bei sich haben, das man prima in Essen und andere unerlässliche Annehmlichkeiten für den modernen Haushalt des herzlosen, aber hungrigen Holzfällers umsetzen kann. Also, Chef, all diese Geschichten, die irgendwie mit dem Essen zu tun haben, beweisen einem von Kindheit an, dass das Leben eine einzige Enttäuschung infolge der Leere im Verdauungssystem ist. Und Sie sind einfach nicht so materialistisch.«

Don Lorenzo schüttelte amüsiert, aber energisch den Kopf.

»Du irrst dich, Brianda.«

»Nein, ich irre mich nicht. Das ist die Wahrheit.«

Erneut strich Don Lorenzo zärtlich über die Schranktüren. Vielleicht war der berühmte Schatz darin versteckt, direkt vor meiner Nase, und ich war nicht darauf gekommen.

»Doch, du irrst dich, Brianda …«, meinte er geheimnisvoll. »Denk mal darüber nach. Morgen ist Sonntag, bleib im Bett und ruh dich aus. Ich rufe die Ärztin an, sie soll vorbeikommen und dich untersuchen. Und jetzt leg dich hin. Ich bringe dir morgen früh um zehn das Frühstück rauf. Gute Nacht.«

Er verließ das Zimmer, und in dem Moment, als er die Tür hinter sich schloss, wurde das Haus von einem Donnern erschüttert, das ich bis in die Magengegend spürte.

Ich zog mir die Decke über den Kopf.

Ein weiteres wütendes Gewitter ließ in jener Nacht das Tal von Nuba erbeben. Ich stellte mir die Eiskristalle in den schwarzen Wolken vor, die gleich auf die Dächer niedergehen würden. Negative und positive elektrische Ladungen kämpften darum, die stärkere zu sein, und das Ergebnis waren eine Serie betäubender Donnerschläge und ein Festival zuckenden Lichts in Form von zerstörerischen Blitzen.

Die Fensterläden vor den Balkontüren klapperten im Wind. Ich ging hinüber und öffnete die Läden ein wenig, woraufhin mir der Sturm ins Gesicht peitschte. Die Blitze zeichneten Schatten und körperlose Wesen auf den verlassenen Platz, die mir eine leise, anhaltende Furcht einjagten. Die Fürsten der Nacht bliesen ins Horn, um den großen Sturm anzukündigen.

Schall und Wahn, dachte ich und hüllte mich in eine Wolldecke.

Ich verschloss die Fensterläden fest und kehrte zum Bett zurück. Ich würde noch ein wenig lesen und dann versuchen zu schlafen.

Zögernd blickte ich zu dem kleinen Bücherstapel auf meinem Nachttisch, der darauf wartete, gelesen zu werden.

Ich hatte schon lange nicht mehr das Spiel mit den Büchern gespielt. Also schloss ich die Augen und drehte mich ein paar Mal um mich selbst ... Und mir wurde schlecht.

Ich ließ mich quer aufs Bett fallen, lag auf dem Bauch und berührte sanft die seidene, mit blauen und goldfarbenen Blumen verzierte Tagesdecke. Das beruhigte mich.

Als ich mich wieder besser fühlte, sah ich erneut zu meinen Büchern hinüber und fasste eines ins Auge.

Das ist es. Ich hab dich, dachte ich.

Es war *Krieg und Frieden*. Ich hatte es gelesen, als ich an der Uni war, aber damals war ich eine andere gewesen, und Tolstoi verdiente, dass die neue Brianda ihm noch einmal ihre Aufmerksamkeit schenkte.

Auf gut Glück schlug ich es auf und las: *Das, womit er sich früher gequält hatte, was er beständig gesucht hatte, nämlich ein Lebensziel, existierte jetzt für ihn gar nicht. Nicht in dem Sinne, dass dieses gesuchte Lebensziel nur jetzt augenblicklich für ihn zufällig nicht existiert hätte, sondern er fühlte, dass es ein solches Lebensziel nicht gab und nicht geben konnte. Und gerade dieses Fehlen eines Lebenszieles verlieh ihm jenes volle, freudige Bewusstsein der Freiheit, das ihn jetzt beglückte. Er hatte es vorher nicht verstanden, in irgendetwas das Große, Unbegreifliche und Unendliche zu sehen. Jetzt aber hatte er gelernt, das Große, Ewige und Unendliche in allem zu sehen ...*

Mir kamen die Tränen, und ich hätte geweint, wenn nicht die Balkontüren derart heftig geklappert hätten, dass ich erneut aufstehen und sie befestigen musste. Und dafür musste ich die Fensterläden erst einmal wieder öffnen. Draußen prasselte der Regen wie in Sturzbächen hernieder. Ich blickte auf den dunklen, von drohenden Schatten belagerten Platz hinunter, als ein Blitz ihn für ein paar Augenblicke erhellte. Mein Herz machte einen Salto in meiner Brust, als ich in diesem geisterhaften Licht vor dem Eingang der Buchhandlung die Gestalt von Tomás ausmachte. Tomás, der Mann aus dem Unwetter!

Er sah nach oben, im Regen, herauf zu meinem Balkon, der bis vor einem Moment – bis der Blitz die Dunkelheit erhellte – der einzige Punkt gewesen war, von dem aus ein wenig bernsteinfarbenes Licht auf den Platz hinabfiel. Er starrte mich an, in mein erstauntes Gesicht. Ich war überrascht, verwirrt, verletzt.

Am späten Vormittag kam die Ärztin, um mich zu untersuchen.

Sie hieß Felisa Rico, und nach der Meinung meines Chefs war sie mit Vorsicht zu genießen.

Ich rechnete mit einer jungen Frau, die eine Praxis auf dem Land eröffnet hatte, um ein wenig Erfahrung zu sammeln und sich einen guten Ruf zu erarbeiten und dann in die Stadt zu ziehen, wo es leichter ist, Familie und Beruf miteinander zu vereinbaren, weil es mehr Möglichkeiten der Kinderbetreuung gibt. Aber ich irrte mich. Doña Felisa stand kurz vor der Pensionierung, hatte karottenrotes Haar – wahrscheinlich war auch sie mit dem Artischockenkopf verwandt –, einen abweisenden, missmutigen Gesichtsausdruck und zwei kundige, sichere Hände, die wie von allein ihre Arbeit taten.

Don Lorenzo hatte sie angerufen, und da sie Bereitschaftsdienst hatte und für Nuba zuständig war, hatte sie nicht Nein sagen können.

»Mal sehen, was Ihnen fehlt, Señorita Gonzaga. Es muss ja ziemlich schlimm sein, wenn Sie mich an einem Sonntagvormittag herbestellen, wobei Sie, ehrlich gesagt, beneidenswert gesund aussehen«, meinte sie murrend. »Ich hoffe, dass der Eindruck täuscht und Sie mindestens kurz vor einem Kollaps stehen, denn ansonsten werde ich sehr wütend werden … Strecken Sie die Zunge raus!«

»In … Ordnung.«

Als sie die Untersuchung beendet hatte, forderte sie mich auf, ihr meine Symptome zu beschreiben.

»Mir ist schwindelig und immer wieder schlecht.« Ich dachte einen Moment nach und fügte dann, in der Hoffnung, ihr ein wenig Klatsch über die verrückte Ehefrau von Tomás zu entlocken, hinzu: »Außerdem habe ich manchmal das Gefühl, dass mich irgendwelche seltsamen Wesen verfolgen, Kobolde zum Beispiel.«

»Aha. Kobolde also?«

»Ja. Böse Kobolde. Vor den guten habe ich keine Angst.«

»Ach so. Es gibt gute und böse Kobolde.«

»Ja, genau wie bei den Menschen. Wie eigentlich bei allem. Es gibt einen guten und einen bösen Anteil in allen Dingen. Gute und schlechte Menschen. Sie denken wahrscheinlich, dass ich ziemlich verrückt bin, stimmt's? Aber ich will nicht verrückt sein, weil ich Ihnen nicht noch mehr Arbeit machen möchte«, säuselte ich lächelnd. »Es gibt wahrscheinlich schon genug Verrückte hier, um die Sie sich kümmern müssen.«

»Möglich.«

Ich traute mich nicht, direkt nach Tomás' Frau zu fragen.

»Aber allzu viele können es auch nicht sein. Die meisten Leute hier wirken ziemlich gesund. Körperlich und geistig.«

»Ich kann mich nicht beklagen. Als Nächstes werde ich Ihnen etwas Blut abnehmen, geben Sie mir mal den Arm. Gut so. So dünne Venen … Verdammt!«

»Au!«

»Wann war die letzte Regelblutung?«

»Uff. Ich erinnere mich nicht. Das ist bei mir immer ziemlich unregelmäßig. Aber …«, ich rieb mit dem in Alkohol getränkten Baumwolltupfer über die Stelle, wo die Nadel gesteckt hatte, »… aber es gibt doch mindestens eine Frau hier, die nicht ganz richtig im Kopf ist, oder?«, wagte ich einen Vorstoß. »Es heißt, dass die Frau von Don Tomás, dem Besitzer des Sägewerks …«

Die Ärztin setzte die Brille ab und sah mich mit der Strenge einer viktorianischen Schulmeisterin an. Ich rechnete mit einem Rüffel für meine Indiskretion, doch sie seufzte nur, legte die Instrumente zurück in ihren Arztkoffer und meinte: »Die arme Frau. Eine Tragödie.«

»Warum?«

»Sie hat ihr Kind verloren.«

»Oje.«

»Es war erst drei Jahre alt und fand einen furchtbaren Tod.«

»Was ist geschehen? War es krank?«

»Nein, es ist in einen Brunnen gestürzt. Der Kleine war mit seiner Mutter im Garten, und sie hat wohl einen Moment nicht aufgepasst. Er war ein fröhlicher, quicklebendiger Junge. Ich selbst habe ihm hier in Nuba auf die Welt geholfen. Und meine Tochter hat sich während der ganzen Schwangerschaft um die Mutter gekümmert. Ein wunderbares Kind, gesund und kräftig. So kräftig, dass es ihm gelungen ist, den eisernen Deckel des Brunnens anzuheben, mit nur drei Jahren. Er hat wohl immer geglaubt, unter der Eisenplatte sei ein wertvoller Schatz versteckt. Die Mutter hat ihn nur für ein paar Momente aus den Augen gelassen – und ihn für immer verloren. Sie ist nie darüber hinweggekommen. Es ist hart für Eltern, wenn sie ihre Kinder überleben.«

»Und wann ist all das passiert?« Mein Mund war trocken.

»Vor etwa sieben Jahren. Das Kind wäre jetzt zehn Jahre alt. Was für eine verdammte Tragödie!«, fluchte die Ärztin plötzlich, was mich zusammenzucken ließ, als hätte sie mich gekniffen.

Mir wurde erneut übel. Ein Kind! Der Sohn von Tomás, von … meinem Tomás! Allein der Gedanke, dass er ein Kind verloren hatte, erschien mir seltsam und unnatürlich. Das kleine Geißlein, das nicht aus dem Bauch des Wolfs entkommen konnte. Der arme Däumling, der sein Abenteuer nicht überlebte und niemals nach Hause zurückkehrte. Ein kleines Kind auf der Suche nach einem Schatz, das von der schwarzen Finsternis eines Brunnens verschlungen worden war, für immer verloren.

Mein Gott … auf einmal war mir speiübel; ich rannte in den Flur und erreichte zum Glück rechtzeitig das Badezimmer, um mich dort zu übergeben.

Mit zitternden Knien kehrte ich in mein Zimmer zurück.

»Pass auf dich auf, Mädchen«, sagte Doña Felisa. »In ein paar Tagen rufe ich dich an, wenn ich das Ergebnis der Blutuntersuchung habe. Ich glaube nicht, dass du krank bist. Jedenfalls nicht ernsthaft krank. Allerdings ist es möglich, dass du schwanger bist.«

Am Sonntagabend ging es mir viel besser. Allein schon der Besuch der Ärztin hatte auf meinen Organismus eine heilende Wirkung gehabt. Ich weiß nicht, ob den Ärzten bewusst ist, was ihre Anwesenheit für einen Kranken bedeutet. Ihr fragender, geschulter Blick sagt einem schon, dass alles gut wird.

Was die Möglichkeit einer Schwangerschaft anging … Nun ja, im Moment war es genau das: eine Möglichkeit.

Ich betrachtete meinen Bauch, zog vorsichtig mein T-Shirt hoch, wie jemand, der den Vorhang für einen kleinen, schüchternen Schauspieler hebt. Und wenn ich tatsächlich Mutter wurde? Ich hatte nie zu den Frauen gezählt, die sich unbedingt Kinder wünschten – die Bücher reichten mir. Sie bereiteten einem wenig Kopfzerbrechen, machten keine Probleme, und taten immer, was man wollte.

Was sollte ich mit einem Baby anfangen? Wie würde ich damit zurechtkommen? Ich wusste nicht einmal, wie man Windeln wechselt. Wie zieht man es an, wenn es noch so klein wie eine Puppe ist? Würde es genau wie sein toter Halbbruder in ein Loch fallen, wenn ich es mal kurz aus den Augen ließ …?

Ich beschloss, mir all diese Fragen erst zu stellen, wenn ein entsprechendes Ergebnis der Blutuntersuchung vorlag.

Ich wollte mir keine Hoffnungen machen und nicht enttäuscht werden. Ich wollte gar nichts tun. Ein Kind passte nicht in meine Lebensplanung. Ich hatte mich noch nie zur Mutter berufen gefühlt, niemals meine Freundinnen um ihre Familien beneidet. Menschen, die einem nahestanden, bedeuteten für mich die unheilvolle Aussicht, irgendwann um sie zu trauern. Ich wollte nie wieder etwas verlieren, ich wollte gewinnen. Was würde ein Kind für mich bedeuten? Einen Gewinn oder einen Verlust?

Ich stand auf und wechselte die Bettwäsche.

Don Lorenzo bewahrte in meinem Zimmer jede Menge alte Bettwäsche aus Seide und ägyptischer Baumwolle auf, die sich angenehm weich anfühlte und nachts meine Haut streichelte. Ich schlief gut in dem Bett von Don Lorenzos Mutter. Es strahlte eine positive Energie aus, es sorgte für schöne Träume, beruhigte meinen Geist und entspannte meinen Körper. Vielleicht war gesunder Schlaf das Schönheitsgeheimnis, nach dem ich jahrelang gesucht hatte.

Don Lorenzo kam zu mir herauf und brachte ein Tablett mit Saft, Brötchen, Brot und Marmelade. Er wusste, dass ich gern »am Abend frühstückte«, wie ich meine Vorliebe für süße Dinge am Abend nannte.

Er stellte das Tablett auf den Tisch neben dem Schaukelstuhl ab und fragte: »Hast du über das nachgedacht, worüber wir gestern Abend gesprochen haben? Glaubst du, dass ich die böse Hexe aus den Geschichten deiner Kindheit bin?«

Ich erhob mich langsam vom Rand des Bettes und zog einen Seidenkimono über, den ich von einer Reise nach Vietnam mitgebracht hatte. Auch wenn der Sommer vor der Tür stand, war es kühl im Haus.

»Ja, ich habe darüber nachgedacht, und ich glaube es nach wie vor nicht. Auf keinen Fall. Die Hexen und Zauberer aus den Märchen, die in einsamen Hütten im Wald leben, sind schlecht. Und Sie sind ein guter Mensch«, antwortete ich. »Gut und geistigen Werten zugetan, nicht schlecht und materialistisch.«

Mein Chef lachte.

»Vielen Dank, *madame*«, entgegnete er und verbeugte sich höflich. Eine rebellische Strähne seines grauen Haars fiel ihm in die Stirn, als er sich mühsam wieder aufrichtete. »Also erinnerst du dich noch an all die Geschichten, die dein Vater dir erzählt hat?«

»Ja. Und er hat mir unendlich viele Geschichten erzählt. Er hätte Hans Christian Andersen und die Gebrüder Grimm damit glücklich gemacht; für alle drei wäre er der perfekte Vater gewesen. Er kannte sämtliche Geschichten. Ich erinnere mich … an Sindbad, den Seefahrer, zum Beispiel, der nach vielen Reisen auf einer Insel landet, die von einer Bande hysterischer, schlecht gelaunter Zwerge bewohnt wird und von einem einäugigen Riesen, dessen Lieblingsspeise Menschenfleisch ist, was Sindbad ihm erst abgewöhnen kann, nachdem er ihm sein einziges Zyklopenauge ausgerissen hat.«

»Ha, ha, ha.«

»Und an Bambi, dem es mit Mühe gelingt, der Meute der Jäger zu entkommen, um schließlich ein glückliches Eheleben an der Seite einer Hirschkuh namens Feline zu führen. Ein Leben, das eher zu einem langweiligen Büroangestellten passt als zu einem Alphatier.«

»Muss ein äußerst originelles Märchenbuch sein, aus dem diese Geschichten stammen«, meinte Don Lorenzo und setzte sich wie am Vorabend wieder in den Schaukelstuhl.

»Eine Geschichte hat mein geistiges Gleichgewicht als Kind dann doch ein wenig durcheinandergebracht, ganz zu schweigen von meinem Verdauungssystem: die Geschichte vom Däumling. Das, was ihm passiert ist, ist wirklich abartig. Das arme Kind! Noch dazu nur so groß wie ein Daumen. Ich erinnere mich allerdings, wie sehr seine Eltern mich beeindruckt haben. Die Armen wünschten sich so sehr ein Kind, dass sie mit dem, das sie bekamen, zufrieden waren. Das hat mein Vater gesagt und dabei sicherlich überlegt, was bei seinem eigenen Wunschkind so herausgekommen ist …« Ich sah, wie Don Lorenzo in seinem Schaukelstuhl lachte. »›Und wenn der Däumling bei all dem Essen, das er verschlungen hat, schon nicht gewachsen ist‹, sagte mein Vater, ›dann überleg mal, was dir passieren wird … Also iss ja immer schön brav alles auf! Damit du groß und stark wirst.‹ ›Erzähl weiter!‹, befahl ich dem armen Mann im Ton eines persischen Statthalters. Ich hatte noch nie Probleme, mich in eine Geschichte hineinzuversetzen.«

»Die Märchen haben dir also gefallen«, entgegnete Don Lorenzo nickend. An diesem Abend hielt es ihn etwas länger auf dem Schaukelstuhl seiner Mutter.

»Chef, ich schätze Ihre Mühe, mir die Dinge schmackhaft zu machen, aber ich bleibe dabei, dass auch der Däumling nicht kapiert hat, was Sache ist. Er selbst überredete seine Eltern, ihn für ein bisschen Geld an ein paar Schausteller zu verkaufen, denn er wollte freiwillig zur Jahrmarktsattraktion werden. Als Kind wusste ich noch nicht, ob es sich in seinem Fall um einen Hang zum Exhibitionismus handelte oder ob er einfach nur dumm war, aber ich ahnte, dass das Ganze nicht gut gehen konnte. Und … es kam, wie es kommen musste: Der Däumling landete im Magen einer Kuh, und als er es nicht mehr aushielt, fing er an zu schreien, bis der Eigentümer der Kuh das Kindergebrüll hörte und zu dem Schluss kam, dass das Tier besessen wäre. Also … wurde es geschlachtet. Die tote Kuh wurde dann von einem Wolf gefressen, sodass der Däumling von einem Magen in den nächsten wanderte beziehungsweise nun in zwei Mägen festsaß, von denen einer ekelhafter als der andere war.«

»Na ja, so wie du es erzählst …!«

»Glücklicherweise hatte der Däumling, so klein er auch war, eine ausgesprochen laute Stimme, sodass er in der Lage war, sich verständlich zu machen. So überzeugte er das Tier, ihn zurück nach Hause zu bringen. Doch kaum dass der Wolf – dem man offensichtlich alles erzählen konnte – beim

Elternhaus des Däumlings ankam, töteten die Erzeuger desselben ihn zum Dank dafür, dass er ihren widerspenstigen Sohn gesund und noch unverdaut zurückgebracht hatte.«

»Ja, Märchen können grausam sein, genau wie das Leben.«

»Allerdings. Die Märchen von damals haben mich das gelehrt, was Lord Byron meinte, als er sagte: *Seit Eva vom Apfel aß, hängt viel vom Abendessen ab*. Dass es die erste Pflicht jedes Lebewesens ist, dafür zu sorgen, nicht gefressen zu werden, und die zweite, sich etwas zu suchen, was es verschlingen kann.«

»Genau deswegen habe ich dir dein abendliches Frühstück gebracht: damit du es isst. Behandle mich nicht wie deinen Vater, indem du mich zwingst, dich anzuflehen, es aufzuessen.«

»Vielen Dank, aber ich habe keinen Hunger.«

Ich saß auf dem Rand des Bettes, spielte mit meinem Haar und dachte, wie sehr es mir gefallen würde, wenn Don Lorenzo mein Vater wäre.

»Sei nicht unhöflich und iss ein bisschen.«

»Na gut, später.«

Don Lorenzo erzählte mir von seiner Mutter, Natalia. Einer Frau, die schon in sehr jungen Jahren Witwe geworden war. Sein Vater, an den er sich nicht mehr erinnerte, war ein Mineningenieur mit angegriffener Gesundheit gewesen. Er starb im Alter von siebenundzwanzig Jahren, als Don Lorenzo gerade fünf Monate alt war.

Natalia hatte gern Gedichte geschrieben und beim Sticken immer in dem Schaukelstuhl gesessen, in dem sich nun ihr Sohn niedergelassen hatte.

Dann nahm mein Chef einen Schlüssel aus seiner Westentasche.

Er trat zu mir und legte ihn in meine Hände.

»Mit diesem Schlüssel kannst du den Kleiderschrank öffnen.« Er schloss seine Finger mit einem leichten, freundschaftlichen Druck um meine und wies mit dem Blick auf das Möbelstück, das bisher verschlossen dagestanden hatte. »Darin sind die Kleider meiner Mutter. Schließ ihn auf und zieh sie an. Meine Mutter hatte einen sehr guten Geschmack, und im Grunde hat sich die weibliche Mode – abgesehen von ein paar Kleinigkeiten – im Laufe des letzten Jahrhunderts kaum verändert. Die Kleider sind in einem guten Zustand; dafür habe ich selbst all die Jahre gesorgt. Sie haben einer ganz besonderen Frau gehört. Einer Frau, die plötzlich mit einem Säugling auf sich gestellt war und sich nicht hat entmutigen lassen. Sie hat nicht zugelassen, dass sie und ihr Kind Opfer des Hungers und anderer Entbehrungen wurden. Sie hat sich den Herausforderungen des Lebens gestellt, sie hat um ihr Leben gekämpft und den Kampf gewonnen.« Don Lorenzo holte tief Luft und schloss für einen Moment die Augen. »Du darfst ihre Kleider tragen, wenn du möchtest, aber … bitte geh sorgfältig damit um. Ich würde den Schrank und alles, was darin ist, gerne so erhalten, wie meine Mutter es hinterlassen hat. Ruh dich aus, Brianda. Gute Nacht.«

Er ging und ließ mich mit dem Schlüssel in der Hand zurück.

Noch am selben Abend öffnete ich Natalias Schrank.

Ein leichter Lavendelduft erfüllte das Zimmer. Im Schrank war alles perfekt geordnet, sorgfältig gefaltet. Die Kleider hingen auf den Bügeln, als würde ihre Besitzerin jeden Moment zurückkehren. Ein schlichtes blaues Seidenkleid. Ein leichter champagnerfarbener Rock im Stil der neuen Bohememode, wie sie die Frauen in meinem Viertel in Madrid trugen. Ein weiteres Seidenkleid mit Spitze, das genauso gut von Marc Jacobs oder Valentino hätte stammen können. (Nach ein paar Tagen fiel mir auf, dass es tatsächlich von Valentino war – ein echtes Vintagekleid!) Tüll, Schleier und Spitze. Ein Kaftan aus Wildseide mit aufgestickten Blumen – Wahnsinn! Ein paillettenverzierter taillierter Mantel in Schwarz-Weiß, der gut zum Rosenball in Monaco gepasst hätte, aber auch eine weite Bluse aus Baumwollgaze, die ich in der Buchhandlung tragen konnte. Und alles augenscheinlich genau in meiner Größe.

Dieser Schrank war ein ... ein Schatz!

Auch wenn es nicht der Schatz war, den ich in Don Lorenzos Buchhandlung finden sollte, fühlte ich mich, als hätte ich gerade eine Pirateninsel geplündert. Ich betrachtete die Farbenpracht, die sich mir bot, und fühlte mich wie ein kleines Mädchen an Weihnachten.

Ich, die nie besonders eitel gewesen war, die ich immer eher dezente, beinah puritanische, sogar etwas männliche Kleidung getragen hatte – wozu mein üppiges, langes Haar den einzigen auffälligen Kontrast bildete –, die ich nie viel Geld in meine Garderobe investiert und lieber gespart hatte, als shoppen zu gehen, stand nun vor diesem Wunder, das sogar Donatella Versace vor Neid hätte erblassen lassen.

Ich, Brianda Gonzaga, verfügte auf einmal über die Garderobe einer Prinzessin aus den Dreißiger-, Vierziger- und Fünfzigerjahren. Unglaublich!

Als ich all das vor mir sah und an Natalia dachte, die junge Witwe, die ihr fünf Monate altes Baby irgendwie ernähren musste, erschien mir die Aussicht, ein Kind zu bekommen – ohne Vater –, gar nicht mehr so furchtbar.

Denn so war das Leben nun mal.

Die Figuren in den Märchen hatten Schlimmeres durchstehen müssen, oder? Ganz normale einfache Menschen, genau wie ich, die sich auf einmal in die Helden ihrer eigenen Geschichte verwandelten und alle Schwierigkeiten meisterten, Schicksalsschläge, Zauberflüche, Liebeskummer und Armut.

Ich lag schon im Bett, öffnete noch einmal die Augen und ließ den Blick über die Zimmerdecke schweifen, an der sich die vorwitzigen Schatten des Nachtlichts abzeichneten, einer Lampe, die vor mehr als einem halben Jahrhundert von Glaskünstlern auf Murano hergestellt worden war, welche wie Natalia längst nicht mehr lebten. In eines ihrer Nachthemden aus malvenfarbener Seide mit silbernen Sternen gehüllt, ging mir alles Mögliche durch den Kopf.

Vor allem aber Tomás, der wie Don Juan bei der Werbung um die Schäferin Aminta unter meinem Balkon gestanden hatte. Ich fragte mich, ob ich es mir vielleicht nur eingebildet hatte; seine groß gewachsene Gestalt und diesen intensiven Blick. Manchmal reicht es eben aus, zu glauben, um etwas zu sehen, auch wenn es nichts zu sehen gibt, sagte ich mir.

Die Schatten an der Decke tanzten, als eine frische Brise die cremefarbenen Vorhänge an der Balkontür aufwirbeln ließ.

Ja, ganz bestimmt. Tomás musste eine Halluzination gewesen sein. Genauso wie die Menschen und surrealen Panoramen, die ich an der Decke sah und die in Wahrheit nichts als Schatten waren, die eine Lampe mit bunten Glasperlen dorthin projizierte.

Bei dem Gedanken daran, dass ich mir Tomás unter meinem Balkon nur eingebildet hatte, spürte ich einen schmerzhaften Stich der Enttäuschung in meiner Brust. Ich zog mir die Decke bis zur Nasenspitze hoch, schloss die Augen und versuchte, den Fluss meiner Gedanken in eine andere Richtung zu lenken.

Was hatte es mit den Märchen auf sich?

Also ..., überlegte ich: In allen Märchen geschehen wunderbare Dinge. War es das, die Aussicht, dass etwas Unglaubliches geschah, was die Kinder, die Märchen erzählt bekamen oder lasen, derart faszinierte?

Natürlich: *die wunderbaren Dinge.*

Und waren mir nicht auch einige wunderbare Dinge geschehen?

Wie Don Lorenzo gesagt hatte, hatte ich mein eigenes Haus im Wald, den »Locus Docendi« voller Bücher, gefunden. So viele Bücher, dass man sie nicht zählen konnte. In einem märchenhaften Dorf: Nuba. So märchenhaft, dass es einen im wahrsten Sinne des Wortes verzauberte.

Und ich war dem Wolf begegnet. In Gestalt von Tomás, mitten im Unwetter. Oder vielleicht war er auch ein Drache; mein Drache, der mich mit einem einzigen Blick verbrennen konnte.

Außerdem war ich möglicherweise schwanger.

Die märchenhaften Dinge veränderten auch das Leben von ganz normalen, einfachen Leuten wie mir.

Nachdem ich viele Jahre über mit Schriftstellern und anderen interessanten Menschen zu tun gehabt hatte, die – das verstand sich von selbst – viel besonderer waren als ich, hatte nun auch ich die Gelegenheit, etwas absolut Märchenhaftes zu wagen, hatte ich das magische Land, in dem alles möglich ist, gefunden.

Der Gedanke reizte mich mehr, als ich zugeben wollte.

Ich schloss die Balkontür, ohne auch nur einen Blick

unten auf den Platz zu werfen, löschte das Licht und beendete so das fantastische Spiel an der Decke.

Kurz bevor ich einschlief, sagte ich mir: Ja, du bist im Märchenwald angelangt. Jetzt musst du nur noch einen Weg finden, lebendig wieder herauszukommen.

Zwei Tage später war der Sommer in Nuba angekommen. Don Lorenzo und ich arbeiteten schweigend in der Buchhandlung. Er band Bücher ein, und ich wickelte Bestellungen ab, ordnete und machte sauber. Ich trug flache Schuhe, vorne spitz und mit einer Schleife verziert, die gut zu Natalias direkt unter der Brust gerafftem Hemdblusenkleid im Stil der Vierzigerjahre passten.

Das Telefon klingelte, und wir beide unterbrachen gleichzeitig die Arbeit und hoben den Blick.

Ich trug die frisch gewaschenen Haare offen und strich mir eine Strähne aus dem Gesicht.

Als ich den Hörer abnahm, hielt ich innerlich den Atem an.

»Buchhandlung Locus Docendi. Was kann ich für Sie tun?«, fragte ich mit dem effizienten Ton einer Sekretärin aus den Vierzigerjahren in der Stimme.

Es war Frau Doktor Rico.

»Brianda? Hallo, ich habe gute Nachrichten. Das Kind kommt Ende Januar.« Ich hörte Papier rascheln, wahrscheinlich war sie mit mehreren Dingen gleichzeitig beschäftigt. »Ich mache einen Termin für dich in der Stadt, wo noch ein paar weitere Tests vorgenommen werden, um den Geburtstermin ganz genau zu bestimmen. Du bist bei guter Gesundheit, dir fehlen nur ein paar Vitamine. Du solltest eine Ultraschalluntersuchung machen lassen. Meine Tochter ist Gynäkologin und hat Mittwoch bis Freitag Sprechstunde, wenn du zu ihr gehen möchtest. Sie ist wunderbar, keine Ahnung, von wem sie das hat.«

Ich notierte mir Tag, Uhrzeit und Adresse auf einem Zettel neben dem Telefon, bedankte mich und legte behutsam den Hörer auf, als könnte ich dem Apparat wehtun.

Als ich aufsah, ruhten Don Lorenzos Augen auf mir.

»Schlechte Nachrichten?«, fragte er vorsichtig.

»Nein. Eigentlich nicht.«

Und dann erzählte ich es ihm.

Wir waren allein, von Büchern umgeben, und durch das Fenster, hinter dem ich die Kletterrosen und die knospenden Klematis erahnen konnte, die begierig darauf warteten, endlich den steinernen Kamin umranken zu können, fiel gedämpftes Licht herein. Um mich herum schien alles riesengroß. Ich setzte mich auf einen wackligen Stuhl, den wir als Ablage benutzten, und ich schüttete ihm mein Herz aus. Ich berichtete ihm von dem Tag, an dem ich den Mietwagen zurückgeben wollte. Von dem Unwetter. Von meiner Begegnung mit Tomás. Ich erzählte detailliert, ohne jegliche Scham, wie wir uns geliebt hatten, wie zwei Höhlenmenschen ohne irgendwelche späteren Ansprüche, wie zwei verlorene Seelen, die im rot, blau und safrangelb leuchtenden Feuer aufeinandertreffen, dem gleichmütigen Zeugen des zufällig geschlossenen Pakts des Fleisches. Und dass es mir gefallen hatte. Weil ich außerdem entdeckt hatte, dass stimmte, was Mateo Alemán sagte: dass das Begehren die Furcht besiegt. Und dass es schon deshalb die Sache wert gewesen war, weil dieser Mann mich meine Ängste vergessen ließ.

Während ich sprach, griff ich mir immer wieder ins Haar, klammerte mich an die Strähnen, als wären es Lianen im

Urwald, an denen ich von einem Ort zum anderen schwingen konnte, von einem Ort in meinen Erinnerungen an einen anderen, der weiter entfernt lag.

Ich redete und redete; ich weiß nicht, wie viele Minuten, Stunden, Wochen oder Jahre es dauerte, ihm zu erzählen, was an jenem Nachmittag mit mir geschehen war, der mir nun so weit weg erschien, in einem magischen Wald im Regen, in einer ärmlichen, zugigen Hütte, als das Brausen des Windes uns auf die gleiche Weise mit einem Mantel der Irrealität zudeckte, wie es die Märchen tun.

Don Lorenzo unterbrach mich nur zwei oder drei Mal mit einem knappen »Ich verstehe«. Und als ich ihm schließlich alles erzählt hatte, stand er auf, trat zu mir, strich mir das Haar hinters Ohr und gab mir einen zarten Kuss auf die Stirn. »Du musst jetzt gut auf dich aufpassen, Brianda.«

Ich erhob mich und war im Begriff, ihn zu umarmen, doch er ging zu dem Rundbogen am Eingang zum Philosophensaal hinüber, wo wir uns zum ersten Mal gegenübergestanden hatten. Meine Arme sanken herab und hingen an meinen Seiten herunter wie eine Glyzinie, deren grüne Ranken nach einem Halt suchen und als sie nichts finden, woran sie sich klammern können, zu einem trockenen hölzernen Strang verkommen.

Don Lorenzo verließ den Raum, und ich blieb allein zurück, mit meiner Verwirrung, meiner Freude und meinem leeren Herzen.

Ein paar Tage später rief ich meinen Vermögensverwalter an und bat ihn, meine Wohnung in Madrid zu verkaufen.

»Bist du verrückt geworden?«, entgegnete Miguel beunruhigt. »Das ist ein ganz schlechter Zeitpunkt. Der Verkaufswert von Immobilien ist nur noch halb so hoch wie vor ein paar Jahren. Davon kann ich dir nur abraten. Du solltest das Eigentum behalten.«

»Aber ich habe die Wohnung schon vor vielen Jahren gekauft, erinnerst du dich? Du hast sie für mich gefunden und den Vertrag geschlossen. Damals hast du gesagt, dass eine Eigentumswohnung in Madrid mir die Miete im Studentenwohnheim ersparen würde und dass ich ja auch später irgendwo wohnen müsse. Es war ein guter Kauf, und auch wenn ich jetzt keinen guten Preis dafür kriege, würde ich immer noch Gewinn machen.«

»Was Investitionen angeht, bist du wirklich eine Katastrophe, Brianda. Du darfst nicht vergessen, wie viel Zeit seitdem vergangen ist, denk an die Inflation ... Warum, um Himmels willen, willst du die Wohnung auf einmal verkaufen, so Hals über Kopf?«

»Ich überlege, mir hier ein Haus zu kaufen. In Nuba. Es gefällt mir hier. Ich möchte auf Dauer hier leben.«

Ich hatte keine andere Wahl, als ihm zu sagen, dass ich schwanger war. Miguel war die einzige Familie, die ich hatte.

»Und der Vater des Kindes wohnt auch dort?«, fragte er mich leicht argwöhnisch, nachdem er mir, wieder ruhiger, aber mit deutlich spürbarer Besorgnis in der Stimme gratuliert hatte.

»Das Thema vergessen wir lieber.«

»Ich verstehe.«

»Ja.«

Er räusperte sich und riet mir erneut vom Verkauf ab.

»Ich bleibe dabei, Brianda. Du darfst die Wohnung nicht veräußern. Es ist nicht der richtige Zeitpunkt dafür. Und du musst jetzt auch an das Kind denken, das du erwartest.«

Er sagte »das Kind«, ganz neutral, aber ich war sicher, dass es ein Mädchen würde. Ein hübsches Mädchen mit lockigem Haar wie meinem und den Augen von … Die Augen würden auch meine sein, da es ja keinen Vater haben würde.

»Aber Miguel, es wird ein kleines Baby sein, das bestimmt noch keine Wohnung in Madrid braucht. Wenn überhaupt, dann erst viel, viel später.«

»Ja. Aber der Tag wird kommen, an dem du dir sagst, du hättest die Wohnung besser behalten. Ich bin dein Vermögensberater und auch so eine Art brummiger Onkel, und es ist meine Pflicht, dir zu sagen, dass ich deine Entscheidung aus wirtschaftlichen Gründen nicht unterstützen kann.«

Aus wirtschaftlichen Gründen! Beinah musste ich lachen. Schon lange hatte ich mir keine Gedanken mehr über die Wirtschaftlichkeit von irgendetwas gemacht, und mein Leben hatte sich seitdem erheblich verbessert.

»Miguel, ich glaube, dass …«

»Bitte hör auf meinen Rat und verkaufe nicht. Du kannst die Wohnung vermieten. Sie liegt mitten im Stadtzentrum. In diesem Viertel steigt die Miete ständig. Erlaube mir, einen Mieter für dich zu finden.«

»Aber meine Möbel, meine Bücher …«

Ich wollte sie nicht haben. Ich wollte nichts haben, was mich an mein früheres Leben erinnerte, aber ich wollte die Sachen auch nicht einfach entsorgen. Meine Bücher … Nein, das waren nicht einfach nur Dinge.

»Es gibt Umzugsunternehmen. Man kann die Wohnung leer räumen lassen und alles einlagern. Ich kenne jemanden, der das macht. Überlass einfach alles mir.«

»Und woher nehme ich das Geld, um mir hier etwas zu kaufen?«, fragte ich hartnäckig nach.

»Brianda, das ist ein Dorf irgendwo auf dem Land. Weißt du, wie viel ein Haus, wie du es dir vorstellst, dort kostet? Soweit ich weiß, liegt Nuba in einem nur schwer zugänglichen Tal. Die Immobilienpreise werden längst nicht so hoch sein wie in Madrid, und selbst hier sind sie gewaltig gesunken. Du hast genug Geld, um dir ein Dutzend Häuser in Nuba zu kaufen, ohne deine Wohnung veräußern zu müssen. Okay?«

Das Haus, das ich kaufen wollte, lag auf der anderen Seite des Platzes. Es war eines der wenigen, die in Nuba zum Verkauf standen. Ich fragte die Tante des Artischockenkopfs danach, als ich eines Tages mit einer Liste von Don Lorenzo bei ihr einkaufte, und sie gab mir ein paar ausweichende Antworten, die ich ihr mühsam aus der Nase ziehen musste. Offenbar war es früher einmal ein Stall gewesen und dann ein Gasthaus, das schon seit vielen Jahren geschlossen war, seit der Eigentümer in Pension gegangen und zu seinem Sohn nach Santander gezogen war.

Es war aus roten Lehmziegeln gebaut und hatte graue Schieferböden. Der Eigentümer hatte es renoviert, aber das war schon so lange her, dass es zwar bewohnbar war, aber dringend neu instand gesetzt werden musste.

Es war perfekt für mich.

Ich vereinbarte für den darauffolgenden Sonntag einen Besichtigungstermin mit der Immobilienagentur. Als ich an jenem Morgen Don Lorenzos Haus verließ, war er nicht im Garten, und ich wollte es ihm auch nicht sagen. Seit ich ihm alle meine Geheimnisse anvertraut hatte, hatte sich unsere Beziehung verändert. Sie war angespannter, wir waren eher kurz angebunden und ausgesprochen höflich zueinander. Und das tat mir in der Seele weh.

Ich wusste nicht, was ich tun konnte, damit es wieder so sein würde wie früher. Doch dann sah ich auf meinen Bauch hinunter und sagte mir, dass die Dinge nie wieder so sein würden wie vorher. Ich überquerte den Platz und wartete auf den Immobilienmakler, der wenig später erschien.

»Entschuldigen Sie, ich musste den Wagen am Ortseingang stehen lassen …« Er war ein junger Mann mit einem akkuraten Bürstenhaarschnitt, einem runden lächelnden Gesicht und dem kompetenten Aussehen eines Mannes, der zupacken konnte.

Das Haus hatte einen Gastraum, das ehemalige Lokal, aus dem ich gut eine Bibliothek machen konnte, wie ich erfreut feststellte. Noch nie hatte ich über so viel Platz für Bücher verfügt, und auch wenn ich im Moment nur einen kleinen Stapel besaß, sah ich bereits die gefüllten Regale vor mir.

In einem Zwischengeschoss im Souterrain versteckten sich ein großes Schlafzimmer mit Bad und ein mittelgroßes Wohnzimmer mit einem Kamin. Vom Eingang aus führte eine Treppe hinunter, und man konnte diese beiden Zimmer als separate Wohnung nutzen so wie bei Don Lorenzo. Im Erdgeschoss befanden sich, angrenzend an den Bereich des ehemaligen Lokals, das große Wohnzimmer, ein Badezimmer und die Küche. Und im oberen Stockwerk lag eine Mansarde mit einer Pinienholzdecke und einem weiteren kleinen Badezimmer. Alles im Haus war von einer dicken Staubschicht bedeckt und voller Spinnweben, aber von dem Garten hinter dem Haus war ich sofort hingerissen. Genau wie der Garten meines Chefs ging er direkt in den Wald über und wurde von einem wunderschönen Feigenbaum beherrscht. Die Veranda, auf der Ostseite von einer vor Wind und Wetter schützenden Steinmauer begrenzt, war bis zum von wilden Margeriten bedeckten Boden vom sommerlichen Sonnenlicht erfüllt.

Es war perfekt und musste nur …

Plötzlich fiel mein Blick auf etwas, das mich erstarren ließ.

Ich schrie auf. Der erschrockene junge Mann eilte sofort hilfsbereit an meine Seite.

»Aber was …? Was ist los? Was ist mit Ihnen passiert? Sind Sie gestochen worden? Haben Sie eine Schlange gesehen?« Er griff nach meinem Arm und sah mich betroffen an. »Sagen Sie mir doch, was passiert ist!«

Mir liefen Tränen über das Gesicht. Ich wies mit dem Finger in den Garten, doch er verstand nicht.

»Was? Ein Tier?«

»Nein …« Ich schluchzte wie ein kleines Kind. »Nein …!«

»Beruhigen Sie sich. Soll ich einen Arzt rufen? Sollen wir raus auf den Platz gehen und um Hilfe bitten?« Er bemühte sich, war aber viel zu jung, um die Situation mit der nötigen Ruhe zu bewältigen. Mir brach der Schweiß aus. Offensichtlich stand ich kurz vor einem Nervenzusammenbruch, während er mich wahrscheinlich für hysterisch hielt.

»Ich bin schwanger«, brachte ich schließlich heraus.

»Ah, das ist es.«

»Und da ist ein Brunnen.« Als ich das Wort aussprach, meinte ich, einen Hauch von Eis auf meinen Lippen zu spüren.

»Ach, machen Sie sich darum keine Sorgen.«

»Natürlich mache ich mir Sorgen. Ich bekomme ein Kind. Ich will nicht, dass es eines Tages …«

Schreckliche Bilder tauchten vor meinem inneren Auge auf.

Ich spürte, wie mir schlecht wurde.

Der junge Mann entspannte sich und seufzte erleichtert.

»Bitte. Das braucht Sie wirklich nicht zu beunruhigen. Das mit dem Brunnen ist heutzutage überhaupt kein Problem mehr. Ich muss nur einmal telefonieren, und schon kommt jemand, und der Brunnenschacht wird komplett beseitigt. Das Loch wird so dicht zugemacht, dass nicht einmal mehr ein Staubkorn hineinfallen kann. Und anschließend wird ein hübscher Messinghahn an der Wand befestigt, aus dem Sie jederzeit kostenlos frisches Wasser zapfen können, um die Pflanzen zu gießen und das Auto zu waschen. Wenn das Ihr Problem ist, dann ist es hiermit gelöst. Was denken Sie?«

Ich lächelte ihn dankbar an.

»Das könnten Sie wirklich tun?«

»Auf jeden Fall. Natürlich.«

»Wie viel soll das Haus denn kosten?«, fragte ich.

Der Makler nannte mir den Preis. Ich schwieg und dachte, dass ich mich verhört hatte. Vorsichtshalber sagte ich erst einmal gar nichts.

Miguel hatte recht gehabt: Nuba war nicht Madrid, bei Weitem nicht.

Der junge Mann dachte wohl, mir sei der Preis zu hoch, denn er fügte hinzu: »Aber ich bin sicher, dass wir den Eigentümer davon überzeugen können, Ihnen noch ein wenig entgegenzukommen. Sie sehen ja, es ist ein wunderschönes Haus. Schade eigentlich, dass es sich hier mitten auf dem Land befindet. Aber es sind nicht einmal fünfzig Kilometer bis in die Stadt, und das Dorf liegt dicht an der Hauptstrecke des Pilgerweges nach Santiago … Außerdem gibt es noch einige Möbelstücke im Haus, wie Sie sicher gesehen haben. Die kann man für wenig Geld aufarbeiten lassen. Wollen Sie sich das Haus noch einmal anschauen? Wie viel wären Sie denn bereit zu zahlen? Sie können mir Ihr Angebot nennen, und ich gebe es an den Eigentümer weiter. Vielleicht haben Sie Glück.«

Ich hatte Glück. Und das Haus sollte bald mir gehören.

Als ich zur Untersuchung bei Frau Doktor Ricos Tochter in der Stadt gewesen war, hatte ich die Gelegenheit genutzt, um den Kaufvertrag zu unterschreiben, und hatte nun seit ein paar Stunden die Schlüssel.

Ich war mit meinem neuen Auto in die Stadt gefahren, einer alten Mühle, die ich dem Cousin des Artischockenkopfs abgekauft hatte; wenn sie gut in Form war, erreichte sie die Geschwindigkeit einer Kutsche.

»Pflegen Sie es gut«, hatte der Junge mir ans Herz gelegt und eine Krokodilsträne geweint, als er mir den Wagen übergab. »Mir hat es gute Dienste geleistet. Ich freue mich, dass es im Dorf bleibt, dann verliere ich es nicht ganz aus den Augen.«

Zwei Wochen später erzählte ich Don Lorenzo beim Abendessen, dass ich das alte Gasthaus von Señor Ortiz gekauft hatte.

Wir saßen zusammen am Esstisch. Und auf einmal war es so still, dass man eine Stecknadel hätte fallen hören. Ich beschloss, das Schweigen zu brechen, und berichtete von meinem Hauskauf. Und dass ich ihm bisher nichts gesagt hatte, weil er in der letzten Zeit kaum mit mir geredet hatte.

Don Lorenzo aß Gemüsecurry mit Cashewnüssen und ich ein warmes Panino mit Fenchel und Ziegenkäse, das ich mir zubereitet hatte, um mal etwas Reichhaltigeres als mein »Frühstück am Abend« zu mir zu nehmen.

Seit unserer letzten Unterhaltung hatte er kaum mehr ein Wort mit mir gesprochen, und wenn, dann in eher abweisendem Ton.

»Also ziehst du aus«, sagte er. Die Gabel schwebte auf halbem Weg zum Mund.

»Oh, nein«, entgegnete ich schnell. »Das dauert noch. An dem Haus muss noch viel gemacht werden … Sie wissen ja, dass es seit Jahren leer gestanden hat. Ich muss jemanden suchen, der die Mauern neu verputzt, die Leitungen prüft, die Badezimmer erneuert, die Wände streicht … Das wird eine Weile dauern. Und bis dahin bleibe ich hier, wenn Sie einverstanden sind. Ich wohne oben, arbeite in der Buchhandlung und kümmere mich um den Haushalt.«

Don Lorenzo nickte.

»Sicher …«

Es tat mir weh, ihn so traurig zu sehen. Er schien ein anderer Mensch zu sein, seit ich ihm mitgeteilt hatte, dass ich schwanger war, gebeugter und älter, müde, in sich gekehrt.

»Vielleicht dauert es länger als geplant«, murmelte ich. »Und außerdem ist das Haus, mein Haus, meine ich … Es liegt direkt auf der anderen Seite des Platzes. Wir sind nur durch ein paar Schritte getrennt.«

Don Lorenzo lächelte. Mit dem Mund, aber nicht mit den Augen, anders als sonst.

»In Ordnung. So ist das Leben.«

»Wissen Sie, Chef …«, ich versuchte, vorsichtig all das auszudrücken, was ich empfand, »… es gefällt mir überhaupt nicht, dass wir auf einmal so … distanziert miteinander umgehen. Ich weiß nicht, was ich tun kann, um Ihnen die Freude zurückzugeben. Die schlechte Stimmung zwischen uns belastet mich. Es ist, als hätten wir uns wegen irgendeiner dummen Sache gestritten. Habe ich etwas getan, was Sie nicht gutheißen?« Abgesehen davon, dass ich schwanger bin, dachte ich, aber das sagte ich nicht. Schließlich war ich nicht seine ungehorsame minderjährige Tochter, sondern eine unabhängige erwachsene Frau, die allein verantwortlich war für das, was sie tat, so unverantwortlich es auch sein mochte.

»Du hast gar nichts getan, Brianda«, sagte Don Lorenzo.

Er stand auf, um noch etwas Wasser zu holen.

»Also …?«

»Erinnerst du dich an das Märchen der Gebrüder Grimm von den Bremer Stadtmusikanten?«, fragte er. Dann setzte er sich erneut mir gegenüber.

»Natürlich erinnere ich mich. Vier Tiere, die ihren Herren weglaufen, sich zusammentun und beschließen, als Musiker nach Bremen zu gehen, um dort zu spielen und ein besseres Leben zu haben.«

»Genau. Ein dummer Esel, ein Hund, eine Katze, ein Hahn … Sie alle sind alt und zu nichts mehr nütze. Sie finden unterwegs zusammen und träumen davon, nach Bremen zu gehen und Popstars zu werden. Wie findest du das?«

Ich wusste nicht, was ich sagen sollte.

»Gut, denke ich.«

»Mir ist es genauso ergangen, Brianda.«

»Wieso? Wollen Sie auch Popstar werden?« Ich grinste breit, um der Situation die Dramatik zu nehmen.

»Nein.« Bedächtig faltete er die Hände über dem Teller. »Mir ist bewusst geworden, dass ich alt bin.«

Ich sah ihn ungläubig an.

»Aber …«

»Auch wenn du es mir nicht glaubst, Brianda, aber bis zu dem Tag, an dem du mir gesagt hast, dass du schwanger bist, als du mir die Sache mit Tomás erzählt hast … Bis zu dem Moment war mir noch nie aufgefallen, wie viele Lebensjahre ich schon hinter mir habe. Und dann bist du gekommen und hast mir mitgeteilt, dass du neues Leben zur Welt bringen wirst, und plötzlich habe ich mich steinalt gefühlt. Das hat mich furchtbar traurig gemacht.«

»Und nun fühlen Sie sich wie einer der Bremer Stadtmusikanten. Sie hatten sich gewünscht, dass ich zu Ihrer Band dazugehöre, aber dann ist Ihnen bewusst geworden, dass das nicht möglich ist, weil ich, wenn ich noch neues Leben schenken kann, nicht alt genug bin. Richtig?«, fragte ich. Ich merkte, dass mir der Appetit vergangen war.

»So in etwa.«

»Ich bin enttäuscht.«

»Warum?«

»Ich sitze hier vor Ihnen und bekomme ein Kind, das keinen Vater hat. Und Sie sehen rüstig und kerngesund aus. Und trotzdem beklagen Sie sich. Das ist ungerecht. Ich müsste die sein, die klagt, und Sie sollten mich trösten. Bis vor Kurzem hat das doch prima funktioniert.«

Don Lorenzo musste lachen.

»Du hast recht. Ich muss zugeben, du hast recht.« Er aß einen Bissen, kaute nachdenklich und fügte dann hinzu: »Aber weißt du, Brianda, Nuba ist nicht so idyllisch, wie du glaubst. Du betrachtest es mit den Augen einer Fremden, die hergekommen ist, als sie von ihrer Heimatstadt genug hatte und hier, in dieser märchenhaften Landschaft, die Ruhe gefunden hat, die ihr aufgewühltes Herz brauchte. Aber auch hier geschehen schlimme Dinge. Zum Beispiel das, was dem armen kleinen Jungen passiert ist ... du weißt schon, dem Sohn von Tomás, der in einen Brunnen gefallen ist. Das wäre in deinem Viertel in Madrid nie passiert.«

»Nein, da wäre ihm vielleicht etwas noch Schlimmeres passiert«, sagte ich mit einem Kloß im Hals, obwohl ich selbst nicht daran glaubte, dass es etwas Schlimmeres geben konnte.

»Als ich ein Kind war, hat es hier Unwetter gegeben, die weitaus heftiger waren als das, was du kürzlich erlebt hast. Der Himmel dröhnte, als würde er auseinanderbrechen, und ich erinnere mich, dass manchmal die Kirchenglocken läuteten. Es dauerte lange, bis meine Mutter mir erzählte, warum es sich anhörte wie ein Weinen. Denn es war das Totenläuten. Die Leute sterben, Brianda, eines natürlichen Todes normalerweise, aber manche begehen Selbstmord. Damals waren es meistens Männer. Der Krieg war noch nicht lange vorbei, vielleicht hatte es etwas damit zu tun ... Jedenfalls brannte ihnen die Sicherung durch, und sie erhängten sich an einem Baum. Auf der anderen Seite des Sees, in der Nähe der Stadtmauer, gibt es Bäume, an deren Ästen mehr als einmal ein Toter hing. Sie alle wählten den gleichen Ort. Weit von ihren Häusern, vielleicht weil sie nicht wollten, dass ihre Familien in Erinnerung behielten, wie sie von der Decke im Wohnzimmer baumelten. Ich weiß es nicht ...«

»In Ordnung, aber was hat all das mit mir zu tun ...?«

»Dass die alten Leute an den Tod denken, dass man alt ist, wenn man beginnt, an den Tod zu denken, und dass ich, seit du mir gesagt hast, dass du ein Kind erwartest, auf einmal alt bin. Ganz plötzlich. Deshalb bin ich traurig. Ich bin ein Bremer Stadtmusikant und finde nicht einmal Gleichgesinnte, die genauso alt und verbraucht sind wie ich und mir ermöglichen, noch ein wenig zu träumen. Deshalb bin ich traurig.«

»Aber das wird wieder vorbeigehen, Don Lorenzo, oder?«

»Ich weiß es nicht.«

»Wir könnten den Leuten erzählen, dass Sie der Vater meines Kindes sind …« Diese verrückte Idee kam mir ganz spontan.

»Ha, ha, ha …!« Sein Gesicht leuchtete auf, wie von einer Laterne erhellt. »Das ist nicht schlecht. Ich wäre wohl eher ein Großvater.«

»Wir sind hier auf dem Land, und das wäre eine wunderbare Klatschgeschichte. Denken Sie darüber nach.«

DAS STUMME KIND

LESEEMPFEHLUNG: *Robinson Crusoe* von Daniel Defoe

Ehrlich gesagt, hatten Kinder mich nie besonders interessiert. Ich lebte in der harten Welt der Erwachsenen, seit ich achtzehn Jahre alt war, und die Kindheit war für mich so etwas wie mein für immer verlorenes Königreich. Mit dem Tod meiner Eltern endete für mich die Zeit der Unschuld, und ich war beinah bewusst vor der Erinnerung an das, was davor gewesen war, geflohen, vor den – fast ausschließlich zärtlichen, guten, liebevollen – Erinnerungen. Ich wollte nicht daran denken, so wie ein entmachteter König nicht an sein verlorenes Reich denken will. Weil er dann einen Kloß im Hals hat und ihm die Tränen kommen, obwohl er ein starker Mann ist.

Vielleicht war das der Grund, warum ich auch nicht weiter auf den Nachwuchs anderer achtete. Kinder waren für mich beunruhigende, unberechenbare, laute, unvernünftige Wesen, denen ich nichts abgewinnen konnte.

Ich hatte ausschließlich mit Erwachsenen zu tun, lebte und arbeitete für Erwachsene, die Bedürfnisse hatten, in denen nur in den seltensten Fällen Kinder eine Rolle spielten.

Doch von dem Tag an, an dem ich erfahren hatte, dass ich bald einen von diesen kleinen Unruhestiftern auf die Welt bringen würde, änderte sich meine Einstellung. Es war nichts, wozu ich mich zwang; es geschah von ganz allein.

Immer wieder überraschte ich mich selbst dabei, wie ich Babys betrachtete, die in ihren Kinderwagen von ihren Müttern über den Platz geschoben wurden. Wie sie ihre Ärmchen zum Himmel streckten, der sich für sie auf der gleichen Höhe wie ihre Mütter befand, und um Aufmerksamkeit baten.

Ich beobachtete die Jugendlichen, die sich am Nachmittag auf dem Platz trafen. Wie die Jungen sich den gleichaltrigen Mädchen näherten, wie sie ihre Füße in den Brunnen steckten und die Mädchen mit Wasser bespritzten, um ihr Kreischen zu provozieren, das nicht wirklich so klang, als ob sie sich belästigt fühlten.

Ich bediente die Jugendlichen, die nach gebrauchten Büchern suchten, um in den Ferien darin zu lesen oder weil sie sie für die Schule brauchten. Ich bemerkte ihr schüchternes oder kesses Lächeln, ihre glatte Haut wie die eines frisch gepflückten Pfirsichs, ihre Zähne, die noch nach dem richtigen Platz in ihren Mündern suchten.

Sieh genau hin, dachte ich, denn eines Tages wirst du so jemanden zu Hause haben. Einen dieser impulsiven, empfindlichen, manchmal rebellischen zarten Sprosse der Zeit. Was wirst du tun, wenn er dich braucht, dich zurückweist, dich umarmt, dich liebt …?

Ehrlich gesagt, las ich viel zu dem Thema. Von *Babyjahre* bis zu *Wie viel Vater braucht ein Kind?*

Ich hoffte, daraus etwas zu lernen. Und das möglichst früh.

Eines Samstagmorgens besuchte uns eine Gruppe Kinder in der Buchhandlung. Sie kamen beinah jede Woche, um mit Don Lorenzo Comics zu tauschen, der ein begeisterter Sammler war. Sie kauften nicht gerade viel, aber sie vertrieben uns die Zeit.

Es waren fünf Jungen zwischen elf und zwölf Jahren, zwei von ihnen lebten mit ihren Eltern in Nuba, die anderen drei kamen jedes Jahr in den Sommerferien ins Dorf. Ich hatte mir ihre Namen gemerkt, und sie fühlten sich sichtbar geschmeichelt, wenn ich einen von ihnen ansprach. Sie antworteten erfreut, nannten mich »Señorita Brianda« und schenkten mir, zusammen mit ihrem strahlenden Lächeln, einige ihrer typischen fröhlichen, ungeschickten Gesten, den rituellen Tanz der Unschuld, der von einer Welt voller Wunder sprach. Mir fiel auf, dass es unmöglich war, ein Kind lachen zu sehen und nicht an das Leben zu glauben, an die Zukunft, die in ihren Augen zu lesen stand. Genauso wie ein trauriges Kind das Entmutigendste ist, das es gibt.

Außerdem stellte ich fest, dass Zwölfjährige auf erwachsene Frauen wie mich äußerst entzückend wirken, geradezu unwiderstehlich.

Pepe, Juan José, Lucas, Christian und Kevin.

Doch als ich Lucas eines Samstags eine Frage stellte, antwortete er mir nicht. Er starrte mich nur an, fixierte meinen Blick, als suche er etwas darin.

»Lucas, hast du mich gehört? Ich habe dich gefragt, ob du mir sagen kannst, wie spät es ist? Du hast eine tolle Uhr an.«

Der Junge sagte weiterhin kein Wort.

»Was ist los mit dir, Lucas?«

Pepe kam zu uns herüber.

In der Buchhandlung tanzte ein verlockendes, irreal wirkendes Licht wie in einer Geschichte von Isaac Asimov.

»Er spricht nicht, Señorita Brianda«, erklärte Pepe.

»Wieso nicht?«, fragte ich und trat näher an das Kind. »Was meinst du damit? Ist er heiser?«

»Nein er ist nicht heiser und hat auch keine Angina«, meinte Pepe. »Er spricht einfach nicht.«

»Und warum spricht er nicht? Letzten Samstag habe ich ihn doch reden gehört.« Er hatte sogar heftig auf mich eingeredet, hatte mir alle möglichen kruden Theorien über Spiderman erzählt. Hatte Spiderman als einen Klassiker der Literatur bezeichnet. Ich hielt dagegen, dass der Spinnenmann lediglich ein Klassiker der populären Comic-Kultur sei, woraufhin er mir erklärte, warum Spiderman dennoch ein literarischer Klassiker sei. Todernst. Als wäre er Harold Bloom. »Warum sprichst du heute nicht mit mir, Lucas?« Ich musste mich nur leicht zu ihm hinunterbeugen, denn er war schon fast so groß wie ich. »Dir sind wohl die Argumente ausgegangen, du Schlauberger ...!«

»Sie werden kein Wort aus ihm herauskriegen. Seit fünf Tagen hat er schon nichts mehr gesagt«, rief Kevin und kletterte dabei gewagt auf einer wackligen Bibliotheksleiter herum.

Don Lorenzo kam zu uns. Er trug eine Brille, die ich noch nie an ihm gesehen hatte, rot, die ihm auf der Nasenspitze saß und ihn wie einen alten Professor aus einer viktorianischen Geschichte aussehen ließ.

»Lucas? Was ist mit dir los?«, fragte nun auch er neugierig nach. »Du bist doch sonst so ein großer Erzähler ... Ich kann nicht glauben, dass du einfach so aufgehört hast zu reden.«

»Er war beim Arzt, und der hat gesagt, dass er völlig in Ordnung ist, also will seine Mutter jetzt mit ihm zu einem Psychologen. Aber sie muss damit noch warten, weil sein Vater nicht hier ist. Und er hat das Auto mitgenommen. Und hier in Nuba gibt es ja keinen Psychologen«, erklärte Juan José.

Don Lorenzo und ich sahen uns an und dachten wohl beide das Gleiche: dass die Erklärung für Lucas' plötzliches Schweigen vielleicht mit der Abwesenheit des Vaters zu tun hatte.

Viele Dinge sind mit der Abwesenheit eines Vaters zu erklären, dachte ich bei mir.

Auf jeden Fall war es schwierig, herauszufinden, was Lucas fehlte, solange er sich zu reden weigerte.

»Jetzt, wo du nicht mehr sprichst, hast du es mal mit Schreiben versucht, Lucas?«, fragte Don Lorenzo.

Der Junge schwieg weiterhin. Ansonsten verhielt er sich wie sonst auch, als wäre nichts geschehen. Er hörte aufmerksam zu, wenn er etwas gefragt wurde, betrachtete Comics und Bücher, stieß seine Freunde an, tollte mit ihnen herum, lächelte oder runzelte die Brauen, sagte aber die ganze Zeit über kein Wort.

Er schien weder bekümmert noch deprimiert. Er wirkte auch nicht, als wäre er stumm.

Er hatte einfach nur entschieden, nicht zu sprechen.

Don Lorenzo beschloss, ihm ein Buch zu empfehlen, so wie er es immer machte – wie wir es immer machten. Ich hätte *Der kleine Prinz* vorgeschlagen, mein Chef jedoch nahm eine wunderschöne Kinderausgabe von *Robinson Crusoe* aus den Sechzigerjahren aus dem Regal, in der die Geschichte nicht nur mit Text, sondern auch mit Bildern erzählt wurde, sodass man sie wie einen Comic lesen konnte.

»Kennst du die Geschichte von Robinson Crusoe, Lucas?«, fragte Don Lorenzo, obwohl er wusste, dass er keine Antwort erhalten würde.

Er setzte sich, und die Jungs umringten ihn.

»Ich schon!« Christian hob die Hand, und mit seinem Lächeln traten auch seine Sommersprossen deutlicher hervor. »Er ist auf einer einsamen Insel gestrandet.«

»Fast«, sagte Don Lorenzo. »Robinson Crusoe ist nicht wirklich auf einer Insel gestrandet, sondern er hat eine gefunden. Er fand eine Insel.«

»Aha«, meinten Juan José und Kevin im Chor.

»Angeblich basiert die Geschichte auf einer wahren Begebenheit, die einem echten Seemann passiert ist. Er hieß Alexander Selkirk und lebte fast fünf Jahre ganz allein auf einer der Juan-Fernández-Inseln.«

Lucas schien mit Interesse zuzuhören, schwieg aber weiterhin wie ein Grab.

»Wenn man fünf Jahre lang allein ist, hat man viel Zeit, nachzudenken.«

Auch ich hörte meinem Chef zu.

»Trotzdem geht es in dieser Geschichte nicht um das Alleinsein, sondern um die Freiheit, und dabei werden ein paar sehr interessante Dinge angesprochen.« Don Lorenzo kratzte sich am Kopf und schob die Brille nach oben, die sofort wieder runterrutschte.

»Der Vater von Robinson Crusoe wollte nicht, dass sein Sohn zur See fuhr; er riet ihm, möglichst nicht aufzufallen, weil er glaubte, dass Menschen, die sich hervortun, nicht glücklich werden können, weil ihr Stolz, ihr Ehrgeiz und ihr Reichtum das verhindern. Er wollte aber auch nicht, dass sein Sohn zu den Armen gehörte, weil die unter ihrem Elend, der harten Arbeit und den Entbehrungen zu leiden haben. Der gute Mann war davon überzeugt, dass es das Beste war, weder reich noch arm zu sein, sondern sich in Enthaltsamkeit zu üben ...«

»Was ist Enthaltsamkeit?«, wollte Kevin wissen.

»Genügsam zu sein. Robinsons Vater wollte, dass sein Sohn weder groß noch klein, weder Millionär noch Bettler wäre. Er sollte sich nicht hervortun, denn seiner Meinung nach war ein Leben, das sich durch irgendetwas Positives oder Negatives besonders auszeichnete, die sicherste Art, unglücklich zu werden. Doch Robinson wurde Seemann, und damit beginnt die Geschichte.« Don Lorenzo wies auf Lucas: »Möchtest du sie lesen? Ich kann dir das Buch leihen, wenn du sorgsam damit umgehst.«

Lucas antwortete nicht, aber er streckte die Hand nach dem Buch aus.

»Na, na ...!« Don Lorenzo schüttelte den Kopf. »Du musst Ja oder Nein sagen. Möchtest du es haben oder nicht?«

Lucas sah meinen Chef intensiv an, machte jedoch keine Anstalten, die Lippen zu bewegen.

»Los, Mann, jetzt sag was! Ein einfaches ›Ja‹ reicht doch! Du wirst noch echt krank, wenn du so weitermachst ...«, meinte Juan José auffordernd und schlug Lucas ermunternd auf die Schulter. Dabei stand so viel Rücksicht, Sorge und Zuneigung in seinen großen runden Augen, dass ich für einen Moment den Wert von wahrer Freundschaft erkannte.

Das, genau das ist Freundschaft, dachte ich, dieser entschiedene, aber gleichzeitig sanfte Schlag, der so männlich und erwachsen sein will, aber im Grunde die zärtliche Geste eines Kindes ist, das sich Sorgen um seinen Freund macht.

Die Freundschaft, der Eckstein für alle anderen Gefühle des menschlichen Seins. Für jemanden, der nicht in der Lage ist, Freundschaft zu empfinden, wird es kaum möglich sein, eine der anderen positiven Emotionen zu spüren, die man im Laufe eines Lebens erfahren kann. Die Freundschaft ist das

Modell, aus dem die anderen Gefühle entstehen. Ein Freund übt sich jeden Tag in Treue, Unterstützung, Mitgefühl, Offenheit … Freundschaft adelt, weil man kein Wechselgeld dafür erwartet wie jemand, der die erhaltene Ware mit einem Geldschein bezahlt, dessen Wert den geforderten Preis übersteigt. Freundschaft setzt den Wert eines Herzens nicht herab, sondern erhöht ihn, weil sie eine weiterentwickelte Form der Liebe ist. Und jemand, der nicht mindestens einmal in seinem Leben wahre Freundschaft empfindet, leidet unter einer moralischen Schwäche, die seinem Leben an Schönheit nimmt.

Damit ein Leben zu einem Kunstwerk wird, darf Freundschaft darin nicht fehlen.

In den Leben dieser fünf Kinder, die einem Album mit Zeichnungen von Norman Rockwell entsprungen schienen, würde die Freundschaft nicht fehlen, denn sie dirigierte jetzt schon ihre gemeinsamen Spiele. Ich freute mich für sie.

Don Lorenzo gab Lucas ein Stück Papier und einen Bleistift, die er aus der Tasche seiner graugelb karierten Weste gezogen hatte.

»Schreib deine Antwort auf. Möchtest du das Buch? Ja oder nein.«

Lucas blinzelte nicht einmal.

Einen Moment lang sahen wir alle ihn an, als trüge er das Geheimnis in sich, das unsere Verzauberung aufheben konnte.

Schließlich warf er Juan José einen flüchtigen Blick zu, der traurig nickte, und dann Christian, der zu Boden sah. Und Pepe und Kevin, die seinen Blick ernst, konzentriert und entschieden erwiderten.

Lucas nahm das Blatt Papier und schrieb mit sicherer Hand *JA*.

Don Lorenzo streckte ihm das Buch hin, und er nahm es und schob es sich unter den Arm.

»Na also. Vielleicht wurde heute ein Schriftsteller geboren«, meinte Don Lorenzo lächelnd und stand auf.

Lucas sprach den ganzen Sommer über nicht.

Sein Vater kehrte kurz vor Schulbeginn nach Nuba zurück. Und fuhr gleich wieder weg, diesmal für immer.

Vielleicht würde Lucas eines Tages tatsächlich Schriftsteller werden.

Der Juli war unerträglich. Es wurde heißer, aber vor allem wurde meine Übelkeit heftiger – morgens, mittags und nachts; sie gönnte mir keine Pause –, ich war ständig müde und drückte mich, sobald sich die Gelegenheit bot, vor der Arbeit in der Buchhandlung, um mich ein wenig hinzulegen. Ehrlich gesagt, auch wenn sich keine Gelegenheit bot.

Mein Bauch wurde nicht sichtlich dicker. Noch konnte man mir die Schwangerschaft nicht ansehen, aber die Ärztin musste etwas erzählt haben, denn auf einmal beglückwünschten mich die Leute zu meinem Zustand.

Der Erste war Lope.

Er überraschte mich eines späten Nachmittags, als ich faul im Dichtersaal herumsaß. Ich hatte ihn lange nicht mehr gesehen, obwohl er einige Male angerufen hatte, um sich nach mir zu erkundigen. Nach unserem gemeinsamen Ausflug war uns wohl beiden klar gewesen, dass es zwischen uns nicht funkte, obwohl wir versucht hatten, das Feuer zu entzünden.

»Das ist also dein Geheimnis.« Ich hörte seine Stimme und sah auf.

Ich hatte versucht, mich auf die Lektüre der *Canterbury Tales* von Geoffrey Chaucer zu konzentrieren, während ich auf Kundschaft wartete, die an einem solch schwülen Tag kaum zu erwarten war.

Ich hätte nie gedacht, dass Nuba von einer derartigen Hitze heimgesucht werden könnte. Und dazu noch die Mücken, die aggressiven Wespen, die wie winzige, verrückte Kampfpiloten durch die Luft jagten, und die Echsen in Kaninchengröße, die mich jedes Mal zu Tode erschreckten, wenn sie im Garten durch die Pflanzen streiften.

Am frühen Nachmittag war eine Gruppe Pilger angekommen – oder Touristen, ich wusste es nicht genau –, in einem Reisebus, der so groß war, dass er ein gutes Stück außerhalb des Ortes abgestellt werden musste. Es waren holländische Rentner, die sich mit Reiseführern eindeckten. Den Morgen hatte ich damit verbracht, Bestellungen zu bearbeiten und zu telefonieren. Ich war erschöpft und hatte kaum noch genug Energie zu atmen. Dabei hieß es doch, dass sich Bücher nicht mehr verkauften. Das zumindest hatte mein ehemaliger Chef immer behauptet. Wobei er natürlich gemeint hatte, dass *ich* keine Bücher mehr verkaufte. Mit einem rachelustigen Lächeln dachte ich, dass er mich hier hätte sehen sollen, umgeben von fröhlichen Holländern, die den Bestand der Buchhandlung an Reiseführern restlos plünderten. Eine Frau hatte sogar ein leicht beschädigtes Album mit Werbeplakaten eines Getränkeherstellers aus den Vierzigerjahren gekauft.

»Ah, hallo, Lope. Wieder zurück?«

Ich wusste, dass er bei seinem Sohn gewesen war.

»Ja, ich bin wieder da«, entgegnete er brummend. »Und habe gleich von der guten Neuigkeit erfahren. Herzlichen Glückwunsch.«

»Danke.«

Er zögerte kurz, bevor er mich fragte: »Wer ist der Vater?«

Dabei starrte er auf meinen Bauch, als sei der Name des Kindsvaters in Patchworkbuchstaben auf mein Kleid gestickt. Aber er versuchte nur, den Titel des Buches zu entziffern, das ich, immer noch geöffnet, in der Hand hielt.

»Mir geht es gut«, antwortete ich und ignorierte seine Frage.

Ich stand auf und legte das Buch auf einen Tisch. Dann strich ich mein Haar glatt und zuckte anstatt eines Lächelns mit den Schultern.

»Seit unserem Picknick haben wir uns nicht mehr gesehen. Es tut mir leid, dass es nicht so verlaufen ist wie geplant.«

»Oh. Es war doch toll.«

Ich erinnerte mich an den Anblick von Tomás und seiner verrückten Frau, die wie zwei Verliebte am Ufer entlangspaziert waren, und hätte am liebsten geschrien.

»Warst du da schon …?« Er wies mit dem Kinn auf meinen Bauch.

»Ja. War ich.«

»Du bist sehr hübsch, wenn du dein Haar offen trägst.«

»Suchst du etwas, oder bist du nur gekommen, um Hallo zu sagen?«

»Ich bin gekommen, um dich um eine Verabredung zu bitten. Schon wieder. Ich würde es gern noch einmal versuchen.« Er lächelte wie ein Model, das einen faulen Zahn verbergen will. »Kein Landausflug diesmal. Hier ist schließlich überall Land, wohin man auch geht.«

»Lope, du weißt doch jetzt, dass ich ein Kind erwarte. Daher bezweifele ich, dass ich die geeignete Kandidatin für eine Verabredung bin.«

»Das stört mich nicht. Wir können später ja auch noch gemeinsame Kinder bekommen.«

»Spaßvogel.«

»Ich meine das ernst.« Sein Gesichtsausdruck wurde plötzlich energisch und ein wenig großspurig, was ihn jünger erscheinen ließ. »Es macht mir nichts aus, dass du ein Kind von einem anderen erwartest. Soweit ich weiß, bist du nicht verheiratet. Und der Vater ist anscheinend auch nicht in der Nähe. Warum sollte es mich stören? Wir können gemeinsam einen Geburtsvorbereitungskurs machen. Ich kann das Kind adoptieren.«

»Bist du nicht ein bisschen voreilig? Wir kennen uns ja nicht mal richtig.« Du Heuchlerin, schalt ich mich selbst.

Lope flirtete noch eine Weile mit mir, bis ich lachen musste. Ich wusste nicht, ob er scherzte oder ob er es ernst meinte, aber in jedem Fall wirkte seine Anwesenheit äußerst erfrischend an diesem erstickend heißen Tag.

»He, Lope! Ist das dein Auto da hinten am Abhang?«

Eine strenge Stimme unterbrach unsere Herumalberei.

Ich wusste nicht, wie lange er uns schon zugehört hatte.

Lope und ich drehten uns zum Eingang des Dichtersaals um und erblickten Tomás. Diesmal brachte er keinen Regen mit, sondern eine Hitzewelle, die direkt aus der Hölle kam.

»Wie bitte?«, stammelte Lope und runzelte die Brauen.

»Das Auto, ein silberner Ford«, brummte Tomás. »Ist das deiner?«

»Ja, das ist meiner.«

»Er versperrt einem meiner Lastwagen den Weg.«

Lope seufzte frustriert.

»Ich komme schon«, sagte er. »So viel Verkehr! Wir sind hier doch nicht in der Großstadt!« Er trat zu mir und flüsterte mir ins Ohr: »Geh nicht weg; ich bin gleich wieder da.«

Eilig ging er hinaus auf die Straße und suchte dabei in seinen Hosentaschen nach dem Autoschlüssel.

Tomás und ich sahen uns an. Keiner sagte etwas.

Ich wusste nicht, wohin mit meinen Händen. Sie störten mich, wenn sie einfach so an meinen Seiten baumelten. Sie erinnerten mich daran, dass ich menschlich war. Dabei fühlte ich mich gerade so irreal wie eine französische Hofdame aus dem zwölften Jahrhundert, die umworben wurde und glaubte, dass die Liebe nur eine verstörende Krankheit wäre, ein zügelloses, schädliches, gefährliches Leiden.

Mir zitterten derartig die Knie, als ich ihm so gegenüberstand, dass ich Angst hatte, hinzufallen.

Tomás kam noch näher.

Er sah mich missmutig an, mit einem vorwurfsvoll fragenden Ausdruck in seinem rauen Gesicht. Ich wusste nicht, was ich antworten sollte, da ich keine Ahnung hatte, was seine Frage war.

Endlich stellte er sie mir.

»Was ist das mit Lope?«

»Nichts, ich …«

»Halt dich von ihm fern«, sagte er beinah flüsternd.

Ich konnte ihn riechen. Den gleichen Duft, den ich noch immer an meiner Haut wahrzunehmen meinte. Ich saugte seinen Geruch tief ein. Ich erkannte ihn daran wieder, wie zwei Maulwürfe sich in einer dunklen Höhle am Geruch wiedererkennen. Ich schloss die Augen, und die Erinnerungen erfüllten jeden Winkel meines Gehirns.

Tomás schwieg.

Ich hatte die Augen immer noch geschlossen, und als ich sie nun wieder öffnete, war er bei mir, drängte seinen Körper an meinen, wie mit Fäden aus warmer Sommerluft an mich gebunden. Er war so nah, dass ich seinen Atem auf meinem Gesicht spürte.

Meine Taktik ist, dich anzusehen, hatte Mario Benedetti geschrieben, *meine Strategie ist, dass du an irgendeinem Tag, ich weiß weder wie noch unter welchem Vorwand, mich endlich brauchen wirst.*

»Brianda«, flüsterte er.

Ich konnte ihn kaum hören. Worte waren längst nicht das Beste, was dieser Mann mir bieten konnte, das hatte ich zur Genüge erfahren.

»Was?«

»Brianda …«

Vorsichtig strich er mein Haar zurück, er umfasste meine Taille und zog mich fest an sich.

Der Wolf war da, um mich zu verschlingen.

Er küsste mich. Langsam und intensiv wie in einem Stummfilm, wie in einer mexikanischen Seifenoper, wie der junge Werther geküsst hätte, wenn er gewagt hätte, das Normale zu tun. So viel Zärtlichkeit! Es passte nicht zu Tomás, dem harten Kerl, dem Ungeheuer aus dem Unwetter. Eher von Emily Brontës sturmumtosten Höhen stammend als aus dem lieblichen Tal von Nuba. Hier waren wir, Heathcliff und Catherine, die sich heimlich küssten, umgeben von mürrischen, verbitterten Wesen. Nein: umgeben von Büchern und Geschichten, stummen Zeugen. Ein Kuss mehr unter den vielen, die sie bewahrten, zwischen ihren vielen Seiten versteckten. Nein: nicht ein Kuss mehr, nein. Dieser hier war einzigartig. Niemals wird es in der Geschichte der Welt einen zweiten Kuss geben, der genauso ist wie dieser.

Der Kuss aller Küsse.

Dann nahm er seine Hände von meinem Rücken und meiner Taille. Langsam löste er sich von mir, ging rückwärts in Richtung Ausgang, nahm den Blick keinen Moment von mir. Bis er den Raum verlassen hatte und ich hörte, wie er durch den Eingangsbereich ging. Ich stellte mir jeden seiner Schritte vor, wie er den Platz überquerte, den Hügel hinaufging und dann …

Nur ein paar Minuten später war Lope wieder da.

»Unglaublich«, brummte er, wobei er mit seinem Schlüsselbund klapperte, als wäre er eine Rassel. »Dieser Typ … Der holt mich hier raus, lässt mich das Auto wegfahren und einen anderen Parkplatz suchen, was ziemlich schwierig ist, jetzt, im Sommer, wegen der Ferien und der Touristen und so. Ich bin x-mal rundgefahren und hab den Wagen letztendlich in der Nähe des Pilgerhospitals abgestellt. Und als ich zurückkomme, sehe ich seine Leute und seinen Lastwagen auf der anderen Seite vorbeifahren, gleich gegenüber dem Hotel. Und dafür habe ich mein Auto weggefahren, dabei stand es so schön im Schatten! Wenn er sowieso woanders langwollte, wieso hat er mich dann nicht in Ruhe gelassen? Also Nuba ist auch nicht mehr das, was es einmal war, Brianda, so ist man früher nicht miteinander umgegangen. Ich glaube, das ist der schlechte Einfluss des Fernsehens; das hat sich in den letzten Jahren schon angekündigt. All das bringen das moderne Leben und die Fremden mit sich. Damit meine ich nicht dich, das ist etwas anderes. Ich bin ja auch nicht von hier. Tomás und ich haben uns noch nie besonders gut verstanden. Aber das …«

Am nächsten Tag, während des Frühstücks, erzählte Don Lorenzo die Neuigkeit:

»Die Frau von Tomás ist verschwunden.«

Das ganze Dorf machte sich auf die Suche nach Romilda. In Nuba gab es keinen Posten der Guardia Civil, sodass man die Polizei der Nachbargemeinde alarmierte. Die durchkämmte die Wälder mit Spürhunden, ohne Ergebnis. Aus der Stadt kam eine Tauchmannschaft, die den See und die tiefsten Stellen des Flusses durchsuchte, jedoch ebenfalls vergeblich.

Es vergingen vier Tage, und ich dachte unaufhörlich an die Frau, deren Gesicht ich nicht einmal kannte. Als ich die beiden am Seeufer gesehen hatte, hatte ich sie nicht wirklich angeschaut – ich hatte ihre Gestalt nur verschwommen wahrgenommen, wie etwas, das mir den Blick versperrte; meine Augen hatten sich auf Tomás konzentriert.

Wie Guy de Maupassant liebte auch ich leidenschaftlich die Nacht, doch in jenen Tagen lag ich vor dem Einschlafen ängstlich im Bett und hörte auf den Wind, der, obwohl es Sommer war, heftig und aufgeregt blies, durch die Straßen von Nuba fegte und durch den Wald am Haus jagte. Es heißt, dass man in dem kleinen Ort L'Anse-Pleureuse im kanadischen Quebec in einigen Nächten das Stöhnen der Seelen hörte, die verloren durch die Wälder irrten. Das wurde zumindest behauptet, bis der Priester herausfand, dass das düstere Klagen dann entstand, wenn die Äste der Bäume aneinanderrieben. Ich jedoch war mir sicher, dass das Schluchzen, das ich aus allen Windrichtungen zu hören glaubte, von jener verirrten Frau stammte. Ich streichelte meinen Bauch und beruhigte mein Kind, flüsterte ihm zu, dass es keine Angst zu haben brauche, dass es dort, in mir drin, sicher sei, dass keine Hexe kommen könne, um es zu holen.

DIE UNGEDULDIGE LESERIN

LESEEMPFEHLUNG:
Paul und Virginie von Bernardin de Saint-Pierre

Francisca war eine unserer besten und treusten Kundinnen, sie kam pünktlich alle zehn Tage in die Buchhandlung. Sie war etwa dreißig Jahre alt und eine dieser Frauen, die sich ihrer Schönheit nicht bewusst sind. Und sie war eine begeisterte Leserin von Liebesromanen. Sie verschlang Geschichten von tragischen Leidenschaften voller hoffnungsloser, irrationaler Sehnsucht und heißblütigem Sex, die unausweichlich damit endeten, dass jemand auf einem walisischen Hügel einen Toten beweinte.

Ihr kastanienbraunes Haar umrahmte das Oval ihres Gesichtes wie ein Barockrahmen die makellose Haut einer in Öl gemalten Jungfrau. Sie hatte schon lange einen Freund, der – genau wie Ramón, der Artischockenkopf – im Hotel in Nuba arbeitete, aber eine Hochzeit war vorerst nicht geplant. Sie selbst arbeitete im Kindergarten; in Nuba war die Geburtenrate – selten in diesen Tagen – überdurchschnittlich hoch.

Die junge Frau berauschte sich nicht nur an der Glut von Liebe und Hass, den treuen verstorbenen Ehemännern und den modernen Phädras und Andromaches mit ihren entfesselten Begierden und den prallen Lippen von Pornostars, auch den Büchern selbst war sie in einer beinah erotischen Liebe verbunden – es war mir gleich aufgefallen, man brauchte nur zu sehen, wie sie über die Einbände strich. Francisca liebte die Bücher, die sie zuverlässig alle paar Tage erwarb. Und das freute mich. Zu sehen, wie sie sie berührte, die Ungeduld, mit der ihr Blick sie streifte, die Art, wie sie sich auf die Lippe biss, während sie kritisch das Cover musterte und ein paar Zeilen am Beginn eines zufällig aufgeschlagenen Kapitels las … Allein deshalb hielt ich sie für ein wunderbares Wesen, und ich genoss es, sie anzuschauen.

»Habt ihr etwas Neues reinbekommen?«, fragte sie mich mit gesenkter Stimme.

Ich zeigte ihr die neuen Bücher, und sie begutachtete sie wie eine Süchtige, die weiß, dass sie, auch wenn sie zunächst nur eine kleine Dosis kaufen kann, schon bald zurückkehren wird, um sich den Rest zu sichern.

Sie berührte einen der glänzenden, satinierten, verführerisch grellbunten Einbände. Ihre Finger strichen so zärtlich und vorsichtig darüber, als wollte sie die Haut eines Liebhabers mit inniger Vertrautheit ihre Erregung spüren lassen. Als ich sie so sah, durchlief mich ein angenehmer Schauer. Es schien mir ein Akt der Liebe von einer Reinheit, wie ich ihn noch nie bei einem Leser gesehen hatte. Es war das Buch als Objekt, das Francisca gefiel. Sie war eine Papierfetischistin und würdigte sowohl die Einbandgestaltung als auch den Klappentext, in dem der Lektor sich bemüht hatte, auszudrücken, warum es sich lohnte, sich in diese Seiten zu vertiefen und ein paar Euro zu investieren, um sie mit nach Hause zu nehmen. Mit den Fingern nahm sie die sehnsüchtigen Träume wahr, die dieses Buch enthielt, den intensiven

Geschmack unverhoffter Gefühle, der in den Worten steckte. Allein durch Berührung konnte sie die Szenen lokalisieren, die von verlorener Unschuld, von Machthunger und Erniedrigung handelten, von gezierten Jungfrauen, die skrupellosen Kerlen in die Hände und bösen Machenschaften zum Opfer fielen, bevor sie die wahre Liebe fanden, deren Atem nach Orangen roch und jenseits der Abgründe des Herzens denjenigen erwartete, der es verdiente.

Da sie keine Familie zu ernähren oder Hypothekenschulden hatte konnte sie großzügig in ihre Leidenschaft investieren.

»Francisca, was machst du mit den Büchern, wenn du sie gelesen hast? Das müssen doch unglaublich viele sein.« Ich sah sie voller Zuneigung an. An den Tagen, an denen sie da gewesen war, war es ein Vergnügen, abends die Geschäftsabrechnung zu machen.

»Na ja, ich bewahre sie alle auf.«

»Dann hast du ja eine richtige Bibliothek zu Hause.«

»Nein, nein. Ich lege sie in Kisten. Wenn ich dreißig oder vierzig gelesen habe und keinen Platz mehr für sie finde, lege ich sie in einen Karton aus dem Lebensmittelladen, klebe ihn zu, hefte eine Liste der Bücher, die darin sind, daran und stelle ihn auf den Speicher.«

»Der muss ja voller Kisten sein.«

»Allerdings. Mein Vater sagt immer, dass bei dem Gewicht eines Tages der Boden brechen wird und sie uns auf den Kopf fallen.« Sie lachte herzlich.

»Francisca, hast du schon mal *Paul und Virginie* gelesen?«

»Nein, von wem ist es?«

»Von Bernardin de Saint-Pierre. Er hat es im achtzehnten Jahrhundert geschrieben, 1787, um genau zu sein.«

»Ich weiß nicht; ich fürchte, dass ich einen so alten Roman nicht verstehen würde, wegen der Sprache und so. Aber danke für die Empfehlung.«

»Ich könnte dir das Buch leihen. Mein eigenes. Du bräuchtest es nicht zu kaufen. Vielleicht willst du mal reinlesen. Wenn es dir nicht gefällt, gibst du es mir zurück, und das war's.«

»Worum geht es?«

»Es geht um die reine, unschuldige Liebe zweier Kinder, Paul und Virginie, die einsam auf der Insel Mauritius aufwachsen, einem abgelegenen, gefahrlosen Ort, weit entfernt von jeglicher Grausamkeit und der emotionalen Belastung durch das, was wir Zivilisation nennen. Ich dachte, weil du doch so gern Liebesromane liest, könnte das Buch dir gefallen. Es war im neunzehnten Jahrhundert sehr populär. Einige Gedanken von damals treffen vielleicht nicht mehr zu, aber die Liebesgeschichte, um die es geht, ist zeitlos. Damals waren im Bürgertum gerade Bilder von exotischen Landschaften in Mode, wie die, in der die Handlung des Romans angesiedelt ist. In vielen Wohnungen hingen solche Gemälde an den Wänden.«

»Ist gut. Ich schau mal rein.« Francisca nahm das Buch entgegen, das ich ihr hinhielt. »Aber ich verspreche dir nichts, Brianda. Du weißt ja, ich bin etwas … dass ich einen sehr speziellen Geschmack habe.«

»Kein Problem.«

»Vielen Dank jedenfalls. Ich passe gut darauf auf, keine Sorge.« Sie betrachtete das Buch kritisch. »Das ist ein ziemlich altes Exemplar. Aber ich gehe immer vorsichtig mit Büchern um. Du bekommst es im gleichen Zustand zurück.«

»Ich weiß.«

Plötzlich fiel mir ein, dass Francisca, die ja im Kindergarten arbeitete, vielleicht Tomás' Sohn gekannt hatte. Ich hatte keine Ahnung, ob der Junge in den Kindergarten gegangen war, aber sie würde es wissen.

»Francisca, ich habe neulich von der furchtbaren Geschichte gehört, die dem Sohn von Tomás Herla vom Sägewerk zugestoßen ist…«

»In deinem Zustand solltest du dich besser nicht mit solchen Dingen beschäftigen, Brianda.«

»Gerade wegen meines Zustands beschäftigt mich die Sache.« Ich blinzelte leicht, wie ich es immer tat, wenn ich nicht ganz ehrlich war. »Ich bin völlig entsetzt… Wie lange ist es jetzt her, dass das passiert ist?«

Francisca zog nachdenklich die Augenbrauen zusammen.

»Etwa sieben Jahre.«

»Wie alt wäre der Junge heute?«

»Ungefähr zehn… Erst vor Kurzem war sein Geburtstag.« Sie nannte mir das Datum, und ich schluckte.

Romilda war genau am Jahrestag des Verlusts ihres Sohnes verschwunden. Die Erinnerungen mussten sie verrückt gemacht haben. Noch verrückter, als sie ohnehin schon war. Ich streichelte meinen Bauch und dachte an mein eigenes Kind. Bei mir war es sicher. Noch.

»Wie war sein Name?«

»Bitte?«

»Das Kind, wie hieß es?«

»Tomás. Genau wie sein Vater.« Franciscas Gesicht verdüsterte sich. »Der arme Mann.«

»Hast du den Kleinen gekannt?«

»Natürlich, hier in Nuba kennt doch jeder jeden. Das ist in kleinen Orten unvermeidlich. Du kannst den anderen nicht aus dem Weg gehen, ob du willst oder nicht. Du bist mit ihnen freundschaftlich oder verwandtschaftlich verbunden oder, wenn du Pech hast, mit ihnen verfeindet. Wobei sich in Nuba alle ganz gut verstehen. Doch trotz der Abgeschiedenheit finden die meisten den Partner fürs Leben eher außerhalb. So weit ist Nuba dann doch nicht von der Stadt oder anderen Orten entfernt, dass wir hier vollkommen isoliert wären.«

Es war deutlich, dass Francisca vom Thema ablenken wollte.

»Aber das Kind, das gestorben ist…«

»Der arme Kleine. Ich möchte gar nicht daran denken!«

»War er im Kindergarten?«

»Ja, an ein paar Tagen in der Woche. Vielleicht hätte seine Mutter ihn öfter zu uns geben sollen. Möglicherweise wäre die Tragödie dann nicht passiert. Aber nachher ist man immer schlauer, stimmt's? Wir sorgen uns so sehr um die Sicherheit, dass es uns gar nicht auffällt, wenn wir direkt in die Höhle des Löwen geraten.«

Als ich den Ausdruck »Höhle des Löwen« hörte, lief mir ein kalter Schauer über den Rücken, als hätte jemand mein Haar im Nacken angehoben und seinen eisigen Atem daraufgeblasen.

Plötzlich wurde mir bewusst, dass ich noch nie auf dem Friedhof von Nuba gewesen war. Ich hatte ihn bisher nur von Weitem gesehen und stellte ihn mir vielleicht daher wie auf einem Gemälde von Nicolas Poussin vor, mit bleichen Gräbern, die gespenstisch in einer weiten, öden dämmrigen Landschaft aufragen. Am Eingang stand ein weißes Pferd mit barmherzigem, beinah menschlichem Blick, das verständnisvoll auf den Schmerz in den Gesichtern der Besucher sah, in das von Romilda, die ihrem verlorenen Sohn Blumen brachte.

»Und wo ist der Junge begraben?«, erkundigte ich mich.

Doch Francisca hatte schon ihre beiden Bücher bezahlt und zusammen mit *Paul und Virginie* in einer großen Plastiktüte verstaut, auf der der Name und das Logo einer Frauenzeitschrift prangten.

»Ich bin spät dran, Brianda. Vielen Dank für alles. Pass auf dich auf und denk nicht an traurige Geschichten. Bis bald!« Mit federnden Schritten ging sie zum Ausgang hinüber, und ich hörte, wie Don Lorenzo, in seine tägliche Arbeit vertieft, ihren fröhlichen Abschiedsgruß mit einem freundlichen Brummen beantwortete.

Die Aussicht auf die Renovierung des Hauses, das ich gekauft hatte, erfüllte mich mit Tatendrang. Ich hatte unzählige Ideen. Mit der Hilfe von Miguel, meinem Vermögensberater, hatte ich einen Kostenplan erstellt, und mir stand eine beträchtliche Summe zur Verfügung, um mein Heim und das meiner Tochter zu modernisieren. Brav befolgte ich die Ernährungstipps, die Frau Doktor Ricos Tochter mir ans Herz gelegt hatte und die vor allem viele Vitamine und Eisen vorsahen, und kam wunderbarerweise wieder zu Kräften. Ich gewöhnte mich an die Übelkeit, und weil ich noch immer stets müde war, ging ich alles mit Ruhe an, genoss sogar die Momente der Schläfrigkeit in dem Schaukelstuhl, den wir von meinem Schlafzimmer in die Buchhandlung gebracht hatten, damit ich mich zwischendurch darin ausruhen konnte.

Um mein Glück vollkommen zu machen, waren drei Tage zuvor zwei fähige Handwerker zu mir gekommen, um den Brunnen in meinem Garten zu entfernen, der mir den Schlaf raubte. Inzwischen war nichts mehr von ihm zu sehen. Und wie der junge Immobilienmakler angekündigt hatte, hinterließen sie mir als einzige Andenken einen hübschen Wasserhahn im Retrolook, unter dem sie ein steinernes Becken aus dem Garten anbrachten, und einen leuchtend gelben Plastikkasten, in dem sich ein Motor befand, mit dessen Hilfe das Wasser nach oben befördert wurde.

Beinah wäre ich den Männern um den Hals gefallen, als ich dazu kam, um das Ergebnis zu bewundern.

Der Brunnen war verschwunden! Und mit ihm ein großer Teil meiner Ängste. Ich streichelte meinen Bauch und betrachtete zufrieden den Garten hinter meinem Haus, der nun zwar leer war, aber voller Möglichkeiten.

Dann stemmte ich die Arme in die Hüften und blickte herausfordernd um mich: Ja, ich war bereit, dieses heruntergekommene Gebäude und das Chaos darum herum in ein wunderbares Heim zu verwandeln.

DIE EIFERSÜCHTIGE SCHWESTER

LESEEMPFEHLUNG: Äsops *Fabeln*

Wie üblich arbeitete ich in der Buchhandlung. Die Laune meines Chefs hatte sich erheblich verbessert und daher auch die meine, trotz der beunruhigenden Umstände von Romildas Verschwinden, das inzwischen schon fünf Tage andauerte.

Ich saß mit einem Exemplar von Äsops *Fabeln* in der Hand in meinem Schaukelstuhl und machte ein Nickerchen, als die junge Frau eintrat. Sie war mir bereits mehrfach in unserem Buchladen aufgefallen. Offensichtlich gehörte sie zu den Leuten, die in Nuba den Sommer verbrachten.

Es war die heißeste Zeit des Tages, doch in der Buchhandlung war es angenehm kühl; die dicken Hauswände bewahrten sie vor den extremen Temperaturen, und wie mir Don Lorenzo einmal voller Stolz mitgeteilt hatte, dauerte der Sommer im Locus Docendi und auch im restlichen Haus »nur vier Stunden«.

Die junge Frau war etwa zwanzig Jahre alt. Meistens war sie in Begleitung ihrer Schwester, die ein wenig älter zu sein schien. Die Schwester war hübsch, hatte eine äußerst positive Ausstrahlung und wirkte sehr sympathisch; sie dagegen schien genau das Gegenteil. Trotz ihrer Jugend machte sie einen äußerst verhärmten Eindruck.

»Ach, hallo. Kann ich dir irgendwie helfen?« Ich musste gähnen und bemühte mich erfolglos, es zu verbergen.

»Ich weiß nicht. Ich suche etwas zu lesen. Na ja, eigentlich bin ich eher zufällig vorbeigekommen. Was liest du denn gerade?«, fragte sie leicht stammelnd, obwohl sie sich ohne die Anwesenheit ihrer sie stets überstrahlenden Schwester sichtlich wohler und sicherer fühlte.

Ich zeigte ihr das Buch.

»Ich glaube nicht, dass das für dich …«, begann ich, besann mich dann jedoch. Warum nicht? Erzähl ihr davon; es wird ihr sicher guttun, etwas über diese Geschichten zu erfahren, sagte ich mir. »Ich lese gerade die Fabel vom Löwen und dem Mäuschen; sie handelt davon, wie Wohltaten vergolten werden. Ein Löwe schenkt einem Mäuschen das Leben, und später bewahrt das Mäuschen den Löwen vor dem Tod. Es ist eine Fabel über die Güte. Güte bedeutet Freundschaft, sie ist selbstlos, und sie macht uns menschlich. Sie ist die Taube in unserem Herzen, die den Wolf und die Schlange mäßigt, die wir in uns tragen.« Ich zwinkerte ihr zu. »Das Letztere stammt von einem gewissen David Hume, nicht von mir.« Ich warf einen Blick über die Schulter des Mädchens. »Deine Schwester ist ja heute gar nicht mitgekommen.«

Als ich das Wort »Schwester« aussprach, verengten sich ihre Augen, in denen ein gelbliches Glitzern wahrzunehmen war.

Gelb ist die Farbe des Neids, dachte ich. Dieses Mädchen ist eifersüchtig auf seine Schwester.

Es tat mir leid, ihren verkniffenen Mund zu sehen, der beinah eine schnurgerade Linie in ihr Gesicht zeichnete. Sollte ich sie besser in Ruhe lassen, damit sie ihre Lippen nicht so fest schließen musste, als fürchte sie, dass ihnen etwas für sie sehr Wertvolles entschlüpfen könnte …?

Ihre Nachricht an die Welt lautete: Hier habt ihr jemanden, der keinen Pfifferling wert ist, weil seine Schwester alles mitbekommen hat. Warum haben meine Eltern ihr alle guten Eigenschaften vermacht, und für mich ist nichts übrig geblieben …? Kein bisschen Schönheit, Anmut oder irgendwas!

Aber vielleicht war das ja auch übertrieben, dachte ich. Seit ich schwanger war, war meine Fantasie kaum im Zaum zu halten, genauso wie mein Geruchssinn und meine anderen sinnlichen Wahrnehmungen sich extrem verstärkt hatten.

»Nein, meine Schwester ist nicht mitgekommen. Sie hat andere Dinge zu tun, zum Beispiel, sich mit einer Horde Verehrer zu beschäftigen, die sie gerade am See umschwärmt.« Das entfuhr ihr mit einer Vehemenz, als habe sie es allzu lange zurückgehalten. Die Wut hatte sich wie organischer Abfall in ihrem Mund angesammelt.

Ich hatte also gar nicht so falschgelegen.

Wie aufreibend musste es sein, Eifersucht auf die eigene Schwester zu empfinden. Hin- und hergerissen zu sein zwischen der Pflicht, sie zu lieben, die uns die Familie, die Gesellschaft und die eigenen widerstreitenden Gefühle aufnötigen, und dem Hass, der einem in der Seele brodelte. Die Wut darüber, dass sie besser, schöner, sympathischer war als man selbst, die Gewinnerin, die immer mehr geliebt werden würde. Das Gefühl, dass man selbst all die Dinge, die sie hat und die ihr offenbar nicht weiter wichtig sind, mehr verdient als sie, sie jedoch niemals besitzen wird. Der nutzlose, wertlose Zeuge des Glücks der anderen zu sein, der Usurpatorin, der alles zufliegt.

»Eifersucht ist keine Liebe«, sagte ich spontan zu ihr.

Die Schwangerschaft hatte mich emotional und leidenschaftlich werden lassen. Es gefiel mir, so zu sein.

»Wie bitte?« Sie sah mich mit großen Augen an, als hätte ich sie beschimpft.

»Ich meine, dass jemand, der Eifersucht empfindet, nicht liebt. Wir sind nur eifersüchtig auf Menschen, die wir nicht lieben. Wenn wir sie lieben würden, würden wir uns über all das Gute freuen, das ihnen widerfährt.«

»Willst du damit andeuten, dass ich eifersüchtig auf meine Schwester bin?« Sie sah mich abschätzig an. »Ich bin hergekommen, um ein Buch zu kaufen, und nicht, um mich …«

»Warst du schon mal verliebt?«

Sie war von der Frage so überrumpelt, dass sie tatsächlich antwortete.

»Natürlich. Ja. Ich meine, nicht wirklich, aber …«

»Du solltest dich verlieben. Die Liebe würde dir beibringen, was du noch nicht gelernt hast. Und wenn deine Liebe erwidert wird, würdest du nicht mehr an deine Schwester denken, würde es dir nicht mehr jedes Mal wehtun, wenn sich jemand für sie interessiert. Dann würdest du dich nicht mehr erniedrigt fühlen, wenn sie erfolgreich ist. Du hättest deinen eigenen Erfolg und würdest niemanden mehr um sein Glück beneiden. Du würdest merken, dass deine Schwester auch ihre Probleme hat. Dass niemand auf der Welt perfekt ist. Dir würde klar, dass wahre Größe bedeutet, gütig zu sein, Erbarmen zu haben, so wie der Löwe in Äsops Fabel sich des Mäuschens erbarmt. Nur so kannst du dich von den unschönen Gefühlen befreien, die dich nur noch unglücklicher machen. Und wenn du niemanden findest, den du lieben kannst, finde Freunde. Freunde zu haben wird dir

Sicherheit geben. Freundschaft und Liebe sind im Übrigen zwei ausgezeichnete Schönheitsgeheimnisse. Glaub mir, ich spreche aus Erfahrung.«

Das Mädchen brach in Tränen aus. Da mir in meinem Zustand eh bei jeder Gelegenheit die Tränen kamen, war ich kurz davor, mitzuweinen.

»Bitte weine nicht, ich wollte nicht…« Ich trat zu ihr und gab ihr einen Kuss, der, da sie in dem Moment den Kopf drehte, auf ihrem Ohr landete; dann reichte ich ihr ein Taschentuch. »Oje, es tut mir wirklich leid, ich wollte dir nicht wehtun. Ich sehe dich immer hier mit deiner Schwester, und du wirkst immer so mutlos neben dieser Schönheitskönigin, und das hat mich…«

»Ist schon gut, es ist ja nicht deine Schuld.« Nervös holte sie Luft und sah mich herausfordernd an: »Ich weine, weil du recht hast. Ich bin eifersüchtig auf meine Schwester.«

»Du bist noch jung. Du wirst es überwinden. Du musst auf deine eigenen Fähigkeiten vertrauen. Mir ist es genauso ergangen, ich war wie du.«

»Wie ich? Das glaube ich nicht. Du mit deinem tollen Haar und deinem Stilgefühl! Du warst garantiert niemals so wie ich. Keiner ist wie ich.«

»Nein, du hast recht.« Ich biss mir auf die Lippe. »In deinem Alter habe ich so viel gewogen wie ein Walross und habe mich mit der Grazie einer Kuh bewegt, die vor einem Kojoten flüchtet.«

Wir mussten beide lachen, was die schlechte Stimmung in Windeseile vertrieb.

»Wenn zwei Frauen zusammen lachen, gibt es mindestens vier Männer, die schnellstens die Flucht ergreifen sollten«, meinte Don Lorenzo, der plötzlich hinter uns stand.

Sein Scherz gab uns die Gelegenheit, noch mehr zu lachen.

Ich empfahl ihr einen Gedichtband von Robert Frost. Sie überlegte noch, ob sie die paar Euro, die das Buch kostete, investieren sollte, als der Artischockenkopf eintrat und uns mit seiner jugendlichen Frische und dem leuchtend roten Haar nach unserem nachmittäglichen Ausflug in die Abgründe des Psychodramas endgültig in die Realität zurückholte.

»Señorita Brianda, Señora …«, grüßte er.

Inzwischen wusste jeder in Nuba, dass ich schwanger war, und dem Artischockenkopf kam es offenbar, so jung und modern er angeblich auch war, seltsam vor, dass ich weder verheiratet war noch eine feste Beziehung hatte.

Ich warf einen Blick auf die junge Frau, die nach dem Weinen und dem Lachen nun leicht gerötete Wangen und leuchtende Augen hatte.

»Hallo, Ramón! Kennst du …?«

»Martina.« Die junge Frau strich mit der Hand über ihren zerzausten Pferdeschwanz. »Hallo.«

Der Artischockenkopf zog sich leicht nervös die Baseballkappe über die Ohren.

»Wie geht's?«

Zu meiner Überraschung gaben sich die beiden formell die Hand. Ich bemerkte, dass der Arm des Artischockenkopfs leicht zitterte.

Und ich hatte ein Gefühl der Wiedersehensfreude. Hier war sie wieder: die alte Geschichte von der keuschen Liebe, die gerade entflammte, eigenwillig und verspielt. Amor, der temperamentvolle, listige Gott der Liebe, schoss seinen Pfeil direkt in das Herz eines Mannes, auf dass er unsäglich leide, immer an die Wunde denke, sich kratze und Schmerzen empfände, auf dass er sich infame Strategien erdenke, um zu erreichen, dass eine Dame seine Schmerzen linderte. Alle Symptome waren vorhanden, waren zu meiner Erheiterung in wenigen Sekunden aus dem Nichts erstanden: die Schüchternheit des Artischockenkopfs, die Minderwertigkeitsgefühle, die Martina – die arme Martina, die wegen ihrer Schwester doch voller Komplexe war – bei ihm auslöste, der feste Entschluss, sie um jeden Preis wiederzusehen.

»Ich mach mich dann mal auf den Weg.« Die junge Frau nahm das Geld aus ihrem Portemonnaie und gab es mir.

Der Artischockenkopf sah panisch von einer Seite zur anderen, als wolle er irgendwie den Ausgang blockieren.

»Danke, Martina. Ich hoffe, die Gedichte gefallen dir. Was kann ich für dich tun, Ramón?«

Die junge Frau ging zum Ausgang. Ihre Schritte waren deutlich beschwingter als vorher.

Dem Artischockenkopf hatte es die Sprache verschlagen. Er stand mir wie erstarrt gegenüber.

Ein paar Sekunden später reagierte er wie der Blitz.

»Ramón.«

»Ich bin gleich wieder da, Señorita. Señora …«

Und er eilte Martina hinterher.

Zehn Minuten später kam er zurück ins Geschäft. Ich ging davon aus, dass er sich erfolgreich mit Martina verabredet hatte, denn er wirkte wesentlich gelöster.

»Ich hab mit dem Typen geredet.«

»Dem Typen?«

»Dem Bauunternehmer, von dem ich gesprochen habe. Er ist ein Freund meines Vaters und renoviert auch Häuser.«

»Ach so. Natürlich. Und was hat er gesagt?«

»Hier ist seine Telefonnummer, auf der Visitenkarte, wenn Sie ihn anrufen wollen. Morgen kommt er sowieso her, um etwas zu erledigen, dann könnte er sich das Haus mal ansehen und Ihnen in ein paar Tagen ein Angebot machen.«

»Ramón.« Ich strich mir das Haar hinter die Ohren und imitierte die Geste, mit der er sich die Mütze richtete. »Du bist ein toller Kerl, weißt du das?«

Sein Gesicht begann zu leuchten wie die Laternen auf dem Platz.

»Ist doch selbstverständlich.« Es klang beinah wie ein Seufzen.

»Das ist es nicht. Du bist immer bereit, mir zu helfen, und ich habe mich noch nie revanchiert.«

»Ist doch klar. Sie sind nicht von hier und können vieles nicht wissen. Ich helfe gern, das macht mir überhaupt nichts aus, Señora.«

»Bitte sag nicht immer ›Señora‹. Für dich bin ich einfach Brianda. Wenn du mal etwas brauchst und ich dir helfen kann, stehe ich dir immer zur Verfügung.«

»Vielen Dank.« Er sah von einer Seite zur anderen und dann auf den Boden. »Also, Sie wissen jetzt Bescheid: Der Freund meines Vater kommt morgen vorbei, um sich das Haus anzusehen. Etwa um die Mittagszeit. Er ist in Ordnung, Sie werden sich bestimmt einig.«

Señor Ercilla, der Bauunternehmer, erschien zum vereinbarten Zeitpunkt. Don Lorenzo und ich schlossen die Buchhandlung und gingen mit ihm über den Platz zu meinem Haus hinüber. Ich war glücklich über all die Perspektiven, die sich mir eröffneten. Mein Herz hatte lange Zeit tief und fest geschlafen, und nun erwartete mich die Zukunft mit offenen Armen, bereit, mich für die Vergangenheit zu entschädigen.

Es freute mich besonders, dass mein Chef mich begleitete. Ich wollte ihm jeden Winkel des Hauses zeigen, seine Meinung hören, ihn fragen, was er mit den Böden machen würde, mit der Theke im Gastraum und mit den Mauern im Garten.

»Und? Was meinen Sie?«, fragte ich Señor Ercilla, als wir unseren Rundgang beendet hatten.

Ich wollte in jedem Fall den besonderen ländlichen Charme des Hauses bewahren, und auch wenn ich die Schäden, die mit der Zeit aufgetreten waren, natürlich beseitigen wollte, hatte ich nicht vor, das alte Gasthaus in ein hochmütiges, anachronistisches Gebäude zu verwandeln. Ich wollte, dass in dem, was mein Heim sein würde, jene alten, aber zeitlosen Tugenden sichtbar würden, die die amerikanischen Pioniere auszeichneten: Beharrlichkeit, Mut, Begeisterung und Vernunft. Ich wollte mich nicht in einen Umbau stürzen, der mich finanziell und nervlich ruinieren würde, und das konnte ich nur erreichen, wenn möglichst schnell und möglichst effektiv renoviert wurde.

»Die tragenden Wände sind in einem guten Zustand. Die Stützpfeiler ... An diesem Haus muss einiges getan werden, aber nichts Grundlegendes. Es ist wirklich schade, dass es so lange unbewohnt gewesen ist«, sagte Señor Ercilla, und ich freute mich, dass er meiner Meinung war.

»Das denke ich auch. Häuser müssen bewohnt werden«, schloss Don Lorenzo sich an. »Ein Haus, in dem niemand wohnt, ist wie ein Buch, das nicht gelesen wird: Es zerfällt langsam. Manchmal auch schneller.«

»Glauben Sie, dass es sehr teuer wird, das Haus herzurichten?«

Miguel, mein Vermögensberater, hatte mir ans Herz gelegt, unbedingt einen Vertrag auf der Basis eines bindenden Angebots zu schließen, der eine Konventionalstrafe vorsah, wenn die vereinbarten Fristen nicht eingehalten wurden. Ich musste mich auf das Angebot verlassen können, denn etwas anderes konnte ich mir einfach nicht leisten.

»Einschließlich der Malerarbeiten … Möchten Sie Rauputz? Nein? Hab ich mir gedacht … Soll die Theke raus? Das halte ich auch für sinnvoll. Ich würde sagen, etwa …« Er hatte sich alles aufgeschrieben, sah in sein Notizbuch und nannte einen Betrag.

Ich hielt den Atem an und ließ die Zahl auf mich wirken. Es war die Obergrenze dessen, was Miguel und ich ausgerechnet hatten, aber wenn nichts mehr dazukommen würde, konnte ich es mir erlauben.

»Da lässt sich doch sicher noch was machen, oder? Die Geschäfte heutzutage laufen ja nicht gerade gut, und die Konkurrenz schläft nicht«, meinte Don Lorenzo und schlug dem Bauunternehmer freundschaftlich auf die Schulter. »Wenn du das schriftliche Angebot verfasst, kannst du das Ganze ja noch ein bisschen nach unten hin korrigieren.«

Wir gingen noch einmal durch die Holztür, an der noch Reste von grüner Farbe zu erahnen waren, in den Garten. Ich zeigte ihnen stolz das Ergebnis meiner Bemühungen, den Brunnen für immer verschwinden zu lassen – den Brunnen, der kein Wunschbrunnen war, sondern ein Tränenbrunnen –, und die vielen wild wachsenden aromatischen Kräuter, die überall gediehen, obwohl sie seit Jahren nicht mehr gegossen worden waren.

»In Nuba haben wir immer genug Wasser. Zumindest an Verdursten wird hier niemand sterben«, meinte Don Lorenzo.

Mein Haus wirkte auf angenehme Art gleichzeitig verspielt und praktisch – »mein« Haus, noch immer durchlief mich ein angenehmer Schauer, wenn ich es so bezeichnete –, mit Würde präsentierte es seinen verblassten Stolz.

Ich mochte den verwilderten Garten, er hatte etwas Romantisches mit dem alten Feigenbaum, der sich in seiner Mitte erhob und in seinen Ästen sorgsam das mächtige Geheimnis von Tod und Auferstehung bewahrte, das Geheimnis des Lebens.

»Die ganzen Flaschen, die im Bereich des Lokals herumliegen, möchten Sie entsorgen, oder?«

Ich nickte.

»Und die Möbel?«

»Nein, die Möbel möchte ich aufarbeiten lassen. Sie können sie auf die Veranda stellen.«

»In Ordnung. Ich rufe Sie an und gebe Ihnen die genauen Beträge durch. Wenn Sie mit allem einverstanden sind, schicke ich Ihnen den Vertrag, und wir fangen an, wann es Ihnen passt. In einer Woche hätte ich entsprechende Kapazitäten frei. Wenn Sie allerdings lieber noch etwas warten möchten, geht es von uns aus dann erst wieder Ende September.«

»Nein, wenn das Angebot in meinem Sinne ist, können Sie gern in einer Woche anfangen.«

Ich sah das fertige Haus schon vor mir, in dem es nach der frischen Luft des Waldes riechen würde, meine kleine Tochter, die auf dem Rücken lag und mit den Beinchen strampelte, auf dem großen Eichenholzbett des alten Gastwirts, das wir abschleifen und in der natürlichen Farbe belassen würden, auf mit Lochstickerei verzierten Laken.

Denn ich war mir sicher, dass es ein Mädchen würde.

Und dass in diesem Haus ein glückliches Leben auf sie wartete.

Am Abend, als mein Chef und ich beim Essen saßen, sagte ich ihm, dass der Kauf des Hauses mir wie ein Traum erschien, ein unvorstellbarer Traum, der gerade dabei war, in Erfüllung zu gehen.

»Wissen Sie, was das Seltsamste daran ist?«, fragte ich ihn. »Dass ich nicht einmal wusste, dass ich diesen Traum hatte.«

Wir ließen uns ein Omelett mit Chinakohl und Tandoori-Tofu schmecken. Don Lorenzo hatte die asiatischen Zutaten im Laden der Tante des Artischockenkopfs gekauft, der Rest – der Koriander, die Zwiebeln – stammte aus unserem Garten.

»Es gibt nichts Besseres, als mit Appetit zu essen und sich Träume zu erfüllen, von denen man nicht einmal wusste«, bestätigte er.

Eine Weile aßen wir schweigend.

»Ich muss gerade an das Märchen *Die drei Federn* von den Gebrüdern Grimm denken: Es war einmal ein König, der hatte drei Söhne, davon waren zwei klug und gescheit, aber der dritte sprach nicht viel, war einfältig und hieß nur der Dummling«, zitierte ich.

»Jetzt sag mir nicht, dass du der Dummling bist.«

»Gestern, als dieses junge Mädchen in den Laden kam, beinah noch ein Kind, die alle Möglichkeiten, die das Leben bietet, vor sich hat und sie nur nutzen muss, ist mir aufgefallen, wie viel wir von dem, was wir haben, vergeuden.«

»Aber du hast es noch früh genug gemerkt.«

»Der Dummling musste nicht in die Ferne ziehen, um den feinen Teppich zu finden, um den der Vater seine Söhne gebeten hatte. Er musste nur die Feder aufheben, die zu seinen Füßen lag, denn neben der Feder entdeckte er eine Falltür, die in ein magisches Reich führte, in dem alles möglich war.«

»Er hatte Glück.«

»Nein, es war kein Glück, und das wissen Sie.«

»Was war es dann?«

»Es war seine Offenheit für Zauber und Wunder, der Wille, seine Brüder zu übertreffen, die Heldentat zu vollbringen, die ihm niemand zutraute. Er trat durch die Tür und hatte alle Möglichkeiten, die das Schicksal bot, die seinen so viel begabteren Brüdern vorbehalten schienen, auf einmal in Reichweite.«

»Das Wunderbare. Das ist es, was die Märchen so besonders macht: die Gewissheit, dass etwas Wunderbares geschehen wird.«

»Genauso ist es mir ergangen. Ich bin durch die Tür getreten und habe mein Haus gefunden. Ich habe nie davon geträumt, ein Haus zu haben, vielleicht weil ich nach dem Tod meiner Eltern nicht gewagt habe, mir vorzustellen, noch einmal eine Familie zu haben.«

»Ich freue mich sehr für dich, Brianda.«

»Und übrigens: Wenn ich von einer Familie spreche, meine ich nicht nur meine Tochter …«

»Tochter? Du weißt schon, dass es ein Mädchen wird? Du hast mir gar nichts gesagt.«

»Nein, niemand hat mir gesagt, dass es ein Mädchen wird. Es ist noch zu früh, um das festzustellen. Aber ich weiß einfach, dass es ein Mädchen wird. Vielleicht sollte ich sie Gretel nennen oder so ähnlich.«

Don Lorenzo lachte fröhlich.

»Was ich versuche zu sagen, ist, dass ich, wenn ich von

meiner Familie spreche, auch an Sie denke. Nicht nur an die Kleine.«

Don Lorenzo wandte sichtlich verlegen den Blick ab.

»Es ist nicht nötig, Mitleid mit mir zu haben. Ich bin nicht der einsame, sich nach Zuwendung sehnende Alte, für den du mich hältst.«

»Das habe ich nicht gesagt, machen Sie sich nicht zum Opfer. Ich biete Ihnen aufrichtige Zuneigung, und Sie weisen mich wieder zurück. Ich kann es nicht glauben! Ich habe Don Lorenzo Orozco für einen weisen Mann gehalten, und nun stellt sich heraus, dass er ein miesepetriger, selbstmitleidiger, überempfindlicher Sturkopf ist. Wie doch der Schein trügt!«

»Ist ja gut. Reg dich wieder ab! Danke, Brianda, danke, dass du mich zu deiner Familie zählst. Ich will dir nur klarmachen, dass ich nie unter Einsamkeit gelitten habe. Ich hatte meine Bücher, wie ich dir schon gesagt habe, als du hier angekommen bist.«

»Ich weiß. Was das angeht, sind wir uns ähnlich.«

»Vielleicht bin ich ein seniler Trottel, aber nicht die Art seniler Trottel, der sich nach ein paar Krümeln Zuneigung sehnt, die man ihm gnädig zukommen lässt wie die Spende, die man in der Kirche in den Klingelbeutel steckt.«

»Dieser Vergleich beleidigt mich, und das wissen Sie. Wenn Sie das, was Sie gerade gesagt haben, wirklich gemeint haben, ist das ziemlich unfair von Ihnen.«

»Ich weiß. Entschuldige. Vielleicht bin ich auch eifersüchtig. Das ist mir erst gestern Nachmittag bewusst geworden, als ich gehört habe, worüber du mit diesem Mädchen gesprochen hast.«

»Eifersüchtig auf wen? Auf Tomás?«

»Ich wüsste nicht, warum ich auf ihn eifersüchtig sein sollte, zumal du und er nicht mal ... Nein, was ich sagen will, ist, dass ich möglicherweise auf *sie* eifersüchtig bin.«

»Wer ist ›sie‹?«

Er deutete auf meinen Bauch.

»Sie meinen ... Sie sind doch nicht etwa auf das Baby eifersüchtig?«

»Hör nicht auf mich.« Er konzentrierte sich wieder aufs Essen. »Das war nur ein Scherz.«

Wir aßen auf und räumten den Tisch ab. Ich machte den Abwasch, und Don Lorenzo saugte den Fußboden, weil er der Meinung war, dass man den Ameisen nicht noch extra einen Willkommensgruß in Form von Brotkrümeln hinterlassen musste, da sie in dieser Jahreszeit sowieso äußerst zahlreich und abenteuerlustig unterwegs waren.

Wir gingen hinaus in den Garten und genossen, bevor ich mich in mein Zimmer zurückziehen würde, noch eine Weile die frische Luft.

Der Mond strahlte vielversprechend am Himmel, mit dem überwältigenden metallischen Firnis eines geheimnisvollen Objekts.

»Gibt es etwas Neues von Romilda?«, fragte ich leise, während ich genüsslich den Duft von Thymian und Basilikum einatmete.

»Es ist schon das zweite Mal in etwas mehr als einem Jahr, dass sie den See nach ihr absuchen.«

»Sie ist nicht zum ersten Mal verschwunden?« Das wusste ich nicht.

»Ja, sie versucht es immer wieder. Tomás hat eine Betreuerin eingestellt, die bei ihr ist, wenn er arbeitet, aber Romilda findet immer wieder eine Möglichkeit zu entwischen.«

Ein Grillenchor sang unermüdlich sein zirpendes Abendlied. Grillen sind verrückte Wesen, dachte ich.

Genau wie Romilda.

Seit ich Don Lorenzo von der Begegnung mit Tomás während des Unwetters erzählt hatte, hatten wir nicht mehr davon gesprochen. Mein Chef wusste, dass Tomás der Vater meiner Tochter war, aber er hatte es nicht mehr erwähnt, abgesehen von der versteckten Anspielung kurz zuvor während des Abendessens. Es schien, als wäre es für ihn nicht von Bedeutung.

Während ich mich jede Nacht vor Verzweiflung und Sehnsucht verzehrte und die Läden der Balkontür fest schloss, damit die Düsternis meine Trauer nährte – genau wie bei Kallisto, der Geliebten des Zeus –, während meine Träume von den körperlichen Begierden der Troubadoure und der Verzweiflung aller Julias dieser Erde erfüllt waren, während ich darüber nachdachte, was ich meiner Tochter sagen würde, wenn sie eines Tages wissen wollte, wer ihr Vater ist, während ich mich selbst immer wieder mit den gleichen Worten – weil es keine anderen gab – fragte, was ich für diesen Fremden fühlte, mit dem ich etwas geteilt hatte, was mich niemals mit einem anderen Mann verbinden würde – während all das und noch viel mehr in meinem Kopf wütete und heiß durch meine Adern floss, ließ es Don Lorenzo, in dem ich mich jeden Tag sah wie in einem Spiegel, völlig kalt. Er hatte mich nicht einmal gefragt, wie es mir ging, wie ich mich fühlte.

Ich betrachtete den Mond, einen schmutzigen Hut aus Ziegenleder, den mein Leid auch völlig kaltließ.

»Aber wo versteckt sich Romilda, wenn sie wegläuft? Wo schläft sie, was isst sie, wo wäscht sie sich?«

»Ich weiß es nicht. Ich denke, dass sie sich etwas aus den Häusern im Dorf holt. Du weißt ja, dass die Leute hier die Türen nur abschließen, wenn sie zu Bett gehen. Manchmal nicht einmal dann. Es gibt Scheunen, in die man jederzeit hineinkommt, Ställe, Gartenpavillons, Grillecken, Liegestühle an den Schwimmbädern…«

»Und wenn sie die Nächte im Wald verbringt?« Ich erschauderte und blickte in das Dickicht, in dem die Nacht gerann.

Ich stellte mir seltsame Wesen vor, wilde Tiere – dort gab es Füchse, Hirsche, Schlangen, Wildschweine, Wölfe!… –, die knurrend und zischend umherstreiften. Und ich hatte Angst.

Ich streichelte meinen Bauch, massierte ihn mit den Fingerspitzen. Spürte wie die kleine Erdnuss in mir auf und nieder hüpfte, und dieses Lebenszeichen tat mir gut.

Für einen Moment beruhigte ich mich.

Doch gleich darauf war die Furcht wieder am Werk wie ein fleißiger Arbeiter.

Vielleicht… vielleicht irrte Romilda durch den Wald, bis sie zu der Hütte kam, in die Tomás und ich uns geflüchtet hatten, und verbrachte dort die Stunden bis zum nächsten Morgen, kauerte sich auf dem bescheidenen Lager zusammen, ohne zu wissen, dass ihr Mann und ich dort unsere Spuren hinterlassen hatten.

»Ich weiß es nicht, Brianda, hör auf, darüber nachzudenken, du kannst sowieso nichts tun. Es gibt Dinge, die nicht in unserer Macht stehen. Wunder können wir nur bei uns selbst bewirken, nicht bei anderen… Manchmal sind die anderen wie der Mond. Auch wenn sie viel näher sind, können wir sie dennoch nicht berühren.«

»Aber Tomás…«

»Er hat seine Last zu tragen wie wir alle. Mit Geduld. Geh schlafen, es ist schon spät. Du musst viel schlafen. Du musst stark sein. Du wirst bald ein Haus und eine Tochter haben. Und ich werde nicht zulassen, dass du dich vor der Arbeit drückst. Was macht eigentlich die Schatzsuche?«

Ich betrachtete kritisch meinen Bauch, bevor ich antwortete: »Läuft prima.«

Am nächsten Morgen ließ Don Lorenzo mich in der Buchhandlung allein, weil er einige Besorgungen zu erledigen hatte.

»Ich bin rechtzeitig zum Mittagessen zurück«, meinte er.

Es war ein recht kühler Tag, einer von jenen, an denen das Klima im Tal der Jahreszeit ein Schnippchen schlug, frech und ungehorsam wurde und machte, was es wollte. Schrieb der Kalender Kälte vor, überraschte es mit lauen Temperaturen; und wenn Hitze angebracht war, kühlte es ab, als hätte jemand im Himmel einen riesigen Kühlschrank geöffnet.

Am frühen Morgen kam selten jemand in die Buchhandlung, sodass wir die Zeit nutzten, um Verwaltungsaufgaben zu erledigen, zu sortieren und sauber zu machen – es war ständig staubig, den Staub zu entfernen war eine endlose Beschäftigung. Zwischendurch kam Señora Paca, die Schwester von Frau Doktor Rico, und bestellte einige medizinische Fachbücher für ihren ältesten Sohn, der zwar in Madrid studierte, seine Mutter aber die Bücher besorgen ließ, weil die sie eh bezahlte.

Als die Frau wieder gegangen war, schickte ich die Bestellung per Mail an unseren Großhändler und informierte den zuständigen Verlagsvertreter. Danach stellte ich mich für einen Moment in die offene Tür, um die kühle Morgenluft auf dem Gesicht zu spüren. Ich atmete tief ein, schloss die Augen und genoss das köstliche Gefühl der Frische. Die Brise duftete nach Blumen und Früchten, und die Bienen summten, von dem plötzlichen Temperaturwechsel irritiert, um den Brunnen.

Ich ging wieder hinein.

Dabei hörte ich Schritte hinter mir.

An diesem Morgen gaben sich die Kunden anscheinend die Klinke in die Hand, das war selten um diese Tageszeit. Doch als ich mich umwandte, stand ich Tomás gegenüber, sehr dicht.

»Guten Morgen.«

Ich zuckte zusammen. War er es wirklich oder doch nur ein Fantasiegespinst, wie ich sie mir in den wandernden Schatten an der Decke meines Zimmers in der Nacht vorstellte?

Tomás überzeugte mich von seiner Realität, indem er noch näher kam und eine Hand an meine Taille legte. Ich sah ihn an wie ein Spielzeug in einem Traum und bemerkte, dass ich mich so sehr bemühte, jede Linie in seinem Gesicht zu erkennen, dass mir die Augen wehtaten.

Ich schwieg und atmete heftig. Ich spürte seine tastenden Hände unter dem feinen silberfarbenen Pullover von Doña Natalia, den ich an diesem Morgen angezogen hatte. Dann berührte er unter dem Stoff meine nackte Haut. Langsam gelangte er hinauf bis zu meinen Brüsten, und mir stockte der Atem.

»Was tust du da?«, brachte ich schließlich heraus.

Er war mir so nah, dass ich ihn nicht richtig sehen konnte, als betrachtete ich ihn durch eine Gardine.

Durch die offene Tür drangen vom Platz her Stimmen herein und das störende Geräusch eines Motorrads. Schritte näherten sich dem Eingang. Tomás zog seine Hände zurück, und mit einem Ruck löste er sich von mir. Ich wagte nicht, mich zu bewegen.

Bevor er wieder auf die Straße trat, sagte ich:

»Das mit deiner Frau tut mir leid …« Alle weiteren Worte wären unpassend gewesen.

Tomás wandte sich nicht um. Er hielt einen Moment inne, nickte kurz und verschwand ebenso lautlos und plötzlich, wie er gekommen war.

DER MYTHOMANE

LESEEMPFEHLUNG: Edgar Allan Poe

Waldo war ein Mythomane. Er hatte überhaupt kein Problem damit, das zuzugeben. Er liebte Schriftsteller mehr als ihre Bücher. Das Privatleben der Autoren. Klatsch und Tratsch, die dunklen Seiten ihres Lebens. Ihre Schwächen, Leidenschaften und Gemeinheiten.

Er wohnte in einem der Dörfer in der Umgebung, und da er wusste, dass ich Lektorin gewesen war, kam er extra in unsere Buchhandlung, nur um mich zu sehen und mit mir zu plaudern. Er fragte mich, ob ich diesen oder jenen Autor kannte, der für die Zeitungen schrieb, im Fernsehen auftrat, dessen Bücher in irgendwelche exotischen Sprachen übersetzt waren …

Er war ein guter Kunde, sodass ich freundlich antwortete, dabei jedoch darauf achtete, keinen Autor, mit dem ich auf irgendeine Art zu tun gehabt hatte, zu kompromittieren. Es gibt einen ungeschriebenen ethisch-moralischen Kodex unter Lektoren, nach dem die Person des Autors konsequent zu schützen ist.

Während meiner beruflichen Laufbahn hatte ich jede nur erdenkliche Art von Autoren kennengelernt. Einige von ihnen schrieben geniale Bücher und führten dabei ein ebenso einfaches Leben wie der Bäcker um die Ecke. Andere verzogen sich in fremde Länder, weil sie über ein derart überdimensionales Ego verfügten, dass es nicht mehr in ihr Heimatland passte. Wieder andere waren neurotisch oder krankhaft schüchtern; es gab unverschämte Autoren und solche, deren Umgangsformen so vollendet waren, dass eine Verabredung mit ihnen sich gestaltete, als würde man die Queen zum Tee treffen. Ich kannte eine besonders gut aussehende Autorin, die keinen Mann fand, der ihr blendendes Aussehen und ihren scharfen Verstand länger als ein paar Wochen aushielt, was sie extrem verbitterte. Und eine andere, die eher hässlich war, jedoch ein derart abwechslungsreiches Liebesleben führte, dass sie beschloss, ihre Erfahrungen in der Form von Romanen niederzuschreiben, und damit äußerst erfolgreich war. Ich kannte gute und schlechte Schriftsteller, angenehme und unerträgliche, brillante und mäßige, aber niemals wäre ich auf den Gedanken gekommen, über einen von ihnen zu sprechen. Nicht einmal, nachdem ich meinen Beruf aufgegeben hatte, schließlich konnte man nie wissen, ob ich nicht irgendwann wieder als Lektorin arbeiten würde.

Ein Lektor ist so etwas wie ein Beichtvater.

Auch Waldo gelang es nicht, mir irgendwelche delikaten Details über meine Autoren zu entlocken, auch wenn er sehr überzeugend sein konnte.

»Kennst du Fulano?«, fragte er mich neugierig.

»Ja, ein bisschen.«

»Und wie ist er so? Er ist sehr groß, stimmt's? Zumindest sieht es im Fernsehen so aus. Aber im Fernsehen sehen die Leute immer groß und breit aus. Und wenn man sie dann mal in Wirklichkeit sieht ...«

»Ich erinnere mich nicht. Auf solche Dinge achte ich nicht besonders.« Natürlich nicht! »Ich denke, er ist ... normal. So wie du in etwa.«

Weil mir ein Gespräch mit Waldo über lebende Autoren zu heikel war, versuchte ich, ihn mit ein wenig Klatsch über bereits verstorbene Autoren abzulenken.

»Weißt du, Waldo, als Balzac auf die öffentliche Schule ging, war er derartig faul und aufsässig, dass er seine Lehrer zur Verzweiflung brachte. Also kam er auf eine Privatschule, aber auch dort lernte er nichts. Da er anscheinend nicht zu besonders viel taugte, verschaffte man ihm eine Stelle als Hilfskraft bei einem Notar in Paris. Sein Erfolg als Schriftsteller stellte sich erst recht spät ein, als Kind hätte niemand gedacht, dass aus ihm überhaupt mal etwas wird.«

Waldo sah mich misstrauisch an, als wolle er sagen: »Aha. Und?«

»Elizabeth Barrett Browning hat dagegen schon mit zehn Jahren Texte und Gedichte geschrieben. Als ihr erster Gedichtband veröffentlicht wurde, war sie erst siebzehn. Dafür war John Milton schon über fünfzig, als er sein großes Werk verfasste. Die schriftstellerische Reife stellt sich mit ganz unterschiedlicher Schnelligkeit ein. Und es gibt keine feste Regel, um ein Talent einzuschätzen, genauso wenig, wie man weiß, wann es erblüht und von welcher Qualität die Früchte sein werden.«

»Kennst du Alisa Moriarty?«

Natürlich kannte ich Alisa Moriarty. Sie war die Autorin, deren innere und äußere Schönheit so außergewöhnlich war, dass sie jeden Liebhaber abschreckte. Sie hatte mir einmal anvertraut, dass sie sich fühle wie König Midas, alles, was sie berührte, verwandelte sich in Gold, einschließlich der Herzen der Männer, die den Mut aufbrachten, sich ihr überhaupt zu nähern. Und ein Herz aus Gold schlage nun mal nicht, meinte sie, es sei kalt und blutleer und deswegen ein totes Herz, so sehr es auch glänze.

»Ich bin verflucht, Brianda, ich bin ein Opfer meiner selbst. Wenn jemand sagt oder schreibt, ich sei perfekt, könnte ich weinen.« Das war die arme Alisa Moriarty.

»Und weißt du, Petrarca war so perfektionistisch, dass er seine Verse manchmal bis zu fünfzig Mal korrigierte.«

»Brianda, kennst du Alisa nun oder nicht?«

»Nicht sehr gut«, log ich.

»Wie schade!«

»Was ist denn mit Alisa?«

»Ich bin in sie verliebt.«

»Wie kannst du in sie verliebt sein, wenn du sie gar nicht kennst?«

»Ich kenne sie besser als mich selbst. Ich habe alle ihre Bücher gelesen. Und sie ist in ihren Büchern genauso präsent, wie du jetzt hier vor mir stehst.«

»O Mann!«

»Kann ich dir ein Geheimnis anvertrauen?« Waldo machte gerade seinen Doktor in Literaturwissenschaften an der Universität von Oviedo, und wenn er einmal nichts an der Uni zu tun hatte, verbrachte er so viel Zeit wie möglich in seinem Heimatort. »Ich habe Alisa über Facebook kontaktiert. Ich habe ihr ein paar Mal geschrieben, und irgendwann begann sie, mir zu antworten.«

Super, dachte ich. Ich stellte mir vor, wie die Volontärin in der Presseabteilung von Alisas Verlag deren Nachrichten beantwortete, und musste lächeln. Der arme Waldo …

»Und? Kann man dir Glück wünschen?«

»Allerdings. Manchmal musste ich eine Weile auf ihre Antworten warten, aber ich dachte, dass sie sicher sehr beschäftigt ist, deshalb habe ich ihr das nicht vorgeworfen. Zumindest am Anfang nicht.«

»Am Anfang?«

»Ja, am Anfang. Irgendwann ist mir aufgefallen, dass sie viel schneller geantwortet hat, wenn meine Nachrichten nicht so freundlich waren, wenn sie voller Wut waren, unflätig und respektlos.«

»Hey, Waldo ...«

»Also habe ich angefangen, sie zu beschimpfen. Was mir eine perverse Art der Befriedigung verschafft hat. So habe ich nicht nur ihre Aufmerksamkeit erregt, sondern konnte gleichzeitig meinen Impulsen nachgeben. Es hat mich befreit. Stell dir das vor. Ich, ein einfacher Doktorand. Und sie, der Star in der Literaturszene ...«

Wenn du wüsstest, wenn du eine Ahnung hättest, wie unglücklich Alisa ist ...!

»Warum wollen manche Frauen lieber geschlagen als geliebt werden?«, fragte mich Waldo, und in seinen braunen Augen stand eine tiefe Traurigkeit, die kurz zuvor noch nicht da gewesen war.

Vielleicht weil sie körperliche Anziehung und sogar die Liebe mit Angst verwechseln, dachte ich. Weil sie ihr ganzes Leben lang nur Angst erfahren haben. Angst davor, nicht gut genug zu sein, nicht geliebt zu werden, allein zu sein; weil sie schon als Kinder von den Wölfen dieser Welt eingeschüchtert wurden, verletzt wurden, und wenn sie dann später wieder einem Wolf begegnen, sind sie leichte Beute. Sie wollen ihn erlösen, wollen ihm und sich selbst beweisen, dass sie mit ihrer Opferbereitschaft, Großzügigkeit und Zärtlichkeit in der Lage sind, die Bestie in einen Ritter in strahlender Rüstung zu verwandeln ...

Denn das ist die einzige Art, auf die sie reagieren können, in der falschen Überzeugung, dass sie so ihr Leben verbessern. Und mit Sicherheit war Alisa – oder die Volontärin, die Waldos Nachrichten beantwortet hat, weil es Teil ihrer Arbeit war – eine dieser Frauen, die sich so sehr danach sehnten, das Heulen der Bestie zum Verstummen zu bringen.

»Aber, Waldo, ich kann gar nicht fassen, dass du mit all deinem Wissen, mit dem, was du während deines Studiums gelernt hast und immer noch lernst, mir solche Dinge erzählst! Glaubst du wirklich, dass die Peitsche wirksamer ist als das Zuckerbrot? Das wird bei keiner Frau funktionieren.« Ich sagte das, obwohl ich wusste, dass es nicht stimmte. »Weder in der virtuellen noch in der realen Welt. So kannst du keine Frau erobern. Männer übrigens auch nicht.«

»Zunächst schon, wie ich ja bereits gesagt habe.«

»Ein guter Anfang bringt gar nichts, wenn danach keine spannende Handlung und ein – wenn möglich – gutes Ende folgen.«

»Deswegen mag ich Edgar Allan Poe, weil er wie ich ein Faible fürs Abgründige hatte.«

»Der arme Edgar hat im Laufe seines Lebens mehr Ängste ausgestanden, als du dir vorstellen kannst«, klärte ich Waldo auf. »Er hat einmal einem Freund anvertraut, dass er sicher sei, dass die Dämonen die Nächte nutzten, um die Gutgläubigen zu überlisten, aber dass er zum Glück nicht an Dämonen glaube.«

»Er war ein genialer Alkoholiker.«

»Ein trauriger Humorist.«

»Heute Abend werde ich noch einmal *Der Rabe* lesen. Wenn ich nach Hause komme. Und vielleicht schicke ich danach noch eine Nachricht an Alisa ...«

Er lächelte diabolisch wie ein Schauspieler in einem schlechten Horrorfilm.

Natürlich meinte er es nicht ernst, aber er schaffte es, dass sein grinsender Mund mir wie eine blitzende Sense vorkam.

»Mein Gott, Waldo …«

Ich war einmal eine Zeit lang – es schien Ewigkeiten her zu sein – mit einem Mann zusammen gewesen, der mir Angst machte. Die Beziehung hielt nicht lange, aber länger, als gut für mich war.

Ich hatte nicht auf mein Herz hören wollen, das mich vor der Gefahr warnte.

Immer droht im Kampf denen die größte Gefahr, die sich am meisten fürchten, sagte schon Sallust. Und die Furcht, die ich empfand, verhinderte, dass ich die Signale wahrnahm.

Jener Mann war von Wut erfüllt; die ganze Welt war ihm zuwider, genau wie ich ihm und er sich selbst.

Anstatt unser Zusammensein freudig und hoffnungsvoll zu begrüßen, goss er das eisige Wasser seines Hasses über mir aus. Und das Schlimmste war, dass er es benutzte, um mich zu verführen.

Ich denke, dass er mich schnell durchschaut hatte, dass er wusste, dass ich das Mädchen war, das sich Frankensteins Monster nähern, die Frau, die sich mit der Bestie vermählen würde, in der Hoffnung, dass sie sich jeden Abend in einen galanten Ritter verwandelte.

Wie auch immer. Für ihn war die Liebe nicht süß und weich, sondern hart und stachelig wie das Bett eines Fakirs: Er ersetzte Zärtlichkeiten durch verbale Aggression.

Er war äußerst kreativ darin, mich zu erniedrigen, und ein großer Experte im Um-Verzeihung-Bitten. »Verzeih mir!«, sagte er, und »Ich hoffe, dass du mir verzeihen kannst«.

Wobei er deutlich machte, dass er, wenn ich es nicht tat, enttäuscht wäre, sehr enttäuscht von mir und meiner offensichtlichen Unfähigkeit, zu verzeihen und zu vergessen. Und diese täuschende Art der Entschuldigung verband er jedes Mal mit einer brüsken Zärtlichkeit, dem Prankenhieb eines Bären auf den Rücken eines Hasen.

Doch die Wunden, die mit Worten verursacht werden, heilen nur schwer. Die meisten bluten das ganze Leben über.

Also hatte ich eines Tages genug.

Als wir uns trennten – »in beiderseitigem Einverständnis«, um ihn nicht zu beleidigen, denn ich fürchtete, dass er die Erniedrigung, von der armen Brianda verlassen zu werden, nicht ertragen könnte –, als es endlich vorbei war, fühlte ich mich wie neugeboren. Endlich konnte ich wieder aufrecht gehen. Wieder frei atmen. Hatte meinen Kopf aus dem Sumpf gezogen und reckte ihn den wohltuenden Sonnenstrahlen entgegen.

Dieser Mann hatte mir deutlich gemacht, was ich im Leben oder an meiner Seite nicht wollte. Er hatte mir gezeigt, dass es Menschen gibt, die nicht gut für uns sind, weil sie uns, selbst wenn sie kein schlechtes Herz haben, großen Schaden zufügen.

In jener Nacht musste ich vor dem Einschlafen an ihn denken, im Schutz meines Zimmers und meines Bettes, eingelullt von den Geräuschen, die von draußen, aus der Dunkelheit des nahen Waldes, hereindrangen. Und ich war dankbar dafür, dass die Vergangenheit eben nur das war: Vergangenheit, nur eine einfache Zeitangabe, und dass ich meine Gegenwart ohne diesen Mann gestalten konnte.

Und mit denselben Worten, die Calisto, als Melibea nicht bei ihm war, zu einem seiner Dienstboten sagt, bat ich die Nacht: *»Spiel und singe das traurigste Lied, das du kennst.«*

Ich fragte mich, ob auch Tomás sich vor seiner verrückten Frau fürchtete, ob sie ihm fehlte oder ob ihn im Gegenteil die Vorstellung erleichterte, dass sie nie mehr zurückkehren würde.

Doch am nächsten Tag tauchte Romilda wieder auf.

Und zwar bei mir.

Eines der Kleidungsstücke Natalias, das ich inzwischen regelmäßig trug, als ob es mir gehörte, war ein rosafarbener Spitzenschal mit Glitzersteinen. Er war von schlichter Eleganz und hatte genau das gewisse Etwas, das ihn zu etwas Besonderem machte, ohne übertrieben zu wirken. Der Schal war perfekt und wirkte wie neu, weshalb ich ihn zu jeder Gelegenheit trug, die sich bot. Manchmal legte ich ihn anstatt einer Jacke um die Schultern. Oder ich schlang ihn mir einfach um den Hals, am Abend, wenn die Sonne unterging und mir kalt wurde. Hin und wieder hüllte ich mich darin ein wie in einen königlichen Mantel, auch wenn niemand in der Nähe war, um mich zu bewundern. Ich liebte ihn, als gehörte er mir.

Ich dachte, wie furchtbar es wäre, würde ich ihn verlieren oder beschädigen. Don Lorenzo hatte mich ja gebeten, gut auf die Kleider seiner Mutter achtzugeben, aber ich selbst würde mir viel größere Vorwürfe machen.

Doch trotz all meiner Bemühungen und der Bitte Don Lorenzos verlor ich ihn. Er wurde mir gestohlen.

An jenem unvergesslichen Tag hatte ich den Schal umgelegt. Lope und ich nahmen einen Aperitif – es war kurz vor Mittag – im Restaurant des Hotels Luces del Norte. Wasser, Tortillahäppchen und gesalzene Oliven für mich und ein Wermut für ihn.

Ich grüßte den Artischockenkopf, der mir irgendwie stattlicher und attraktiver erschien als sonst und auch weniger schüchtern. Anschließend spazierten wir über den Platz zurück, und Lope kam mit zu meinem Haus, um es sich anzusehen.

Wir gingen durch den Garten hinter dem Wohnbereich hinein, der frei zugänglich war, weil die Tür seit Langem nicht mehr schloss. Das wuchernde Heidekraut des Gartens ging direkt in den Wald über, der seinerseits mit den Ästen seiner Bäume Besitz von meinem Grundstück ergriff.

Trotz des heruntergekommenen Anblicks zeigte ich Lope stolz die Veranda.

»Was meinst du?«

»Schön. Hier müsste nur mal einer mit einem Panzer reinfahren und gründlich aufräumen.«

»Einem Panzer! Du übertreibst maßlos!«

»Wenn man diesen Distelwald und den dichten Unkrautteppich erst mal entfernt hat, könnte es ganz hübsch werden. Kannst du dir vorstellen, dass ich, obwohl ich schon länger als neun Jahre hier lebe und arbeite, noch nie hier drin gewesen bin?«, sagte er und zeigte nachdrücklich auf seine direkte Umgebung. »Dabei stand die Tür immer sperrangelweit offen.«

»Gefällt es dir nun oder nicht?«

»Na ja, *so ist die Rose*, wie Juan Ramón Jiménez so schön gesagt hat. Es hat was, denke ich, so wie jede Ruine von Griechenland bis Usbekistan.«

»Es ist keine Ruine. Der Garten ist völlig verwildert, aber das Haus ist in ziemlich gutem Zustand. Ich frage mich, wieso es nicht längst verkauft wurde.«

Lope wich meinem Blick aus, dennoch konnte er nicht vor mir verbergen, dass er sich unwohl fühlte.

»Ja, ich denke …«

»Es war ein günstiges Angebot, und das Haus hat viel Charme. Es gibt sogar noch einige Möbel, die man aufarbeiten kann. Möchtest du sie sehen?«

Ich öffnete die Tür, und wir traten ins Haus.

Lopes Blick fiel zuerst auf die vielfarbige Sammlung verstaubter alter Flaschen, die die Regale in dem Raum füllten, der einmal die Gastwirtschaft gewesen war. Bei näherem Hinsehen stellte er fest, dass einige von ihnen noch voll waren, sogar ungeöffnet.

»Ich überlege, die Regale zu behalten. Man müsste das Holz nur abschleifen und polieren. Dann kann ich Bücher hineinstellen. Hier möchte ich meine Bibliothek unterbringen. Und dieser Schrank da hinten ist ein wunderschönes Stück. Er ist schmutzig und verzogen, aber er hat Verzierungen aus glasiertem Porzellan und rotem Schmiedeeisen. Man könnte ihn als Garderobe benutzen.«

»Und was hast du mit dem ganzen Whisky vor? In deinem Zustand wirst du ihn hoffentlich nicht trinken.«

»Nein. Natürlich trinke ich keinen Alkohol. Du kannst die Flaschen haben, wenn du möchtest.«

Lope nickte erfreut.

»Hier tummeln sich wahrscheinlich jede Menge alte Geister«, meinte ich mit einer den ganzen Raum umfassenden Geste. »Gute Geister sicherlich, wenn man bedenkt, dass sie ja immer etwas zu trinken hatten und auf das Leben anstoßen konnten. Kein schlechtes Schicksal für einen Geist, in einer Gastwirtschaft zu hausen …«

»Während meiner Studienzeit in Salamanca habe ich mal in einer Wohnung gelebt, in der während des Krieges ein Bordell untergebracht war. In meinem ganzen Leben habe ich nicht besser geschlafen als in dieser Wohnung. Du hast recht.

In den Häusern überdauert das Lachen und das Weinen der früheren Bewohner. Und das kann die Träume der neuen Bewohner stören oder verbessern.«

»Meinst du?«

»Ganz bestimmt…« Dann sagte er: »Ich geh schnell zu meinem Auto und hole ein paar Tüten, dann kann ich die Flaschen gleich mitnehmen – bevor du es dir anders überlegst. Kommst du mit?«

»Nein, ich warte hier auf dich.«

»Ich geh vorn raus. Betrink dich nicht. Ich bin gleich wieder da.«

Aber Lope kam nicht zurück.

Ich hatte kein Handy, um ihn anzurufen und zu fragen, wo er blieb, weshalb ich mich die nächste halbe Stunde über im Haus beschäftigte und in jedem Zimmer kritisch die Möbel dahin gehend untersuchte, ob es sich lohnte, sie zu restaurieren oder nicht.

Zum wiederholten Mal sah ich auf die Uhr. Es war Zeit fürs Mittagessen, und obwohl ich schon ein paar Tapas genascht hatte, hatte ich Hunger.

Ich befand mich gerade im oberen Stockwerk und dachte, dass Lope mich offensichtlich versetzt hatte und dass es Zeit war, in die Buchhandlung zurückzukehren, als ich Geräusche von unten hörte.

»Von wegen, du bist gleich wieder da!«, rief ich vom Treppenhaus aus. »Ich warte hier schon ewig!« Eilig lief ich die Treppenstufen hinunter, die unter meinen Füßen angenehm knarrten.

Ich blieb sogar kurz stehen, um die Maserung im Holz einer der Stufen zu bewundern. Holz lebt; wenn der Schreiner es bearbeitet, weiß er, dass er etwas Ruhelosem eine neue Form gibt, dass es mit der Zeit zunehmen und abnehmen, murren, klagen und gähnen wird. Der Gedanke erfüllte mich mit Freude und Zufriedenheit.

Übermütig sprang ich die letzten Stufen hinunter und landete schwungvoll auf dem Treppenabsatz an der Eingangstür.

Aber es war nicht Lope, der da vor mir stand und mich mit einem Lächeln ansah, das so verzerrt war wie das Gestrüpp in den Gärten der Häuser von Nuba, wenn der Wind daran riss. Mit einem Schauer erinnere ich mich daran.

»Guten Tag«, sagte die Unbekannte freundlich.

Obwohl ich im Grunde nicht wusste, wer sie war, war ich mir sofort sicher, dass es sich um Romilda handelte.

»Gu... Guten Tag.«

»Die Tür stand offen, und ich ...«

Nun war die Tür zu. Hatte sie sie hinter sich geschlossen, weil sie nicht wollte, dass man uns vom Platz aus sehen konnte? Wollte sie länger bleiben?

Ich fühlte mich unwohl und hatte Angst.

Meine Schläfen pochten.

Ich sagte nichts.

Einerseits befanden wir uns in einem Dorf, in dem es üblich war, dass die Leute an der Schwelle der geöffneten Tür Hallo riefen und dann einfach eintraten, ohne dazu aufgefordert worden zu sein. Ich konnte die Anwesenheit dieser Frau in meinem Haus also nicht direkt als Eindringen ansehen, auch wenn es sich so anfühlte.

Andererseits ... Andererseits handelte es sich um Romilda, die nicht ganz richtig im Kopf war.

Vielleicht suchte sie ein neues Versteck oder … Vielleicht hatte sie sich die ganze Zeit über in meinem Haus aufgehalten! Seit sie verschwunden war. Vielleicht war sie gar nicht von draußen gekommen, vielleicht hatte meine Anwesenheit an diesem Ort, den sie wahrscheinlich noch für verlassen hielt, sie aufgeschreckt.

Mir kam der beunruhigende Gedanke in den Sinn, dass sie jedes Mal, wenn ich allein oder in Begleitung im Haus gewesen war, hier irgendwo gehockt hatte.

Sich still verhalten hatte, bis die Eindringlinge wieder gegangen waren und sie erneut die einzige Herrin war an diesem Ort, der nicht ihr gehörte, den sie aber zu ihrem ernannt hatte. Eine verärgerte und im schlimmsten Fall gefährliche Hausbesetzerin, die in aller Stille hier lebte, in dem großen Bett des Gastwirts schlief, ohne Decken, auf den rostigen Federn und der alten Matratze, und sich mit dem Wasser aus dem Hahn wusch, den ich anstatt des Brunnens hatte anbringen lassen.

Ich hielt ihrem Blick stand.

Romilda war hübsch, aber sehr dünn.

Ihr Gesicht schien von der Zeit nach und nach ausgelöscht worden zu sein. Ihre Kleidung war leicht schmutzig, aber das war nicht unnormal in einem Ort, in dem die Leute in ihrer Freizeit aufs Land hinausfuhren, sich am See oder im Wald aufhielten, lange Spaziergänge mit ihren Hunden machten und Einzelne in klaren Nächten sogar auf Falkenjagd gingen.

Sie trug eine olivgrüne Hose, die bis knapp übers Knie reichte, eine zerknitterte braune Bluse und eine Kette aus künstlichen Schmucksteinen, die wie ein winziger Kiesweg aussah, der um ihren Hals führte. Sie hatte eine große Korbtasche dabei, wie man sie mit an den Strand nimmt.

Ihr ausgebleichtes blondes Haar war zu einem Pferdeschwanz zusammengebunden. Ihre Wangen waren hohl, ihre Augen schwarz und glänzend, als wären sie gerade mit Sandpapier abgeschmirgelt worden.

Zu meiner Überraschung richtete sie sich auf – sie war größer als ich –, machte einen Schritt auf mich zu und sagte: »Du bist Brianda.«

»Ja«, entgegnete ich, wobei mir die Stimme im Hals stecken blieb. »Und du bist Romilda.«

»Woher weißt du das?« Sie schrie fast.

»Das ganze Dorf sucht dich.«

»Na, dann sollen sie suchen. Wer suchet, der findet. Wobei es Leute gibt, die ihr ganzes Leben über suchen und nichts finden. Suchst du etwas?«

»Nein. Das ist mein Haus.«

»Es ist schön«, räumte sie ein. »Mit all dem Holz.«

»Danke.«

»Aber es ist ziemlich schmutzig. Du putzt wohl nicht gern, oder?«

»Ich bringe es gerade in Ordnung.«

Ich dachte an das, was Lope – wo blieb er nur! – vorher gesagt hatte: dass das Lachen und das Weinen der Bewohner wie eine Art geistiges Mobiliar für immer in einem Haus blieben. Ich betete, dass Romildas Anwesenheit keine Spuren hinterlassen würde.

»Es wird renoviert«, sagte ich, wie zu meinem Trost. Woher wusste diese Frau eigentlich meinen Namen? Ich fühlte mich unwohl und war dummerweise kurz davor, in Ohnmacht zu fallen. Schützend legte ich eine Hand auf meinen Bauch und zog den Schal darüber.

Meine Geste fiel ihr auf, und sie riss die Augen auf.

»Du«, murmelte sie. »Du bist Brianda. *Die* Brianda.«

»Wie… wieso *die* Brianda?«, flüsterte ich.

»Die Eigentümerin dieses Hauses!« Sie lachte.

Ihr Lachen gefiel mir nicht.

Ich überlegte, wie ich diese Szene beenden könnte. Sollte ich einfach nach draußen gehen, auf den Platz? Auch wenn der Treppenabsatz von grünlichem Licht erfüllt war, das durch das schmutzige Fenster im Eingangsbereich fiel, hatte ich den Eindruck, dass es Nacht geworden war. Als Kind hatte ich immer gedacht, dass schlimme Dinge nur nachts passieren. Und als mir später bewusst wurde, dass es nicht stimmte – der Unfall meiner Eltern zum Beispiel hatte sich am helllichten Tag ereignet –, war ich unendlich traurig.

Ich sah Romilda in die Augen, und sie erwiderte den Blick.

»Gehen wir nach draußen?«, schlug ich vor.

»Nein, noch nicht.« Sie presste die Lippen aufeinander.

»Ich werde erwartet«, entgegnete ich nervös.

Ich spürte, dass meine Tochter sich in mir bewegte, was all meine Sinne in Alarmbereitschaft versetzte.

Romilda stellte sich mir in den Weg, als ich zur Tür gehen wollte. Sie war groß und kräftiger, als es den Anschein hatte. Die Treppe, die zum Zwischengeschoss hinunterführte, lag in meinem Rücken. Kurz dachte ich daran, dass Romilda mich leicht hinunterstoßen könnte. Düstere gefahrvolle Fantasien jagten durch meinen Kopf.

Ich musste hier raus!

Diese Frau war nicht ganz richtig im Kopf. Der Cousin des Artischockenkopfs hatte recht.

Sie schien meine Furcht zu bemerken und fühlte sich im Vorteil.

»Du wirst schön hierbleiben.«

In diesem Moment, als ich in ihre Augen sah, wurde mir klar, dass Romilda gar nicht verrückt war, wie alle glaubten. Einschließlich ihres Mannes wahrscheinlich.

Was ich in ihren Augen sah, war der Geist ihrer selbst.

Eine Minute zuvor noch hatte ich die Furcht gespürt, die die unberechenbare Krankheit – die Verstörung, das Unkontrollierbare, die Verrücktheit – im Körper einer gesunden Frau hervorrief. Nun aber … Nun sah ich das, was Romilda in ihrem Inneren verbarg, ihr Geheimnis, die anmaßende Perfektion ihres Betrugs. Denn Romilda war nicht verrückt. Ich spürte es so eindeutig, als stünde es in ihren Augen geschrieben. In diesem unruhigen Blick glomm nicht Irrsinn, sondern das Böse. Das reine, das uralte, das unverhohlen Böse. Diese Frau war keine arme Geisteskranke, sondern ein gemeiner Mensch, der sich hinter der Verrücktheit versteckte wie ein Krieger hinter seinem Schild.

Ich verfluchte die fixe Idee, mein Handy in Madrid gelassen und kein neues gekauft zu haben. Ich war schwanger, ich konnte in jedem Moment plötzlich auf Hilfe angewiesen sein. Und wenn ich mich nicht gerade bei Don Lorenzo in der Buchhandlung aufhielt, in der Nähe seines alten Telefons, das vermutlich aus dem Jahr stammte, in dem man den Cancan erfunden hatte, wie sollte ich dann Hilfe rufen?

Der Unterschied zwischen den Helden aus den Märchen und ihren modernen Entsprechungen war, dass man heutzutage ein Handy hatte, um den Notruf zu wählen, wenn der Drache drohte, ein Grillwürstchen aus einem zu machen; dass man beim Jugendamt anrufen konnte, wenn man seelenlose Eltern hatte, die einen irgendwo aussetzen wollten, vorausgesetzt, man konnte bereits sprechen und war in der Lage, ein Telefon zu bedienen. Also: Warum, verdammt noch mal, hatte ich mir kein Handy zugelegt, um nicht in eine derart schreckliche Lage zu geraten wie die, in der ich mich gerade befand? Wie konnte man so dumm sein?

»Ich muss gehen, ich werde erwartet.« Ich bekam kaum noch Luft, und mein Herz raste; unter dem brausenden Atem dieser Frau zitterte ich wie Espenlaub.

Romilda verzog abschätzig das Gesicht.

»Ich weiß, dass du ein Kind erwartest. Wer ist der Vater?«

Diesmal war ich schnell.

Die Angst schärft das Denkvermögen, wenn nichts anderes da ist.

»Mein Freund. Ich habe einen Freund. Ich hatte einen Freund. Wir haben uns getrennt…«, antwortete ich und betete, dass sie die Lüge glauben würde.

Die arme, ängstliche Brianda musste allein dem Wolf gegenübertreten. Für Don Lorenzo mochten Wölfe Wunder sein, eine Gelegenheit, zu wachsen, sich selbst zu übertreffen, aber für mich blieb ein Wolf ein Wolf, mit seinen spitzen Zähnen, seinen bluttriefenden Lefzen, seiner Vorliebe für Menschenfleisch und seiner Hinterhältigkeit.

Hier war ich und starrte verzagt in das Antlitz der Bestie. Und verfluchte aufs Heftigste die Tatsache, mutterseelenallein zu sein.

Nein, schlimmer: mit einem Baby, das in mir wuchs, das von mir beschützt werden musste, sodass es in Ruhe den Zeitpunkt erwarten konnte, an dem es als fertiger Mensch geboren werden würde.

Romilda bemerkte, in welchem Zustand ich war, und sie nutzte es aus.

»Wie heißt dein Freund, der Vater deines Kindes?«, hakte sie nach.

Ich schwieg, aber nicht aus Tapferkeit, nicht weil ich nicht lügen wollte, sondern weil ich mich geschlagen gab. Ich sagte mir, dass ich keine Kraft mehr hatte, dass ich Romildas Klauen wehrlos ausgeliefert war.

Dass sie mich endlich verschlingen sollte, damit es vorbei wäre.

Sie sah mich an, offensichtlich erfreut über das, was sie bei mir bewirkte, und begann, lauthals zu lachen.

»Lass mich raus!«, flehte ich sie an.

»Keine Lust.« Sie hielt mich fest und schubste mich dann in Richtung Treppe.

Beinah hätte ich das Gleichgewicht verloren und wäre nach hinten gekippt. Romilda zerrte mich vor und zurück, spielte mit mir wie mit einem Gummiball. Mir drehte sich der Magen um, und ich spürte, wie ihre Fingernägel sich tief in meinen Unterarm gruben.

»Lass mich los! Bitte!«

Als Antwort verdrehte sie mir den Arm, und ich jaulte auf vor Schmerz.

»Sei still, du Schlampe! Ich tu dir doch gar nichts ... Wie würde es sich wohl anfühlen, wenn ich dich mit dem Messer aufschlitze? Dann möchte ich dich mal hören! Weißt du, ich habe ein langes Messer in meiner Tasche. Ein Jagdmesser. Es gehört meinem Mann. Es ist so scharf wie ein Skalpell. Dein Gesicht gefällt mir nicht, du Luder. Ich würde es zu gern mit diesem Messer ein wenig verschönern. Möchtest du es mal sehen?«

»Nein, bitte! Lass mich gehen, bitte ...!«

Wir hörten in der Nähe den Motor eines Autos und die Schreie von Kindern, die über den Platz liefen, und für einige Sekunden entspannte sie sich, änderte sich ihr Gesichtsausdruck. Ihre Stirn glättete sich, als hätte jemand unter der Haut einen Knoten gelöst. Sie ließ meinen schmerzenden Arm los. Er war völlig zerkratzt, wobei mir in diesem Moment nicht einmal auffiel, dass er blutete.

Plötzlich änderte sich ihr Verhalten.

»In Ordnung«, gestand sie widerwillig zu. »Du kannst gehen. Aber unter einer Bedingung.«

»Welcher?«

»Dass du mir den schönen Schal schenkst, den du da anhast.«

Natalias Schal! Auf keinen Fall!

Wie könnte ich ihn dieser … hinterhältigen Schlange schenken!

Ich würde das Versprechen brechen, das ich Don Lorenzo gegeben hatte.

Doch in diesem Moment wollte ich mich und vor allem mein Baby in Sicherheit bringen. So schnell wie möglich von diesem Ort fliehen.

Umsichtig nahm ich den Schal von meinen Schultern, faltete ihn und gab ihn ihr, ohne ein Wort zu sagen.

Sie schnappte ihn sich, sah ihn nicht einmal an, knüllte ihn zusammen und stopfte ihn in ihre Tasche.

»Also lass mich jetzt gehen.« Noch immer blockierte sie mit ihrem Körper den Ausgang; obwohl ich auf ihre Erpressung eingegangen war. Diese Frau beherrschte perfekt alle Tricks eines Menschen, der anderen Böses antun will. So handelte niemand, der wirklich verrückt war.

Romilda wollte gerade etwas sagen, als die Tür zur Straße knarrte, sich öffnete und sich im hereinflutenden Licht eine Gestalt abzeichnete.

»Hallo«, sagte Don Lorenzo. Mit wirrem Haar wie Gandalf, der Zauberer, wartete er darauf, dass seine Augen sich an das Halbdunkel gewöhnten.

»Don Lorenzo, o mein Gott ...!«, rief ich und weinte hemmungslos. Inzwischen war mir alles egal, vor allem, ob ich eine gute Figur machte.

Ich stürzte auf ihn zu und umarmte ihn fest. Es war das erste Mal, dass ich ihn umarmte, soweit ich mich erinnern konnte. Sein männlicher Duft überraschte mich, genau wie die Berührung seiner warmen, kräftigen Brust. Bis zu diesem Moment war er für mich etwas Immaterielles, beinah Metaphysisches, Übernatürliches gewesen, wie eine Romanfigur, die, obwohl sie ein wichtiger Mensch in deinem Leben ist, nicht zur physischen Realität gehört. Ihn zu berühren tat mir derart gut, dass mein Herz aufhörte zu rasen und sich beruhigte.

Ich dachte daran, wie dumm, wie verzagt und schwach ich gewesen war, dass ich der niederträchtigen Romilda den Schal gegeben hatte. Hätte ich sie doch nur ein paar Minuten länger hingehalten! Ich hatte das magische Gebot nicht beachtet: »Öffne die Flasche nicht, denn du könntest den Geist darin befreien; sprich nicht mit dem Wolf, denn er könnte dich fressen; verlier den Talisman nicht, denn dann bist du schutzlos ...« Es war zu spät.

»Romilda!«, sagte Don Lorenzo, als ich ihn wieder zu Atem kommen ließ. »Alle suchen dich. Wo bist du gewesen?« Er sah sich um und schien zu dem gleichen Schluss zu kommen wie ich: dass sie sich möglicherweise die ganze Zeit über in meinem Haus aufgehalten hatte.

Romilda begleitete Don Lorenzo und mich widerstandslos. Der bedrohliche Ausdruck in ihren Augen war wie weggezaubert; jener eisenharte Wille, mit dem sie den meinen gebannt hatte, verschwand mit dem Auftauchen des Buchhändlers und wich einer Art elenden Leere und Hilfsbedürftigkeit. Dem Blick einer Geisteskranken.

»Geht es dir gut?«, fragte Don Lorenzo. »Ist das Blut an deinem Arm?«

»Ja, es geht mir gut. Es ist nichts«, antwortete ich flüsternd.

Wir überquerten den Platz, ich an Don Lorenzos rechter Seite, dicht an ihn geschmiegt, immer noch mit vor Angst zitternden Gliedern, Romilda an der anderen Seite, brav wie ein Lämmchen.

Wir begegneten ein paar Leuten, die uns grüßten, als wären wir eine Erscheinung. Ich wusste, dass sie anfangen würden zu flüstern, sobald sie sich sicher waren, dass wir sie nicht mehr hören konnten.

Ohne zu wissen, warum, musste ich an das populäre Gedicht von Rosaflorida und Montesinos denken.

Rosaflorida, die Tochter eines mittelalterlichen Fürsten, hatte verächtlich alle Bewerber um ihre Gunst abgewiesen. Grafen und Fürsten warben um sie, hatten jedoch kein Glück, da die junge Rosaflorida einen Ritter liebte, der für seine Heldentaten berühmt war. Natürlich war sie dem Edelmann noch nie begegnet, der mutiger war als alle anderen Krieger, aber sein Ruf war ihr zu Ohren gekommen. Rosaflorida war derart von ihm besessen, dass sie einen Diener nach Frankreich aussandte, der ihn suchen und zu ihr nach Kastilien bringen sollte. Sogar dem Diener war klar, dass Rosaflorida verrückt war, doch in der romantischen Tradition der damaligen Zeit gingen Liebe und Verrücktheit im Grunde miteinander einher.

Erst viel später wurde mir klar, warum mir die Geschichte von Rosaflorida bei der Gelegenheit in den Sinn gekommen war. Mein Instinkt hatte mir damit etwas ganz Bestimmtes sagen wollen: War Romilda, genau wie Rosaflorida, verrückt, oder war sie verliebt? War sie verrückt vor Liebe?

Vielleicht brauchte Romilda wie Augustinus ein Fass, in das ihre Liebe fließen konnte. Nur dass Romilda, im Gegensatz zu Augustinus, wusste, dass das Fass, das ihre Liebe aufgefangen hatte – Tomás, ihr Ehemann und der Vater meines Kindes –, schon vor einer Weile zerbrochen war.

Don Lorenzo schenkte uns frisches Wasser ein. Seit es draußen so heiß war, standen in der Buchhandlung immer ein paar Flaschen Wasser in einem mit Eis gefüllten Sektkühler bereit.

Während wir tranken, rief mein Chef bei Tomás an.

»Wir haben deine Frau gefunden«, teilte er ihm sachlich mit. »Ja, sie ist bei mir in der Buchhandlung. Du kannst kommen und sie abholen.«

Er legte den Hörer auf und blickte traurig auf Romilda, die aufmerksam ihr Glas betrachtete und aussah, als wartete sie auf ein Wunder.

»Geht es dir wirklich gut?«, fragte er mich.

»Das wird schon wieder«, sagte ich.

Ich wollte stark sein, aber es gelang mir nicht. Ich war derselbe Schwächling wie immer. Das hatte ich gerade wieder einmal unter Beweis gestellt. Daran war wohl nichts zu ändern.

Ich war nicht in der Stimmung, Tomás zu begegnen und dem Wiedersehen mit seiner Frau beizuwohnen. Ich hatte noch nicht zu Mittag gegessen und fühlte mich schwach – in jeder Hinsicht. Auch wenn mir nicht wirklich danach war, sagte ich Don Lorenzo, dass ich mich, bis es Zeit war, die Buchhandlung wieder zu öffnen, in mein Zimmer zurückziehen wollte, um mich ein wenig zu erfrischen und auszuruhen.

»Vorher gehe ich noch kurz in die Küche, um eine Kleinigkeit zu essen.«

Don Lorenzo nickte.

Ich wollte nicht, dass Romilda sah, wie ich die Treppe zu meinem Zimmer hinaufging, dass sie wusste, wie man zu dem Ort gelangte, der zu meinem Heim geworden war, meinem Nest, meinem Unterschlupf, zu Natalias Schlafzimmer, das nun meines war. Ich ging in Richtung Garten, in die Küche, weil ich den Gedanken nicht ertragen konnte, dass diese Frau wusste, wie sehr sie mich verstört hatte. Ich versuchte, mich zusammenzureißen, mit so viel Würde wie möglich ihrer Gegenwart zu entkommen.

Romilda hob unauffällig den Blick, als ich aus dem Raum ging. Ich merkte, wie sie mich beobachtete; sie verfolgte jeden meiner Schritte, bis ich den Eingangsbereich erreicht hatte und aus der Tür trat.

Ich atmete erleichtert auf, als ich die Sonne in meinem Gesicht spürte, und ging dann schnell durch den Garten in Don Lorenzos Refugium.

Dort flüchtete ich mich in die Küche, um die Zeit zu überbrücken, die Tomás brauchte, um seine Frau abzuholen. Bis er sie nach Hause brachte, in die Höhle, in das verwunschene Schloss, zurück dorthin, woher sie gekommen war.

Ich hörte, wie sie gingen.

Tomás ließ den Motor seines Geländewagens an, was durch den ganzen Garten schallte. Ich blieb, wo ich war, unter dem Dach der Weinreben, wo mein Chef und ich uns nach dem Sonnenuntergang oft niederließen, um ein wenig zu plaudern und die kühle Luft zu genießen.

Kurz darauf erschien Don Lorenzo.

»Sie sind weg.«

»Gut.«

Er setzte sich zu mir.

»Hast du etwas gegessen?«

»Ich habe keinen Hunger.«

Frau Doktor Ricos Tochter hatte meine Ernährung umgestellt. Sie hatte gesagt, dass ich Fleisch essen müsse, viel Fleisch, und sie hatte mich heftig ins Gebet genommen, dass ich ihre Anweisungen befolgen sollte. Niemals hätte ich gedacht, dass mein Körper derart auf tierisches Protein angewiesen sein könnte, aber offensichtlich war dem so. Ich mochte Fleisch nicht besonders, Don Lorenzo jedoch briet für mich die feinsten Fleischstücke, während ich seine asiatischen Salate schmerzlich vermisste.

Doch das Letzte, wonach mir nach dieser unangenehmen Begegnung war, war ein saftiges Steak.

»Also erzähl!«

»Lope hat gesagt, er wäre gleich zurück, aber er kam nicht. Wir waren zusammen dort und haben uns die Möbel und die alten ungeöffneten Flaschen angesehen. Er wollte sein Auto holen, um ein paar von den Flaschen mitzunehmen, und ist nicht mehr zurückgekommen. Und dann war sie da.«

»Er hat mich angerufen. Lope, meine ich … Offensichtlich ist ihm der Kühler geplatzt. Oder vielleicht war es ein Reifen.

Ich habe keine Ahnung von diesen Dingen. Jedenfalls war etwas mit dem Auto. Der Wagen ist mitten auf der Straße liegen geblieben, und er musste Hilfe holen, um ihn abzuschleppen. Er konnte nicht zurückgehen, um es dir zu sagen, und als es länger dauerte, hat er mich in der Buchhandlung angerufen, damit ich dich informiere, aber ich war einkaufen. Er wusste nicht, wie er es dir sonst mitteilen könnte. Als ich zurück war, hat er mich dann erreicht, und ich bin gleich rübergegangen, um dir zu sagen, dass er nicht mehr kommt.«

»Oh.«

»Sag mir, was da drinnen passiert ist.«

»Sie hat mich bedrängt. Und sie hat mich gekratzt, bis aufs Blut.« Ich zeigte ihm den verletzten Arm. »Ich hatte Angst, dass sie mich die Treppe hinunterstößt.«

»Wirklich?« Don Lorenzo schien entsetzt. »Eigentlich ist sie friedlich; soweit ich weiß, hat sie noch nie jemandem etwas getan ... Sie ist doch nur eine traumatisierte Mutter, die ihr Kind verloren hat.«

Als Don Lorenzo das Wort »verloren« sagte, maß ich dem keine weitere Bedeutung bei.

Damals noch nicht.

Dabei hätte ich es besser tun sollen.

»Also mich hat sie ernsthaft bedroht. Sie wollte mich nicht gehen lassen. Ich hatte Angst, ich ... Ich weiß nicht, was ich befürchtet habe, irgendetwas Schlimmes. Mir zittern noch immer die Knie.«

Mein Chef machte ein besorgtes Gesicht.

»Wir werden es Tomás erzählen müssen.«

Ich schüttelte den Kopf. Es war heiß. Ich wischte mir den Schweiß ab und fühlte mich wie in einem schlechten Traum. »Sagen Sie ihm nichts«, bat ich. »Ich möchte nicht, dass er denkt, dass … Bitte, sagen Sie es nicht. Im Grunde gibt es auch nicht viel zu erzählen. Sie sind gekommen, und sie hat sich beruhigt.« Ich lächelte und tat so, als wäre ich heiter und unbekümmert. »Sie sind mein Held. Aber bitte machen Sie keine große Sache daraus. So schlimm war es nicht.«

»Aber, Brianda, wenn Romilda dich auf irgendeine Art angegriffen hat, muss ihr Mann davon wissen, damit er es ihrem Arzt mitteilen kann.«

»Bitte, Chef. Belassen wir es einfach dabei. Bitte.«

Er nickte widerwillig.

»Wie du möchtest, aber ich bin nicht deiner Meinung. Wenn sich Romildas Krankheit dahin entwickelt, dass sie gewalttätig wird« – ich runzelte die Stirn, als ich das Wort »Krankheit« hörte –, »ist das nicht ungefährlich … Man muss damit umzugehen wissen.«

»Dann soll jemand anderes mit ihrem Mann darüber reden. Ich nicht.«

»Wie du meinst.«

»Das Einzige, was mich wirklich belastet, ist, dass diese Frau … Romilda«, verbesserte ich mich, »mein Haus mit ihrer Anwesenheit besudelt hat. Bis heute war es ein fröhliches Haus voller verspielter, beschwipster Geister, und jetzt macht es mir Angst. Es ist, als hätte ich es mit dunkler Farbe gestrichen. Bildlich gesprochen, meine ich.«

»Red keinen Unsinn, Brianda. Ein Haus verliert nicht seine Fröhlichkeit, weil sich jemand eine Weile darin aufhält. Es wäre etwas anderes, wenn sie lange dort gelebt hätte. Und das hat sie ja nicht. Denk einfach nicht mehr daran, Brianda.«

Aber das konnte ich nicht.

DER AUF MORGEN WARTET

LESEEMPFEHLUNG: Montaigne

Josué, einer der Kunden der Buchhandlung, war ein ständig gehetzt wirkender Mann mittleren Alters mit einem Gesichtsausdruck, als wäre er gerade Zeuge einer Katastrophe geworden. Seine stetige Unruhe war für mich ein kleines Mysterium. Immer, wenn er eintrat, hatte ich das Gefühl, dass sich die ganze Welt auf ihn reduzierte. Und irgendwie wirkte seine Unruhe ansteckend.

Er betrieb einen florierenden Import-Export-Handel via Internet. Das heißt, er verkaufte alle möglichen Dinge, die er von einem Ort der Welt an einen anderen verschickte. Vom iberischen Schinken zur andalusischen Ledertasche, von mit Namen beschrifteten Fächern bis zu Postkarten mit dem Bild der königlichen Familie.

Er kaufte Bücher, die zu lesen er niemals Zeit hatte, weil er alles, was ihm Freude machte, ihn etwas lehrte oder Gefühle weckte, auf morgen verschob.

Dabei war ihm offensichtlich nicht bewusst, dass – wie man aus *Alice hinter den Spiegeln* und sogar von James Bond erfuhr – der Morgen niemals starb, weil er in der Gegenwart nicht existierte, die unsere einzige Realität ist. »Die Regel lautet: Morgen Marmelade und gestern Marmelade – aber nie heute«, sagt die Königin zu Alice in *Alice hinter den Spiegeln.*

»Guten Tag, Brianda.« Josués gehetzter Blick überschritt die zugelassene Höchstgeschwindigkeit. Zumindest die des Locus Docendi, der ein Ort der Ruhe war.

»Guten Tag, Josué. Wie geht's, wie steht's?«

Ich mochte diesen Mann, weil er in mir die unterschiedlichsten Gefühle weckte. Niemals ließ er mich gleichgültig.

»Die Bücher, die du mir letzten Monat empfohlen hast, habe ich noch nicht gelesen. Ich bin noch nicht mal dazu gekommen, sie auszupacken.«

»Na ja, das heißt dann wohl, dass du wichtigere Dinge zu tun hattest.«

Josué schüttelte hektisch den Kopf. Dabei erinnerte er mich an einen Taucher, der sich mit ruckartigen Kopfbewegungen seiner Taucherbrille zu entledigen versucht.

»Es waren keine wichtigeren Dinge.«

»Dann also ...?«

»Du weißt schon, meine Arbeit hält mich ganz schön auf Trab.«

»Aber du hast doch Angestellte; du kannst ihnen doch sicher mal für ein paar Stunden die Arbeit überlassen, dich ein bisschen ausruhen und eine Weile an die Decke starren« – ich weiß nicht, warum ich absurderweise immer glaubte, dass die ganze Welt mit Begeisterung an die Decke starrte –, »etwas lesen oder in den wunderbaren Himmel blicken ...«

»Ehrlich gesagt, nein.«

»Das tut mir leid.«

»Deswegen stapeln sich bei mir die ungelesenen Bücher.«

Ich lächelte, da ich nicht wusste, was ich sagen sollte. Schließlich ging ich mit ihm zu einem Regal hinüber, das nicht so dicht am Fenster stand und wo es um diese Tageszeit etwas kühler war.

»Du darfst deswegen kein schlechtes Gewissen haben. Lesen ist nicht wie eine Religion, bei der man regelmäßig in die Kirche gehen muss.«

Ich hatte den Eindruck, dass Josué in die Buchhandlung kam, damit ihn jemand von dem freisprach, was er für eine Sünde hielt: die Lektüre zu vernachlässigen, weil er nie die Zeit dazu fand.

»Ich hatte vor, im Sommer alles nachzuholen, aber dann sind ein paar unvorhergesehene Dinge passiert, ich musste nach Schanghai fliegen ... Du weißt schon.«

Ich vermutete, dass Josué einer von den Menschen war, die immer alles auf morgen verschoben. Die sich selbst täuschten, indem sie dachten: Morgen werde ich lieben, lachen, genießen, lesen, machen, reisen, sein, finden ... leben.

Kurz nachdem ich nach Nuba gekommen war, hatte Don Lorenzo mir mal gesagt, dass wir Buchhändler den Menschen Bücher »verschrieben«. Damals war mir nicht klar gewesen, dass er das wörtlich gemeint hatte. Doch es war genau so: Im Locus Docendi verschrieben wir Bücher wie ein Arzt, der ein Rezept für ein Medikament ausstellt, das eine Krankheit heilen soll. Medizin für die menschliche Seele. Das war unser Fachgebiet. Und das Beste daran war, dass es keine schädlichen Nebenwirkungen gab.

Nur dass ich manchmal keine Ahnung hatte, was in Gottes Namen ich verschreiben sollte. Und so erging es mir in Josués Fall.

Sein Unwohlsein kam nicht daher, dass er, obwohl er gern las, keine Zeit für die Lektüre fand. Es lag daran, dass er nicht in der Lage war, sich einzugestehen, dass man im Hier und

Jetzt lebt, wie die klassischen Philosophen es nannten, dass zu leben bedeutete, den gegenwärtigen Moment festzuhalten, den Mut zu haben, ihn einzufangen wie ein Fischer, der nicht von den Fischen träumt, die er morgen erwischen wird, sondern von denen, die um ihn herumschwimmen, wenn er seine Netze auswirft.

Wie leicht es doch war, die Probleme der anderen zu erkennen, und dafür umso schwerer, sich über die eigenen Probleme klar zu werden.

Ich ging an den Regalen entlang und fragte ihn: »Hast du mal Montaigne gelesen?«

Josué blickte mich entsetzt an.

»Meinst du nicht, dass du mir, der ich kaum Zeit zum Lesen habe, besser etwas Leichteres empfehlen solltest? Was hältst du von Michael Crichton? In seinen Romanen passiert wenigstens etwas.«

Ich lachte herzlich.

»Ich habe dir Michael Crichton bereits empfohlen!«

»Ach, stimmt. Leider bin ich noch nicht dazu gekommen, das Buch zu lesen.«

Ich nahm ein Exemplar von Montaignes *Essais* aus dem Regal, eine schöne Ausgabe, die erst ein paar Jahre zuvor erschienen war.

»Ich kenne den Übersetzer persönlich. Du würdest ihn mögen«, sagte ich zu Josué, der das Buch ehrfürchtig ansah wie eine atemberaubende Blondine, deren Schönheit ihn vollkommen einschüchterte.

»Also, Brianda, ich glaube nicht, dass ... Und es liegt nicht am Preis des Buches, dass ...« Er sah auf das Preisschild und stieß einen leisen Pfiff aus. »Junge, Junge. Wobei es wirklich eine besonders schöne Ausgabe ist.«

»Du könntest das Buch deinen Kindern vererben.«

»Wenn ich welche hätte.« Er nickte.

»Aber ich habe es nicht in erster Linie ausgewählt, um es dir zu verkaufen, obwohl ich dich auch nicht daran hindern will, denn wir leben ja davon. Natürlich würde es mich freuen. Aber vor allem möchte ich es dir zeigen. Montaigne war ein ungewöhnlicher Mensch. Er war Franzose, hat aber zuerst Latein gesprochen, vor seiner Muttersprache. Er war der Meinung, dass wir uns mehr um die Zukunft sorgen als um die Gegenwart.«

»Sagst du das wegen mir?«

»Natürlich sage ich das wegen dir, Josué. Ständig erzählst du mir von den Büchern, die du lesen wirst, von den Dingen, die du tun wirst. Morgen, morgen, morgen! Und dabei fällt dir gar nicht auf, dass du dabei bist, das Heute zu verpassen.«

Josué zog eine Grimasse.

»Die verdammte Arbeit, du weißt schon ... Du hast recht.«

»Ständig läufst du der Zukunft hinterher, wie Montaigne sagt. Ein absolut menschlicher Irrtum, mein Freund.«

»Es ist nur ...«

»Was?«

»Nichts, nur ...« Er sah auf seine Schuhspitzen.

»Erfülle deine Pflicht und erkenne dich selbst.«

»Wie bitte?«

»Das empfiehlt Platon. Und Montaigne. Und ich auch. Du besinnst dich nicht auf dich selbst, Josué. Deine Furcht und dein Verlangen drängen dich zur Zukunft hin und entfernen dich von der Gegenwart.«

Seit ich in Nuba war, fühlte ich mich manchmal dazu berufen, anderen Vorträge zu halten.

»Das ist gut möglich.«

»Wenn du nicht lesen willst, dann lass es, aber hör auf, ständig zu denken, dass du morgen lesen wirst, denn morgen wird immer heute werden.«

»Ich müsste mal Urlaub machen. Seit drei Jahren habe ich mir keine Pause mehr gegönnt, kannst du das glauben? Ich muss unbedingt mal Urlaub machen!«

»Wann? Morgen?«

Josué lächelte, und für einen Moment gewährte ihm seine Unruhe eine Verschnaufpause. Sein Körper, der normalerweise immer in Bewegung war, schien ein wenig zu entspannen.

»Nein, nicht morgen. Gleich heute.«

»Das freut mich.«

»Und den Montaigne nehme ich mit. Du gehst ein bisschen mit dem Preis runter, oder?«

Eine Woche später hatte Josué einen Herzinfarkt.

Einer seiner Angestellten, der ihm spätabends noch ein paar Unterlagen bringen wollte, fand ihn auf dem Küchenboden liegend, sein grau meliertes Haar schweißnass, sein Blick ins Leere gerichtet, und er hatte die Hände fest auf die Brust gepresst, als hätte er erfolglos versucht, das entschwindende Leben mit aller Macht festzuhalten. Das Bücherpaket, das er gekauft hatte, war noch nicht einmal geöffnet.

Mein Chef und ich gingen zu seiner Beerdigung.

Er war ein guter Mensch gewesen.

Das ganze Dorf kam, um ihm ein letztes Lebewohl zu sagen.

Seine bestürzten Angestellten wiederholten immer wieder, dass Josué unbedingt Urlaub machen wollte, aber keine Zeit dazu gefunden hatte.

Wie gern wäre ich mit Tomás fortgegangen und hätte mich mit ihm irgendwo versteckt, wo seine Frau uns nicht finden konnte.

Genau daran dachte ich, als ich ihn am Ufer des Sees mit seiner Frau im Schatten eines alten Eukalyptusbaumes sitzen sah. Beide trugen sie Badekleidung. Wie ein ganz normales glückliches Paar, das gemeinsam den Sonntag genoss.

Lope und ich hatten einen weiteren Ausflug zum See unternommen.

An diesem Tag war es extrem voll am Seeufer. Die Hitze trieb die Leute aus ihren Häusern, und auch die Touristen aus der Umgebung waren zum Baden gekommen.

Ich betrachtete die beiden mit düsterer Laune und beschloss, schwimmen zu gehen. Denn ich glühte, und es machte mich nervös, die beiden in der Nähe zu haben.

»Ich gehe mal eben ins Wasser«, sagte ich zu Lope.

»Alles klar, sei vorsichtig. Ich warte hier«, entgegnete er. »Oder soll ich mitkommen …?«

»Nein, nicht nötig. Ich will mich nur ein bisschen abkühlen.«

Ich umrundete eine große Anzahl sonntäglicher Badegäste, grüßte die meisten von ihnen höflich – in Nuba kannte eben jeder jeden –, drängte mich zwischen den am Ufer entlangrennenden Kindern hindurch und ging vorsichtig ins Wasser.

Ich kraulte zu einer kleinen, höchstens zwei Quadratmeter großen Felseninsel hinüber, die wie ein granitener Eisberg aus dem klaren, ruhigen Wasser der Lagune ragte. Dort angekommen, hielt ich mich an einem Vorsprung fest, von dem aus ich das Ufer sehen konnte, und strampelte mit den Beinen im Wasser.

Plötzlich spürte ich, wie jemand von hinten meine Beine umfasste. Genervt tauchte ich ins Wasser ein und versuchte, mich zu befreien. Ich ging davon aus, dass es Lope war, der sich einen Scherz erlaubte, aber es war Tomás, der seine Arme um mich geschlungen hatte.

»Aber was tust du denn da? Hör auf, deine Frau könnte uns sehen!«

Ich zog den Kopf ein und wehrte mich, während er sich hinter mir versteckte, mich von hinten umfasst hielt und einen Strahl süßen warmen Wassers ausspuckte.

»Nein, sie kann uns nicht sehen. Der Felsen verdeckt uns. Halt doch mal still!«

»Da kommt ein Kind. Es schwimmt direkt auf uns zu«, warnte ich.

Tomás holte Luft und tauchte unter.

Ich fühlte seine Beine zwischen meinen. Unten im Wasser.

Bei einigen asiatischen Stämmen ist es üblich, dass Braut und Bräutigam vor der Hochzeitszeremonie zusammen baden. Dabei werden das rechte Bein der Braut und das linke Bein des Bräutigams gewaschen, während sie ineinander verschlungen sind. Mit diesem Ritus versucht man, die Geister zu täuschen, damit sie die beiden nicht auseinanderhalten können, damit sie sie so sehen, wie sie sind: als eine Einheit, einen Körper, eine Person.

Genauso verharrten Tomás und ich nun und versuchten, die Geister zu täuschen – und die wagemutigen Kinder, die in unsere Richtung schwammen. Ich fasste Tomás' Kopf und zog ihn aus dem Wasser, damit er Luft holen konnte, wenn das Kind gerade wegsah, und drückte ihn wieder unter Wasser, wenn es zu uns herüberschaute.

»Brianda«, sagte Tomás, als ich ihm gerade einmal zugestand zu atmen.

»Was?«

»Lass mich …«

Ich winkte dem Kind zu und lächelte, während ich spürte, wie Tomás' Finger unter meinem Badeanzug über meine Brustwarzen strichen.

Endlich hatte der Junge genug und kehrte zu seinen Freunden ans Ufer zurück. Tomás küsste mich und berührte mich im Wasser, als wäre er der Verrückte und nicht seine Frau.

Und ich dachte, dass wir in Wirklichkeit trotz der Küsse und des Wassers wie zwei frisch verheiratete australische Ureinwohner waren, die zwei Monate in einer Hütte verbringen müssen, auf zwei verschiedenen Seiten eines Feuers, getrennt durch eine große Feuerstelle, ohne miteinander zu reden oder sich auch nur sehen zu können. In der Hoffnung, dass auch die Zeit verbrannte und vergehen würde.

Am 10. August, dem Tag des heiligen Laurentius, wurde der Dorfheilige von Nuba gefeiert und Don Lorenzos Namenstag. Außerdem war es mein Geburtstag. Daher löschten Don Lorenzo und ich, als die Dunkelheit das Tal eingehüllt hatte, die Lichter im Garten, setzten uns jeder in einen Gartenstuhl und betrachteten den Sternschnuppenregen am klaren Himmel über Nuba, während vom Platz die Festmusik herüberschallte.

Die Tränen des Laurentius, die Perseiden, deren Ursprung der Radiant im Sternbild des Perseus war, fielen pünktlich wie jedes Jahr auf die Erde. Eine glänzende Staubspur, die Auflösungsprodukte eines Kometen im All, die die Menschen im Mittelalter und in der Renaissance für die Tränen hielten, die der Heilige auf dem glühenden Rost, auf dem er zu Tode gefoltert worden war, vergossen hatte. Tränen aus Feuer, die unsere niedrigen Existenzen erhellen, sodass wir uns klein fühlen, aber glücklich sind, am Leben zu sein und sie euphorisch betrachten zu können.

Ich hatte in ihnen immer meine Geburtstagskerzen gesehen.

Momente wie diese machten das Leben lohnenswert.

Wir tranken jeder ein Glas Limonade, blickten in den Himmel und redeten über Calderón de la Barca und Shakespeare, verglichen *Amar después de la muerte* mit *Romeo und Julia;* diskutierten über Bühnenbilder und das Theater, über den klassischen Aufbau eines Dramas nach Aristoteles und Horaz, der Shakespeare nicht die Bohne interessiert hatte, über philosophische Fragen und Hamlets unglückliches Schicksal und sogar über forensische Rhetorik.

»Eine in Vergessenheit geratene Form der Rhetorik; zu Unrecht, wie ich hinzufügen muss«, murmelte Don Lorenzo, während er in den Himmel blickte und hin und wieder die Augen schloss, als wollte er sich im Licht der Sterne bräunen.

Mitte August war meine Schwangerschaft deutlich zu sehen, und die hohen Temperaturen machten mir zu schaffen. Es war mir nicht mehr möglich, mich den ganzen Tag in der Buchhandlung aufzuhalten, sodass ich mich nach dem gemeinsamen Mittagessen in mein Zimmer zurückzog, um bis etwa sieben Uhr abends zu lesen. Kurz bevor der Laden schloss, ging ich dann wieder hinunter, um mich noch ein bisschen nützlich zu machen oder zumindest so zu tun.

Es fiel mir schwer, meine Arbeitszeit im Locus Docendi durchzuhalten; am späten Vormittag fühlte ich mich regelmäßig schwach und lustlos, tröstete mich aber damit, dass es sich um vorübergehende Gefühlsschwankungen handelte und sich meine Laune zum Ende des Tages hin wieder bessern, das Abendessen mich aufmuntern und die kühle Nachtluft mich erfrischen würde.

Und so war es dann auch jedes Mal.

Don Lorenzo meinte, dass ich mir gern Urlaub nehmen könne, wenn mir danach sei.

»Das ist das Mindeste, was ich dir anbieten kann, wenn man bedenkt, dass ich dich für deine Arbeit nicht bezahle. Außerdem habe ich noch nicht entschieden, ob ich dir den Laden übergeben werde. Zumal du immer noch nicht den berühmten Schatz gefunden hast. Das ist jetzt kein Vorwurf, Brianda, darf aber nicht außer Acht gelassen werden.«

»Chef, ich bin nicht krank, sondern schwanger. Es ist nichts Schlimmes, und wenn die Hitze vorbei ist und ich die ersten fünf Schwangerschaftsmonate überstanden habe, wird es mir wieder besser gehen. Das habe ich in einem Buch gelesen.«

»Besser? Wirklich besser? Kann man nicht eher davon ausgehen, dass es mit fortschreitender Schwangerschaft schwieriger wird …?«

»Keine Sorge. Ich brauche keinen Urlaub. Es reicht, wenn ich mich nach dem Essen ein bisschen ausruhe.«

In meinem Haus hatten die Renovierungsarbeiten begonnen, doch nach dem Vorfall mit Romilda hatte mein Enthusiasmus deutlich nachgelassen.

Ich hatte keine Lust, die Arbeiten zu beaufsichtigen, sodass ich Don Lorenzo darum bat, die Fortschritte im Auge zu behalten. Und tatsächlich verbrachte er einen guten Teil der Vormittage dort, um zuzusehen, wie die Handwerker ausräumten, Wände aufrissen, Wasser- und Elektroleitungen neu verlegten, verputzten und alles säuberten. Er begutachtete die Fortschritte kritisch, und ich merkte, dass ihm die Sache Spaß machte.

Obwohl ich nur den Platz zu überqueren brauchte, um mir selbst ein Bild zu machen, weigerte ich mich, hinüberzugehen, sogar als Don Lorenzo mir zeigen wollte, wie die alte Gastwirtschaft sich langsam in eine wunderschöne Bibliothek verwandelte.

Ich war noch nicht bereit dafür. Und ich betete, dass bald der Tag kommen würde, an dem ich es sein würde.

Mein Vermögensverwalter, der gute Miguel, rief mich an, um mir gute Nachrichten mitzuteilen.

Er fragte, wie es mir gehe. Ich sagte ihm, dass ich immer dicker würde und fürchtete, bald wieder so pummelig wie in meiner Kindheit zu sein.

Er lachte.

»Das wird schon nicht passieren. Du bist jetzt eine andere«, versicherte er überzeugt, vielleicht, weil er sich an meine damalige Hilflosigkeit, meine Unsicherheit und meine Zwanghaftigkeit erinnerte.

»Dein Wort in Gottes Ohr.«

Tatsächlich belastete meine jetzige Körperfülle mich nicht so wie früher. Und meine Tochter sollte es bequem haben.

Bald würde ich zur nächsten Ultraschalluntersuchung in die Stadt fahren. Ich würde die Ärztin bitten, mir das Geschlecht des Kindes nicht zu verraten. Ich wollte es nicht wissen. Ich wollte, dass es so sein würde wie früher, als die Mütter – wie meine – von Söhnen oder Töchtern träumten und schließlich überrascht wurden oder auch nicht und sich trotzdem sofort in ihr Kind verliebten.

Mein Herz zog sich zusammen, wie immer in letzter Zeit, wenn ich an meine Mutter dachte. Sie wäre so glücklich gewesen, ihre Enkelin kennenzulernen, und hätte mir geraten, was ich bei Verdauungsproblemen tun sollte. Sie hätte meine Hand gehalten und mich fest gedrückt, wenn es so weit gewesen wäre. Keine Sorge, Mama…, dachte ich und lächelte der Wand gegenüber dem Telefon zu, als wäre dort ein Bild meiner Mutter zu sehen, so jung und strahlend wie an ihrem Todestag und besorgt um mich, mit dem Wunsch, mir zu helfen, und nicht zu wissen, wie.

»Ich habe gute Nachrichten für dich, Brianda. Wir haben deine Wohnung vermietet. An die Nichte meines Partners. Also an jemanden, dem man vertrauen kann. Noch bevor wir etwas unternommen haben, hat sie über ihren Onkel davon erfahren, und weil sie das Viertel sehr mag, hat sie uns gebeten, auf ihre Rückkehr zu warten. Da war sie gerade in Peking. Sie ist oft auf Reisen, denn sie ist auch eine von diesen Karrierefrauen wie…«

Er schwieg abrupt.

Wahrscheinlich hatte er sagen wollen »wie du«, und dann war ihm eingefallen, dass ich jetzt, nachdem ich alles hinter mir gelassen hatte und in der Einöde in den Bergen hauste, keine dieser Karrierefrauen mehr war.

Aber das machte mir nichts aus, und ich wollte, dass er das wusste.

»Das ist toll, Miguel! Du bist wunderbar!« Und das stimmte. Er war wie der Zaubergehilfe in den Märchen, der dich warnt, wenn du zu dicht am Haus der Hexe vorbeigehst, und der deine Wohnung an jemand Vertrauenswürdigen vermietet, damit du auf die Miete zählen kannst. Und das alles hatte ich der Tatsache zu verdanken, dass mein Vater ein gutes Händchen bei der Wahl seiner Freunde gehabt hatte.

Miguel sagte mir, wie viel Miete die Nichte seines Partners mir zahlen würde; abzüglich der Steuern würde mir so viel bleiben, dass ich davon in Nuba leben konnte, ohne meine Ersparnisse anbrechen zu müssen. Das Leben auf dem Dorf ist immer günstiger als in der Stadt. Außerdem würde ich, sobald ich mein Romilda-Trauma überwunden hatte, als Erstes einen Nutzgarten auf meinem Grundstück anlegen, wodurch ich weniger Geld für Lebensmittel würde ausgeben müssen.

Der Artischockenkopf war ein paar Mal nach der Arbeit, am späten Nachmittag, in der Buchhandlung vorbeigekommen und hatte nach mir gefragt. Mein Chef hatte ihm jedes Mal gesagt, dass ich mich gerade ausruhte, und der arme Junge war unverrichteter Dinge wieder gegangen.

»Nein, sagen Sie ihr nichts, ich will nicht stören. So wichtig ist es nicht«, hatte er jedes Mal zum Abschied gesagt.

Bis er auf einmal an seinem freien Tag am späten Vormittag vor mir stand.

»Was kann ich für dich tun, Ramón?«

Er redete ein wenig um den heißen Brei herum, bis er zum Thema kam. Zunächst fragte er mich, wie die Arbeit an meinem Haus voranging. Ob die Baufirma alles gut machte. Ob sie im Plan lagen. Ob ich zufrieden sei. Oder ob ich Klagen hätte.

»Alles wunderbar«, sagte ich recht unemotional.

»Und wie läuft es mit Ihrer … mit Ihrer …?« Er siezte mich immer noch, und seit er wusste, dass ich schwanger war, war er noch förmlicher geworden, soweit das überhaupt ging; er blickte flüchtig auf meinen Bauch und wies mit dem Kinn darauf, offensichtlich peinlich berührt. Seine ungezwungene, kesse Art, mit der er mich in meiner ersten Zeit in Nuba behandelt hatte, gehörte, wie es aussah, der Vergangenheit an.

»Alles, wie es sein sollte. Danke, Ramón.«

»Das freut mich ...« Er rieb sich so heftig die Wange, dass ich schon befürchtete, er würde die Haut abrubbeln.

»Und?«

»Also: Erinnern Sie sich daran, dass Sie mir mal gesagt haben, dass ich ... Dass ich so sei ...?«

»Wunderbar«, half ich ihm. »Ja, der Meinung bin ich immer noch.«

»Na ja, wir wollen ja nicht übertreiben.« Sein Gesichtsausdruck drückte gleichzeitig Zufriedenheit und Scham aus. »Aber Sie ...«

»Du kannst mich gern duzen, ich bin ja nicht der Friedensrichter.«

»Am Anfang waren Sie nur eine Fremde, die ihr Auto falsch geparkt hatte, und natürlich habe ich Sie gesiezt, vorsichtshalber, weil ich nicht wusste, wer Sie waren und was ich von Ihnen halten sollte. Jetzt sind Sie eine von uns. Aber Sie werden bald Mutter sein und so. Da muss ich Sie doch mit Respekt behandeln, oder?«

Ich lachte herzlich. Wirklich ein toller Typ, sagte ich mir.

»Ich gestatte dir dennoch in aller Form, mich zu duzen.«

»Danke, Brianda, Señorita. Señora, meine ich ... Brianda einfach.« Endlich entspannte er sich ein bisschen. Er senkte die Stimme und flüsterte mir zu: »Du hast mal gesagt, dass du mir auch mal gern behilflich sein würdest.«

»Natürlich. Was brauchst du? Ein Buch?«

»Nein. Doch. Äh, ich weiß nicht. Vielleicht.«

Wir waren allein im Dichtersaal und hörten Don Lorenzo im Raum nebenan mit einer Gruppe Pilger scherzen.

»Also, schieß los.«

»Ich brauche vor allem einen Rat.«

»Einen Rat?«

»Ja, es gibt da ein Mädchen, das mir gefällt.«

»Martina?«

Er machte große Augen. Offensichtlich staunte er über meinen Scharfsinn. Ich meinerseits dachte, dass man schon dämlich oder blind sein musste, um das zu übersehen.

»Woher weißt du das denn?«

»Ich habe euch einander vorgestellt. Erinnerst du dich? Ich habe gesehen, wie du sie angeschaut hast.«

»Na ja, eigentlich kennen wir uns schon, seit wir Kinder waren. Ihr Vater stammt aus Nuba, und sie kommen jeden Sommer her. Sie wohnen in der Stadt, haben aber immer die Ferien hier verbracht, solange ich denken kann. Deswegen kennen wir uns. Aber wir sind einander noch nie vorgestellt worden und hatten bis dahin noch nie miteinander geredet. Kaum zu glauben, oder?«

»Doch, das kann ich mir gut vorstellen.«

»Es ist so, dass ich gern mit ihr zusammen wäre. Aber der August ist bald vorbei, und Martina wird wieder nach Hause fahren, zur Uni gehen. Und ich werde hierbleiben ...«

Und du wirst dich als Versager fühlen. Deine Liebste wird weit weg sein und keine Ahnung haben, dass du an sie denkst. Und du sitzt hier, in diesem Dorf am Ende der Welt, rackerst dich in diesem Hotel ab ... Du wirst dich für einen Feigling halten, weil du nicht in der Lage gewesen bist, ihr die Dinge zu sagen, die dir auf dem Herzen liegen und vielleicht dein

Leben verändern würden. Oder vielleicht auch nicht, aber du weißt, dass du es auf jeden Fall versuchen solltest. Das Problem ist, dass du dich nicht traust, denn die Angst ist immer noch größer als die Sehnsucht in deinem Herzen, dachte ich, während ich ihn aufmerksam betrachtete, als wäre er eine jüngere männliche Version meiner selbst.

Niemals hätte ich gedacht, dass ich mich eines Tages in eine Celestina verwandeln würde, eine Kupplerin, eine Brautwerberin, eine Unterhändlerin im Interesse einer jugendlichen Liebe.

Der Gedanke erheiterte mich.

»Und wie, glaubst du, könnte ich dir helfen?«

Wieder senkte er die Stimme, obwohl niemand anderes im Raum war. Wir waren lediglich von schweigenden Büchern umringt, die unsere Geheimnisse höflich und sorgsam bewahren würden.

»Ich weiß, dass sie manchmal herkommt, um Bücher zu kaufen. Du kennst sie. Und weil du ein Kind bekommst, denke ich, dass du dich mit diesen Dingen auskennst, dass du Erfahrung hast und mich vielleicht beraten, dein Wissen mit mir teilen könntest.«

Ich musste lachen, aber nur ein bisschen, denn er sollte nicht denken, dass ich mich über ihn lustig machte.

»Entschuldige, ich nehme das, was du mir gesagt hast, wirklich ernst, ich finde nur lustig, dass du davon ausgehst, dass ich auf diesem Gebiet Erfahrung habe und mich auskenne. Ich lache über mich, nicht über dich, Ramón.«

Der Junge trat nervös von einem Fuß auf den anderen.

»Und was meinst du? Wenn du keine Erfahrung hast …«

»Doch, vielleicht habe ich die sogar, aber Erfahrung zu haben heißt nicht immer, dass man etwas beherrscht. Es gibt

Menschen, die tun immer wieder das Gleiche und machen es jedes Mal falsch.«

»Dann hat es sich wohl erledigt.« Ich sah ein enttäuschtes Glitzern in seinen Augen.

»Nein. Ich denke, dass ich dir helfen kann. Selbstverständlich werde ich tun, was ich kann, um dich zu unterstützen.«

»Danke, Brianda.«

»Sag mal. Siehst du sie häufig?«

»Nein, ich sehe sie gar nicht. Sie geht nicht oft aus dem Haus. Ihre Schwester dagegen ist ständig unterwegs. Sie kommt oft mit ihren Freunden zu uns in die Bar. Sie hat viele Freunde. Dir ist sicher auch schon aufgefallen, wie hübsch sie ist.«

»Aber dir gefällt Martina besser.«

Er zuckte mit den Schultern.

»Schöne Frauen machen mir Angst. Außerdem interessieren sie sich nicht für mich«, sagte er aufrichtig.

Er gefiel mir immer besser, der Artischockenkopf.

Ich lächelte voller Sympathie. Die Angst, meine gute alte Bekannte, gehörte nicht nur zu meinem Leben.

»Weißt du, Ramón, vielleicht geht Martina nicht oft aus dem Haus, weil es ihr an Selbstsicherheit fehlt. Ich kann mir nicht vorstellen, dass sie es aus den gleichen Gründen tut wie einst die göttliche Phryne.«

»Wer ist die göttliche Phryne?«

»Eine Hetäre, eine Kurtisane im antiken Griechenland. Heute würden wir sagen, eine Prostituierte.«

»Moment mal …!«

»Ich habe ja gesagt, sie war das Gegenteil von Martina. Weil Phryne sich bewusst war, wie sehr sie die Männer reizte, ging sie nur aus dem Haus, wenn sie bezahlt wurde. Sie war eine

Art *celebrity* der Antike. Und damit niemand sie sehen konnte, hüllte sie sich immer in einen Schleier. Von Kopf bis Fuß. So erhöhte sie die Gier nach ihren Reizen, sie schürte Erwartungen. Doch auf dem Fest des Poseidon in Eleusis zeigte sie sich nackt am Strand, nur für ein paar Sekunden, bevor sie sich in die Wellen stürzte; und ihre unglaubliche Schönheit, ihr langes Haar beeindruckte die Griechen derart, dass sie versicherten: ›Von der Erinnerung, die dieser Anblick in unserer Seele hinterlassen hat, werden wir viele Tage zehren.‹«

»Donnerwetter!«

»Martina ist sich, anders als Phryne, ihrer Schönheit nicht bewusst. Aber du kannst ihr beweisen, dass sie schön ist, dass jeder von uns schön ist, wenn er geliebt wird.«

»Und wie soll ich ihr das beweisen, wenn ich sie nie sehe? Sie gibt mir ja keine Gelegenheit dazu.«

»In drei Tagen wird sie herkommen. Sie hat bei mir ein Buch bestellt und wird es abholen. Du könntest die Gelegenheit nutzen. Frag sie, ob sie mit dir ausgehen will. Geh mit ihr an den See. Und sag ihr, wie hübsch sie ist.«

»Ist sie ja auch.«

»Heiter sie auf. Niemand ist schlechter Stimmung, wenn man ihn gut behandelt. Und versuche nicht, über sie zu bestimmen, denn damit zeigst du Schwäche. Ihr solltet gleichberechtigte Partner sein. Nimm sie nicht immer beim Wort. Wenn sie sagt, sie sei todunglücklich, heißt das, dass es ihr schlecht geht, dass es aber bald wieder vorüber sein wird. Umwerbe sie, bevor du um einen Kuss bittest. Sogar die Tiere werben um ihre Weibchen, aber wir Menschen verzichten heutzutage genauso gern darauf wie auf unsere Weisheitszähne. Eine Frau zu umwerben ist sehr weise. Sei lieb zu ihr, zeig ihr, wie viel sie dir bedeutet. Keine Frau kann einem

Mann widerstehen, der ihr sagt, dass er sie über alles liebt. Lade sie zu einem Getränk ein oder zu einem Eis. Worauf immer ihr jungen Leute so steht. Keine Drogen natürlich. Wenn du dann die Rechnung bezahlst, weiß sie, dass du dich wirklich für sie interessierst, dass du in sie investierst, wie Herman Raucher sagen würde. Und lies ein paar Gedichte. Magst du Gedichte, Ramón? Martina liebt sie. Hier, lies diese Bücher. Das sind Gedichte von Lope de Vega und Sor Juana Inés de la Cruz. Lope war ein ziemlicher Strolch, aber für unsere Zwecke ist er perfekt. Und die mystischen Verse von Sor Juana sind ziemlich leidenschaftlich, wenn du verstehst, was ich meine. Und sag mir nicht, dass du keine Gedichte magst, weil du sie nicht begreifst.«

Der Junge verließ, etwas verwirrt, aber hoffnungsvoll, den Laden, die Bücher, die ich ihm geschenkt hatte, unter den Arm geklemmt. Ich blieb allein zurück, hörte Fetzen des Gesprächs, das Don Lorenzo noch immer im Raum nebenan führte, und fragte mich, woher ich all diese angeblichen Liebesweisheiten hatte. Ob es sich nur um lebensfernes Blendwerk handelte, oder ob es mir – trotz meiner Angst und meiner eigenen Enttäuschungen – gelungen war, ein wenig von der Wahrheit zu destillieren, die mir die Bücher wie einen Schatz offenbarten, was ich bis vor Kurzem nicht gewusst hatte oder mir nicht zu eigen machen konnte.

Das Wort »Schatz« hallte in meinem Kopf wider.

Don Lorenzos Schatz …

Ja, sagte ich mir, vielleicht waren die Bücher der Schatz, und ich brauchte gar nicht weiter zu suchen.

Eine Fülle an Büchern. Teurer und wertvoller als Goldbarren. Weil die Bücher – viel mehr als Gold – im Leben nutzen. Dabei, ein besseres Leben zu führen. Wirklich zu leben.

Die nächste ärztliche Untersuchung stand an, und ich hatte vor, den ganzen Tag in der Stadt verbringen. Ich hatte noch keine Babykleidung und wollte die Zeit nutzen, mich ein bisschen umzusehen. Es heißt, es bringe Unglück, solche Dinge vorher zu besorgen, dass es besser sei, zu warten, bis das Kind geboren wäre, aber ich war nicht abergläubisch und dachte, dass es vernünftiger war, die Grundausstattung im Voraus anzuschaffen, als nachher, mitten im Winter, mit einem nackten Neugeborenen dazusitzen.

Ich stand früh auf und ließ mir ein duftendes Bad ein. Das Badezimmer, das mir allein zur Verfügung stand, war groß und hell, hatte eine riesige Badewanne, die auf weiß gestrichenen Eisenfüßen mitten im Raum stand, und verspiegelte Ablagen mit Bronzesockeln, auf die ich meine Zahnputzsachen und die wenigen Kosmetikartikel gestellt hatte, die ich besaß.

Ich war nicht der Typ für auffällige Kriegsbemalung und beschränkte mich lieber auf ein bisschen Kajal, Rouge und Lipgloss, und das auch nur zu besonderen Gelegenheiten. Doch in letzter Zeit hatte ich mich bei einer gewissen Koketterie ertappt, mir ein paar Cremes zugelegt und einige Fläschchen, deren Inhalt nach Jugend roch, denn jeder Duft sandte mir einen Hauch von Glück direkt ins Gehirn.

Ich schlang mein Haar zu einem Knoten und stieg in die Wanne. Bis zum Hals im Wasser, dachte ich erfreut, wie dick mein Bauch geworden war, der aus dem Wasser ragte, sodass die Lebensregungen meiner Tochter zu den kleinen Badewasserwellen hinzukamen. Niemals zuvor hatte ich eine derart strahlende Haut gehabt.

Ich erinnerte mich an die Ratschläge, die ich Ramón, dem verliebten Artischockenkopf, gegeben hatte, dass er Martina aufheitern solle, und musste an Tomás denken. Wie traurig er wirkte, wenn er mit seiner Frau zusammen war. Und wie erwartungsvoll und froh, wenn er sich mir näherte und an mir schnupperte wie ein junger Hund.

War Tomás einer von diesen miesen Kerlen, die die Frauen mit ihrem schlechten Charakter und ihrem rüden Verhalten quälten?

Ich dachte an die Umsicht, mit der er Romilda am Seeufer begleitet hatte, an die Art, wie er auf jeden Schritt von ihr geachtet hatte.

Nein, er war kein mieser Kerl.

Obwohl: Wer konnte das schon garantieren?

Schließlich kannte ich ihn ja gar nicht.

Die Erinnerung an die wenigen Worte, die er an dem Tag, an dem wir zusammen in der Hütte gewesen waren, gesagt hatte, ging mir noch immer äußerst nah.

Ich strich mir mit der nassen Hand über die Augen, rieb mir über das Gesicht, um so die Bilder dieser Begegnung wegzuwischen, die mir die klare Sicht auf die Dinge vernebelten.

Machte Tomás mir Angst oder der Gedanke, dass er mit einer Frau zusammenlebte, die mir Angst machte?

Und vor allem, warum gingen wir Frauen immer wieder, über all die Jahrhunderte und Epochen der Geschichte hinweg, in die Falle des falsch verstandenen Mitleids, des Mitleids, das nie bei uns selbst begann …?

Da ist sie, die arme Frau.

Immer die gleiche.

Zu der Zeit, als die ersten Texte der Bibel geschrieben wurden, im göttlichen Olymp, im vierzehnten Jahrhundert von Amadis de Gaula, in der Renaissance von Jorge Manrique, im Barock Quevedos, in der Romantik Gustavo Adolfo Bécquers, in der postindustriellen Ära der Lieder von Michael Jackson und Julio Iglesias.

Immer die gleiche Frau.

Ich schloss die Augen und strich langsam mit dem Schwamm über meine Haut.

Dann dachte ich: Vielleicht sagt uns ein uralter, in unserer DNA enthaltener menschlicher Instinkt, dass der furchterregendste Mann der stärkste des Stammes ist, der beste Jäger, weil er in der Lage ist, den Raubtieren die Stirn zu bieten, der am meisten Frischfleisch in die Höhle bringt, weil er selbst ein Wolf ist. Und Angsthasen wie ich glauben, dass es das Beste ist, jemanden an seiner Seite zu haben, der anderen Angst macht, weil man dann selbst keine Angst mehr zu haben braucht. Doch dabei entgeht uns völlig, dass das Einzige, was wir damit erreichen, ist, unser eigenes Elend zu nähren.

Ich beendete mein Bad und trocknete mich in dem Gefühl ab, dass derartige Gedanken meinen Verstand beleidigten.

»Ich kann den Laden schließen und dich begleiten, dein *chevalier servant* sein. Ich frage dich noch einmal ganz formell: Möchtest du, dass ich mit dir zu der Untersuchung in die Stadt komme?«, erkundigte sich Don Lorenzo aufmerksam.

Ich lehnte ab. Ich wollte lieber allein fahren.

Inzwischen hatte ich mir ein neues Handy gekauft und würde nie wieder hilflos mit einem unangenehmen Menschen irgendwo eingesperrt sein. Denn es ist dumm, auf die Erleichterungen zu verzichten, die uns die moderne Technologie zur Verfügung stellt. Und das Beste war: In meinem Telefon waren nur fünf Nummern gespeichert (die von Don Lorenzos Buchhandlung, des Handys und des Festanschlusses von Miguel, die von Lope und die der Post). Wirklich lächerlich im Vergleich zu den fast achthundert Nummern in meinem alten Handy, das ich ausgeschaltet im Wohnzimmer meiner Wohnung in Madrid zurückgelassen hatte, wo es sicher verbittert den Schlaf der Ungerechten schlief.

Ich fuhr, bis ich die letzten Häuser Nubas hinter mir gelassen hatte. Als sich die Landschaft veränderte und die Vegetation wieder dichter wurde, überkam mich eine leichte Traurigkeit darüber, wegfahren zu müssen. Das Tal von Nuba lag im Bereich eines Mikroklimas, das es zu etwas Besonderem machte. Wie die verzauberten Königreiche, die so etwas wie ein magisches Mikroklima innerhalb der Realität waren.

Ich fuhr an der Aussichtsplattform vorbei und warf einen flüchtigen Blick darauf.

Der Tag war klar, lediglich die Baumkronen waren von einem schwülen Nebel umgeben, der sie leicht verschwommen erscheinen ließ. Ich kurbelte das Fenster herunter und konnte hören, wie das Wasser fröhlich im Fluss plätscherte.

Es war noch früh; ich würde lange vor dem für den Nachmittag vereinbarten Termin bei der Ärztin in der Stadt sein.

Plötzlich kam mir ein Gedanke. Wie eine Ameise, die über die Haut läuft. Still, aber voller Unruhe und Energie. Mit einem irritierenden Kitzeln, das ihre Anwesenheit verrät.

Ich hielt den Wagen an derselben Stelle an wie an dem Tag des Unwetters. Ich stand dort, blickte in den Wald und fühlte mich wie Proserpina, die darüber nachdenkt, ob sie an der Hand Plutos in die Unterwelt eintreten soll oder nicht.

Ich kurbelte das Wagenfenster wieder hinauf und begann, mir einen Zopf zu flechten. Seit ich mir vorgenommen hatte, mein Haar – und damit mich selbst – zu befreien, trug ich es offen. Es fiel mir wie ein Teppich voller Seeanemonen über den Rücken. Doch ich wollte nicht, dass es sich zwischen den Ästen der Bäume und Sträucher verfing, deshalb band ich es zusammen.

Mir war der Gedanke gekommen, dass ich noch einmal einen Blick in die Hütte werfen könnte, in der ich mit Tomás gewesen war.

Ich hatte Zeit im Überfluss und würde den Spaziergang genießen.

Unter dem wolkenlosen Himmel schien der Wald längst nicht so beunruhigend wie damals. Trotzdem war der Weg nicht leicht zu finden. Soweit es überhaupt einen Weg gab.

Ich ging mit vorsichtigen Schritten zwischen den Bäumen hindurch, denn ich hatte nur eine vage Vorstellung davon, in welche Richtung ich mich wenden musste. Ich meinte, mich zu erinnern, dass wir mehrere Hundert Meter hinter uns gelassen hatten, bis wir zu unserem Unterschlupf gekommen waren, doch natürlich fehlte an diesem heiteren Morgen das Angstgefühl, das an jenem Tag von dem Regen, dem Gegenwind, dem Schlamm und den rutschigen Steinen auf dem Boden verursacht worden war und mir den Weg viel länger erscheinen ließ.

Ich stieß überraschend schnell auf die Hütte.

Beim letzten Mal, im Unwetter, waren Tomás und ich wie zwei in lange Umhänge gehüllte Liebende im ausgehenden achtzehnten Jahrhundert gewesen, die um Mitternacht mit Dolchen in den Händen auf der Flucht waren. Nun jedoch war ich allein, eine ganz normale schwangere, ein wenig geistesabwesende Ausflüglerin, die ein paar wilde Blumen pflückte und alles mit dem neugierigen Blick einer Gärtnerin betrachtete.

Die Hütte bot im Sonnenlicht einen unschuldigen und heruntergekommenen Anblick, wirkte jedoch viel sauberer als in meiner Erinnerung.

Ich trat ein und sah mich aufmerksam um.

Im Kamin lag noch die Asche eines längst verloschenen Feuers. Aber wahrscheinlich war es nicht die Asche, die wir zurückgelassen hatten. Sicher war in der Zwischenzeit irgendein Hirte hier gewesen. Oder mehrere. Jedenfalls hatte der letzte Besucher einen Stapel trockenes Holz für den nächsten, der in diesen vier Wänden Schutz suchte, bereitgestellt.

Ich setzte mich auf die nackte Liege und legte eine Hand auf die trockenen, knackenden Planken, strich leicht mit den Fingerspitzen darüber. Beinah meinte ich, nach all der Zeit noch einen Hauch der Wärme zu spüren, die Tomás und ich auf ihnen hinterlassen hatten. Mit der anderen Hand streichelte ich meinen Bauch.

»Siehst du, hier hat alles begonnen«, sagte ich laut. Ich hatte mir angewöhnt, mit dem Baby zu sprechen, und meinte zu spüren, dass es mir zuhörte.

Noch ein paar weitere Minuten über sah ich mich aufmerksam um. Alles war altbekannt und gleichzeitig neu für mich. Ich wollte gerade gehen, als ich Geräusche hörte, die mich in Alarmbereitschaft versetzten.

Eine menschliche Silhouette zeichnete sich im Licht der Sonne im Türrahmen ab. Ich trat einen Schritt zurück und hielt den Atem an.

»Brianda«, sagte der Schatten.

»Wer ist da?«, fragte ich vorsichtig. Obwohl ich es bereits wusste.

Tomás trat in die Hütte.

»Hallo, Brianda.«

»Tomás?« Es hätte mich nicht mehr überrascht, einen Geist vor mir zu sehen. »Immer musst du mich so erschrecken! Du tauchst einfach so aus dem Nichts auf wie ein Gespenst. Verfolgst du mich? Was willst du? Was machst du hier?«

»Was machst *du* hier?«

»Ich bin auf dem Weg in die Stadt und …« Ich wusste nicht, was ich sagen sollte.

Dass ich mich im Wald verlaufen hatte wie Hänsel und Gretel? Dass meine Reitknechte mich hier im Land des bösen Herrschers zurückgelassen hatten und geflohen waren und ich nun nach einem Bett für die Nacht suchte? Dass ich, als ich in der Nähe vorbeigekommen war, den unwiderstehlichen Drang verspürt hatte, auf der Suche nach der Erinnerung an seinen Duft und die Berührung seiner Hände, herzukommen?

Tomás zog einen der Stühle heran.

»Komm, setz dich.«

»Ich möchte mich nicht hinsetzen. Ich bin hier, weil ich mir ein bisschen die Beine vertreten wollte.«

»Wie du willst, Brianda.«

»Und du? Was machst du hier?«

»Die Hütte liegt auf meinem Grundstück.«

»Oh, das wusste ich nicht. Ich dachte, die Berge stünden der Allgemeinheit zur Verfügung.«

»Etwas weiter nördlich befindet sich das Sägewerk.«

»Also bin ich ohne Erlaubnis in privates Gebiet eingedrungen.«

Etwas wie der Versuch eines dramatischen Lächelns zeichnete sich auf seinem Gesicht ab.

»Ja, du bist in privates Gebiet eingedrungen.«

»Gut, dann gehe ich mal, weil …«

Ich wandte mich zur Tür. Es ärgerte mich, dass es mir offensichtlich nicht möglich war, mit diesem Mann ein vernünftiges Gespräch zu führen.

Als ich an ihm vorbeiging, fasste Tomás mich am Arm.

Immer wollten alle mich irgendwo einsperren. Brianda im Labyrinth. Brianda auf der anderen Seite des Spiegels. Brianda erneut in der Hütte des ungeschützten Sex.

Er zog mich so dicht zu sich heran, dass meine Stirn sein Kinn berührte. So konnte ich ihn nicht einmal ansehen.

Er umarmte mich zärtlich, umfasste mich mit seinen von der Sonne gebräunten Armen.

Ein chinesischer Dichter hätte gesagt, dass ich in dem Moment wusste, wie sich die duftende Blüte der Muskatnuss fühlt, wenn sie vom Geißblatt umfangen wird. Oder was die Saintpaulia spürt, wenn sie vom Hagel getroffen wird. Oder was die gerade geborene Schwalbe empfindet, wenn sie aus dem Nest fällt.

Die gleiche Vorsicht – wirklich genau die gleiche? Unterschied sie sich nicht wenigstens in einem winzigen Detail? –, die er seiner Frau, der Psychopathin, am Seeufer hatte zukommen lassen. Und die mir mit der schmerzlichen Überraschung einer Eifersuchtsattacke ins Herz fuhr.

Als mir dieser Gedanke kam, versuchte ich, mich aus seiner Umarmung zu befreien.

Ich wollte nicht, dass er mir das Gleiche gab wie der verrückten Romilda, die gleichen Umarmungen, dass er die gleiche Vorsicht anwandte, um meine Seele zu beruhigen. Ich wollte die Brotkrumen nicht, die für mich abfielen. Die recycelbaren Überreste seiner Gefühle.

»Ich muss gehen.«

Er ließ mich los und sah mich neugierig an, mit diesen Augen, deren Farbe sich im Einklang mit dem sommerlichen Leuchten, das durch die Tür hereindrang, ständig veränderte.

»Warum willst du gehen?«, fragte er mich; er sprach sehr leise, als ob uns jemand hier in der Einöde hören könnte.

»Hab ich doch schon gesagt, ich bin auf dem Weg in die Stadt.«

Er berührte mein Haar mit einer seiner großen Hände, die ich durch meine an beiden Seiten ins Gesicht hängenden Strähnen näherkommen sah.

Er streichelte mein Gesicht, schob zärtlich mein Haar zurück. Er strich mit dem Handrücken über meine Wange, wie man es bei kranken Kindern macht. Und ich zitterte innerlich. Das Baby bewegte sich heftig in meinem Bauch, vielleicht von meinem kochenden Blut angesteckt, das in meinen Venen rauschte und aus meinem Körper hinausdrängte. Wohin auch immer.

Ich gab mich geschlagen und blieb.

Er küsste mein Ohr und wiederholte meinen Namen. Immer wieder.

Und dann küsste er mich auf die Lippen. Zuerst streifte er sie nur, ganz leicht, als hätte er Angst, dass sie kaputtgehen könnten.

Und dann …

Nichts weiter.

Ich dachte, wie seltsam es war, dass dieser Mann, den ich kaum kannte, der Vater meiner Tochter war. Aber glücklicherweise – oder leider – gab es keinen Zweifel daran. Nach drei Jahren zufriedenen Singledaseins konnte ich mir da absolut sicher sein.

»Ich möchte mich setzen«, sagte ich.

Mir war schwindelig. Doch es war nicht die in letzter Zeit bei mir übliche Schwäche, sondern das Gefühl, dass ich es nicht länger ertragen könnte, ihm so nah zu sein. Nicht viel länger jedenfalls. Wenn ich bisher seine Gegenwart schadlos überstanden hatte, dann lag das daran, dass er jedes Mal, wenn wir uns begegnet waren, so schnell wieder davongeeilt war, dass ich keine Gelegenheit hatte, ohnmächtig zu werden.

»Ja, Brianda. Wie du möchtest. Setz dich.« Erneut bot er mir den Stuhl an.

Aber ich setzte mich auf die Liege, und als ich mich wieder sicher fühlte, als die Welt aufgehört hatte, sich um mich zu drehen, dachte ich an die Möglichkeit, ihm von meiner Schwangerschaft zu erzählen. Das ganze Dorf sprach darüber, warum nicht er? Wie dachte er darüber? Hatte er sich mit dem Gedanken beschäftigt, dass er der Vater sein könnte, nach dem, was passiert war …?

Aber ich war nicht fähig, etwas zu sagen.

Auf einmal überkam mich der unaufhaltsame Drang zu weinen.

In der Schwangerschaft war ich zu einer echten Heulsuse geworden. Es schien mir ungerecht, ihm erklären zu müssen, dass ich seine Tochter überall mit mir herumtrug und dass das noch eine Weile so bleiben würde, bis sie sich mitten im kalten Winter dazu entschließen würde, meinen Körper zu verlassen, ohne zu wissen, dass sie draußen eine unerbittliche, eisige, einsame Welt erwartete. Ich hatte es nicht verdient, Tomás das erklären zu müssen, was er eigentlich wissen sollte. Warum fragte er nicht, wie ich mich fühlte? Warum fragte er nicht nach dem Baby?

Ich wollte wegrennen, mich zwischen den Bäumen verstecken, mich wie Tinker Bell im Sonnenlicht auflösen.

Tomás fiel auf, dass es mir nicht gut ging. Umso besser.

»Brianda, was ist los? Ist alles in Ordnung?«

»Nein, ich muss los ...«

Hatte er meinen dicken Bauch nicht gespürt, als er mich umarmt hatte? Warum ignorierte er meine Schwangerschaft? Und überhaupt: Warum schien er überhaupt nicht neugierig darauf, zu erfahren, wer der Vater meines Kindes war? Hatte er nicht mal einen Moment daran gedacht, war ihm nicht zufällig mal der Gedanke gekommen, dass er es sein könnte?

Arschloch, dachte ich.

Ich stand auf und lief mit langen, wütenden, unbeholfenen Schritten aus der Hütte. Ich fühlte mich unsicherer auf den Beinen als die kleine Seejungfrau, die aus Liebe auf ihren Fischschwanz verzichtet hatte und nicht so recht wusste, was sie mit diesen langen Beinen anfangen sollte.

Draußen liefen mir die Tränen wie Sturzbäche aus meinen Augen und trübten mir den Blick.

»Brianda!« Tomás stand bewegungslos wie eine Statue in der Tür.

Ich drehte mich um und forderte ihn mit meinen geschwollenen, geröteten Augen heraus, die zweifellos einen jämmerlichen Anblick boten.

»Ja, Brianda, du hast recht: Du bist in privates Gebiet eingedrungen«, sagte er und führte seine Hand zuerst an die Stirn und legte sie dann auf seine Brust.

Die Ärztin empfing mich zum vereinbarten Termin in ihrer Praxis.

Ich war vollkommen durcheinander, als trüge ich meinen Kopf in einer unsichtbaren Tüte aus warmer Luft. Es fiel mir schwer zu atmen, meinen Blick zu fokussieren, zu denken.

Nach der ersten Untersuchung wartete schon wieder eine Liege auf mich, neben dem modernen Ultraschallgerät, das einen beeindruckenden Anblick bot. Als ich das kühle Gel auf der Haut meines Bauches spürte, schloss ich die Augen.

»Hier ist es …«, murmelte die Gynäkologin. »Gut, Brianda, sehr gut. Du hast gesagt, dass du das Geschlecht nicht wissen willst, richtig?«

Ich sah auf den Bildschirm.

»Nein, ich möchte es nicht wissen. Außerdem bin ich mir sicher, dass es ein Mädchen wird«, setzte ich stolz hinzu, während ich den Blick wie hypnotisiert auf die leichten Bewegungen heftete, die auf dem Schwarz-Weiß-Bildschirm zu sehen waren. Das war der Film meines Lebens, der echte.

»Aha. Gut.«

»Was ist das da?«

»Eine Hand. Schau mal, es lutscht am Daumen, ist das nicht unglaublich?«

»Manchmal bewegt sich mein Bauch ruckartig …, so wie jetzt, schauen Sie! Jetzt hüpft sie wohl, oder?«

»Nein, das Baby schluckt Fruchtwasser. Es lutscht am Daumen, schluckt Fruchtwasser, und dann bekommt es Schluckauf.«

»Wirklich?«

Ich sah wieder hin, lächelte, war völlig fasziniert.

» Und das da?« Ich zeigte auf die Stelle auf dem Bildschirm.

»Das ist das, was du nicht wissen willst«, antwortete die Ärztin.

Doch jetzt wusste ich es. Man musste nicht besonders clever sein, um es zu erkennen.

Ich spürte einen Stich der Enttäuschung, der nur einen Moment andauerte.

Dann presste ich die Lippen aufeinander, um nicht in Gelächter auszubrechen.

»Es ist ein Junge, stimmt's?«

Die Ärztin lächelte, während sie mit den Schultern zuckte. »Ich hoffe, du hast noch nicht zu viele hübsche Kleidchen gekauft … Es tut mir leid. Du wolltest dich überraschen lassen, und so sind Überraschungen nun mal.«

Ja, so waren sie. So war das Leben …

Ein Junge!

Ich unterhielt mich noch eine Weile mit der Ärztin, die in den letzten zehn Jahren die meisten schwangeren Frauen aus Nuba betreut hatte. Daher erfuhr ich während unseres Gesprächs ein paar Dinge, die bei mir einen bitteren Nachgeschmack hinterließen. Und ein beunruhigendes Gefühl in der Magengegend.

Ich fuhr nach Nuba zurück, ohne die Landschaft auch nur zu registrieren, deren Anblick mich normalerweise jedes Mal bezauberte.

Die Umrisse der Bäume, die an manchen Stellen regelrechte Mauern bildeten, die den offenen Himmel zu stützen schienen, rauschten beinah unbeachtet an mir vorbei. Ich wusste nicht, warum ich so abgelenkt war, so in mich gekehrt, da es mir nicht gelang, es mit meinen Gedanken zu fassen.

Ich sagte mir, dass ich mich sicherlich so fühlte, weil es mich aufgewühlt hatte, zu sehen, wie mein Kind mich immer mehr ausfüllte.

Ich konzentrierte mich auf die Straße, vor allem auf dem letzten Teil des Weges.

Ich wollte ankommen, bevor es dunkel wurde.

DER PILGER

LESEEMPFEHLUNG:
On the Road von Jack Kerouac

Mein Haus war fertig. Ich hatte dem Bauunternehmer den letzten Scheck überreicht, und Don Lorenzo hatte sich davon überzeugt, dass alles in Ordnung war. Die Wände erstrahlten innen und außen in frischer Farbe. Ich konnte es jeden Morgen und jeden Abend von meinem Balkon aus sehen, hatte mich aber immer noch nicht dazu entscheiden können, hinüberzugehen und mir alles anzusehen.

Die Erinnerung an Romilda störte die Freude, die ich hätte empfinden sollen, weil mein großes Vorhaben nun abgeschlossen war. Abgesehen davon rückte der Geburtstermin immer näher, und ich fühlte mich im Haus des Buchhändlers einfach sicher. Hier konnte mir niemand etwas anhaben, in meiner eigenen Festung mit unüberwindlichen Mauern, die das Böse erfolgreich abschreckten. Der Gedanke, allein mit meinem neugeborenen Kind drüben in meinem Haus zu sein, machte mir furchtbare Angst. Wenn es Romilda einmal gelungen war, hineinzugelangen, würde sie es in Zukunft vielleicht wieder schaffen, wenn ihr der Sinn danach stand.

Natürlich war im Haus noch viel zu tun. Die Küche fehlte noch, und auch der Rest musste eingerichtet werden. Die Möbel des ehemaligen Besitzers waren noch nicht aufgearbeitet worden, bis auf das Bett, das einer der Arbeiter gegen einen kleinen Zusatzlohn nach meinen Anweisungen restauriert hatte.

»All das sind Ausreden, um den Umzug noch eine Weile aufzuschieben«, meinte Don Lorenzo. »Und denk bitte nicht, dass ich dich hier rausschmeißen will; ich sage nur die Wahrheit.«

»Nein, nein …«, entgegnete ich unschlüssig.

Nein, nein …

Wir mussten ja nichts überstürzen. Tatsächlich drängte Don Lorenzo mich nicht, umzuziehen. Die Anwesenheit des Babys im Haus machte ihm keine Sorgen; er würde es nachts in seinem Refugium im hinteren Teil des Hauses nicht hören. Mein Zimmer war recht groß, und er hatte angeboten, dass ich den Wohnraum seiner Mutter neben dem Schlafzimmer noch als Kinderzimmer dazunehmen könne.

Er gab mir auch ein paar Tipps für mein zukünftiges Mutterdasein. Allerdings nannte er sie nicht Tipps, sondern Altersweisheiten. Ich musste jedes Mal lachen, wenn er davon anfing.

»… und du darfst nicht seine Freundin werden. Wenn du seine Freundin wirst, machst du ihn zum Waisen«, erklärte er beispielsweise. »Entweder bist du seine Mutter oder seine Freundin, beides geht nicht.«

»Woher wollen Sie das denn wissen? Sie haben doch keine Kinder.«

»Aber ich war selbst mal eins und habe aus dieser Erfahrung einiges gelernt.«

In diesem Moment betrat jemand die Buchhandlung.

Uns klappte die Kinnlade herunter.

Godón Pineda stand im Türbogen zum Philosophensaal, in dem Don Lorenzo und ich uns gerade aufhielten, und fixierte uns mit einem derart eindringlichen, intensiven Blick, dass wir versucht waren, die Hände zu heben, als würden wir mit einer Pistole bedroht.

Ich kannte Godón Pineda persönlich.

Er war berühmt, ein bekannter Schriftsteller. Ein Exzentriker mit einem irritierenden Selbstvertrauen, etwa fünfzig Jahre alt. Groß und attraktiv, und das nicht nur, wenn man ihn im Fernsehen sah. Er wirkte wie ein Abenteurer, den es unaufhaltsam in die Welt hinauszog.

Ich hatte ihn einmal über die weichen Teppiche im Palacio Real gehen sehen, und es hatte den Eindruck vermittelt, als liefe er mit Wanderstiefeln durchs nasse Gras. Ich stellte ihn mir immer wie in einem Comic mit einer Wolke über dem Kopf vor, aus der Donner, Blitze und blaue Flammen auf ihn niedergingen, nur für ihn, zu seinem Vergnügen, denn wenn es mal keine Gefahren und Schwierigkeiten gab, denen er sich stellen musste, erschien ihm das Leben todlangweilig.

Es hatte eine Fernsehserie gegeben – eine Realityshow –, in der die Kamera ihm auf seinen Reisen um die Welt auf Schritt und Tritt gefolgt war. Sie war kein großer Publikumserfolg gewesen, hatte ihm aber jede Menge nationale und internationale Auszeichnungen eingebracht. Mir hatte die Serie extrem gut gefallen. Ich hatte keine Folge verpasst und mir später sogar die DVD gekauft.

Anders als sein Auftreten als freiheitsliebender Weltenbummler vermuten ließ, war Godón Pineda mit einer Reihe von Liebesromanen zum Bestsellerautor geworden, in denen es um idyllische, rein platonische jugendliche Liebesgeschichten ging. Die Protagonisten hielten nicht einmal Händchen.

Seine Bücher zählten zu den wenigen überraschenden Verkaufserfolgen der letzten fünf Jahre. In meiner Zeit als Lektorin hätte ich alles dafür getan, ihn dazu zu bewegen, seinen Verlag zu verlassen und zukünftig in meinem zu publizieren.

Aber dazu war es nicht gekommen.

Jetzt war ich Buchhändlerin, und es interessierte mich nicht die Bohne, bei welchem Verlag seine Bücher erschienen. Das Einzige, was für mich zählte, war, dass ich sie im Locus Docendi verkauften konnte.

Und jetzt stand er vor uns.

»Guten Tag, erlauben Sie einem staubigen Pilger einzutreten, und entschuldigen Sie bitte die Ausdrucksweise, die allein schon den Boden zu beschmutzen scheint; würden Sie einem müden Wanderer in Ihrem kühlen, kultivierten Sanktuarium vorübergehend Obdach gewähren, damit er seinen Füßen und seinem Geist ein wenig Erholung gönnen kann?«, fragte er, ziemlich geschwollen.

»Aber sicher, treten Sie näher«, sagte ich und stand auf, um ihn zu empfangen.

»Guten Tag, bitte kommen Sie herein ...«, forderte auch Don Lorenzo ihn mit einem leichten Kopfnicken auf.

Godón trat ein und schenkte uns ein herzliches Lächeln.

»Ich fühle mich wie Oscar Wilde, als er gerade aus dem Zuchthaus von Reading entlassen wird. Aber ich habe den Eindruck, dass ich an genau dem richtigen Ort gelandet bin. Es gefällt mir hier.« Er kam zu mir herüber und musterte mich eindringlich. »Wir kennen uns doch, Señora ...?«

»Brianda Gonzaga«, stellte ich mich vor und erklärte, dass wir uns hin und wieder begegnet waren, als ich noch als Lektorin gearbeitet hatte.

»Natürlich. Ich freue mich, Sie wiederzusehen.«

»Möchten Sie vielleicht ein Glas Limonade?«

Godón war wie üblich auf Reisen, diesmal war er für zwei Monate mit dem Fahrrad allein im Norden Spaniens unterwegs. In einem Reiseführer war er auf Nuba gestoßen – »Gesegnet seien die Reiseführer!«, wie Don Lorenzo zu sagen pflegte – und wollte nun nicht die Gelegenheit versäumen, die berühmte Buchhandlung kennenzulernen.

Er hatte sich ein Zimmer in dem kleinen Hotel im Ort genommen.

»Aber das Bett gefällt mir nicht«, vertraute er uns an, während er erfreut die erfrischende Limonade genoss. »Als ich heute Morgen angekommen bin, habe ich mich gleich mal hingelegt, weil ich testen wollte, wie sich eine Matratze anfühlt, nachdem man ein paar Wochen im Schlafsack auf dem Boden genächtigt hat. Und ich muss sagen, dass ich auf dem Boden bequemer gelegen habe als auf dem Hotelbett. Aber vielleicht bin ich es auch einfach nicht mehr gewohnt, auf einer Matratze zu schlafen … Wie viel kostet diese Ausgabe von *On the Road?*«

Ich nannte ihm den Preis. Dann fiel mir ein, dass er uns vielleicht ein paar seiner Bücher signieren könnte. Die meisten Leser (ich eingeschlossen) ließen sich davon beeindrucken: Das handgeschriebene Gekritzel des Autors, der das Buch geschrieben hatte, erhöhte den Wert des Buches.

»O.k. Warum nicht?« Er zog eine Augenbraue hoch, nahm meinen Kugelschreiber und malte schwungvoll ein paar Schnörkel auf die ersten Seiten jeden Bandes.

Ich legte die Bücher auf einen Stapel, platzierte ihn im Schaufenster und schrieb dazu: *VOM AUTOR SIGNIERTE EXEMPLARE.*

Don Lorenzo sah mir zufrieden dabei zu.

Godón blieb einige Tage im Hotel und stattete uns fast jeden Nachmittag einen Besuch ab. Inzwischen duzten wir uns.

Nach einer Woche teilte er uns mit, dass er entschieden habe, eine Weile in Nuba zu bleiben.

»Aber ich würde gern ein Haus mieten. Die Matratze in meinem Hotelzimmer sorgt dafür, dass meine Nieren bald nur noch als Katzenfutter taugen. Allerdings habe ich gehört, dass es hier im Dorf im Moment schwierig ist, etwas Mietbares zu finden.«

Da kam mir plötzlich eine Idee.

»Ich weiß von einem wunderschönen Haus, das man mieten kann. Es liegt auf der anderen Seite des Platzes. Komm mit, ich zeige es dir.«

Wir verließen die Buchhandlung, und ich wies auf die gerade restaurierte Fassade meines Hauses. Neben den schlichten dunklen Stein-, Schiefer- und Granittönen wirkte die helle Farbe wie frisch geschlagene Sahne. Die Giebel und das Dach waren neu gedeckt, die Hecke, die den Vorgarten umgab, blühte, und die Holzrahmen der Fenster waren geschliffen und lackiert worden.

»Wie findest du es? Willst du es dir ansehen?«

»Und ob!«, entgegnete Godón.

Don Lorenzo stand im Eingang der Buchhandlung.

»Soll ich mitkommen?«, fragte er, wobei er mich leicht am Ellbogen berührte.

»Nein. Irgendwann muss ich es ja mal wagen… Aber danke.« Ich holte den Schlüssel, wir überquerten den Platz und standen vor dem Haus. Mein Herz schlug bis zum Hals, denn seit der Begegnung mit Romilda war ich tatsächlich nicht mehr hier gewesen.

Als ich die Tür öffnete, war es, als wäre das Schloss mit einer Feder verbunden, die mich gleichzeitig zwang, meinen Mund aufzusperren.

Alles war lichtdurchflutet.

Das Haus strahlte Jugendlichkeit und Optimismus aus. Es schien ein anderes zu sein als jenes, in dem Romilda mich gegen meinen Willen festgehalten hatte.

Die Wände waren in hellen Farben gestrichen, die Räume wirkten sauber und friedlich, die Bäder erstrahlten in neuem Glanz. Es roch nach Ranunkeln und frisch vom Regen gegossenen Wiesen. Don Lorenzo hatte duftende Kräuter an die Haken in der ehemaligen Gastwirtschaft gehängt. Die Sonne spiegelte sich in den gläsernen Trennwänden wie auf dem glitzernden Ozean. Dieser Raum, der einmal meine Bibliothek beherbergen sollte, hatte die Farbe von goldfarbener Butter.

Ich hatte das Gefühl, aus einem Zeittunnel direkt in eine Villa im prächtigen römischen Aquitanien getreten zu sein. Die Holzverkleidungen und die Treppe dufteten nach frischem Pinienholz, und ein rundes Fenster in der Decke des oberen Stockwerks brachte Licht in das ehemals düstere Treppenhaus. Mir wurde bewusst, dass dieses Haus, nachdem die Renovierung es von dem Rost der Zeit und des Verlassenseins befreit hatte, zu einem Rückzugsort vor den Widrigkeiten der modernen Welt geworden war. Es fehlten lediglich ein weiteres Bett, ein gemütliches Sofa, ein paar Teppiche, Stickereien und Seidenkissen und die vier rustikalen Möbelstücke des früheren Besitzers, damit es zu einem wunderbaren Zuhause wurde. Ein Schlupfwinkel. Ein behagliches Nest. Ein Ort, um sich wohlzufühlen …

Ich sagte mir, dass ich Don Lorenzo niemals genug würde danken können, dass er dieses Projekt bei seiner

Verwirklichung begleitet hatte. Und auf welch wunderbare Weise!

Auf einmal bereute ich es, erst jetzt hergekommen zu sein.

Ich hätte viel früher hier hereinschauen müssen. Und zwar bevor ich es Godón anbot, der es jetzt aufmerksam und insgesamt sehr angetan betrachtete.

»Wie viel Miete willst du dafür nehmen?«

»Ich weiß nicht.«

»Die Küche ist noch nicht eingerichtet …«

»Ich wollte das längst erledigen, aber …«

»Ich schlage dir einen Handel vor: Ich kümmere mich um die Küche, einschließlich aller Geräte, die man so braucht, und dafür zahle ich entsprechend weniger Miete.«

»Na ja, ich würde sagen …«

»Ach, Brianda, das wird toll! Ich werde dein Haus mit Pfauenfedern, Lilien und venezianischen Kristallkaraffen schmücken. Und mit jeder Menge ungarischem Porzellan.«

»Wie bitte?«

»Das war ein Witz.«

»Oh.«

»Keine Sorge, ich werde gut auf dein Haus aufpassen. Und ich werde niemanden einlassen, der Schaden anrichten könnte. Ich werde keine Kaimane als Haustiere halten. Würde es dich ein wenig beruhigen, wenn ich dir sage, dass meine Lieblingstiere tote Fliegen sind …?«

Also vermietete ich mein Haus an Godón. Er hatte vor, eine Weile in Nuba zu verbringen, um ungestört an einem Buch zu schreiben, und versprach, dass er keinen Besuch empfangen und keine Feste feiern würde. Außerdem bot er an, eigenhändig die Möbel zu restaurieren, die hinter dem Haus geduldig darauf warteten, dass eine gütige, geschickte Hand sich ihrer annahm, um ihnen die alte Pracht wiederzugeben.

Auch wenn ich daran zweifelte, sagte ich mir, dass es dem Haus zugutekommen würde, wenn der Schriftsteller eine Weile darin wohnte. Es würde ihm die spirituelle »Würze« verleihen, die nötig war, bevor mein Sohn und ich uns dort endgültig niederlassen konnten. Und ich war mir sicher, dass Godón genau der Richtige dafür war.

Der August ging vorbei und auch der September mit seiner angenehmen Wärme, und schon stand als Vorbote des Winters der Herbst vor der Tür.

Etwas, das mir an Nuba besonders gefiel, war, dass es hier spürbare Jahreszeiten gab. Anders als in Madrid, wo das Klima nichts anderes zu bieten hatte als einen langen, stickigen Sommer, auf den ein Winter folgte, der manchmal lediglich eine Verlängerung der staubigen Hitze brachte.

Die Kinder gingen wieder zur Schule, und das Sägewerk – von dem mehr oder weniger die gesamte Dorfbevölkerung lebte – verdoppelte die Produktion, die den Sommer über verringert worden war.

Die bunten Farben der Blumen verblassten zwischen den Steinen in den Gärten der Häuser. Die Vegetation bereitete sich auf den Rückzug vor, um vom frischen Grün, dem Weiß der Azaleen und dem gräulich-blauen Lavendel zu träumen, mit dem Ziel, weiter zu wachsen und bis zum nächsten Frühjahr der Kargheit und der Kälte zu trotzen.

Am Haus neben meinem, das der Tante des Artischockenkopfs gehörte, welkten die Moosrosen, alte rote und purpurfarbene Blumen, die bis zur Mitte des Sommers ihre Düfte verströmt hatten, und Damaszenerrosen, dich mich an einen

Vers des Dichters Omar Khayyām erinnerten: *Ich hör' die Nachtigall, wie sie zur Rose spricht: »Blüh auf und lieb und trink, eh dich der Herbstwind bricht.«*

Das von Wäldern umgebene Dorf wiegte sich im sanften Wind, der in der Nacht wie ein verliebter Jüngling pfeifend um meinen Balkon strich. In jenen Nächten deckte ich mich im großen Bett Doña Natalias mit einer leichten Leinendecke zu und spürte den unterschiedlichen Gefühlen nach, die sich in meiner Brust vereinigten wie salziges und süßes Wasser in einem Meeresdelta.

Dann erlaubte ich mir, in der tiefen Stille an Tomás zu denken.

Er war mein Geheimnis.

Ich fragte mich, wann ich ihn wiedersehen würde, wann ich noch einmal seine Haut berühren konnte, wann ich erneut seinen dunklen, brennenden Blick spüren würde. Ich fragte mich, ob er wusste, dass er Vater wurde, und ob er vorhatte, sich um seinen Sohn zu kümmern, ob er, selbst wenn er es nicht wusste, es nicht immer gewusst hatte, seit dem ersten Augenblick, seit dem Tag, an dem wir uns kennengelernt und im Schein des Feuers unseren Sohn gezeugt hatten.

Aber wenn er schon für seinen ersten Sohn nicht da gewesen war, ihm nicht beigestanden hatte, um zu verhindern, dass seine Frau ihn verlor, warum sollte er sich dann für meinen interessieren?

Mehrere Gewitter waren über dem Tal niedergegangen, und wenn ich mich über das Balkongeländer lehnte, konnte ich sehen, wie der Himmel über den Dächern der Häuser schwarz wurde, die wie windgebeugte Pflanzen auf einem illusionistischen viktorianischen Druck um den Platz standen. In vielen Nächten weinte ich mich in den Schlaf. Dennoch war ich glücklich. Plump, träge, ohne einen Vater für meinen Sohn – und glücklich.

Glücklich. Endlich. Nach langer, langer Zeit.

Ich fühlte mich jeden Tag schwerer und träger, aber auch vom Licht Nubas durchdrungen. Offensichtlich war ich bereits in diesem Ort verwurzelt.

Ich trug ein Kind in mir, das hier entstanden war, in den Bergen, in der frischen, klaren Luft dieses Tals.

Wir arbeiteten im Astronomensaal, dem einzigen Bereich der Buchhandlung mit Blick auf den Platz. Der Steinbrunnen war noch nicht abgestellt und sprudelte jeden Tag höher hinaus, aber es waren keine Kinder und Jugendliche mehr da, die ihre Füße darin badeten und sich gegenseitig nass spritzten.

Ein paar alte Leute unterhielten sich angeregt, während sie, auf ihre Stöcke gestützt, um den Brunnen spazierten.

Ich hatte gesehen, dass sich unter dem rosafarbenen Wasser auf dem Boden allmählich eine aschgraue Schmutzschicht ansammelte. Bald würde der Brunnen abgestellt, meinte Don Lorenzo, und ich würde das Geräusch des plätschernden Wassers vermissen, das mich nachts beruhigte und in den Schlaf wiegte.

Ich sprach mit Don Lorenzo darüber, wie seltsam es mir erschien, einmal Lektorin gewesen zu sein – ich hatte das Gefühl, als wären seitdem Jahrzehnte vergangen –, Bücher *gemacht*, erfunden und Autoren mit dem Schreiben beauftragt zu haben, während ich mich nun am Ende der Kette befand und Bücher verkaufte.

Dem Buchhändler gefiel nicht, was ich gesagt hatte.

»Hör mal, du Grünschnabel …! Glaubst du etwa, dass das, was du im Verlag gemacht hast, *wichtiger* war als das, was ich hier tue?« Don Lorenzo hob eine seiner weißen Augenbrauen. »Dass die Arbeit eines Lektors *transzendenter* ist als die eines Buchhändlers?«

»Nein, natürlich nicht! Was ich sagen will, ist, dass ich so viel dazugelernt habe … Die Bedeutung von Remittenden, die Schwierigkeit, Neuerscheinungen entsprechend zu platzieren, die Bedürfnisse der Leser richtig einzuschätzen …«

»Ich verstehe.«

»Dennoch fehlt mir meine frühere Arbeit ein wenig.« Nach meiner Ankunft in Nuba hatte ich Don Lorenzo mein Herz ausgeschüttet, über meine Entlassung und die schlechten Arbeitsverhältnisse geklagt, sodass mein Anfall von Melancholie ihn nun überraschte; wahrscheinlich hatte er gedacht, dass ich von all dem Stress, meinem Chef, dem unvermeidlichen Druck und dem Buchmarkt ein für alle Mal genug hatte. »Bücher zu machen ist eine wunderbare Aufgabe. Ich fürchte, dass mir nie bewusst war, was für ein Glück ich hatte. Und ich will damit nicht sagen, dass es schlecht ist, Buchhändlerin zu sein. Überhaupt nicht! Ich liebe meine Arbeit hier.« Und das stimmte. »Aber wissen Sie was? Ich bin auf die Idee gekommen, dass wir beide vielleicht, nur vielleicht, einen kleinen Verlag gründen könnten.«

»Bist du verrückt? Ist es nicht schon schwer genug, all die Bücher an den Mann zu bringen, die wir hier haben? Willst du wirklich noch mehr von ihnen produzieren? Ich habe mal davon geträumt, das alles loszuwerden, bis ich in Rente gehe. Und als mir klar wurde, dass mir das niemals gelingen würde, musste ich mich mühsam an den Gedanken gewöhnen, hier zu arbeiten, bis ich tot umfalle. Und ich bin tatsächlich noch hier, falls dir das noch nicht aufgefallen ist. Sieh dich doch mal um, um Himmels willen …«

Ich watschelte mit meinem plumpen Körper zu ihm hinüber.

»Mal sehen, ob ich es erklären kann. Ich möchte keinen Verlag gründen, um mehr Bücher zu verkaufen als alle anderen.«

»Nein? Was ist dann dein Ziel? Weniger zu verkaufen als alle anderen?«

»Genau. Das ist es.«

Don Lorenzo schüttelte leicht den Kopf, als hätte er gerade festgestellt, dass seine Aushilfe nun endgültig den Verstand verloren hatte.

»Don Lorenzo, erinnern Sie sich noch an meine Ankunft in Nuba?«

»Natürlich. Du warst viel dünner als jetzt, dafür hattest du Schatten unter den Augen. Und du hast tonnenweise Frust mit dir rumgeschleppt.«

»Erinnern Sie sich, dass Sie gesagt haben, ich dürfe Ihren Laden übernehmen, wenn ich mich als vertrauenswürdig erweise?«

»Ich erinnere mich genau.«

»Sie haben mir auch erzählt, dass in dieser Buchhandlung ein Schatz versteckt ist.«

Don Lorenzo lächelte, und seine blauen Augen leuchteten auf, als hätte der Wind den Staub darauf hinweggefegt.

»Das Erste, was mir dazu einfiel, war, dass irgendwo hier in den überfüllten Regalen vielleicht eine wertvolle Inkunabel versteckt ist, wie sie für viel Geld versteigert werden.«

»Hm.«

»Deshalb habe ich mich überall umgesehen«, erklärte ich mit einer umfassenden Geste. »Nach und nach habe ich alles durchstöbert. Ich habe vielleicht nicht jedes Buch in den

Händen gehabt, aber beinahe. Ich habe nach dieser Inkunabel gesucht, einer seltenen Originalausgabe, einem alten Manuskript oder einem Pergament, das die Formel enthält, um die Welt zu retten ... Sie wissen schon, wie in den Romanen von Dan Brown. Jeden Abend musste ich mir vor dem Essen gründlich die Hände waschen, weil sie schwarz von Staub waren.«

»Und ich habe gedacht, du hättest die Bücher gesäubert.«

»Natürlich habe ich sie dabei auch gleich gesäubert.«

»Und was hast du gefunden?«

»Sie wissen, dass ich nichts dergleichen gefunden habe. Es gibt viele seltene und besondere Bücher hier wie in jedem anderen Antiquariat. Akten, Handschriften, Abschriften, lose Blätter, Zeitschriften aus dem neunzehnten Jahrhundert, das Tagebuch einer alten Dame, das nach ihrem Tod beim Trödler gelandet ist, Eigenveröffentlichungen von Dichtern, die niemand je gelesen hat, Schund, den irgendein Provinzpolitiker herausgegeben hat, Kinderbücher vom Flohmarkt, handgemalte Postkarten von früher ...«

»Stimmt genau.«

»Bis mir eines Tages aufging – und das ist noch nicht lange her, wenn Sie es wissen möchten –, dass die beste Art, einen Schatz zu verstecken, ist, ihn für jeden sichtbar aufzubewahren.« Ich wies erneut auf die Bibliothek, die uns umgab. »Das ist Ihr Schatz, Don Lorenzo. Ihre Bücher. Ihre Freunde. Ihr großes Geheimnis um den versteckten Schatz war ein Kinderrätsel.«

»Es war nicht nur so dahergesagt, Brianda. Du hast dir einen Schatz verdient.«

»Vielen Dank. Aber es ist tatsächlich ein Schatz. Ein so großer Schatz, dass man mehrere Leben braucht, um ihn entsprechend auszukosten. Und so sind wir alle in der glücklichen Lage, davon zu profitieren und ihn gleichzeitig für unsere Nachkommen zu bewahren. Es ist das einzige Vermögen, das niemals ausgegeben werden kann. Das, was die Früchte des Geistes wachsen lässt, wie Sie es ausdrücken.«

Don Lorenzo zog seine Weste zurecht und setzte dann mit feierlicher Geste seine Brille auf.

»Ich sehe, dass du ein paar Dinge verstanden hast.«

»Was ich möchte, ist, dass wir gemeinsam Bücher machen. Keine großen Auflagen, sondern ganz kleine.« Ich merkte, wie die Begeisterung in mir anwuchs. »Ich kann mit dem Computer umgehen, kann das Layout machen. Und wenn ich Ihnen beim Buchbinden zusehe, habe ich das Gefühl, einen Goldschmied bei der Arbeit zu betrachten. Unsere Bücher wären Schmuckstücke, Schätze für Buchliebhaber. Verlag Locus Docendi. Wir würden besondere Bücher für besondere Menschen verkaufen, mit Liebe gemachte Bücher, für Leute, die Bücher lieben. In verschiedenen Sprachen. Wir können sie über das Internet in der ganzen Welt verkaufen. Wir fügen sie einfach unserem Bestand hinzu... Wir könnten Shakespeare neu herausgeben. Shakespeare ist noch lange nicht tot! Er müsste nur mal ein bisschen aufgemöbelt werden!« Ich ging zu einem Stapel abgenutzter Bücher hinüber, der in einer Ecke stand, und las die Titel und die Autorennamen vor: »*Recuerdos del tiempo viejo* von Zorrilla. *El copo de nieve* von Ángela Grassi. *Lágrimas del corazón* von Enriqueta Lozano. Denken Sie an Senancour und an Nerval. Gefällige, unkomplizierte Autoren, die dazu noch lizenzfrei sind. Wir könnten die Bücher illustrieren, einige von ihnen mit Zeichnungen von lokalen Künstlern verkaufen, von denen, die ihre Bilder samstags auf dem

Markt ausstellen … Warum nicht? Es wäre doch toll, wenn wir so unseren Schatz vergrößern könnten.«

»Unseren Schatz, aha.«

»Ja. Was meinen Sie?«

»Ich muss darüber nachdenken.«

»Gut!«

Der römische Dichter Martial sagte über die Frauen seiner Zeit: *»Lange schon erkundige ich mich überall in der Stadt, Safronius Rufus, ob irgendein Mädchen ›Nein‹ sagt: Kein Mädchen sagt ›Nein‹. Als ob's unrecht, als ob's schändlich wäre, ›Nein‹ zu sagen, als ob's verboten wäre. Kein Mädchen sagt ›Nein‹.« – »Keusch ist also keine?« – »Doch, keusch sind unzählige.« – »Was also macht dann die Keusche?« – »Sie gibt sich nicht hin und sagt trotzdem nicht ›Nein‹.«*

So ging es mir mit Tomás: Ich gab mich ihm nicht hin und sagte trotzdem nicht Nein.

Ich war jedes Mal aufgeregt, wenn wir uns begegneten. Es kam stets vollkommen überraschend. Genauso wenig wusste ich, ob wir Gelegenheit haben würden, ein paar flüchtige Zärtlichkeiten auszutauschen. Die mich schneller atmen und meine Lippen zittern ließen.

Einmal trafen wir uns mitten auf der Straße, in der Nähe des Pilgerhospitals. Er war zusammen mit zweien seiner Arbeiter unterwegs. Alle drei grüßten höflich. Ich nickte ihnen zu, und die beiden Männer gingen weiter, während er zurückblieb.

Er kam ganz ungezwungen auf mich zu, als wollte er mich nach der Uhrzeit fragen. Als die beiden anderen rauchend und plaudernd um die Ecke gebogen waren, nahm Tomás meine Hand und zog mich hinter einen Vorsprung des alten

Gebäudes. Vorsichtig schmiegte er sich an mich, wobei er jedoch nicht zeigte, ob ihm mein dicker Bauch auffiel, was mich inzwischen auch nicht mehr wunderte.

Er küsste mich zärtlich und strich mit den Fingern an einer Strähne meines Haars entlang, von der Wurzel bis zur Spitze, als wollte er herausfinden, ob sie lebte.

In einigen Volksstämmen ist es Tradition, dass die Hochzeitsgäste vor dem Zimmer, in dem das Brautpaar die Ehe vollzieht, einen Heidenlärm macht. Denn die Liebe ist nicht leise. Sie knirscht wie der trockene Ast einer Glyzinie, der im Wind zerbricht. Tomás jedoch liebte still und heimlich. Ich fragte mich, ob wohl alle Männer, die ihre Frauen betrogen, Experten in Sachen stiller, hastiger Liebe mit anschließendem schlechtem Gewissen waren.

»Komm, komm zu mir«, flüsterte er mir ins Ohr.

Und ich gab seine Küsse begierig zurück, bemüht, mir einen Vorrat für die Nacht anzulegen, wenn ich mich nach ihnen sehnen würde, wenn ich spürte, dass mein Herz verschlossen in einer dunklen Schachtel lag, meine Hände leer waren und meine Wangen brannten. Lichterloh.

Der Herbst verging friedlich.

Ich entschied, dass mir vor allem der Frühling und der Herbst gefielen, wenn die Welt lau war wie ein frisch gewaschenes Tuch und es nicht nötig war, sich warm anzuziehen oder sich die Kleider vom Leib zu reißen, wenn man sich draußen in der Sonne aufhalten wollte.

Ich machte lange Spaziergänge um den See, genoss den Blick auf den weichen Moosteppich, die fröhlichen Entenfamilien und das ewige Plätschern des Wassers, das in leichten Wellen ans Ufer schwappte. Schließlich erreichte der

Herbst auch die stolzen runden Kronen der Bäume und färbte sie in strahlenden Kupfertönen. Die Luft war mild, und die Blätter wirkten kraftlos.

Oft begleitete Lope mich.

Jedes Mal, wenn er mich nach dem Unterricht in der Buchhandlung abholte, verabschiedete Don Lorenzo uns mit einem »Hm, hm«.

Eines Abends, als wir allein in der Küche waren, meinte er: »Dieser Lope … Ich weiß nicht, was ich von ihm halten soll. Seit seiner Scheidung flattert er von Blüte zu Blüte, hat sich aber niemals festgelegt.«

Ich las noch etwas, bevor ich schlafen ging, nahm einmal in der Woche ein langes Bad, rieb meinen Bauch mit duftenden Salzen ein, flocht mir lange Zöpfe, damit mein Haar schön lockig war, und sang meinem Sohn ein paar Lieder vor, die ich überraschenderweise nicht vergessen hatte.

Und dann, eines Tages, kam endlich der Winter nach Nuba, zumindest behauptete das der Kalender.

Don Lorenzo und ich setzten uns nach dem Essen an den mit Delfter Kacheln verzierten Ofen in der Küche, wo wir ein kleines Feuer schürten; auch wenn es noch nicht wirklich kalt war, kündeten die Nächte doch von dem Frost, der bald Einzug halten würde, und es war angenehm, in der Wärme zu sitzen und zu plaudern.

An vielen Abenden kam Godón zu Besuch, der sich in meinem Haus sehr wohlfühlte. Während er an seinem Roman schrieb, hatte er zur Ablenkung nach und nach die Möbel aus der alten Gaststube restauriert. Die Küche war inzwischen vollständig eingerichtet, und der Schriftsteller rühmte sich mehr für seine kulinarischen Fähigkeiten als für seine Bücher.

Er versicherte, dass er sein übliches Leben nicht vermisste, dass er in Nuba alles gefunden habe, was er für den Winter brauche; dass die Einladungen zu den kulturellen Veranstaltungen in der Hauptstadt, die er erhielt, ihn absolut nicht reizten, weil ihm einige seiner Bekannten dort so willkommen waren wie ein Schnupfen, und dass er sich zufrieden zurücklehnte, wenn er an die »sympathischen Schleimer« dachte, die früher bei ihm in Madrid aufgetaucht waren und die er noch weniger vermisste als den Verkehr und den Dreck in der Großstadt.

Don Lorenzo freute sich immer über Godóns Gesellschaft, und am Ende des Tages tranken sie oft ein Glas Wein zusammen und aßen ein Stück Käse, während ich mir das Fleisch einverleibte, das meine beiden Ärztinnen mir ans Herz gelegt hatten. Zum Glück hatte ich nicht weiter zugenommen, denn ich hatte schon befürchtet, mich in eine Kugel zu verwandeln.

Eines Nachmittags war ich in der Buchhandlung, ohne viel zu tun, weil ich schlecht geschlafen hatte – inzwischen konnte ich nicht mehr, wie gewohnt, auf dem Bauch liegen –, und eigentlich fehlte mir die Kraft zu arbeiten, als Lope hereinkam.

Es war kurz vor Weihnachten, und auch die Geburt meines Sohnes war nicht mehr fern; Don Lorenzo hatte mir untersagt, irgendetwas zu tragen, und um zu vermeiden, dass ich untätig herumsaß, hatte er mir das Einbinden von Büchern beigebracht.

Dafür musste ich keine große körperliche Kraft aufwenden, und er war froh, wenn ich ihm etwas von dieser Arbeit abnahm. Ich mochte es, zu leimen und zu schneiden und, vor allem, mit farbiger Tinte die Schutzumschläge zu beschriften. Außerdem hatte der Buchhändler mir versprochen, dass wir uns, wenn mein Sohn geboren war und ich mich wieder etwas erholt hatte, noch einmal ernsthaft mit der Gründung eines kleinen Verlags auseinandersetzen würden.

Ich liebte es, Pappe und Leinen zuzuschneiden – aus prächtigen Stoffresten, die ich für wenig Geld auf dem Markt gekauft hatte –, die Presse zu betätigen, zu nähen und von Weitem das Wachs zu riechen, an das Don Lorenzo mich nicht heranließ, weil er meinte, dass die starken Paraffindüfte nicht gut für das Kind seien.

Die Nachmittage wurden immer dunkler, und die Nächte fielen wie unsichtbare Wesen ins Tal ein, die das ganze Dorf in eine weiche Taubheit hüllten.

Don Lorenzo war draußen und wartete auf eine Fuhre Holz, die sich offenbar verspätet hatte.

Lope klopfte an den Türrahmen und trat ein, ohne eine Antwort abzuwarten.

»Guten Tag, Brianda.«

»Hallo, Lope, lange nicht mehr gesehen!«

»Sie, die Zier der Frauen, der keine Schönheit, keine Tugend fehlt.« Er kam zu mir herüber, nahm meine Hand und hauchte einen Kuss darauf, während er, wenn mich nicht alles täuschte, Ariost zitierte. »Na ja, wenn man deinen Zustand außer Acht lässt, muss ich hinzufügen. Obwohl dieser für mich und unsere Liebe, wie du weißt, kein Hindernis darstellt. Unsere zukünftige Liebe …«

Er sagte, dass er ein paar Wochen lang nicht im Laden vorbeigeschaut habe, weil er in der Schule so viel zu tun gehabt habe. Außerdem hatte er einen Brückentag genutzt, um zu seinem Sohn zu fahren.

»Wo lebt er?«

»Wer?«

»Dein Sohn. Und seine Mutter natürlich.«

»Oh, ziemlich weit weg.«

»In Santander?« Ich hatte den Eindruck, dass jeder, der es sich leisten konnte, in Santander lebte.

»Das wäre schön. Dann könnte ich ihn öfter sehen.«

Die Antwort auf meine Frage blieb er mir schuldig. Er hatte mir nicht einmal verraten, ob seine Eltern noch lebten. Jedes Mal, wenn das Gespräch auf sein Privatleben kam, seine Verwandten und seine Freunde – soweit er außer seinen Kollegen und den Bekannten aus Nuba überhaupt Freunde hatte –, wechselte er das Thema. Meistens machte er irgendeinen Witz, über den er dann selbst lachte.

Mich hatte er dagegen ohne jegliche Zurückhaltung über jedes Detail meines Lebens ausgefragt, sodass er außer dem Namen des Vaters meines Kindes inzwischen so ziemlich alles von mir wusste.

In diesem Moment fiel mir auf, wie sehr mir Leute wie Lope auf die Nerven gingen, die sich dauernd in das Leben anderer einmischen, ohne etwas von ihrem eigenen preiszugeben. Als ob das Wissen über den anderen ihnen irgendeinen Vorteil verschafft, während sie sich mit ihrem eigenen Leben hinter einer stählernen Wand verschanzen.

Vielleicht haben sie damit sogar recht. Sagt man nicht, dass Wissen Macht verleiht? Doch wozu dient diese Macht im Rahmen privater Beziehungen? Zu nichts, meiner Meinung nach.

Lope begann mit einem Gespräch über das Wetter, das so langweilig war, dass ich irgendwann aufstand und ein wenig herumging, um mir die Beine zu vertreten. Obwohl ich morgens immer schon durchs Dorf spazierte, in der Hoffnung, meinen Kreislauf in Schwung zu bringen, fühlte ich mich in der zweiten Tageshälfte immer so aufgedunsen und müde, dass ich nicht viel saß, sondern durch die Buchhandlung ging und mein Glücksspiel mit den Büchern spielte. Allerdings ohne wirklichen Einsatz, ohne nach Antworten zu suchen oder Fragen zu stellen, so wie ein professioneller Spieler im Kasino, der rein mechanisch immer wieder würfelt, nur um das Gefühl zu haben, keine Chance ungenutzt zu lassen.

Ich schloss die Augen und wendete mich irgendeinem Buchrücken zu, während Lope weitersprach, ohne zu merken, dass ich ihm gar nicht mehr zuhörte.

Als ich das Buch aus dem Regal nahm, sah ich, dass es sich um Swedenborgs *Himmel und Hölle* handelte. Wenn das die Antwort war, was war dann wohl die Frage dazu? Laut Emanuel Swedenborg waren die Menschen in ihrem Willen frei und konnten sich zwischen der »himmlischen« und der »höllischen« Form der Liebe entscheiden.

»Und wenn das Leben die Antwort ist, was wäre dann die Frage?«, murmelte ich vor mich hin, während ich auf das Buch starrte, als wäre es gerade vom Himmel gefallen.

Es war eine liebevoll gestaltete und seltene Ausgabe, die möglicherweise seit einem halben Jahrhundert niemand mehr aufgeschlagen hatte.

Lope fragte, ob er sie sich mal ansehen dürfe.

»Sie ist sehr schön«, meinte er. »Dein Chef hat wahre Wunder hinter diesen Mauern verborgen. Wie viel kostet sie?«

Ich sah hinten im Buch nach, wo Don Lorenzo mit Bleistift immer den Preis notierte, und nannte ihn Lope.

»Ich nehme es mit.«

»Eine ausgezeichnete Wahl, wenn auch ein wenig gespenstisch.« Ich ging zur Kasse hinüber, mit dem Buch in der einen und der dazugehörigen Karteikarte in der anderen Hand.

Lope nahm einen Schein aus seiner Brieftasche, und ich gab ihm das Wechselgeld.

»Soll ich es als Geschenk verpacken?«

»Nein. Die Geschenke, die wir uns selbst machen, sind eigentlich nie eingepackt. Ist dir das schon mal aufgefallen?«

Wir plauderten noch eine Weile miteinander. Die Dunkelheit vor dem Fenster wirkte wie eine schwarze Staubschicht. Ich gähnte ein paar Mal, bald würde ich das Geschäft schließen.

Don Lorenzo war noch nicht zurückgekehrt. Er war wohl immer noch mit dem Holz beschäftigt. Ich wollte, nachdem ich die Tür abgeschlossen hatte, hinauf in mein Zimmer gehen und mich umziehen, bevor ich zum Essen in Don Lorenzos Refugium hinunterging.

Lope versprach, mich wieder öfter besuchen zu kommen.

»Du musst auf dich aufpassen. Bald ist es so weit, oder?«

»Stimmt.«

»Wann ist der Geburtstermin?«

»Ende Dezember oder Anfang Januar, glaube ich.«

»›Glaubst du‹? Du bist vielleicht eine …«

Er verabschiedete sich von mir mit einem Kuss auf die Stirn und strich über mein Haar, das wie ein Mantel meinen Rücken bedeckte.

»Pass auf dich auf!«, wiederholte er.

»Das mach ich. Bis bald. Und viel Spaß bei der Lektüre.«

»Welcher Lektüre?«

Ich wies auf das Buch, das er unter den Arm geklemmt hatte.

»Ach ja, natürlich«, sagte er und ging.

Ich sah ihm nach, und ohne zu wissen, warum, stellte ich ihn mir in der kalten Winternacht in seiner Mietwohnung vor, wie er über den Himmel und die Hölle las, bevor er zum Schlafen, ähnlich wie ein Vogel, den Kopf unter den Arm steckte.

Ich lächelte, strich mein Haar zurück und rieb mir die Augen.

Dann ordnete ich die Bindewerkzeuge, und ehe ich michs versah, war es Zeit, den Laden zu schließen.

Ich ging zur Kasse und sah, dass dort eine braune lederne Brieftasche lag. Überrascht überlegte ich, dass es Lopes Brieftasche sein musste, die er wohl nach dem Bezahlen vergessen hatte.

Ich nahm sie und wollte ihn anrufen, damit er wusste, wo sie war, und sie abholen kommen konnte. Dazu hätte ich das Telefon in der Buchhandlung benutzen können, aber ich wollte Don Lorenzo zusätzliche Kosten ersparen – und zudem war es eine der seltenen Gelegenheiten, mein neues Handy zu benutzen. Don Lorenzo zog mich immer damit auf, dass die Telefongesellschaft noch den Staatssicherheitsdienst einschalten würde, um mich als verdächtig zu überwachen, wenn sie feststellte, dass ich die einzige Kundin war, die so gut wie nie telefonierte.

Ich sah in meiner Tasche nach, aber mein Handy war nicht darin. Wie meistens, wenn ich nicht vorhatte, die Buchhandlung zu verlassen, hatte ich es in meinem Zimmer gelassen.

Also steckte ich Lopes Brieftasche ein, schloss die Kasse und die Eingangstür ab und ging zu meinem Zimmer hinauf.

Ich griff nach dem Handy, doch dann wurde ich von einem ungewöhnlichen Anflug von Neugierde, Indiskretion und schlechtem Benehmen erfasst. Brianda, das brave Mädchen, die höfliche, vertrauenswürdige Brianda, öffnete Lopes Brieftasche und betrachtete sie eingehend.

Ich zog ein Paar Handschuhe von Natalia über, die auf meinem Nachttisch lagen, weil mir die schimmernden, darin eingestickten Sterne so gut gefielen, und kicherte wie ein Kaninchen in einem Zeichentrickfilm. Es schien mir gerecht, auf diese Art einen Ausgleich von Lope zu erhalten, der, was ihn selbst anging, so eisern schwieg, mir gegenüber jedoch so neugierig war.

Ich sah mir seine Kreditkarten an, ein paar Geldscheine, die ordentlich in dem dafür vorgesehenen Fach verstaut waren, die Münzen, die in etwa die waren, die ich ihm an Wechselgeld gegeben hatte, seinen Führerschein, seinen Pass und seinen Sozialversicherungsausweis und – was mich am meisten berührte – die Fotos von einem hübschen dunkelhaarigen Kind, das strahlend lächelte und dabei seine Milchzähne zeigte, die aussahen wie Perlen an einer Kette.

Ich ging davon aus, dass es sich um seinen Sohn handelte. Der Sturkopf hatte mir nicht einmal den Namen verraten. Es geschah Lope recht, dass ich nun das Gesicht des Kindes betrachten konnte, während ich mir sacht über den Bauch strich und von meinem eigenen Sohn träumte, den ich bald kennenlernen würde.

Es waren drei Fotos von dem Jungen in der Brieftasche.

Auf einem war er etwa drei Jahre alt – so langsam wurde ich zur Expertin in diesen Dingen, nachdem ich massenweise Bücher und Zeitschriften über die Mutterschaft und die Kindheit studiert hatte; die anderen beiden Bilder waren aktueller, sie zeigten ihn im Alter von etwa acht oder neun Jahren, und ihm fehlte einer der oberen Schneidezähne. Er war ein extrem hübsches Kind. Sein Gesicht kam mir bekannt vor, aber ich wusste nicht, woher; ich hatte das Gefühl, ihn schon mal irgendwo gesehen zu haben; vielleicht hatte er während eines Besuches bei seinem Vater mal mit den anderen Kindern auf dem Platz gespielt. Vorgestellt hatte Lope ihn mir natürlich nicht.

Jedenfalls sah ich den Jungen jetzt vor mir, gesund und munter und mit einem glücklichen Lächeln im Gesicht. Man konnte sehen, dass er trotz der Trennung seiner Eltern ein fröhliches Kind war. Ich fragte mich, warum Lope, der doch stolz auf seinen Sohn sein musste, sein Foto nicht überall herumzeigte.

Gerade war ich dabei, die Bilder wieder in der richtigen Reihenfolge in die Brieftasche zu stecken, als mein Telefon zu klingeln begann, was mich zu Tode erschreckte.

»Ja?«

»Brianda, ich bin's, Lope ...«

»Ah gut. Ich wollte dich gerade anrufen. Ich hatte das Telefon schon in der Hand. Du hast deine ...«

»Ich bin unten an der Tür, aber es ist schon geschlossen.«

»Ich komme sofort runter«, sagte ich atemlos.

Ich zog die Handschuhe aus, warf sie aufs Bett und eilte, so schnell es mir möglich war, die Treppe hinunter, um ihm seine Brieftasche zurückzugeben.

Ein paar Tage später bekam Don Lorenzo eine Erkältung. Dickköpfig, wie er war, weigerte er sich, das Bett zu hüten, zum Arzt zu gehen oder irgendetwas einzunehmen, was seinen Zustand hätte verbessern können.

»Ein kranker Mann ist etwas furchtbar Nerviges«, versicherte er mir hustend. »Um dir das zu ersparen, solltest du mir möglichst aus dem Weg gehen.«

»Aber, Chef, wenn Sie nicht schön brav im Bett bleiben, werde ich mich garantiert anstecken, und das wollen wir beide nicht, stimmt's?«

»Geh in einen anderen Raum. So weit kommen die bösen Viren nicht und werden dich in Ruhe lassen, dich und dein Baby.«

Als er das Baby erwähnte, kreuzte ich in einer schützenden Geste die Arme vor der Brust. Ich sah ihn mit zusammengezogenen Augenbrauen an.

»Sofort ins Bett! Ich koche Ihnen eine heiße Brühe. Und ich rufe Doña Felisa an. Sie hat zwar heute keinen Bereitschaftsdienst hier, aber sie wird sicher kurz vorbeikommen, um Ihnen irgendeinen Saft oder sonst etwas zu verschreiben, was diesem Schniefen und Röcheln ein Ende setzt.«

»Ich hasse Ärzte. Und Medizin sowieso.«

»Und ich hasse kranke Männer, die bockig sind.«

»Es ist wirklich nicht schlimm, Brianda. Sei nicht so stur.«

»Stur? Ich? Das müssen Sie gerade sagen!«

»Ich habe dir doch gesagt, du sollst mir aus dem Weg gehen.«

Es dauerte noch eine gute Weile, bis er mir erlaubte, die Ärztin anzurufen.

In seinem geschwächten Zustand gab er irgendwann jeden Widerstand auf.

»Gut, tu, was du willst, aber ich werde nicht zulassen, dass sie mir eine Spritze gibt.«

»Eine Spritze? Heutzutage bekommt man höchstens noch eine Spritze, wenn man Typhus hat oder so etwas.«

»Das hoffe ich für dich«, murrte er und ergab sich in sein Schicksal.

Ich rief Doña Felisa an, und wir vereinbarten, dass sie kurz vor Mittag in der Buchhandlung vorbeikommen würde.

Nachdem sie Don Lorenzo untersucht hatte, schickte sie ihn ins Bett.

»Wann hast du dich das letzte Mal gründlich untersuchen lassen, Lorenzo? Man müsste dich mal genau unter die Lupe nehmen«, meinte die Ärztin und schwang dabei ihr Stethoskop wie eine lange Perlenkette.

»Ich lasse mich von niemandem unter die Lupe nehmen. Und schon gar nicht von einem Arzt.«

»Ich stelle dir eine Überweisung aus. Wenn du dich wieder erholt hast, solltest du in der Stadt zu einem Facharzt gehen. Und halt den Mund jetzt lieber geschlossen, damit keine Fliegen reinkommen.« Sie wandte sich an mich, überreichte mir mehrere Rezepte und befahl: »Geh zur Apotheke und pass auf, dass er von allem die richtige Dosis nimmt. Hier habe ich die Uhrzeit und die Mengenangaben aufgeschrieben.« Sie gab mir einen Zettel, auf dem sie irgendetwas notiert hatte. »Und zieh dir einen Mundschutz an, wenn du zu ihm gehst. Den bekommst du auch in der Apotheke. Ich will nicht, dass du dich ansteckst, jetzt, da die Entbindung so kurz bevorsteht.«

»Einen Mundschutz? Ist das nicht etwas übertrieben?«, murrte ich.

Als wir Don Lorenzo zu zweit endlich dazu bewegt hatten, sich ins Bett zu legen, wurde der Buchhändler zu einem braven, folgsamen Patienten, als hätte die Tatsache, dass er schließlich akzeptiert hatte, ernsthaft krank zu sein, ihn davon überzeugt, dass es das Vernünftigste war, zu versuchen, schnellstens wieder gesund zu werden und sich unseren Bemühungen nicht länger zu verweigern.

Ich ging zur Apotheke und kam so schnell wie möglich wieder zurück.

Als er schließlich gut zugedeckt in seinem Bett lag, das aus schwarzem Schmiedeeisen und wesentlich kleiner war als meines, in seinem schlichten Schlafzimmer, was er als »männlich« bezeichnete, ich jedoch karg und aufs Allernötigste beschränkt nennen würde, schloss er mit einem langen Seufzer die Augen.

»... Tochter«, murmelte er.

»Wie bitte?«

Er hob ein wenig die Lider. Seine Augen waren wie zwei blaue, leicht beschlagene Glasscheiben.

»Ich habe gesagt, wenn ich eine Tochter hätte, würde sie jetzt vielleicht das Gleiche tun wie du. Den alten Mann ins Bett bringen.«

»Den alten Mann? Aber Sie sind doch frisch wie der junge Morgen. Wann waren Sie das letzte Mal erkältet?« Ich steckte das Laken unter der Matratze fest, so gut ich konnte. Natürlich hatte ich keinen Mundschutz gekauft. »Ich bin jedes Jahr mehrmals erkältet. Ich wette, dass ich Sie, was das angeht, um Längen schlage.«

»Weißt du was, Brianda?«

Ich schaltete die Nachttischlampe ein, obwohl es draußen noch nicht dunkel war und das schwache Licht, das ins Zimmer fiel, es wie verzaubert wirken ließ.

»Was?«

»Ich freue mich auf dein Kind.«

»Ich auch.«

»Mit einem Baby wird dieses Haus niemals alt riechen.«

»Reden Sie keinen Quatsch!«

»Ich freue mich, dass du noch nicht umgezogen bist. Ich bin froh, dass du hier bist.«

»Danke. Ich bin auch froh darüber.«

Ich gab ihm seine Medizin in der Dosis, die die Ärztin verordnet hatte. Don Lorenzo öffnete den Mund und leckte sich die Lippen.

»Schmeckt furchtbar«, brummte er, legte sich wieder hin und kuschelte sich in die Kissen. »So ein extremes Wetter ist nichts für alte Leute.«

Ich setzte mich in den Schaukelstuhl am Fenster und wachte über meinen Chef. Die Buchhandlung war geschlossen, allerdings ging ich davon aus, dass ich sie später für eine Weile öffnen, die Internetbestellungen bearbeiten und die Abrechnung machen konnte, bevor ich sie bis zum nächsten Tag wieder schloss.

»Ich freue mich, dass du nicht in diesem Haus wohnst, Brianda ...«

»Godón kümmert sich hervorragend darum. Wenn er auszieht, ist es perfekt.«

»Dieses Haus ...«

»Keine Sorge. Allmählich finde ich wieder Gefallen daran. Wenn Godón mit seinem Buch fertig ist und nach Madrid zurückkehrt, werde ich umziehen. Werden wir umziehen ... Mein Sohn und ich, meine ich.« Ich schloss für einen Moment die Augen und dachte daran, wie wohl sein Gesicht aussehen würde, wie seine Hände sein würden und von welcher Farbe seine Augen. »Dann bin ich immer noch nah genug bei Ihnen, um gleich da zu sein und Sie ins Bett zu bringen, wenn Sie mal eine Grippe haben, was sicher nicht häufig der Fall sein wird. Bestimmt wird es eher umgekehrt sein. Denken wir nicht weiter darüber nach.« Ich machte eine abwehrende Handbewegung. »Wahrscheinlich hatte das alles mit der Schwangerschaft zu tun. Sie wissen schon! Die Phobie gegenüber dem Haus ... Jetzt will ich nicht mehr an negative Dinge denken. Ich bin sicher, dass das Haus, wenn mein Sohn erst geboren ist, für uns beide perfekt sein wird.«

»Und es werden keine Geister mehr dort sein ...«

»Nein, Godón wird sie alle aufgeschreckt und verjagt haben.«

Don Lorenzo hatte die Augen geschlossen, seine Stirn war schweißbedeckt, und sein weißes Haar klebte in wirren, feuchten Strähnen an seinem Kopf. Der Saft, den er eingenommen hatte, musste eine narkotisierende Wirkung haben, da er auf einmal unglaublich müde wirkte.

»Dieser Brunnen. Und der Feigenbaum ...«, murmelte er und seufzte schläfrig.

Vorsichtig stand ich auf und trat ans Kopfende des Bettes. Ich legte ihm die Hand auf die Stirn, aber er hatte kein Fieber.

»Und das arme Kind ...«, stammelte er.

»Ganz ruhig, Don Lorenzo. Von welchem Kind sprechen Sie?«

»Von Romildas Kind. Tomás' kleinem Jungen. Der, der ...«

Mühsam holte er Luft, er schien zu schlafen, obwohl er weitersprach. Das Atmen fiel ihm schwer. »Der Junge ... der in den Brunnen gefallen ist ... hinter deinem Haus. In den ... Brunnen hinter deinem Haus.«

Ich schlug die Hand vor den Mund.

Am nächsten Tag ging es Don Lorenzo schon viel besser. Er hatte aufgehört zu husten und wälzte sich ungeduldig wie ein junges Fohlen im Bett hin und her.

Zu Mittag bereitete ich eine Suppe zu, Instantbrühe, in die ich ein paar Eier gegeben hatte. Während ich umrührte, sah ich fasziniert zu, wie sich die Eier in gelbe und weiße Fasern zerteilten und sich dann, locker ineinander verwebt, wieder zusammensetzten.

Wir aßen im Schlafzimmer des Buchhändlers.

Ich stellte das Tablett mit dem Teller trotz seiner Proteste in Don Lorenzos Schoß und ließ mich selbst im Schaukelstuhl nieder, um dort meine Portion zu schlürfen.

Als wir mit dem Essen fertig waren, brachte ich alles in die Küche, spülte ab, ging zurück in Don Lorenzos Zimmer und setzte mich am Fußende auf den Rand des Bettes. Ich räusperte mich und begann zu sprechen.

»Gestern haben Sie gesagt, dass der Junge von Romilda und Tomás in den Brunnen ... hinter meinem Haus gefallen ist. Bitte sagen Sie mir, dass das nicht stimmt oder dass ich es nicht richtig verstanden habe. Oder dass Sie im Delirium, im Fieberwahn oder unter Einfluss der Medikamente fantasiert haben ... Ich muss es wissen. Ich muss jetzt aus Ihrem Munde hören, dass ich es missverstanden habe, dass es nicht wahr ist. Ist es doch nicht, oder?«

Don Lorenzo sah mich traurig unter schweren Lidern an, und seine normalerweise leuchtenden, neugierigen Augen wirkten trüb.

»Es tut mir leid, Brianda. Ich erinnere mich an nichts von dem, was ich gestern gesagt habe. Im Nachhinein denke ich, dass eine Spritze vielleicht doch besser gewesen wäre, diese Medizin ist ganz offensichtlich Gift, auch wenn sie legal ist. Wann muss ich sie das nächste Mal nehmen?«

»Heute Abend. Bitte beantworten Sie jetzt meine Frage.«

»Über den Sohn von Tomás?«

»Ja.«

Er seufzte und presste die Lippen zusammen wie jemand, der sich an etwas Schmerzliches erinnert.

»Ja, es stimmt.«

Ich spürte, wie sich mir der Magen umdrehte.

Ich atmete tief durch.

»Erzählen Sie mir die Einzelheiten.«

»Der kleine Junge von Romilda, von Tomás ... Er war ein aufgewecktes, neugieriges Kind wie alle Kinder in dem Alter, nehme ich an. Seine Mutter ging manchmal zu der alten Gastwirtschaft, vor allem im Frühling. Das Haus ... das jetzt dein Haus ist, war verlassen. Im Garten stand dieser riesige Feigenbaum, der auch dir so gefällt. Romilda ging beim Spazierengehen gern in den Garten, der leicht zugänglich war wie fast alle Gärten in Nuba. Dann ließ sie das Kind dort herumtollen, während sie selbst ein paar Feigen pflückte. Sonst hätten die Vögel die Feigen gefressen; die Leute im Dorf ... du weißt schon.« Er schwieg für einen Moment und starrte zum Fenster hin, wo die strahlende Wintersonne die cremefarbenen Vorhänge umflorte. »Das ist hier so üblich. Niemand hat sich daran gestört. Ich nehme mir eine Tomate aus dem Garten des Bürgermeisters, und seine Frau schneidet ein paar Zweige von meinem Flieder ab, wenn er blüht. Außerdem war die Gastwirtschaft seit einem Jahr geschlossen und ...«

»Mir geht es weder um Flieder und Tomaten noch um den Bürgermeister und seine Frau.« Ich lächelte den Buchhändler an, auch wenn mir innerlich eher zum Weinen zumute war. »Warum haben Sie mir nicht gesagt, dass das Kind in den Brunnen in diesem Garten gefallen ist?«

»Brianda, Liebes, erinnerst du dich, dass du mit mir nicht darüber geredet hast, als du beschlossen hast, das Haus zu kaufen? Irgendwann hast du mir einfach mitgeteilt, dass du den Kaufvertrag unterschrieben hast. Ich hatte keine Ahnung, dass du dich für das Haus interessierst. Natürlich war es dein gutes Recht, du bist alt genug, und verwandt sind wir auch nicht, warum sollte ich dir sagen, was du zu tun und zu lassen hast – aber wenn du mir von deinen Plänen erzählt hättest, hätte ich es dir trotzdem gesagt. Da du mich aber vor vollendete Tatsachen gestellt hast, was hätte ich tun sollen? Dich durch ein schreckliches Ereignis verstören, unter dem das ganze Dorf gelitten hat? Dich durch eine Geschichte verbittern, die jeder am liebsten vergessen würde?«

»Hat das Haus deswegen so lange leer gestanden?«

»Ja, ich denke, das war der Grund. Obwohl es so ein schönes Anwesen ist. Erst recht jetzt, nach der Renovierung.« Er kratzte sich am Kopf und schob die Brille hoch, die jedoch gleich wieder auf die Nasenspitze rutschte. »Und es wird ein wunderbares Haus für dich und deinen Sohn sein, da bin ich mir sicher.«

»Und deshalb war Romilda, als sie verschwunden ist und wir aufeinandergetroffen sind, dort, in meinem Haus …? Weil es der Ort ist, an dem sie ihren Sohn verloren hat?«

»Möglicherweise.«

»Aber … aber was soll ich jetzt tun, um zu vergessen, dass das Kind in dem Haus gestorben ist, wo ich leben werde?«

Ich konnte es nicht verhindern: Eine Träne lief über meine Wange bis hinunter zu meinen Lippen, wo sie zu einer kleinen salzigen Lache wurde.

»Es gibt keine Geister, Brianda. Sie existieren nur in unserer Fantasie, dort ist ihr Zuhause. Unsere Fantasie hat ein Bewusstsein, und sie ist frei. Sie kann Dingen Realität verleihen, die nicht real sind. Wenn deine Fantasie entscheidet, dass dein Haus ein Geisterhaus ist, dann werden dort Geister sein. Muss ich dich wieder an die Märchen erinnern?«

»Die Märchen sind eine Sache, eine ganz andere ist es, jede Nacht neben einem Loch zu schlafen, in das ein Kind gefallen ist.«

Don Lorenzo kratzte sich erneut, diesmal an der Brust, die von seinem gestreiften Pyjama bedeckt war. »Aber du hast den Brunnen doch fest verschlossen. Das, was niemandem in Nuba gelungen ist, hast du getan. Der frühere Hauseigentümer hat versucht, ihn abzudecken, doch Romilda ist von zu Hause weggelaufen, in den Garten, und hat so lange versucht, ihn wieder zu öffnen, bis ihre Finger geblutet haben. Sie wollte, dass der Brunnen so blieb, wie er war, falls das Kind wieder herauswollte …«

»Gütiger Himmel!«

»Ja. Es ist erschütternd, was diese Frau durchgemacht hat. Aber dann bist du gekommen und hast, völlig ahnungslos, oder gerade, *weil* du keine Ahnung hattest, genau das Richtige getan: den Brunnen durch einen Wasserhahn ersetzt und das Problem gelöst. Und anschließend hast du das alte Gasthaus in ein wunderschönes Zuhause verwandelt.«

»Na ja, das waren wohl eher Sie. Ich habe nur ein paar Schecks unterschrieben.«

»Wie auch immer. Jedenfalls hast du es geschafft, dass ein Haus, das drohte, ein verfluchter Ort zu werden, jetzt wieder freundlich und einladend den Platz verschönert. Die Leute hier sind sehr froh darüber, haben sie mir gesagt. Vor allem der Bürgermeister. Und Romilda hat diesmal nichts dagegen unternommen, weil sie in ihrer Verrücktheit wusste … Ich könnte mir vorstellen, dass sie gespürt hat …« Er geriet ins Stammeln und putzte sich ausgiebig und in aller Ruhe die

Nase. »Na ja, es ist viel Zeit vergangen, und ich nehme an, dass sie weiß, dass du dich von ihr nicht beeinflussen lässt. Dass du die Tragödie nicht miterlebt hast, dass du vor ihr und den Geistern in ihrem Kopf sicher bist, außer Reichweite. Deshalb darfst du nicht zulassen, dass dein Kopf doch von ihnen, oder anderen, heimgesucht wird.«

Ich dachte an den Schal von Don Lorenzos Mutter. Ein Kleidungsstück, das für mich wie ein Talisman war und das Romilda mir genommen hatte.

Ich musste ihn zurückverlangen, musste ihn wiederhaben, bevor Don Lorenzo entdeckte, dass ich ihn aus Schwäche, aus Furcht verloren hatte. Aber dazu musste ich die Angst erst überwinden, wegen der ich ihn weggegeben hatte, denn ich litt nach wie vor unter ihr.

»Ich weiß nicht, Don Lorenzo. Jedes Mal, wenn ich in den Garten gehe und den Wasserhahn sehe, die Stelle, wo vorher der Brunnen war... Ich weiß nicht. Wird es nicht furchtbar sein? Werde ich nicht immer an das Kind denken, an den kleinen Tomás? An den Moment, als sie seinen leblosen, nassen Körper dort herausgeholt haben... Solche Dinge sollten nicht passieren. Niemals. Nirgendwo auf der Welt.«

»Seinen Leichnam?«

»Ja...« Jetzt weinte ich hemmungslos.

Es war Tomás' Sohn, der Sohn des Vaters meines Kindes, um Himmels willen... Wie sollte ich jemals in der Lage sein, das zu ertragen?

Don Lorenzo bemühte sich, einigermaßen würdevoll aus dem Bett zu klettern. Er stellte sich neben mich und legte leicht eine Hand auf meine Schulter. Dann strich er mein Haar zurück und küsste mich auf die Stirn. Bis dahin hatte er mich noch nie geküsst. Ich sagte mir, dass ich so vielleicht von seinen Lippen einen Kuss meines Vaters erhielt, und sah ihn mit Tränen in den Augen dankbar an.

»Brianda, Liebes. Ich weiß nicht, ob ich das gestern auch gesagt habe … Ich glaube nicht.«

»Was?«

»Der Leichnam des Kindes wurde nie gefunden.«

»Heißt das …«

»Eine Einheit der Guardia Civil hat den Brunnen trockengelegt und gesucht, über Wochen, Monate … Aber die Brunnen hier im Ort haben nicht wirklich einen Grund. Sie sind miteinander verbunden und mit einigen unterirdischen Gewässern, die durch das Tal fließen. Es heißt, dass sie irgendwo zusammenfließen und dann ins Kantabrische Meer münden, aber das weiß niemand so genau. Etwa fünfzig Kilometer im Norden gibt es ein Gebiet, in dem sich einige überflutete Minenstollen befinden, in denen sich ein Teil dieses unterirdischen Wassers gesammelt hat. Oder es fließt von dort aus weiter. Jedenfalls ist der Boden hier voller kleiner Gänge, Stollen, Tunnel … Und davon gibt es keine Karten oder Pläne. Herauszufinden, wo das Wasser unter der Erde entlangfließt, ist beinah so schwierig, wie die versteckten Eisreservoire auf dem Mars zu lokalisieren.« Er sank neben mir auf die Bettkante. Das Atmen fiel ihm noch schwer, aber es ging ihm sichtlich besser, und nach und nach kehrte die Farbe in seine Wangen zurück. Allerdings sah er äußerst bekümmert aus. Wir beide wünschten uns, dieses Gespräch wäre uns erspart geblieben.

»Dann konnte Romilda ihren Sohn nicht einmal begraben?«

»Nein, das konnte sie nicht. Seitdem sind sieben Jahre vergangen, und sie konnte ihn bis heute nicht beerdigen.«

»Es gibt kein Grab, das sie mit Blumen schmücken kann, an dem sie weinen kann, an dem sie mit ihm reden kann, weil sie sich vorstellt, dass er sie hört, keinen Grabstein, den sie sauber machen kann, an dem sie beten kann …«

»Nein. Nichts davon. Romilda hat gar nichts. An diesem unglücklichen Tag hat sie alles verloren. Auch ihren Verstand.«

»Aber sie hat Tomás, ihren Mann.«

»Ja, ich denke schon.«

DIE FRAU DES BÜRGERMEISTERS

LESEEMPFEHLUNG:
Madame Bovary von Gustave Flaubert

Juanita war die Frau des Bürgermeisters. Auf mich wirkte sie immer, als wäre sie lange Zeit auf einem Dachboden eingesperrt gewesen und hätte ihn gerade erst verlassen.

Sie hatte blond gefärbte Strähnen im Haar, und ihre Mundwinkel zeigten in einem Ausdruck ständigen Überdrusses leicht nach unten. Ihre Augen waren von einer unendlichen Tiefe, und ihre Arme waren wohlgeformt wie die einer Schaufensterpuppe. Sie war alterslos und schön mit einem Anflug von Vulgarität, der sie noch attraktiver machte. Und irgendwie erweckte sie stets den Eindruck, als könnte sie jeden Moment ohnmächtig werden.

Obwohl Juanita nichts dafür tat, schien ihr alles zuzufallen. Dennoch wirkte sie nicht zufrieden, manchmal sogar unglücklich.

Sie hatte keine Kinder und verbrachte beinah den ganzen Winter in Santander, wohin sich die wohlhabenderen Bürger Nubas flüchteten, wenn die Kälte hereinbrach und das Leben in Nuba eintöniger wurde, weil die Beschäftigungen im Freien wegfielen.

Es gab Zeiten, in denen sie mit dem Heißhunger einer Fünfzehnjährigen jede Menge Bücher verschlang, und danach verfiel sie in einen seltsam lethargischen Zustand, in eine benommene Gleichgültigkeit, in dem weder Bücher noch Filme oder das Leben an sich ihr Interesse wecken konnten, wie sie es mir einmal selbst erzählt hatte.

»Ich habe gehört, dass du Mutter wirst. Ist es dein erstes Kind?«, fragte sie mich.

»Ja. Merkt man mir das an?«

»Nein, nein. Aber ich hätte dir auch nicht angemerkt, wenn du schon mehrere Kinder hättest. Solche Dinge fallen mir nie auf. Und dein Bauch ist auch nicht gerade riesig. Außerdem kaschiert dieses Kleid ihn noch zusätzlich… Du hast wundervolle Kleider, Brianda. Wahrscheinlich hörst du das oft.«

»Hin und wieder.«

»Sag mal, kannst du mir ein Buch empfehlen? Etwas mit Verbrechen, Aufständen, Plünderungen oder seltsamen Ereignissen. Ich brauche eine gute Dosis Horror und Verzweiflung.«

»Es gibt da ein Buch über jugendliche Vampire…« Ich sah mich nach dem Verkaufsschlager um, der in vielen Ländern schon seit einer Weile auf der Bestsellerliste stand. Die Verfilmung hatte das Buch dann noch populärer gemacht.

Für einen Moment ging ein Strahlen über ihr Gesicht.

»Wie schön, dass du mich für so jung geblieben hältst.«

»Aber ich habe das Buch nicht nur deswegen vorgeschlagen; im Grunde ist es für jedes Alter geeignet. Ich habe es gleich nach seiner Veröffentlichung gelesen; eine Kollegin von mir hat die Übersetzung lektoriert und mir ein Exemplar geschickt. Es hat mir gut gefallen. Ich habe nichts gegen

Unterhaltungsromane. Wenn den Leuten ein Buch gefällt und sie es kaufen, kann ich das nur unterstützen.«

»Stimmt, du warst ja mal Lektorin… Das vergesse ich immer wieder.« Abwesend nahm sie ein paar Bücher in die Hand, die auf dem Tisch lagen, wo unsere Kasse stand. »Und jetzt bist du jeden Tag hier, in diesem Dorf, weit weg von Madrid und seinem gesellschaftlichen Leben, arbeitest für einen älteren Herrn…« Sie senkte verschwörerisch die Stimme: »Dein Chef ist nicht hier, oder?«

»Nein, er ist krank.«

»Warum machst du das, Brianda?«

»Was?«

»Hier leben. Ohne berufliche Zukunft und wohl auch ohne private, abgesehen von…« Sie wies auf meinen Bauch. »Warum ist jemand wie du hier am Ende der Welt gelandet?«

Weil ich hier in Nuba zur Heldin einer wunderbaren Geschichte geworden bin. Meiner eigenen Geschichte.

Doch das sagte ich nicht laut. »Nuba gefällt mir. Und ich liebe Bücher.«

Obwohl Juanita ihre Frage gerade erst gestellt hatte, hatte sie schon das Interesse an der Antwort verloren.

»Aber dir ist schon bewusst, dass manche Leute hier… Ich meine, dass über dich geredet wird.«

»Wirklich!«

Amüsiert erinnerte ich mich an den Tag, als ich Don Lorenzo vorgeschlagen hatte, das Gerücht in die Welt zu setzen, er wäre der Vater meines Kindes. Natürlich hatte ich ihn damit nur zum Lachen bringen wollen. Oder vielleicht auch nicht. Jedenfalls war es eine dumme und völlig hirnverbrannte Idee gewesen.

Juanitas Haar glänzte wie das Fell eines spanischen Wasserhundes.

»Worüber lachst du?«, fragte sie mich im Ton eines verwöhnten kleinen Mädchens, was sie ironischerweise älter wirken ließ, als sie wahrscheinlich war.

»Ach nichts. Mir ist nur gerade bewusst geworden, wie schön ich es fände, wenn Don Lorenzo der Vater meines Kindes wäre. Aber leider ist er es nicht.«

»Du würdest wirklich wollen, dass ein Mann, der so … na ja, du weißt schon; dass so jemand der Vater des Kindes wäre, das du erwartest?«

»Warum nicht? Er ist ein guter Mensch.«

»Unbestritten.«

Ich stützte die Ellbogen auf den Tisch, schloss die Augen. Dann stand ich auf und strich über meinem Bauch mein Kleid glatt.

»Juanita, hast du schon mal *Madame Bovary* gelesen?«

»Ich glaube nicht.«

»Nein, du hast es nicht gelesen, denn wenn du es getan hättest, könntest du dich daran erinnern. Es ist einer dieser Romane, die man nicht mehr vergisst.«

»Worum geht es darin?«

»Es ist die Geschichte von Emma, einer jungen Frau, die den Arzt Charles Bovary verführt und ihn heiratet. Emma ist eine begeisterte Leserin leidenschaftlicher Liebesromane und träumt von einem idyllischen Leben, wie es auf unserer Erde nicht möglich ist, auch wenn sie vom Gegenteil überzeugt ist. Sie hat oft das Gefühl, etwas zu versäumen, und das macht sie krank.« So wie dich, dachte ich, aber ich sagte es nicht laut, stattdessen schenkte ich Juanita ein aufmerksames Lächeln, ein perfektes Buchhändlerinnenlächeln. Wie viele

Ratschläge man allein durch eine Buchempfehlung erteilen konnte! »Die Illusion ist das tägliche Brot der armen Emma, die eine kleine Tochter hat, um die sie sich nicht kümmert, genauso wie ihr Ehemann sich nicht um sie kümmert. Mehr erzähle ich dir jetzt nicht, denn ich bin sicher, dass du das Buch, wenn du einmal zu lesen begonnen hast, nicht mehr aus der Hand legen wirst.«

»In Ordnung. Ich nehme es. Und auch das mit den jungen Vampiren, und das hier.«

Ich legte ihr ein paar Dekorationszeitschriften aus den Fünfzigerjahren hin, in denen ich gerade mit wenig Begeisterung geblättert hatte.

Don Lorenzo brauchte zehn Tage, um wieder richtig gesund zu werden, und ich kümmerte mich derweil um die Buchhandlung. Es waren weniger Pilger unterwegs als in den Sommermonaten, aber hin und wieder kam ein Reisebus mit fröhlichen Rentnern, die in Nuba zu Mittag aßen, die Burg besichtigten, zum See hinuntergingen und weiter nach Santiago fuhren; oder ein einzelner Reisender mit wettergegerbtem Gesicht und Sonne im Blick, einer jener Menschen, die sich hoch in die Lüfte wagten. Sie waren leicht zu erkennen, denn, wie Antoine-Marin Lemierre versichert, *auch wenn der Vogel geht, merkt man, dass er beflügelt ist.* Und einige dieser Wanderer hatten Flügel, obwohl sie zu Fuß über die Berge und durch die Täler gingen und Schritt für Schritt Festungen und Grenzen überschritten. Ich wusste, dass sie fliegen konnten.

Eines Tages kam ein Deutscher in die Buchhandlung, der so gut aussehend und nett war, dass ich ihn beinah gebeten hätte, mich mitzunehmen, wohin er auch ging. Doch nach einem kurzen Blick auf meinen Schwangerschaftsbauch beschränkte ich mich darauf, ihm das Wechselgeld für den Vogelführer (aha!) zu geben, den er gerade gekauft hatte.

Godón kam jeden Tag vorbei, um Hallo zu sagen und ein wenig mit Don Lorenzo zu plaudern. Die Gespräche mit ihm waren immer unterhaltsam, gleichzeitig amüsant und tiefgründig, wie es nur wenigen gegeben ist. Er lud mich ein, ihn in seinem Haus zu besuchen, das ja eigentlich mein Haus war, das ich mich jedoch erneut zu betreten weigerte.

Einige Male tauchte auch Tomás in der Buchhandlung auf, aber er streckte nur den Kopf durch die Tür und fragte, ob es mir gut gehe. Ihn zu sehen brachte mich jedes Mal so durcheinander, dass ich mich hinsetzen musste, sobald er wieder verschwunden war. Ich sehnte mich nach seinen Küssen. Und nach seinen Händen.

Die unbearbeiteten Bestellungen häuften sich, also bat ich den Artischockenkopf, mir zu helfen. Ich konnte nicht mehr heben; zur Post zu gehen, selbst wenn ich die Pakete dann in den Einkaufswagen legte, den ich dafür üblicherweise benutzte, war für mich zu einer kaum zu bewältigenden Aufgabe geworden.

»Vielen Dank, Art…« Ich biss mir auf die Lippe. Beinah hätte ich ihn bei seinem Spitznamen genannt.

»Keine Sorge. Alle nennen mich Artischockenkopf«, meinte der Junge freundlich. »Auch wenn ich keine Ahnung habe, warum. Ich habe rote Haare, und Artischocken sind grün, aber so verrückt sind die Leute hier nun mal. Ihren Sinn für Humor versteht keiner, nicht einmal sie selbst.«

Inzwischen war es ziemlich kalt geworden, und der Junge trug eine Wollmütze über seinen roten Locken und eine gefütterte Weste, die schon bessere Zeiten gesehen hatte. Er sah aus wie ein Riesengnom.

Doch er war viel kräftiger, als er aussah. Er war wirklich gut in Form. So unverschämt jung, muskulös und körperlich fit, wie er war, konnte er wahrscheinlich die Berge rauf- und runterrennen, ohne auch nur einmal zu verschnaufen. Den Berg an Paketen jedenfalls bewältigte er mit Leichtigkeit, und anschließend half er mir noch, ein paar Bücherstapel richtig zu platzieren, einige Kisten zu tragen und das Chaos aufzuräumen, das im Laden herrschte, seit Don Lorenzo das Bett hütete.

Als ich ihn für seine Arbeit bezahlen wollte, wehrte er entschieden ab.

»Nicht der Rede wert«, sagte er ritterlich. »Das hab ich gern gemacht.«

»Aber ich habe dir eine Menge Zeit gestohlen, Ramón.«

»Heute Morgen hatte ich frei. Kein Problem. Und schließlich sind Sie … äh … Wann ist es denn so weit?«

»In etwas weniger als einem Monat.«

»Vielleicht wird es ein Weihnachtskind.«

»Dann wäre es das schönste Weihnachtsfest meines Lebens.«

»Ach ja?«

»Ich denke.«

Ich erzählte lieber nicht, dass ich in letzter Zeit Albträume hatte. Von Romilda und ihrem Sohn, und von tiefen Brunnen mit Betreten-verboten-Schildern.

Der junge Mann brauchte nicht zu wissen, dass ich trotz der Kälte mitten in der Nacht schweißgebadet erwachte, während die dunklen Schatten im Zimmer Formen annahmen, die mir Angst machten. Nicht einmal die unsichtbare Gegenwart der früheren Bewohnerin des Zimmers – Doña Natalias, Don Lorenzos Mutter –, die ich immer wie einen beruhigenden Glanz, einen guten Gedanken, einen zarten

Schimmer auf dem Kopfkissen gespürt hatte, konnte meine Furcht lindern.

Der Artischockenkopf senkte den Blick. Langsam, wie man eine Statue von ihrem Sockel hebt.

»Wie ich schon gesagt habe: Wenn Sie einen Fahrer brauchen, der Sie in die Stadt bringt, wenn … wenn es so weit ist, stehe ich gern zur Verfügung.«

»Wie könnte ich dich darum bitten, wenn du keine Bezahlung annehmen willst.«

»Ich habe meinen Lohn schon bekommen.«

»Ach ja?«

»Ihre Ratschläge, wie ich … na, Sie wissen schon: wie ich Martina erobern könnte, waren mehr wert, als man mit Geld bezahlen könnte.«

Ich sah ihn neugierig an.

»Haben meine Ratschläge etwas gebracht? Jetzt sag nicht, dass du und Martina …«

Jubelnd klatschte ich in die Hände.

Ramón, der Artischockenkopf, wurde rot wie eine Tomate.

»Ein bisschen.«

»Na, das freut mich für euch.«

Nervös trat er von einem Fuß auf den anderen und klammerte sich dabei an die Aufschläge seiner Weste, als müsste er sie festhalten. Schnell wechselte er das Thema.

»Die Frauen hier im Ort gehen zur Entbindung normalerweise in die Stadt. Wenn es noch früh genug ist. Sie wissen ja, die Strecke ist nicht ohne. Am besten fährt man schon ein paar Tage früher hin. Falls die Ärztin gerade nicht in der Nähe ist, was ja durchaus sein kann …«

Es rührte mich, dass Ramón sich Sorgen um mich machte. Ich dachte, dass es für ihn eigentlich keinen Grund gab, sich um mich zu kümmern, und dennoch tat er es. Wir waren weder verwandt noch befreundet, zumindest nicht in dem Sinne, wie ich Freundschaft früher definiert hatte. Doch gerade jetzt erwies er sich als ein Freund, der Artischockenkopf, einfach so.

Ein neuer Freund ist ein neuer Wein; lass ihn alt werden, so wird er dir wohl schmecken. So steht es im Buch Kohelet.

Ich wusste nicht, wie ich dem jungen Mann für seine Besorgnis um mich, für seine Freundschaft danken sollte. Also sagte ich mir, dass ich ihm dafür auch meine Freundschaft schenken wollte, das war der beste … nein, der einzige mögliche Lohn dafür. Und ich sagte mir auch, dass es niemals zu spät war, Freundschaften zu schließen.

»Vielleicht könntest du mich, wenn es dir zeitlich passt, nach dem Dreikönigstag in meinem Auto in die Stadt fahren. Dein Cousin könnte dich dann mit zurücknehmen.« Ich ließ mich schwer in einen Sessel sinken und streckte die Beine aus. »Nur wenn es dir nichts ausmacht. Ich habe übers Internet eine kleine Wohnung in der Nähe des Krankenhauses gemietet. Dort werde ich ein paar Tage bleiben, bis die Wehen einsetzen. Und nach der Entbindung werde ich so lange dort wohnen, bis ich selbst wieder zurückfahren kann. Wenn alles gut geht, bin ich dann bald wieder in Nuba.«

»Das klingt perfekt.«

»Vielen Dank, Ramón.«

Ich streckte ihm die Hand hin, nicht zum Gruß und auch nicht, um eine Vereinbarung zu besiegeln, sondern in einer freundschaftlichen Geste. Leicht verwirrt machte er einen Schritt auf mich zu, doch meinen Händedruck erwiderte er fest. Mit der Sicherheit eines Mannes.

Und so, Hand in Hand, überraschte uns Romilda.

Ich hatte nicht gehört, wie sie zur Tür hereingekommen war.

Plötzlich war sie da, nur ein paar Meter von uns entfernt, sodass ich für einen Moment glaubte, es handelte sich um eine Halluzination. Als mir dann bewusst wurde, dass sie kein Streich meiner Fantasie war, hatte ich das Gefühl, als griffe eine eiskalte Hand in meine Eingeweide. Das Kind in meinem Bauch trat wild um sich.

»Störe ich?«, fragte sie und stieß ein schrilles Lachen aus. Sie bewegte sich gewandt und leise wie eine Katze.

Nach dem, was Don Lorenzo mir erzählt hatte, wusste ich nicht, ob ich mich vor ihr fürchten oder Mitleid mit ihr haben sollte.

Ramón wandte sich zu ihr um und ließ meine Hand los.

»Nein, gar nicht. Ich wollte gerade gehen«, sagte er zögernd.

»Nein, Ramón, geh nicht«, bat ich ihn mit flehendem Blick.

»Hallo, Romilda.« Ich stand mühsam auf.

Wieso war sie allein unterwegs? Ich dachte, dass eine Pflegerin sich um sie kümmerte, wenn ihr Mann (ihr Mann?) nicht in der Nähe war. War sie erneut entwischt?

Entsetzt stellte ich fest, dass sie den Schal trug, den sie mir weggenommen hatte, als sie in meinem Haus gewesen war, das wunderschöne Stück von Doña Natalia. Bei dem Gedanken daran, dass Don Lorenzo sie sehen könnte, biss ich mir auf die Lippe. Sicher wäre er sehr verärgert und würde mich – mit Recht – für den Verlust verantwortlich machen.

Irgendwie musste ich den Schal von ihr zurückbekommen. Ich würde ihn ihr wegnehmen, auch wenn ich ihr dafür die Haare ausreißen oder wie Orpheus in die Unterwelt eintreten musste. Koste es, was es wolle.

Ich war davon überzeugt, dass etwas Schlimmes passieren würde, wenn es mir nicht gelang, das Kleidungsstück wieder an mich zu bringen. Romilda hatte den Schal wie eine Geisel an sich genommen, weil sie etwas von mir haben wollte. Ich wusste nicht, was sie für die Herausgabe des Schals von mir verlangen würde, aber mit Sicherheit würde der Preis hoch sein.

Der Artischockenkopf sah uns verwirrt an, zuerst die eine, dann die andere, ohne zu wissen, was er tun oder sagen sollte. Er hatte sich kaum vom Fleck bewegt, seit Romilda hereingekommen war. Ich konnte ihn um Hilfe bitten. Ich würde ihm erklären, dass sie eine Diebin war, nicht die arme Verrückte, für die das ganze Dorf sie hielt.

»Romilda, gib mir den Schal zurück«, sagte ich und ging mit unsicheren Schritten langsam auf sie zu. »Er gehört mir.« Ich wandte mich zu Ramón um. »Sie hat ihn mir weggenommen, als sie mich vor ein paar Monaten in meinem Haus zurückgehalten hat. Ich möchte ihn wiederhaben.«

Der Junge sah Romilda vorwurfsvoll an.

»Aber was redest du denn da?«, sagte sie laut, und ich zuckte zusammen. »Ich komme extra hier vorbei, um Hallo zu sagen, weil bald Weihnachten ist und ich wissen wollte, wie es dir geht, und du willst mir den schönen Schal wegnehmen ... eine kranke Frau so auszunutzen ist alles, was dir in den Sinn kommt?«

Ramón kratzte sich am Kopf, als überlege er, wer von uns beiden wohl die Wahrheit sagte: die unberechenbare Schwangere oder die ebenso unberechenbare Geisteskranke.

»Du musst mir glauben, Ramón. Es ist mein Schal. Na ja, eigentlich gehört er nicht mir, ich habe ihn mir geliehen ...«

»Siehst du! Gerade hat sie zugegeben, dass er ihr nicht gehört!«, kreischte Romilda. »Hör nicht auf sie, Junge. Diese ...

Brianda ist eifersüchtig auf alles, was ich habe. Und will es mir wegnehmen. Aber du wirst sehen, was du davon hast!«, wandte sie sich an mich. »Du wirst leer ausgehen. Ich werde mein Eigentum verteidigen! Bis zum Letzten!«

Mir stiegen Tränen in die Augen.

»Ramón, bitte. Der Schal ist von Don Lorenzos Mutter. Mein Chef hat ihn mir geliehen, genau wie das Kleid, das ich anhabe, und alle anderen Kleidungsstücke, die ich trage. Er hat mich gebeten, gut darauf aufzupassen, und sie ...«, ich wies mit dem Kinn in Romildas Richtung, »... hat ihn mir gestohlen ...«

»Du lügst! Du bist eine Lügnerin!«

Romilda war ein Drache, ein riesiges gepanzertes Monster mit Flügeln, das Feuer spie und einen giftigen Atem hatte. Und ich die Prinzessin mit dem langen Haar. Entführt und wehrlos. Und vor allem unglaublich dämlich.

Ramón, der Artischockenkopf, war auch nicht gerade der mutige Prinz, der herbeieilte, um mich zu retten.

Ich erschauderte. In der Buchhandlung war es kalt. Es würde ein harter Winter werden. Ich musste für Don Lorenzo einen Ölofen kaufen.

»Also, ich glaube, dass ...« Ramón schüttelte den Kopf, unfähig, eine Entscheidung zu treffen.

Plötzlich meinte ich, hinter Romilda Godón im Türbogen auftauchen zu sehen – aber ich war mir, blind vor Tränen, nicht sicher, ob er es wirklich war. Er betrachtete Romilda aufmerksam, die dem Artischockenkopf und mir drohend und mächtig gegenüberstand, zwei Seelen, die sie mit ihrem bösen Zauber gebannt hatte.

»Weißt du was?«, knurrte Romilda und trat drohend auf mich zu. Ramón legte mir beschützend eine Hand auf die

Schulter. »Wenn mein Schal dir so sehr gefällt, schenke ich ihn dir.«

Ich nickte, um sie nicht noch mehr aufzubringen.

»Wann kommt dein Kind zur Welt?«

»Wie bitte?«

»Wann kommt dein Kind zur Welt? Dann besuche ich dich.«

Ich schwieg, vor Schreck wie gelähmt. Die Hand auf meiner Schulter tröstete mich, aber nicht genug. Ich fühlte mich wie ein Stück Plastik, das schutzlos im Meer trieb; Romilda musste nur die Hand ausstrecken, um nach mir zu greifen.

»Ich werde dir den Schal geben, wenn du mich dein Kind halten lässt.«

»Señora, kommen Sie nicht näher«, warnte Ramón.

»Wenn du mich dein Kind halten lässt, ist der Schal dein. Er gefällt dir doch so sehr. Antworte!«

»Ja.«

»Du möchtest ihn doch unbedingt haben, oder?«

»Jjjj... ja.«

Obwohl Romilda eine schöne Frau war, wirkte die Schönheit ihres Gesichts wie weggewischt, und was blieb, war ein eisiger Fleck, eine obszöne Inschrift auf einem Mausoleum.

Erneut hatte ich das intensive Gefühl, dass es nicht Verrücktheit war, was Romilda trieb, sondern Bösartigkeit. Ich konnte sie in ihrem Atem spüren.

Godón trat mit ein paar Schritten an unsere Seite. Ich konnte nicht sagen, wie lange er schon zugehört hatte, Zeuge der unschönen Szene geworden war.

»Guten Tag, Señora.« Er verbeugte sich leicht und lüftete den Hut. »Wie geht es Ihnen? Ich glaube, Sie werden gesucht. Entschuldigen Sie, ich meine, es hat jemand nach

Ihnen gefragt. Eine Dame. Ich habe sie gerade draußen auf dem Platz getroffen. Sie sind doch Doña Romilda, oder? Ihre Pflegerin fragt überall nach Ihnen. Sie hat bereits alle Einkäufe erledigt und meint, es sei Zeit, nach Hause zu gehen.«

Romilda drehte sich um und sah den Schriftsteller an. Wie durch Zauberei hellte sich ihre Miene auf. Es schien, als hätte ein Lufthauch den Ärger von ihrem Gesicht geweht, die düsteren Schatten des Zorns um ihre Augen und ihren Mund.

Auf einmal wirkte sie folgsam, verloren, krank und schutzlos.

»Wie bitte?«

»Ich begleite Sie hinaus, wenn Sie erlauben.«

Mit einer galanten Geste wies Godón auf den Ausgang. Romilda ließ sich zur Tür führen. Doch bevor sie sie erreichte, angelte der Schriftsteller sich geschickt den Schal von ihren Schultern, war mit ein paar Schritten durch die Tür und rannte über den Platz, wobei er die Beute fest an seine Brust drückte. Romilda, die es nicht fassen konnte, blieb mit offenem Mund zurück.

Ramón und ich hatten die Szene nicht minder verblüfft beobachtet und wurden nun Zeuge, wie Romilda von einer Sekunde auf die andere von der friedlichen, leicht desorientierten Kranken zur wütenden Furie wurde.

Sie stieß ein klägliches Geheul aus, dann drehte sie sich wutschnaubend zu uns um.

Ramón und ich klammerten uns aneinander. Ich hörte, wie der Junge schluckte. Seine Muskeln spannten sich an; er war in Alarmbereitschaft.

»Mein Gott«, murmelte er.

Weder Ramón noch ich hatten eine Ahnung, woher sie die Schere nahm. Vielleicht hatte sie sie in der Tasche ihres Mantels gehabt, über dem sie Doña Natalias Schal getragen hatte. Und sie war messerscharf, wie wir schon bald am eigenen Leib erfahren würden.

Für einen Moment hatte ich das Gefühl, über der Szene zu schweben, in der ich selbst eine der Hauptrollen spielte. Einen Moment lang sah ich den ganzen Astronomensaal vor mir, mit all den Büchern in den Regalen, auf deren Rücken das winterliche Mittagslicht, das durch die Fenster hereinschien, tanzte wie die Wellen auf dem Meer.

Den Eichentisch, der dringend mal poliert werden musste und der, nachdem Ramón und ich dort gearbeitet hatten, noch nicht wieder aufgeräumt worden war.

Mein Kleid aus violettem Musselin, das weit genug war, um meinen dicken Schwangerschaftsbauch zu beherbergen, und sich unter der schwarzen Strickjacke weich an meinen Körper schmiegte.

Die goldenen Staubkörner in der Luft, leuchtende Signale, die uns warnten, dass an verzauberten Orten überall Gefahren lauerten.

Die Liste der noch zu erledigenden Aufgaben, die Don Lorenzo ordentlich auf eine Tafel geschrieben hatte; Tätigkeiten, die in diesem Moment genauso absurd schienen, wie einen See mit einem Fingerhut zu leeren oder in einem Wald ohne Bäume Feuerholz zu sammeln.

Und Romildas Furcht einflößende Gestalt, die sich mit einer Schere in der Hand auf mich stürzte.

Ramón, der arme Ramón, der viel zu jung war, um einen derartigen Wahnsinn stoppen zu können, konnte nicht verhindern, dass Romilda meine Haare packte und wild zu schneiden begann, mit dem Hunger eines Wolfs, der mit einem Prankenhieb das Haus eines der drei kleinen Schweinchen zum Einsturz bringt.

Ich sah die Schnittwunden an Ramóns Händen, als er zu verhindern versuchte, dass Romilda meinen Kopf verwüstete oder mich mit der Schere verletzte. Er tat, was er konnte, um sie zurückzuhalten, wollte ihr jedoch auch nicht wehtun, und ich sagte mir, dass es keinen schlechteren Krieger gibt als den, der dem Feind kein Leid zufügen will.

Ramón bemühte sich verzweifelt, mich und sich selbst zu schützen und gleichzeitig auch Romilda nichts anzutun. Lange Haarsträhnen häuften sich auf dem Boden, der blutbefleckt war; Blut, von dem ich nicht wusste, ob es von mir oder dem Artischockenkopf stammte.

Ich muss laut geschrien haben, obwohl ich mich nicht erinnern kann, auch nur einen Seufzer von mir gegeben zu haben. Im Gegensatz zu Romilda, die kreischte wie ein Tier in der Falle.

»Komm schon her, du Biest, ich werde dir nicht wehtun!«, schrie sie irgendwann, und ich dachte an mein Kind und fühlte mich unendlich traurig.

Ich habe keine Ahnung, wie lange der Tumult andauerte, sicherlich wesentlich weniger lang als die Ewigkeit, in der er mir im Gedächtnis geblieben ist. Irgendwann war ich mir sicher, dass diese Frau mich umbringen würde. Uns beide. Uns alle drei. Dass Ramón sie nicht aufhalten konnte, weil sie ihm in die Hände geschnitten hatte und er ihr blutend nicht Einhalt gebieten konnte.

Mir selbst würde ich nie die Feigheit vergeben. Dass ich den Mut nicht aufbrachte, das Leben meines Kindes zu verteidigen, das genau wie meines in Gefahr war, weil wir durch die Nabelschnur miteinander verbunden waren, einem verschlungenen, unwegsamen Pfad wie in den Märchen.

Ich war kurz davor, in Ohnmacht zu fallen, Romildas keuchenden Atem im Gesicht, der mich befiel wie eine Krankheit, als jemand sie von mir riss und mich von ihrem bösen Zauber befreite. Ich hörte Schläge, Stöhnen und Trampeln und das erstickte Weinen einer Frau.

Als es mir endlich gelang, meinen Blick zu fokussieren, sah ich, dass der Boden des Zimmers voller Blut und mit Haaren übersät war. Schützende Hände stützten mich, legten sich auf meinen Bauch, tasteten vorsichtig nach Verletzungen, nach Blut, mehr Blut...

Langsam schloss ich die Augen.

»Wir müssen die Ärztin rufen«, sagte eine Stimme, die ich nicht erkannte; ich nahm sie nur gedämpft war, wie jemand, der im Traum ein Klagen hört.

»Nein, besser, wir bringen sie zu ihr. Dann brauchen wir nicht auf Doña Felisa zu warten. Ruf an und frag nach, ob sie im Ort ist. Wenn ja, machen wir uns auf den Weg in die Praxis, wenn nicht, fahren wir sofort in die Stadt zur Klinik.«

»Wir sollten gleich in die Klinik fahren. Für den Fall, dass...«

»Ich konnte sie nicht aufhalten! Ich konnte sie nicht aufhalten...!«, hörte ich Ramóns zitternde Stimme.

»Geht es dir gut, Junge?«

»Ich glaube, ja. Nur meine Hände... Ich konnte sie nicht festhalten. Ich konnte nicht...! Und Brianda? Mein Gott, was für ein Wahnsinn!«

Als ich aufwachte, lag ich in einem Krankenhausbett. Ich trug einen Kittel in fluoreszierender Farbe, und an meinem rechten Handrücken war ein Schlauch angeschlossen, der zu einer Infusionsflasche führte, die irgendwo über meinem Kopf hing.

Geräusche waren zu hören, Schritte, fröhliche Stimmen, die sich unterhielten, ein Summen, Türen, die geöffnet und geschlossen wurden.

Ein junges sommersprossiges Gesicht näherte sich dem meinen. Die Nase war gepierct und das Haar himmelblau.

»Keine Sorge, das ist nur Kochsalzlösung.« Die Krankenschwester lächelte, um mich aufzuheitern, was ihr nicht gelang.

Ich versuchte, den Kopf zu heben, wobei sich mein Nacken schmerzhaft verkrampfte.

»Aber mein Kind …« Ich wollte mit der freien Hand meinen Bauch berühren und wurde von Panik ergriffen.

»Ganz ruhig. Dem Baby geht es gut. Es hat keinen Schaden genommen, und das Ergebnis des Apgar-Scores war einwandfrei. Sein erstes Examen hat der Kleine mit Bravour bestanden. Es ist alles dran. Du bist nicht ganz so gut weggekommen, aber kein Grund zu klagen, Süße. Wir mussten einen Kaiserschnitt machen, aber der Doktor hat ihn so hübsch vernäht, dass man in ein paar Monaten nichts mehr davon sehen wird. Er ist ein wahrer Zauberer! Du hast ein paar leichte Schnittwunden an der Schulter, aber nichts Schlimmes. Deine Frisur ist allerdings eine Katastrophe. Und die schöne Strickjacke kannst du wohl auch nicht mehr anziehen. Von dem Kleid gar nicht zu reden …«

»Aber es war doch noch viel zu früh. Er sollte doch erst in einem Monat geboren werden …«

»Der Junge hatte es eilig. Aber er ist ein kräftiges Kerlchen und musste nicht in den Brutkasten. Er hat auf dich aufgepasst, während du geschlafen hast. Und er sieht umwerfend aus. Hier ist er!«

Und ohne weitere Vorankündigung drückte sie mir ein kleines Häufchen Mensch in den Arm. Eine winzige weiße Decke mit einem warmen Bündel darin, das sich regte.

»Ich wäre bei der Geburt gern dabei gewesen…«, merkte ich schüchtern an.

»Glaub mir, es hätte dir nicht gefallen.«

Ich blickte in ihr absurd junges Gesicht und musste lächeln.

»Woher soll ich wissen, dass es wirklich meines ist und ihr es nicht verwechselt habt?«

Die Krankenschwester lachte.

»Das ist heutzutage so gut wie unmöglich. Wir nehmen Blutproben und kennzeichnen die Babys. Außerdem ist hier heute nur ein einziges Kind zur Welt gekommen: deines. Und deine Freunde haben aufgepasst wie die Schießhunde, wenn dich das beruhigt. Sie hätten dem Kleinen am liebsten gleich einen leuchtenden Aufkleber angepappt.«

»Meine Freunde?«

»Die Herren, die dich hergebracht haben. Sie warten alle noch draußen. Na ja, alle außer einem, der eben gegangen ist. Allerdings muss ich sie jetzt rausschmeißen, die Besuchszeit ist vorbei.«

Als ich das Gesicht meines Sohnes sah, überkam mich ein ähnlich intensives Glücksgefühl wie an dem Tag, an dem ich lesen gelernt hatte. Ein Flattern im Bauch, mein Herz, das vor Freude zu explodieren drohte. Die süße beruhigende Gewissheit, dass das Leben einen Sinn hat. Ich war unendlich dankbar und hätte am liebsten wie die kleine Dampflokomotive aus voller Kehle geschrien: »Ich schaffe das, ich schaffe das!« Grenzenlose Zärtlichkeit, das heftige Bedürfnis, einen zerbrechlichen Schatz zu beschützen, und der Eifer, alles Nötige zu lernen.

Entzückt sah ich in sein Gesichtchen, das kleiner war als meine Handfläche, und sagte mir, dass darin sämtliche Geheimnisse meiner Zukunft ruhten.

Er war ziemlich kahl, abgesehen von einem leichten kastanienfarbenen Flaum, der sein Köpfchen bedeckte, und hatte die Augen geschlossen wie ein neugeborenes Kätzchen. Er schien ein wenig ungehalten, irritiert und reckte die Ärmchen, als wundere er sich, auf einmal so viel Platz zu haben. Was durchaus verständlich war, schließlich hatte er gerade den einzigen Ort verlassen, wo die Dunkelheit keinen Schrecken birgt, und hatte das wunderbare, erschreckende und aufregende Licht der Welt erblickt.

In diesen feinen Gesichtszügen konzentrierten sich auf harmonische Weise alle elementaren Bestandteile meines Lebens. Mir wurde bewusst, dass es seit dem Tod meiner Eltern keinen Menschen mehr gegeben hatte, zu dem ich gehörte. Auf einmal bekam dieser Besitzanspruch, der mich immer ein wenig abgeschreckt hatte, eine neue Dimension. Dieses Wesen, das ich gerade erst kennengelernt hatte, gehörte zu mir, mir, mir! Nur zu mir! Zumindest für eine Weile, solange ich für es sorgte.

Wenn der Dichter – wie Shelley meinte – *nicht allein das Gegenwärtige betrachtet, wie es ist,* sondern *auch im Gegenwärtigen das Zukünftige entdeckt und seine Gedanken die Keime von den Blüten und Früchten spätester Zeiten sind,* dann fühlte ich mich jetzt als Dichterin, während ich verzaubert meinen Sohn betrachtete. Ich wusste, dass mein Kind schön war, weil es wahr war, *ein lichter Jasminzweig in einem Gefäß mit Wasser*, wie Borges geschrieben hatte. Die Gesamtheit aller Atome, die das Universum bilden. Die Goldwährung im Geschäft mit der Liebe.

Der Liebe …?

Ich dachte an Tomás, daran, dass er vielleicht gern gewusst hätte, dass er einen Sohn hatte. Einen gesunden, perfekten lebenden Jungen. Dass es vielleicht an der Zeit war, sich mit der Vergangenheit zu versöhnen, die Toten zu begraben, auch wenn es keinen Leichnam gab, den man beerdigen konnte. Den Wahnsinn für immer zu vergessen, um sich von der glücklichen Brise der Hoffnung und der Träume streicheln zu lassen.

Dann begann ich zu heulen.

Ich roch die Haut meines Kindes. Einen derartigen Duft hatte ich noch nie wahrgenommen. Ich würde ihn immer wiedererkennen, egal wie weit die Krankenschwester meinen Sohn wegbrachte; ich würde seiner Spur folgen, die Nase wie ein Jagdhund in die Luft halten.

»Du musst ihn stillen«, meinte die junge Krankenschwester. »Oder er wird noch die Decke essen … Der hat einen Riesenhunger, der arme Kleine.«

Eine Stunde später besuchte mich der Artischockenkopf, nachdem der Arzt, der den Kaiserschnitt gemacht hatte, routinemäßig noch einmal nach mir gesehen hatte. Weil er ebenfalls Patient in der Klinik war, durfte Ramón mein Zimmer betreten. So, in Pyjama und Bademantel, sah er äußerst mitleiderregend aus. Seine Hände waren verbunden, seine Augen gerötet, und sein Gesicht wirkte vor Gram faltiger als das eines Neugeborenen.

Das zweite Krankenbett im Zimmer war leer, und so hatten mein Sohn und ich viel Platz für uns. Durchs Fenster konnte man den Nachthimmel erahnen, doch auch wenn es draußen dunkel war, erstrahlte hier im Hort der Mütterlichkeit alles hell wie die Morgensonne in den Bergen.

»Guten Abend, Brianda ...«, sagte der Artischockenkopf mit belegter Stimme. »Wie geht es dir?«

»Oh, Ramón. Mir geht es gut.« Ich strich leicht über meine schmerzende Schulter, an der die Schere ihre Spuren hinterlassen hatte.

Er stellte einen kleinen Korb auf das leere Bett, ungeschickt, weil die Verbände den Gebrauch seiner Hände einschränkten.

»Das hat mein Cousin mir gegeben. Es ist von Don Lorenzo. Du hast ja keine Babysachen hier, und er dachte, du brauchst sie vielleicht, wenn du aus dem Krankenhaus entlassen wirst.«

»Ah. Toll. Danke.«

»Dem Baby geht es auch gut, oder?«

»Ja, Gott sei Dank.« Ich deutete auf das winzige Bettchen, in dem der Kleine lag und schlief.

Bisher hatte ich ihn noch nicht weinen gehört, und ich betete, dass es so bleiben würde. Nicht weil es mich gestört hätte, sondern weil ich mir wünschte, dass er von Ängsten verschont bliebe, dass er kämpfen würde, dass er das Leben nicht für einen Dolch halten würde, der an einem seidenen Faden über seinem Kopf hängt, sondern für ein Labyrinth, in dem man viele wertvolle Dinge entdecken kann; Dinge, die unsichtbar sind, wie alles, was wirklich von Wert ist, doch durchaus in seiner Reichweite.

»Du ahnst ja nicht ... Du ahnst ja nicht, wie sehr ich mich freue. Ich habe mir solche Sorgen um ihn gemacht. Und um dich.«

»Ich weiß, Ramón. Und ich bin dir unendlich dankbar. Wie geht es dir? Deinen Händen …?«

»Das ist nichts Schlimmes. Durch die Verbände sieht es beeindruckender aus, als es ist.«

»Wird es schnell heilen?«

»Ich hoffe.«

Ich lächelte ihm zu wie dem kleinen Bruder, den ich nie hatte. Ramón, der Artischockenkopf, wäre die perfekte Besetzung für diese Rolle gewesen.

Er setzte sich auf den Rand des leeren Bettes und entspannte sich ein wenig. Dann sagte er, dass mein Kind sehr hübsch sei, er habe es schon gesehen.

»Und dein Haar?«, fragte er.

»Das macht nichts.« Natürlich machte es etwas, aber letzten Endes … »Wenn ich aus dem Krankenhaus komme, gehe ich zum Friseur und lasse es in Form bringen. Und es wächst ja wieder.« Mit der Hand, an der ich am Infusionsbeutel angeschlossen war, fasste ich in die wüsten Strähnen auf meinem Kopf. »Ich habe sowieso mal einen ordentlichen Haarschnitt gebraucht.«

Beide brachen wir in Gelächter aus. Ich musste mich zusammenreißen, denn beim Lachen schmerzte die Naht an meinem Bauch höllisch.

»Wie soll das Kind heißen?«

»Samuel. Wie mein Vater. Aber natürlich ist da noch Samuel Beckett; und Mark Twain, der in Wahrheit auch Samuel hieß …«

»Samuel gefällt mir. Ich glaube, es gibt noch niemanden in Nuba, der so heißt. Besser für ihn.«

»Ja, nicht schlecht.«

»Brianda, es tut mir so leid, dass ich es nicht verhindern konnte, dass ich dich nicht vor dieser Wahnsinnigen beschützt habe ...«

»Ramón, sag das nicht. Sieh dir deine Hände an. Natürlich hast du mich beschützt. Wenn du nicht gewesen wärst ...«

»Wenn ich bedenke, dass ich schon hätte weg sein können und du mit ihr allein gewesen wärst ...« Er kratzte sich den Verband an der Hand mit der anderen, ebenfalls verbundenen Hand und stellte fest, dass es nichts brachte. »Bisher, all die Jahre über, die vergangen sind, seit ... dieser Tragödie, hat Romilda noch nie jemanden angegriffen.«

Ich dachte, dass Romilda bisher vielleicht keinen Grund dafür gehabt hatte, doch ich schwieg und sah zu dem Bettchen meines Sohnes hinüber.

»Mich jetzt schon zum zweiten Mal.«

»Godón hat Anzeige erstattet.«

Ich zuckte mit den Schultern, denn ich fand, dass Romilda es verdient hatte.

»Wenn Godón nicht ihren Mann verständigt hätte ...«

»Tomás?«

»Zum Glück haben er und zwei seiner Männer eingegriffen. Sonst hätte Romilda uns komplett filetiert. Die hat uns ja traktiert wie zwei Ausschneidepuppen.«

»Ja, so etwas in der Art.«

»Godón hat die Pflegerin benachrichtigt. Romilda wird von einer Krankenschwester oder Wächterin oder was auch immer betreut, die schon etwas älter ist. Sie ist ihr nicht gewachsen, deswegen entwischt sie ihr immer wieder. Und dann haben sie den Ehemann benachrichtigt, der zum Glück in der Nähe war. Er und die beiden anderen haben uns gerettet, bevor sie uns zu Konfetti verarbeiten konnte.«

Wir lächelten erneut, diesmal jedoch bitter.

»Zum Glück sind keine bleibenden Schäden entstanden«, meinte ich.

»Wir sind dann mit einem Wagen vom Sägewerk hierhergefahren, einem Geländewagen, der groß genug war, dass man dich hineinlegen konnte. Mein Gott … Diese Fahrt werde ich nie vergessen …«

»Es ist vorbei, Ramón. Es ist alles vorbei.«

»Dann verzeihst du mir?«

»Was?«

»Dass ich so ein Feigling war.«

»Du warst überhaupt kein Feigling. Im Gegenteil, Ramón. Schlag dir das aus dem Kopf! Du bist mutig und stark, glaub mir!«

Seine Miene hellte sich auf. Trotzdem rutschte er unruhig auf dem Bett hin und her, mit hängenden Schultern und gerunzelter Stirn. »Ich frage mich, wie Tomás diese Frau ertragen kann. Mein Cousin sagt, dass er ein guter Mensch ist. Er hat viel für uns getan. Sich um alles gekümmert. Romilda wurde von der Guardia Civil mitgenommen. Ich glaube, sie hat die Nacht dort verbracht. Sie hat es verdient. Tomás hat uns hergebracht und ist erst wieder gefahren, nachdem er das Kind gesehen hatte. Als man ihm versichert hat, dass es dir gut geht. Ich weiß nicht, wie er Romilda ertragen kann.«

»Sie ist seine Frau.«

»Stimmt. Und sie ist krank.«

»Angeblich.«

Nach wie vor hatte ich das Gefühl, dass sie nicht wirklich krank war, sondern boshaft. Dass sie ein schlechter Mensch war, der es genoss, anderen Leid zuzufügen. Und hatten die Ereignisse es nicht bestätigt?

»Jetzt ist klar, dass sie eine Gefahr für andere darstellt. Bisher hat man sie immer bedauert, aber jetzt …« Ramón beugte sich vor. »Nicht mal ihre eigene Familie kann sie ertragen. Sie hat Verwandte, die lieber weggezogen sind. Sogar ihre eigene Schwester, Aura, die Exfrau von dem Lehrer, deinem Freund, von Lope …«

»Von wem?«, unterbrach ich ihn. Ich setzte mich im Bett auf. Meine Alarmglocken läuteten.

»Von Lope, dem Lehrer; du bist doch mit ihm befreundet, oder? Ich habe euch schon ein paar Mal zusammen in der Gaststube des Hotels gesehen.«

»Die Exfrau von Lope ist Romildas Schwester?«

»Ja. Wusstest du das nicht?«

»Nein. Ich wusste, dass er geschieden ist, aber ich hatte keine Ahnung, dass er Romildas Schwager ist oder war.«

»Die Tatsache, Romildas Schwager gewesen zu sein, ist nicht gerade etwas, was man gern herumerzählt. Ich denke, dass er lieber nicht daran erinnert wird.« Ramón holte tief Luft und versuchte, sich an der Nase zu kratzen. »Aura ist gleich nach der … Tragödie weggezogen. Sie ist von einer Dienstreise einfach nicht mehr zurückgekommen und wohnt seitdem woanders. Dann haben sie sich getrennt. Die Entfernung und so.« Er schwieg nachdenklich, wahrscheinlich dachte er daran, dass seine Martina ja auch nicht in Nuba lebte.

»Ich verstehe.«

»Ich war noch klein, als das alles passiert ist. Woran ich mich noch gut erinnere, ist, dass meine Mutter erzählt hat, dass Romilda über Wochen von der Polizei befragt wurde. Tomás war auf der Arbeit, als das Unglück geschehen ist, zusammen mit vielen anderen. Die Mutter war den ganzen

Tag mit dem Kind allein. Der Sommer war fast vorüber, die Feigen waren reif. Romilda liebte Feigen, ich glaube allerdings nicht, dass sie seitdem je wieder welche gegessen hat…« Ramón seufzte und rieb mit der verbundenen Hand über sein Bein. »Sie haben damals ein Spezialgerät mit Kamera in den Brunnen hinuntergelassen, um das Kind zu finden. Sondereinheiten für die Bergung von Verschütteten waren hier. Hundestaffeln, Taucher… Es kam sogar der furchtbare Verdacht auf, die Mutter selbst habe das Kind in den Brunnen gestoßen. Ich werde nie vergessen, wie meine Mutter das erzählt hat. Aber Romilda war völlig verzweifelt, und schließlich haben die Polizeipsychologen den Verdacht fallen lassen. Sie hatte den Verstand verloren. Sie konnte den Schmerz nicht ertragen. Ein solcher Schmerz kann doch auch nicht gespielt sein.«

Ich wusste nicht, was ich darauf antworten sollte.

In jener Nacht tat ich fast kein Auge zu. Ich war unruhig, aufgeregt, überrascht, wachsam. Ich bewunderte meinen Sohn, fütterte ihn, stand auf und nahm ihn in die Arme, obwohl er schlief. Die Menge der Sterne am Himmel war erstaunlich, und ich betrachtete sie durchs Fenster, während ich den kleinen Samuel wiegte.

Schließlich weinte er dann doch, und wie!

Und obwohl ich wusste, dass nicht Angst der Grund dafür war, nahm ich ihn kurz vor dem Morgengrauen aus seinem Bettchen mit zu mir. Sein Atem war wie ein Pfirsichsorbet, ein so zartes, leichtes Lebenszeichen, dass es kaum spürbar war. Ich nahm ihn hoch, um mich zu vergewissern, dass er auch brav tat, was er tun sollte – einatmen, ausatmen –, und er bewegte sich unwillig.

Als das morgendliche Dezemberlicht den Raum erfüllte, mit einer Zartheit, die an Schneeflocken erinnerte, schlief ich schließlich ein.

Bevor ich die Augen öffnete, tastete ich auf dem Laken nach dem kleinen Bündel, das mein Sohn war, und mir blieb das Herz stehen, als ich ihn neben mir nicht fand. Ich sprang aus dem Bett, doch der Infusionsschlauch, an dem ich hing, zog mich mit einem Ruck zurück. Mühsam unterdrückte ich einen Schmerzensschrei, Panik stieg in mir auf und Tränen traten mir in die Augen. Ich kämpfte mich zu seinem Bettchen vor, drehte es zu mir herum, doch mein Kind war nicht da.

»Schwester! Schwester!« Aufgeregt suchte ich den roten Knopf, den ich oberhalb meines Bettes gesehen hatte, und drückte ihn panisch. Eine nicht mehr ganz so junge Krankenschwester eilte herbei. Die junge Frau vom Vortag war nirgendwo zu sehen.

»Was ist los?«

Ich schluchzte und wies auf das leere Bettchen.

»Mein Kind, mein Kind ... es ist nicht da!«

»Mein Gott, hast du mich erschreckt! Bei euch Erstgebärenden muss man wirklich mit allem rechnen! Er wird gerade gebadet. Gleich hast du ihn wieder. Leg dich hin und ruh dich aus! Du bist nicht die Erste, und du wirst auch nicht die Letzte sein, die ein Kind zur Welt bringt.«

Um kurz nach neun rief Don Lorenzo an. Er gratulierte mir überschwänglich, versicherte mir, dass er vollkommen wiederhergestellt sei und sehnsüchtig darauf warte, Samuel kennenzulernen. Er habe die Buchhandlung über Weihnachten geschlossen und ein paar junge Leute angeheuert, die die

Zimmer im ersten Stock des Hauses für Samuel und mich herrichteten.

Außerdem erklärte er mir, dass er mein Handy mit in den Korb für das Baby gelegt habe, damit ich leichter vom Krankenhaus aus telefonieren könne. Auch mit ihm. Und dass er mich zu Hause erwarte, denn es erscheine ihm weder notwendig noch klug, dass ich Weihnachten allein mit einem Neugeborenen in der Stadt verbrächte, und dann auch noch in einer schäbigen, kleinen Mietwohnung.

Am späten Vormittag kam Godón zu Besuch.

»Ich habe etwas für den Kleinen mitgebracht.« Er überreichte mir ein Spielzeug aus buntem Stoff, das, wie auf der Packung zu lesen stand, »didaktisch« war. »Und auch etwas für *meine* Kleine ... Die beste Vermieterin, die ich je hatte, was ein großes Kompliment ist, da ich schon auf der halben Welt Häuser gemietet habe.«

Er überreichte mir ein sorgfältig eingepacktes Geschenk.

Ich öffnete es vorsichtig; es tat mir beinah leid, die kunstvolle Verpackung zu zerstören.

»Mein Schal!«

»Ich habe ihn reinigen lassen, aber keine Angst, sie haben ihn so vorsichtig behandelt, als wäre es das Grabtuch Christi.« Er seufzte zufrieden. »Es waren ein paar Flecken drauf. Aber jetzt ist er wieder wie neu.«

»Du bist unglaublich, Godón! Wenn ich noch im Verlag arbeiten würde, würde ich dir sofort einen Autorenvertrag anbieten. Obwohl – hör mal ...« Ich dachte an mein Gespräch mit Don Lorenzo; doch dann sagte ich mir, dass ich Godón niemals einen angemessenen Vorschuss würde zahlen können. »... Lass dich umarmen!«

Kaum hatte ich mein Handy zum Laden an die Steckdose angeschlossen und eingeschaltet, erhielt ich mehrere Anrufe. Alle von Leuten aus Nuba, Kunden oder nicht, die mir gratulieren wollten. Sie hatten Don Lorenzo nach der Nummer gefragt, und er hatte sie anscheinend so großzügig mitgeteilt, als handelte es sich um die Lottozahlen.

Zur Mittagszeit kamen Doña Felisa und ihre Tochter vorbei, doch ihr Besuch war mehr ärztlicher als privater Natur, denn sie begutachteten uns fachkundig. Wenn ich die beiden Ärztinnen zusammen sah, überraschte es mich immer wieder aufs Neue, wie unterschiedlich und gleichzeitig ähnlich sie sich waren.

Miguel hatte über Don Lorenzo von der Neuigkeit erfahren. Er rief mich an und bestürmte mich mit jeder Menge gut gemeinter Fragen. Er bot an, zu mir zu kommen, und als ich ihn davon überzeugt hatte, dass das nicht nötig sei, nahm er mir das Versprechen ab, dass er und seine Frau die Patenschaft für das Kind übernehmen durften. Erfreut sagte ich zu. Der Gedanke, dass es so weit weg von Nuba jemanden gab, der an mich dachte, machte mich glücklich.

Auch Lope ließ von sich hören. Er war sehr aufmerksam und fragte mich, ob er mich abholen kommen solle, wenn ich aus dem Krankenhaus entlassen würde.

»Das ist nicht nötig. Ramón und ich fahren zusammen bei seinem Cousin mit. Wir werden wohl am selben Tag entlassen werden.«

»In Ordnung, aber du weißt ja …«

»Ich habe erfahren, dass deine Exfrau Romildas Schwester ist.«

Stille am anderen Ende der Leitung.

Schließlich kam dann doch noch eine Antwort.

»Ja, das stimmt. Allerdings verschweige ich meine Schwägerin in meinem Lebenslauf lieber, wenn du verstehst«, sagte er mit belegter Stimme und argumentierte damit genauso, wie Ramón es vermutet hatte. »Und nach dem, was sie dir angetan hat, erst recht.«

Von Tomás hörte ich nichts, obwohl ich ihn stärker vermisste denn je. Ich wünschte mir, er würde anrufen und sich nach seinem Sohn erkundigen. Dass er irgendein Lebenszeichen von sich gäbe. Aber so, wie es aussah, war er vollauf damit beschäftigt, seine verrückte Frau aus den Fängen der Justiz zu befreien, und hatte keine Zeit für uns.

Don Lorenzo, Godón, mein Sohn und ich verbrachten die Weihnachtstage zusammen, die trotz allem – hauptsächlich trotz meines Kummers über Tomás' Schweigen – die glücklichsten (und kältesten) Weihnachtstage waren, die ich je erlebt hatte.

Die Buchhandlung blieb über die gesamten Ferien geschlossen, während ich mich erholte und der erste Schnee die Dächer der Häuser im Tal mit einer zarten weißen Schicht überzog, die wie vom Himmel gefallene Spitze aussah.

Und dann wurde es wieder Frühling. Der Frühling Rilkes und Rubén Daríos, der melancholischen jungen Mädchen, der sonnigen Tage, des sprießenden Grüns, der Kletterrosen, der mit vielen kleinen weiß-gelben Kamillenblüten übersäten Wege und der in ihren Nestern singenden Vögel. Es war der wahre Frühling. Mit summenden Bienen und flüsternden Stimmen, die aus dem lichtdurchfluteten Wald drangen, der aussah wie auf einem Gemälde von Renoir. Der Traum eines viktorianischen Botanikprofessors, voller junger Keime, in den leuchtendsten Farben.

Am ersten Jahrestag meiner Ankunft in Nuba stellte ich selbst überrascht fest, was seitdem alles geschehen war. Welch radikale Wendung mein bis dahin vorhersehbares Leben genommen hatte, das mich von Buch zu Buch, Seite für Seite in eine verzauberte Welt geführt hatte, nach Nuba, in mein eigenes magisches Königreich, in dem ich nun wie im Märchen lebte.

In der Nacht, die auf diesen Jahrestag folgte, der für niemanden eine Bedeutung hatte außer für mich, hatte ich einen seltsamen Traum.

Darin war ich die Goldmarie aus dem grimmschen Märchen *Frau Holle*. Ich hatte eine Stiefmutter, die ihre zweite, ihre leibliche Tochter bevorzugte, die äußerst faul war und die das gleiche Los ereilte wie die Pechmarie. Ich sah mich durch den Brunnen fallen, wanderte über blumenübersäte Wiesen, schüttelte den Apfelbaum und rettete das Brot.

Während ich träumte, empfand ich so deutlich und so intensiv, wie schön das Leben sein konnte, dass ich wach wurde, mich im Bett aufsetzte und mich, sehnsüchtig nach diesem vollkommenen Glück, umsah.

Samuel schlief in seiner Wiege, die dicht neben meinem Bett stand. Ich hörte, dass er leise Sauggeräusche machte. Er war ein Schnullerfan und liebte vor allem einen in Gelb und Blau, den die Tante des Artischockenkopfs ihm geschenkt hatte. Ich strich sanft über seinen kleinen Körper und deckte ihn liebevoll zu.

Da war mein Sohn, in Sicherheit vor bösen Raben, Riesen und Hexen und allem, was es sonst Schlechtes auf und unter der Erde gab.

Doch in dem Moment überkam mich eine Ahnung, dass die Prüfungen, die mich ereilt hatten, noch nicht vorüber waren. Das Vorgefühl war so stark, dass es mir beinah den Atem nahm.

Und ich täuschte mich nicht.

Don Lorenzo und ich wechselten uns in der Buchhandlung ab.

Wenn ich dort war, üblicherweise am Nachmittag, war er bei Samuel; wenn das Wetter es zuließ, im Garten, sonst in der Küche, wo er mit seiner altmodischen, ständig rutschenden Brille auf der Nase las.

Das Baby gedieh prächtig. Es war jetzt etwa drei Monate alt, und wenn es lautstark nach Nahrung oder sauberen Windeln verlangte, brauchte der Buchhändler nur den Kinderwagen ums Haus zu schieben und mir an der Tür kurz Bescheid zu sagen. Er genoss die Gesellschaft des Kleinen, der sein weißes Haar und seine blauen Augen ebenso fasziniert betrachtete wie das bunte Mobile, das über der Wiege hing.

An jenem Nachmittag hatten die beiden es sich im Garten, im Schatten der Bäume, bequem gemacht. Samuel lag in seinem blauen Wagen mit den großen Rädern, das Verdeck heruntergeklappt, einen kleinen Hut mit Bärchenmuster auf dem Kopf, und Don Lorenzo saß, mit ausreichend Lektüre und gut gespitzten Bleistiften ausgestattet, an einem Gartentisch, auf dem ein Krug Limonade stand.

Ich bediente gerade eine meiner Stammkundinnen, Francisca, als ein erstickter Schrei mir das Blut in den Adern gefrieren ließ. Ich rannte hinaus, lief ums Haus und fand Don Lorenzo auf dem Boden liegend neben dem Kinderwagen vor.

Er war leichenblass und konnte nur mit Mühe atmen.

Eine Hand hatte er fest an seine Brust gepresst, als fürchtete er, dass sein Herz sich davonmachen könnte.

Ich beugte mich zu ihm hinunter, fühlte seine Stirn, den Puls, öffnete den obersten Knopf seines Hemdes. Ich wusste nicht, was ich tun sollte.

Francisca war mir in den Garten gefolgt, und ich bat sie, Doña Felisa, die Ärztin, zu rufen. Sie nahm ihr Handy aus der Tasche und gab mit zitternden Fingern die Nummer ein.

»Sieht aus wie ein Herzinfarkt«, hörte ich sie sagen. Doch ich war nicht in der Lage, den Sinn ihrer Worte zu erfassen. Dann: »Hallo? Bitte, das ist ein Notfall! Nein, nein… In der Buchhandlung…«

»Don Lorenzo, ruhig, ganz ruhig, atmen Sie…« Vorsichtig legte ich ihm ein Kissen unter den Kopf.

Die Worte, die er schließlich herausbrachte, waren für mich wie ein Albtraum.

»Verzeih mir«, flüsterte Don Lorenzo. »Sam… Samuel… Romilda…«

Da erst fiel es mir auf: Der Kinderwagen war leer. Mein Sohn war verschwunden.

Francisca verständigte die Guardia Civil sofort, nachdem sie die Ärztin informiert hatte, die eilig herbeistürzte, um sich um Don Lorenzo zu kümmern.

»Natürlich ist es ein Infarkt. Ich habe ihm gesagt, dass er sich untersuchen lassen soll, aber bei dem stößt man mit so was ja auf taube Ohren«, brummte die Ärztin, während sie ihn untersuchte. »Du bist gerade noch mal davongekommen, du alter Dickkopf, aber ich werde dich, wenn es sein muss, höchstpersönlich und mit Gewalt in die Stadt schaffen, damit dein Herz wieder auf Vordermann gebracht wird. Und mit deinem Kopf können die sich auch mal beschäftigen. Wie kann man nur so stur sein! Hörst du die Sirene des Krankenwagens? Nein? Weil es in diesem Dorf keinen Krankenwagen gibt. Du wirst also mit meinem Wagen vorliebnehmen müssen. Vielleicht gefällt es dir sogar, stell dir einfach vor, es wäre ein Campingausflug.«

Die Polizei kam etwa zwei Stunden, nachdem Don Lorenzo und die Ärztin sich auf den Weg zur Notfallstation im Nachbarort gemacht hatten, wo man ihm Erste Hilfe leisten konnte, bevor sie zum Krankenhaus in der Stadt weiterfuhren. So erzählte es mir später Francisca, die die Buchhandlung abschloss und auf die Polizei wartete. Denn als die kam, war ich längst nicht mehr da. Ich wollte nicht auf die Hüter des Gesetzes warten. Ich sagte mir, dass jetzt der Moment gekommen war, selbst loszugehen und meinen Sohn zurückzuholen.

Obwohl ich noch nie dort gewesen war, wusste ich, wo sich das Haus von Tomás und Romilda befand. Ausgerechnet Lope hatte es mir einmal während eines unserer vielen Spaziergänge – die seit Samuels Geburt nicht mehr stattfanden – gezeigt, und ich hatte es aus der Ferne betrachtet, wie es dort auf der Anhöhe gegenüber dem See lag, nicht größer als eine Nuss auf einer Wiese. In meiner Vorstellung war es ein schrecklicher, Angst einflößender, düsterer Ort, umgeben von schwarzen Wolken und feurigem Dunst, in den man nur würde eintreten können, nachdem man einen teuflischen Pakt eingegangen war – das Haus einer Hexe eben.

Vielleicht war es aber auch wie Manderley, das spukhafte Anwesen aus dem Roman *Rebecca*, von einem unnatürlichen helldunklen Nebel umwabert und bevölkert von einer Legion Dienstboten mit drohendem Blick, oder wie der düstere Gutshof in Emily Brontës *Sturmhöhe*, ein Ort, wo die Leidenschaft das Herz verbrennt.

Wie gesagt, ich hatte das Haus bisher nur aus der Ferne gesehen.

Mir hatte nie der Sinn danach gestanden, mich diesem Adlerhorst zu nähern, in dem Tomás sich um Romilda kümmerte, wo er sie mit einer Zärtlichkeit umgab, die mir, allein beim Gedanken daran, das Herz zerriss – tatsächlich hatte ich es bewusst gemieden.

Ich erinnerte mich an den Tag, an dem ich die beiden am Ufer des Sees gesehen und er schützend den Arm um sie gelegt hatte. Nicht einmal Ludwig XV. hatte Madame Dubarry galanter in Richtung Schlafzimmer geleitet.

Nun hastete ich die Anhöhe hinauf, ohne mich nach irgendetwas umzusehen, von einer ungeahnten Kraft getrieben.

Ich fragte mich weder, woher diese Kraft auf einmal kam, noch, ob ich Romilda gewachsen sein würde.

Ich dachte nur an mein Kind.

Ein Gewitter zog auf. Immer wieder jagten Windböen über die Bergspitzen und in die Schluchten hinab, und das Wispern in den Ästen der Bäume drang in mein Ohr, als wäre ich ein Wesen der Natur.

Einen Moment musste ich daran denken, dass diese böse Hexe Samuel etwas angetan haben könnte, doch ich verbannte diese Vorstellung aus meinem Bewusstsein und konzentrierte mich stattdessen darauf, meinen Sohn gesund und munter und in Sicherheit vor mir zu sehen. Seine grünen Augen, die manchmal ein wenig trüb wirkten, wie das Wasser in einem Schlossbrunnen, hellten sich sofort auf, wenn er lächelte, und jeden Tag veränderten sie ein wenig die Farbe. Nachts schlief er durch, und er entwickelte ein erstaunliches Gehör. Abends und vor dem Mittagsschlaf las ich ihm aus Büchern vor, wobei er mich aufmerksam ansah und dem Klang meiner Stimme und der Melodie der Sprache lauschte. Ich hatte festgestellt, dass vor allem Gedichte ihn entzückten. Der Rhythmus und die Reime entlockten ihm regelmäßig freudiges Strampeln.

Esproncedas *Piratenlied* – das ich als Kind so sehr geliebt hatte – ließ ihn mit heftigen Kopfbewegungen zustimmend nicken wie ein kleiner Parlamentarier. Wenn ich etwas von Longfellow las, machte er einen Kussmund wie eine Puppe. Bei Wordsworth und Shakespeare jaulte er, und bei Vicente Aleixandre kreischte er jedes Mal, wenn ich eine Pause machte, um Luft zu holen, damit ich weiterlas. Ich belohnte seine Fortschritte auf dem Gebiet der Poesie mit Umarmungen, Applaus und Küsschen. Und Samuel sah mir in die Augen und strahlte, dass mir das Herz aufging, und ich spürte, dass dieser kleine Wicht glücklich war, so glücklich, wie es jedem Menschen auf der Erde zusteht.

Dann nahm ich ihn in die Arme, drückte ihn fest an mich, in der Hoffnung, dass etwas von diesem Glück an mir hängen blieb, in dem Duft, den meine Kleidung und meine Haut verströmte, dass es in mich eindrang und dort bleiben würde, zusammen mit dem Lächeln meines Sohnes, das für mich die reinste Form des Glücks war.

Entschieden, mein Glück zurückzuholen, rannte ich jetzt, so schnell ich konnte, zum Schloss der Hexe, bereit, alles zu tun, was nötig war.

Nicht für eine Sekunde erreichte die Angst mein Gehirn.

Sie war komplett verschwunden.

Ich wurde zu einer mutigen Frau, genauso mühelos, wie sich in den Märchen und Legenden die Einwohner Lincolnshires nachts in schwarze Hunde verwandelten, die das Vieh rissen.

Und ich war mir nicht einmal bewusst, dass ein Wunder geschah.

Mit herausforderndem Blick stand ich vor Romildas Haus.

Unerwarteterweise wirkte es hell und schlicht. Es war weder düster noch auffällig und schon gar nicht unheimlich. Das irritierte mich für einen Moment.

Das Haus war im mediterranen Stil gebaut und an das raue Klima im Tal angepasst, geräumig und lichtdurchflutet, in kräftigen, leuchtenden Farben gestrichen und mit Fensterläden, hübschen Balkonen und vielen Pflanzen geschmückt. Die Farbe war an einigen Stellen ein wenig von der intensiven Sommersonne verblichen, was dem Haus eine gewisse Patina verlieh.

Ich ging durch das schmiedeeiserne Gartentor, das wie bei allen Häusern in Nuba offen stand, und folgte dem Weg zum Eingang.

Die Mauern schienen leicht staubig, als könnte man sich daran schmutzig machen, und auch wenn ich wusste, dass dem nicht so war, hielten sie mich auf Abstand.

Die Veranda am Eingang war mit einer riesigen Glyzinie bewachsen, die bis zum Dach hinaufreichte, und in ein paar Blumentöpfen wuchsen weiße Federnelken, die, wie Don Lorenzo mir erklärt hatte, aus den Bergen Mitteleuropas stammten und in Nuba gut gediehen. Zu beiden Seiten des großen Eingangsbereiches schmückte ein Mosaik aus gefärbten Terrakottastücken und hellem Kastanienholz in etruskischen Farben die Wand. Davor standen ein paar Blumentöpfe mit hellgrünen blütenlosen Pflanzen, die ich nicht kannte.

So wie man nicht lange in die Sonne schauen kann, war es mir nicht möglich, dieses Haus länger zu betrachten. Dennoch nahm ich jedes Detail wahr, jede noch so winzige Kleinigkeit brannte sich in mein Hirn.

Ich klingelte und wartete mit verkrampftem Kiefer und mit zusammengepressten Händen.

Die Tür öffnete sich.

Eine nicht mehr junge Frau, die müde aussah, starrte mich an. Sie hatte schöne Augen, aber einen traurigen Blick, als habe sie schon zu viel gesehen, und ihre Augenbrauen wirkten wie eine schwarze Schnur.

»Guten Tag.«

»Guten Tag.« Die Stimme klang verhalten, aber freundlich.

»Ist Romilda zu Hause?«

»Sie empfängt keinen Besuch. Außerdem ruht sie sich gerade aus.«

Ich stieß die Tür auf, ging an der Frau vorbei, die die Augen aufriss, mich jedoch nicht am Eintreten hinderte.

Ich erinnerte mich nicht, sie schon einmal gesehen zu haben, aber ich war mir sicher, dass sie wusste, wer ich war, genauso wie ich wusste, wer sie war.

»Sagen Sie ihr, dass sie runterkommen soll. Dass Brianda Gonzaga hier auf sie wartet. Und sagen Sie ihr, dass sie meinen Sohn mitbringen soll, oder ich gehe rauf und hole ihn mir.« Meine Stimme zitterte nicht, und ich war auch nicht eingeschüchtert, wie sonst immer, wenn ich meinte, mich auf feindlichem Gebiet zu befinden.

Die Frau schien aufrichtig überrascht. Sie sagte kein Wort, sah mich nur an, und ich erwiderte den Blick, während sie die schwere Tür schloss, die mit großen Nägeln beschlagen und mit herrschaftlichen Scharnieren und einem imposanten Schloss geschmückt war, was ihr einen uneinnehmbaren Eindruck verlieh.

Schließlich forderte sie mich mit einer Geste auf, ihr in einen kleinen Raum zu folgen.

»Bitte warten Sie hier einen Moment. Ich werde der Señora Bescheid sagen.«

Und da, in diesem Raum, verstand ich alles.

Die ganze schreckliche Wahrheit.

Das Zimmer war mit einer Chaiselongue voller orientalischer Kissen und zwei unterschiedlichen Sesseln möbliert. Einer davon war mit einem bunten Tuch bedeckt. Die Dekoration wirkte übertrieben, aber der Raum war von Licht durchflutet, das durch ein großes Fenster mit Blick auf den See hereinfiel.

Vor dem Fenster stand ein Tisch mit einer Decke, auf der Kornblumen ein geometrisches Muster aus Dreiecken in schrillen Farben bildeten. Der Tisch schien eine Art Altar zu sein, denn darauf standen jede Menge Fotos des Sohnes von Romilda und Tomás.

Ein Strauß aus wilden Blumen und duftenden Kräutern in einem Krug und ein mit Wasser gefülltes Terrakottabecken, in dem eine brennende Kerze schwamm, vollendeten Romildas ewigen Trauerschrein.

Dieser Raum schien dafür gedacht zu sein, den seltenen Besucher an den Schmerz der Hausherrin zu erinnern. Falls jemand ihn vergessen haben sollte. Oder um Tomás daran zu gemahnen, der so jeden Tag die vielfachen Bilder seines verlorenen Sohnes vor Augen hatte, wenn er das Haus verließ und sich auf den Weg zur Arbeit machte.

Weder Romilda noch ihre Pflegerin schienen es eilig zu haben, mir unter die Augen zu treten, und das gab mir Zeit, die Fotos eingehend zu studieren. Eins nach dem anderen.

Und noch einmal. Und noch einmal. Derselbe Junge, von kurz nach seiner Geburt bis zu der Zeit, da er drei Jahre alt war, kurz bevor er verschwand.

Ich prägte mir die Züge des Kindes ein, das mir hier entgegenlächelte, mit der gleichen fröhlichen Zufriedenheit wie mein eigener Sohn, wenn ich ihn fütterte, wickelte, küsste oder ihm ein Gedicht vortrug. Mit der Freude der Unschuldigen, der Kinder, die noch nicht wussten, was das Böse war, das sich in den Märchen verbarg – und in ihrem eigenen Leben.

Völlig versunken in den Anblick der Fotos, bemerkte ich Romilda erst, als sie direkt hinter mir stand. Es war Monate her, dass sie mir zuletzt gegenübergestanden hatte – als sie versucht hatte, mich aufzuschlitzen. Mein Haar war wieder gewachsen, und ich sagte mir, dass im gleichen Maße mein Mut zugenommen hatte.

»Hallo, Romilda. Wo hast du meinen Sohn?«

Sie war gut gekleidet, hatte sich sorgfältig zurechtgemacht. Ihr Haar war gebürstet, allerdings war zwischen den blonden Strähnen bereits der teils dunkle, teils graue Ansatz zu sehen.

Sie schwieg einen Moment und verzog den Mund zu einer höhnischen, angewiderten Grimasse.

»Ich will, dass du mir meinen Sohn wiedergibst. Diese Entführung wird dich teuer zu stehen kommen. Das weißt du. Die Zeiten, in denen du deine niederträchtigen Taten hinter deiner angeblichen Verrücktheit verstecken konntest, sind vorbei.«

»Niederträchtige Taten? Wovon sprichst du? Du lässt den Kleinen mit einem alten Mann allein, der einfach einschläft, und jetzt bin ich eine Entführerin?« Sie kam mit provozierendem Hüftschwung auf mich zu. »Du bist eine schlechte Mutter, Brianda. Ich habe ihn mitgenommen, bevor ihm etwas zustoßen konnte, während der Buchhändler geschlafen hat wie ein Murmeltier.«

»Du lügst.«

»Das ist die Wahrheit! Er hat gepennt.«

»Das glaube ich nicht.«

»Na ja, als ich gegangen bin, hat er die Augen geöffnet und fing dann an zu stöhnen und mit den Armen zu fuchteln, als ob er durch die Luft schwimmen wollte, und dabei ist er wohl ertrunken, der Idiot. Du bist eine schlechte Mutter, Brianda.«

»Keine so schlechte wie du, Romilda.«

Sie trug ein grünes Kleid, die Farbe erinnerte mich an eine bestimmte Art Pflanzen, an Seealgen, die sich um die Körper der Menschen schlangen, die an ihnen vorbeikamen.

»Eine schlechte Mutter, ich …! Ich! Das wirst du bereuen, du miese Schlampe! Niemand darf so etwas zu mir sagen, und schon gar nicht in meinem Haus! Das wird dir noch leidtun!«

Diesmal hatte sie keine Schere in der Hand, und ich sah auch nichts anderes, womit sie mich hätte angreifen können.

Ich blieb aufrecht stehen, die Hände, zu Fäusten geballt, dicht am Körper. Sie sollte nicht meinen, dass ich mich weiterhin von ihr einschüchtern ließ. Denn jetzt hatte ich eine mächtige Waffe, mit der ich auf ihre Angriffe reagieren konnte. Etwas viel Effektiveres als eine Klinge.

Ich wandte mich in aller Seelenruhe um und ging zu dem Tisch hinüber, auf dem die Bilder des kleinen Tomás standen. Wie zufällig wählte ich eines mit einem vergoldeten Rahmen aus, hielt es in den Händen und strich mit den Fingerspitzen über das Kind auf dem Foto, als könnte ich es so wirklich berühren.

»Das ist dein Sohn, stimmt's?«, fragte ich und achtete darauf, dass meine Stimme möglichst verträglich klang.

Mit ein paar Schritten war sie bei mir, riss mir das Bild aus der Hand, drückte es an ihre Brust und warf mir einen wütenden Blick zu.

»Nimm deine schmutzigen Finger von der Erinnerung an meinen Sohn.«

Ich brach in Gelächter aus, was Romilda erstarren ließ. Verwirrt und neugierig sah sie mich an.

»Ach, Romilda ... Weißt du denn nicht, dass Lügen kurze Beine haben und dass irgendwann immer die Wahrheit ans Tageslicht kommt? Hat man dir, als du klein warst, nie die Geschichte von Pinocchio erzählt?«

»Was soll das?«

Nun war ich es, die auf sie zuging, bis ich ganz dicht vor ihr stand. Ihre Augen wurden schmaler, je näher ich ihr kam.

Ich nahm gedämpfte Geräusche im Haus wahr, eine Tür, die leise geschlossen wurde, und feste Schritte auf der Treppe. Ich meinte, Samuel weinen zu hören, aber vielleicht hatte ich es mir auch nur eingebildet.

Ich versuchte, nicht daran zu denken.

»Du weißt genau, wovon ich spreche«, entgegnete ich.

Erneut trat ich an den Tisch, griff nach einem anderen gerahmten Foto und zeigte darauf. Die Spitze meines Zeigefingers ruhte auf der Stirn des Kindes.

»Lass das!«

»Schau mal, Romilda. Das ist der kleine Tomás. Erinnerst du dich an ihn? Wie lange ist es her, dass du ihn zuletzt gesehen hast? Sieben Jahre? Oder waren es vielleicht eher sieben Monate? Oder sieben Wochen? Noch weniger ...? Ich wette, es ist noch nicht besonders lange her.«

»Was willst du damit sagen? Mein Sohn ist in einen Brunnen gefallen.« Sie heulte auf und riss mir auch dieses Foto aus der Hand. »Seit sieben Jahren trauere ich um ihn, jeden Tag und jede Nacht leide ich Höllenqualen.«

»Dein Sohn ist niemals in einen Brunnen gefallen, Romilda.«

Sie wurde leichenblass, doch ihre Augen glühten.

»Du kleine Schlampe, du bist verrückt! Du weißt nicht, was du sagst!« Seltsamerweise klang ihre Stimme matt und ruhig, ohne das schrille Kreischen, das ich von ihr gewohnt war.

»Dein Sohn lebt und ist wohlauf.«

»Wer hat dir das gesagt?«

»Er ist ein hübscher Junge, gesund, und er sieht glücklich aus, als ob er ein gutes Leben hätte. Weit weg von dir natürlich. Aber ich nehme an, dass du das weißt, weil er ab und zu herkommt, um dich zu besuchen, stimmt's, Romilda? Bis vor Kurzem habt ihr euch im Garten meines Hauses getroffen, das so viele Jahre über verlassen war und als verflucht galt und das einen diskreten Zugang zum Wald hat. Von dort aus ist es nicht weit zur Straße. Sehr bequem, wenn man nicht gesehen werden will, damit die neugierigen Leute im Dorf nicht mitkriegen, wer zu Besuch kommt. Wo verabredet ihr euch jetzt, nachdem ich das Haus gekauft habe, Romilda? Auf irgendeiner abgelegenen Wiese? An einer einsamen Stelle in den Bergen …? Dies ist ein wunderschönes Tal, voller Ausflügler, Pilger und Touristen, doch du hast erstaunliche Fähigkeiten darin entwickelt, aus deinem Haus aus und wieder ein zu gehen, wann immer du Lust hast, hinter dem Rücken deiner armen Pflegerin, die ja kaum in der Lage ist, auf sich selbst aufzupassen. Daher nehme ich an, du hast einen geeigneten Ort gefunden, oder?«

Auf einmal passte alles zusammen. Nachdem das wichtigste Teil gefunden war, ordnete sich in meinem Kopf alles zu einem einzigen Ganzen.

Die Fotos des kleinen Tomás waren der Schlüssel zu Romildas Geheimnis. Denn das Kind, das auf all den Bildern auf dem Tisch in Romildas Haus zu sehen war, war dasselbe, dessen Foto Lope so sorgsam in seiner Brieftasche aufbewahrte. Lope hatte zwei davon bei sich. Auf dem einen war derselbe Dreijährige zu sehen wie auf Romildas Bildern, die die Lüge seines Verschwindens erzählten; das zweite Foto zeigte einen Zehnjährigen, der mir bekannt vorgekommen war, weil ich ihn zusammen mit seiner Tante Aura gesehen hatte, auf dem Rückweg von einer Wanderung, wie ich damals vermutete – an meinem ersten Tag in Nuba, an dem Tag, an dem ich auch Don Lorenzos Schild entdeckt hatte, mit dem er einen Nachfolger für Locus Docendi suchte, beim Aussichtspunkt mit dem Blick auf das magische Königreich im Tal, der mich sofort verzaubert hatte.

Ich erinnerte mich noch gut an den Neid, den ich beim Anblick der beiden empfunden hatte. Mutter und Sohn, hatte ich gedacht. Beide so gut aussehend und gesund. In Wahrheit waren sie Tante und Neffe. Und wenn Lope nicht seine Brieftasche in der Buchhandlung hätte liegen lassen, hätte ich es niemals erfahren, hätte ich das Geheimnis von Romilda, ihrer Schwester und ihrem Schwager niemals herausgefunden.

Romilda schwieg weiterhin wie eine Tote.

Ich feuerte einen Schuss ins Blaue ab, jedoch mit einer Ahnung, wo das Ziel sich befinden könnte. »Weiß dein Mann ... weiß Tomás, dass sein Sohn an jenem unheilvollen Tag nicht verschwunden ist, sondern dass du ihn deiner Schwester gegeben hast, damit sie mit ihm von hier verschwindet? Warum hast du das getan, Romilda? Was hat dich dazu gebracht, einem Vater sein Kind wegzunehmen?«

Sie antwortete nicht.

Doch ich erinnerte mich sogar an den Namen der portugiesischen Stadt, wo sie lebten, weil Aura es mir erzählt hatte, in dem Glauben, ich wäre eine Touristin und nur auf der Durchreise. Dieses seltsame Vertrauen, das man manchmal Fremden gegenüber empfindet, erinnerte ich mich, gedacht zu haben …

Ich würde es Tomás erzählen. Er musste es wissen.

Auf einmal fiel mir das Gespräch mit Ramón im Krankenhaus wieder ein. Als der junge Mann mir erzählt hatte, dass Romilda alles verloren hatte: ihren Sohn und auch ihren Verstand. Und ich hatte geantwortet, dass sie zumindest ihren Mann noch hatte.

Tomás! Sie hatte Tomás ganz allein für sich, seit jenem Tag.

Das war es! Das war Romildas Ziel gewesen: ihren Mann an sich zu binden, ihn zur Geisel ihres angeblichen Schmerzes zu machen, zum Gefangenen ihrer kranken Liebe.

Ich sagte es ihr ins Gesicht.

Die Liebe als Fluch. Romilda hatte erreicht, dass Tomás bei ihr blieb, sie hatte ihn verhext, sich seine Aufmerksamkeit und seine Fürsorge verschafft. Er verwöhnte sie, als wäre sie eine Blüte aus dem Gewächshaus, die bei der kleinsten Brise ihre Blätter verliert.

Das Gesicht der Frau vor mir verzog sich zu einer wütenden Grimasse, während sie mir zuhörte.

Über uns entlud sich das abendliche Gewitter, das sich zusammengebraut hatte, seit ich mich in dem Haus befand, und ein Blitz erhellte den Raum mit gespenstischem Licht.

Ich dachte, dass dies der perfekte Moment für Romilda wäre, sich auf mich zu stürzen und mich erneut anzugreifen, doch zu meiner Überraschung ging sie zu einem der Sessel und ließ sich kraftlos darauf nieder. Sie wirkte wie eine Marionette, deren Fäden durchgeschnitten worden waren. Der Zorn in ihrem Gesicht machte einem Ausdruck von Ergebenheit Platz.

»Hast du Samuel etwas angetan?« Ich ging vor ihr in die Hocke und sah ihr in die Augen.

»Nein. Er ist oben und schläft. Im Zimmer meines Sohnes. Weißt du, ich habe es nicht verändert. Es ist immer noch genau so wie an dem Tag, als er… gegangen ist. Es steht ein wunderschönes Kinderbett darin, das ein Freund meines Mannes, ein Tischler aus dem Sägewerk, gemacht hat. Ich habe ihm nichts getan. Ich habe ihn nur ein paar Mal geküsst. Ich habe ihm nicht wehgetan. Dein Kind…«

»Das habe ich mir schon gedacht.«

»Warum?« Ihre Stimme war kaum noch ein Flüstern.

»Du hast ihm nichts angetan, weil du weißt, dass er Tomás' Sohn ist. Und du weißt, dass du, wenn du ihm ein Leid zufügst, mich zum Opfer machst. Und du willst das einzige Opfer sein, das einzige Opfer, das Tomás' Mitleid bekommt. Du hast ihn an dich gekettet wie einen Hund an eine Leine. Aber Mitleid ist nicht Liebe, es ist Trauer. Nicht mehr. Er liebt dich nicht. Er hatte damals schon aufgehört, dich zu lieben.«

»Das Geburtsdatum passt nicht.« Sie spuckte die Worte aus. »Du bist eine Betrügerin, die meinem Mann das Kind eines anderen anhängen will.«

»Samuel ist zu früh geboren. Wegen dir, wenn ich mich recht erinnere.«

»Das sagst du, aber ich glaube es nicht.«

»Wenn du es nicht glaubst, warum lässt du mich dann nicht in Ruhe? Warum hast du mir dann mein Kind weggenommen? Ich habe nicht gefordert, dass Tomás sich zu seinem Sohn bekennt. Ich habe überhaupt kein Problem damit, eine alleinerziehende Mutter zu sein. Woher weißt du eigentlich, dass er der Vater ist?«

Romilda raufte sich das Haar; sie schwankte, bevor sie antwortete.

»Genauso wie ich vor etwas mehr als sieben Jahren wusste, dass er mich nicht mehr liebt.« Sie sah mich mit dem Blick einer unheilbar Kranken an. »Und weil ich ihn danach gefragt habe. Er ist so … so ehrlich, der Idiot! Ich habe ihn gefragt, und er hat es mir gesagt. Er hat mir alles erzählt. Er erzählt immer alles, das ist sein größter Fehler. Er hat die Angewohnheit, die Wahrheit zu sagen, ohne einen Moment nachzudenken und die Konsequenzen abzuschätzen. Man fragt ihn, ob er einen noch liebt, und er antwortet, dass es ihm leidtue, aber leider nein. Ob ihm das Essen geschmeckt habe, und er antwortet, dass es ihm leidtue, aber nein. Ob er mit einer anderen Frau geschlafen habe, und er antwortet, dass es ihm leidtue, aber ja … Mir wäre lieber, er wäre ein Lügner. Dass er mich betrügt und es abstreitet, dass er an seine Lügen glaubt, damit ich auch daran glauben kann. Aber dazu ist er nicht fähig. Dazu war er noch nie fähig.«

»Wie ist es dir gelungen, deine Schwester und Lope dazu zu bringen, dich bei etwas so … Schrecklichem zu unterstützen? Wieso sind sie Komplizen bei einer derartigen Grausamkeit geworden …?«

»Meine Schwester liebt ihren Neffen über alles. Sie konnte selbst keine Kinder haben, und der Kleine war so süß. Und ich war so außer mir, so verzweifelt, weil ich dachte, dass ich

Tomás verlieren würde, die Liebe meines Lebens. Ich wusste, dass er mich sehr bald schon verlassen würde; es ging mir so schlecht, dass meine Schwester große Angst hatte. Sie fürchtete, dass ich …, dass ich eine Dummheit machen könnte …, dass ich den Kopf verlieren und dem Kind etwas antun könnte. Da war es ihr lieber, ihn mitzunehmen. Deswegen hat sie bei der Sache mitgemacht. Und Lope hat uns den Rücken gedeckt. Er hat meine Schwester geliebt; er hätte alles getan, um sie glücklich zu machen. Aber sie haben es nicht ertragen, es hat ihre Ehe zerstört.« Romilda brach in Tränen aus.

Sie vergoss tatsächlich Tränen, wie ein Mensch aus Fleisch und Blut.

Ich musste daran denken, was meine Ärztin bei meinem ersten Besuch bei ihr in der Stadt gesagt hatte: »Die menschliche Natur ist ein Mysterium. Manche Frauen tun alles, um schwanger zu werden, aber es funktioniert nicht, und dann, eines Tages, wie durch ein Wunder, wenn keiner mehr damit rechnet, peng, bringen sie doch noch ein Kind zur Welt – so wie die Schwägerin von Tomás vom Sägewerk, ich weiß nicht, ob du ihn kennst. Sie ist aus Nuba weggegangen, und auf einmal hatte sie ein Kind. Ich habe mich gefreut, als ich es erfahren habe. Sie hat so viel durchgemacht, all die Zeit über, die sie es vergeblich versucht hat …! Sie war meine Patientin. Jetzt lebt sie, glaube ich, in Portugal. Leider hat ihre Ehe nicht gehalten … Wenn ein Problem gelöst ist, tauchen plötzlich andere auf, so ist das Leben: ein Mysterium. Wie die menschliche Natur.«

Ein dröhnender Donner beendete Romildas Schluchzen. Ich meinte, in der Ferne den Schrei einer Dohle zu hören. Als ich aus dem Fenster blickte, sah ich, dass das Gewitter sich über der Mulde des Sees entlud, und ich dachte, dass es gleich mit einem infernalischen Regenschauer den ganzen Ort lahmlegen würde.

Langsam stand ich auf.

»Weißt du, Romilda? Beinah jeder wünscht sich im Leben Gesundheit, Geld und Liebe, wie man so schön sagt. Doch die Liebe, die man sich durch List, Hexerei, Zaubertränke und Beschwörungsformeln verschafft, hält nicht lange. Früher oder später stirbt sie. Geld, das man mit schmutzigen Tricks verdient, mag man waschen können. Aber Geld ist ein niederes Gut, während die Liebe nicht von Lügen, Alchimie und Zauberei leben kann. Amor wächst mit dem Vertrauen. Geld kann sich auch durch Lügen vermehren, sich multiplizieren, weil es selbst künstlich ist, etwas vortäuscht, die Liebe jedoch nicht, Romilda. Die Liebe musst du mit echter Freude, Zärtlichkeit und wahren Küssen nähren. Sonst stehst du eines Tages auf und stellst fest, dass dein Herz von den Tieren gefressen wurde, wie Baudelaire geschrieben hat.«

Romilda heftete ihre Augen auf mich. Ihre Wangen waren leicht gerötet wie die Blüten des Buchsbaumes, doch ihr Gesicht wirkte auf einmal verwelkt, von einer giftigen, düsteren Leidenschaft zerstört.

Einen Moment lang empfand ich Mitleid mit dieser Frau, die versucht hatte, mir und meinem Sohn wehzutun. Sie sah mich niedergeschlagen an, zutiefst verzweifelt, schwach und traurig, wie es nur eine Liebende kann, deren Gefühle nicht erwidert werden, die sich aller Mittel bedient hatte, um jemanden gegen seinen Willen dazu zu bringen, sie zu lieben.

Ich erkannte in ihr die Verkörperung der Mythen und Legenden, die die Menschen sich seit Anbeginn der Zeit erzählten.

Ich erkannte in ihr die Schmiedin der Amulette und anderer Zaubergegenstände, die die Geister anziehen.

Und ich erkannte in ihr die Hexe mit dem zerbrochenen Zauberstab, der ihr kleiner Tomás war, das hübsche Kind. Indem sie ihn von seinem Vater fernhielt, benutzte sie ihn, um jeden Tag aufs Neue Tomás' Herz zu manipulieren. Sieben Jahre lang. Doch nun hatte er seine Zauberkraft verloren, seit ich herausgefunden hatte, dass er noch lebte. So wie ich jede Nacht, leise und vorsichtig, die Erinnerung an Tomás' Zärtlichkeiten heraufbeschworen hatte, wie ich mit meinem eigenen Feuervogel aufgestiegen war, der mich auf eine märchenhafte Reise mitgenommen hatte durch das verzauberte Königreich Nuba, war Romilda jeden Tag aus dem Abgrund ihres vergifteten Herzens heraufgestiegen. Und nun war sie kurz davor, in die Tiefe zu stürzen.

»Was bringt die Liebe, wenn sie nur auf Hexerei beruht?«, fragte ich Romilda, ohne Groll, nur ein wenig neugierig und mit sehr viel Mitleid.

Romilda antwortete nicht.

Draußen regnete es ohne Unterlass.

»Weißt du, Romilda? Ich wollte aus meinem Leben immer ein Kunstwerk machen. Wie sieht es mit dir aus?« Ich drehte mich um, um aus dem Raum zu gehen.

Ich würde jetzt meinen Sohn holen und mit ihm dieses Haus verlassen, sobald der Regen ein wenig nachließ. Die ganze Zeit hatte ich gemeint, ihn irgendwo zu hören. Klagelaute, das Schmatzen, wenn er an den Fäusten lutschte, und das Summen einer Frau, als wolle sie ihn beruhigen. Er musste Hunger haben, es war seine Zeit. Wahrscheinlich versuchte Romildas Pflegerin ihn im oberen Stockwerk zu trösten.

Doch ich kam nicht einmal bis zur Tür.

Romilda stürzte sich wie eine Furie auf mich. Sie erwischte mich derartig überraschend, dass ihr Angriff mich zu Boden warf.

Ich hatte erwartet, dass sie, nachdem ich sie enttarnt hatte, außer sich sein würde, doch sie war vollkommen reglos geblieben, wie eine Schlange, die darauf wartet, dass ihr mächtiger Feind unvorsichtig wird, um nicht unnötig Kraft zu vergeuden.

»Glaubst du, ich lass dich so einfach gehen, nach all dem, was du mir gesagt hast? Damit du meinem Mann brühwarm alles erzählen kannst? Meinem Tomás …? Du willst mir meinen Mann wegnehmen? Du Schlampe! Das hast du dir so gedacht! Aber vorher werde ich dich umbringen …«

Dann spürte ich ihre Hände um meinen Hals.

Ich lag auf dem Rücken, und sie hatte sich so auf mich gesetzt, dass ich mich nicht bewegen konnte. Sie tat mir weh, ich spürte die Narbe an meinem Bauch. Diesmal hatte Romilda es nicht auf mein Haar abgesehen. Diesmal konzentrierte sich Romilda auf meine Kehle.

Sie hätte mich getötet – ich weiß es, man konnte es in ihren Augen sehen: Diesmal hätte sie ihre Tat bewusst vollendet –, sie hätte mich eiskalt ermordet, hätte Tomás es nicht verhindert.

Wie immer tauchte er völlig unerwartet neben mir auf. In meiner Luftnot hielt ich ihn für eine Halluzination.

Tomás riss sie von mir, als wäre sie eine Puppe, und warf sie gegen die Wand. Noch nie war er so mit Romilda umgegangen, nicht einmal, als sie sich mit der Schere auf Ramón und mich gestürzt hatte. Ramón hatte mir erzählt, dass Tomás selbst unter jenen Umständen bedächtig und umsichtig vorgegangen war.

Diesmal war er nicht so rücksichtsvoll.

»Ich habe es gehört«, sagte Tomás zu Romilda, die an der Wand hockte und sich den Kopf hielt. »Alles. Ich habe alles gehört. Bitte, Romilda, sag mir, dass es nicht wahr ist. Sag mir, dass es nicht stimmt. Sag es mir ...«

Romilda begann haltlos zu weinen.

Ein paar Tage darauf kamen alle am späten Nachmittag im Dichtersaal in der Buchhandlung zusammen. Es war ein schöner Frühlingstag. Und während ich mit meinem Sohn in den Armen durch den Garten zum Eingang der Buchhandlung ging, hörte ich den Schrei eines Adlers über unseren Köpfen. Ich blickte in den Himmel, konnte ihn jedoch nirgends entdecken. Samuel schaute ebenfalls nach oben und lachte, als ob er den Vogel gesehen hätte, wofür er natürlich noch viel zu klein war. Ich küsste seine Pausbäckchen, die die leichte Röte einer Blume aus dem Hochgebirge hatten, und drückte sein Köpfchen an meinen Hals. Er sabberte ein bisschen, was mich kitzelte, und lächelte glücklich.

Don Lorenzo war aus dem Krankenhaus entlassen worden und hatte ein kleines Fest organisiert, um seine Genesung zu feiern. Das ganze Dorf war eingeladen, und alle waren gekommen, um ein Häppchen zu essen und auf die Gesundheit meines Chefs und meine und Samuels Zukunft anzustoßen.

Endlich bot sich eine Gelegenheit zu zeigen, was Don Lorenzo mir im letzten Jahr in der Küche beigebracht hatte. An diesem Tag konnten alle, die zu der Feier gekommen waren, sich davon überzeugen, wie gut ich die Kunst der Pasteten erlernt hatte. Pastete mit Paprika und eingelegten Sardellen. Pastete mit Roquefortkäse und Apfelstückchen. Oder eine meiner Lieblingspasteten: Teufelskrabbenpastete, mit

Miesmuscheln, Krebsfleisch, Ölsardellen und einem Esslöffel Mayonnaise.

Ich würde noch viel an meinen kulinarischen Fähigkeiten arbeiten müssen, doch an diesem Tag machten die Leute sich über meine Werke her wie die sieben Zwerge, die sich nur von ranzigem trockenem Brot ernährt hatten, bis Schneewittchen ankam und ihnen zeigte, was man sonst noch essen kann.

Es geht doch nichts über die Macht der Illusion, um sich den Tag zu verschönern.

Zu den Gästen gehörte neben Kunden, Nachbarn und Freunden auch eine Gruppe Studenten, die als Pilger unterwegs waren und sich gern an dem Gelage beteiligten, um sich für den Rest des Weges zu stärken.

Es wurde viel gesungen und auf unser Wohl getrunken, und zu unserer Überraschung verkauften wir außerdem jede Menge Bücher, denn die Leute waren nach dem Essen so gut gelaunt, dass sie kauften, was ihnen gerade in die Hände fiel, bevor sie sich mit glücklichem Lächeln, strahlenden Augen und vollem Magen verabschiedeten.

Francisca umarmte mich zum Abschied so herzlich, dass ich gerührt war.

»Hier wirst du niemals allein sein, Brianda«, sagte sie und wischte sich ein paar Tränen aus den Augenwinkeln. Dann ging sie auf ihren hohen Absätzen davon, ihre Tasche fest an sich gepresst und den Blick starr geradeaus wie ein Zinnsoldat.

Die Letzten, die gingen, waren Ramón, der Artischockenkopf, in seinem besten Anzug, seine geliebte Martina im Arm, und Ramóns Cousin. Als ich sie so zusammen sah, musste ich daran denken, welche Kraft die Jugend einem verleiht, die einen im Leben immer vorwärtsdrängt und nicht zulässt, zurückzublicken. *Das Leben eines jungen Mannes ist wie die schallende, brausende Heide,* meinte Aleksis Kivi: das große Abenteuer, dem es an Weisheit fehlt, aber an Mut gereicht. Womit alles gesagt ist.

Ich begleitete sie zur Tür und sah ihnen nach, wie sie im Licht des Mondes und der Straßenlaternen über den Platz gingen, lachend und sich neckend wie Kinder.

Ich schloss ab und ging wieder in den Laden.

Nun waren wir nur noch zu viert: Don Lorenzo, sein Freund Ciriaco, Godón und ich. Abgesehen von meinem Sohn, der tief und fest in einer mit blauem Satin ausgelegten Basttasche schlief, direkt unter einem selbst gebastelten Holzschild mit der Aufschrift »Sapere aude«.

Sapere aude. Worte, die Horaz und Kant gefallen hätten: *Habe Mut, dich deines Verstandes zu bedienen.*

Don Lorenzo hatte viele dieser Holzschilder im Geschäft aufgehängt; er stellte sie selbst her, wenn er in der Brennholzlieferung für den Winter ein Stück fand, das ihm passend erschien. Das bewahrte er dann vor dem Feuer, schliff es und ritzte den weisen Spruch eines Klassikers ein.

Godón und ich räumten die schmutzigen Gläser und Teller weg, wischten die Weinringe von den Regalen und warfen die Abfälle in Müllsäcke.

Samuel schlief weiter, an seinem Schnuller nuckelnd, während Don Lorenzo und Ciriaco sich unterhielten und brummend gegenseitig aufzogen.

»Ich habe immer gedacht, dass ich vor dir das Zeitliche segne«, meinte Don Ciriaco, »aber wie dein Infarkt gezeigt hat, willst du wie immer auch dabei der Erste sein.«

»Keine Sorge, Ciriaco, du darfst ruhig vor mir sterben, aber ich hoffe, dass du gut auf dich aufpasst und uns noch eine Weile erhalten bleibst, denn ich muss dir noch ein paar Dinge erklären, und es wird Jahrzehnte dauern, bis du alles kapiert hast«, entgegnete Don Lorenzo.

Godón schlug vor, dass wir den Abend bei ihm beschließen sollten – in meinem Haus also.

»Wir können einen Tee trinken und einen Absacker vor dem Schlafen nehmen … Ich hab alles da und viel zu selten Gelegenheit, es anzubieten«, versicherte er und zwinkerte mir zu. »Du musst dir unbedingt ansehen, was ich aus deinem Haus gemacht habe. Immer hast du irgendeine Entschuldigung, aber ich denke, jetzt ist der Moment gekommen …« In einer Geste der Verzweiflung hob er die Hände. »Ich weiß nicht, womit ich dich überzeugen kann, dieses Haus endlich wieder zu betreten. Ich bin mit meiner Weisheit am Ende, wie ich zugeben muss.«

Nach wie vor hatte ich mich geweigert, zu ihm zu gehen, aber ich sagte mir, dass ich mich eines Tages würde überwinden müssen, da ich es nicht ins Unendliche aufschieben konnte. Also nahm ich zu Godóns Freude die Einladung an.

Schließlich hatte dort niemals ein Kind sein Leben verloren, kein Geist spukte im Garten, und Romilda konnte mir auch nicht mehr gefährlich werden.

Wir waren gerade aus der Tür, da tauchte Tomás im Licht einer Laterne auf dem Platz auf. Er kam näher, und ich spürte, wie mir der Atem stockte.

»Guten Abend«, sagte er.

»Guten Abend«, entgegneten die anderen im Chor.

Meine Freunde wollten schon mal vorausgehen.

»Wir warten im Haus auf dich. Gib mir den Kleinen.«

Godón wies auf die Basttasche, dich ich fest in beiden Händen hielt. »Komm, Brianda, gib ihn mir! Du weißt, dass ich den Knirps mit meinem Leben gegen alles verteidigen werde. Ich mag ihn.«

Ich vertraute Godón meinen Sohn an, schloss die Tür der Buchhandlung wieder auf und ließ Tomás eintreten. Ich knipste eine kleine Lampe an und betrachtete ihn schweigend. Ich wusste nicht, was ich sagen oder tun sollte. Berührungen hatte es schon lange nicht mehr zwischen uns gegeben.

Wir traten in den Philosophensaal. Dort standen wir uns gegenüber wie zwei Fremde, die zum ersten Mal miteinander sprachen.

Tomás erzählte mir, was ich schon wusste. Das ganze Dorf wusste es; es war sogar kurz in einer regionalen Zeitung darüber berichtet worden.

Romilda war in die psychiatrische Abteilung eines Frauengefängnisses ein paar Hundert Kilometer von Nuba entfernt eingeliefert worden. Die Polizei hatte mithilfe ihrer portugiesischen Kollegen Romildas Schwester Aura ausgemacht und festgestellt, dass es dem kleinen Tomás gut ging und er das normale Leben eines Kindes seines Alters führte. Tomás' Anwalt hatte auch gegen Aura Anzeige erhoben. Und gegen Lope. Schließlich waren sie Komplizen in einem Entführungsfall, der sieben Jahre angedauert hatte.

Es tat mir leid für Lope. Ich glaubte nicht, dass er ein schlechter Mensch war. Eher ein Träumer, ein unreifer Romantiker, der seine Exfrau und seinen Neffen vielleicht mehr liebte, als er zuzugeben wagte.

Tomás informierte mich, dass er am nächsten Tag nach Portugal fahren würde, um den Jungen zu holen. Und dass er nicht wusste, was er ihm sagen sollte. Wie er ihm all das, was geschehen war, erklären sollte, zumal er selbst es nicht verstand.

»Lass dir Zeit, Tomás, geh es langsam an. Du musst nichts überstürzen, und du liebst deinen Sohn. Du wirst bestimmt das Beste daraus machen«, beruhigte ich ihn und empfand großes Mitleid mit den beiden.

Eine Weile herrschte Schweigen zwischen uns.

Ich ließ den Blick über die Bücher um uns herum schweifen. Berge von Büchern, in allen Farben, Größen und Umfängen. Bücher, Bücher, Bücher. Wörter, Wörter, Wörter.

Da hatte ich eine Idee.

Ich drehte mich ein paar Mal um mich selbst.

»Was machst du da?«, fragte Tomás irritiert.

Als ich innehielt, heftete sich mein Blick auf ein dickes, altes Buch.

Vergleichendes etymologisches Wörterbuch der Eigennamen. Der Autor: Gutierre Tibón. Es war eine abgegriffene, abgenutzte Ausgabe. Ich würde Don Lorenzo bitten, sie mich mit meinen neu erworbenen Bindefähigkeiten verjüngen zu lassen.

Ich schlug den Namen nach, der mich interessierte.

Da war er: Lope. Der Wolf.

Der manchmal einen Schafspelz trug.

In Nuba, dem märchenhaften Tal, war ich meiner Hexe begegnet, meinem Wolf, meinem Prinzen, hatte magische Prüfungen bestanden und war dafür belohnt worden. Und während all dessen hatte ich mich selbst gefunden.

Als ich gelesen hatte, was für mich bestimmt war, stellte ich das Buch zurück an seinen Platz und drehte mich zu Tomás um.

»Du ahnst nicht, wie sehr ich mich freue, dass du deinen Sohn gefunden hast.« Ich wagte nicht, zu ihm hinüberzugehen. »Meine Vorstellungkraft reicht nicht aus, auch nur zu erahnen, was du empfindest.«

»Doch, ich glaube, dass du es dir sehr wohl vorstellen kannst. Du hast sehr viel Fantasie.« Er lächelte leicht. Sein Mund öffnete sich wie eine Frucht, und ich sehnte mich danach, sie zu küssen. Ich fühlte mich wie ein hungriges, durstiges, schamloses Rotkäppchen. Peinlich berührt, senkte ich den Blick und versuchte, meine Gefühle zu verbergen.

»Wir kennen uns doch gar nicht.«

»Doch, ich kenne dich, Brianda.«

»Wir haben kaum miteinander gesprochen.«

»Genug.«

»Na ja.«

»Wir könnten uns besser kennenlernen.«

»Nein danke, ich möchte dich lieber nicht näher kennenlernen. Ich könnte enttäuscht sein«, sagte ich mit großer Würde.

Tomás lachte.

»Mir tut sehr leid, was du durchmachen musstest. Wenn ich gewusst hätte, dass sie nicht ... Hätte ich es gewusst, ich ...« In seiner Machtlosigkeit ballte er die Fäuste. »Ich schwöre dir, ich hätte ...«

Ich bat ihn zu schweigen, indem ich einen Finger an meine Lippen legte.

»All das ist vorbei. Es ist nicht mehr wichtig.«

Er strich mir mit einer seiner großen, rauen Holzfällerhände übers Haar.

»Sag mir, dass dein Sohn auch mein Sohn ist. Stimmt es? Er hat meine Augen und mein Haar. Dein Lächeln und deine Haut. Sag mir, dass er mein Sohn ist, dass du ihn mit mir teilen willst, dass ich sein Vater sein darf. Sag mir, dass

Samuel mein Sohn ist.« Der Frosch verwandelte sich in einen Prinzen, löste sich aus seiner Verzauberung und begriff allmählich, was er sah.

Ich tat ihm nicht den Gefallen, zu antworten. Am liebsten hätte ich ihm eine Ohrfeige verpasst. Und ihn geküsst natürlich.

»Brianda, morgen fahre ich weg, aber wenn du es willst, bin ich bald wieder zurück. Bei dir und bei Samuel.«

DIE LIEBE

Wie willst du aus deinem Leben ein Kunstwerk machen, wenn du der Liebe keinen Platz darin einräumst?, fragte ich mich oft.

Sieh dir Lord Byron an, von dem man sagt, dass er ein Mensch zügelloser Leidenschaften war, ein intelligentes, zärtliches, aber wildes Kind. Wie hätte es auch anders sein können? Er wuchs in einer völlig verrückten Familie auf, wurde geprägt von den ständigen Auseinandersetzungen seiner Eltern, die noch nicht einmal zusammenlebten. Seine Mutter neigte zu unkontrollierten Gefühlsausbrüchen, manchmal prügelte sie ihn grün und blau und überschüttete ihn gleich darauf mit Küssen. So wurde er zu einem eigenartigen, intoleranten, manischen, verbitterten Erwachsenen, der noch dazu sehr abergläubisch war. Nur die Kunst gewährte ihm eine gewisse Freiheit. Doch was die Liebe angeht, war er alles andere als ein Künstler.

Wissen wir denn überhaupt, wovon wir reden, wenn wir von Liebe sprechen? Ist die Liebe eine Sache des Geistes oder des Fleisches?

Allein die Geschichte des Bettes beweist, wie unklar die Angelegenheit ist. Das Ehebett, das Bett, in dem die Liebe vollzogen wird, ist eine katholische Erfindung – die Protestanten bevorzugen getrennte Schlafzimmer. Und Spanien kann sich des fragwürdigen Rekords loben, das europäische Land mit den schmalsten Betten zu sein. Wird die Liebe von körperlicher Nähe begünstigt, die automatisch zu Berührungen führt? Ein Paar, das zusammen schläft, weiß offensichtlich nicht, was Rojas sagte: *dass sich einem, der wahrhaft liebt, ganz folgerichtig durch die Süßigkeit des höchsten Genusses der klare Verstand verdunkelt.*

Aber gehören denn die Ehe und die Liebe überhaupt immer zusammen?

Gibt es nicht auch in heutigen Zeiten noch Vernunftehen?

Natürlich.

Wenn es aber keine Vernunftehe ist, sondern wahre Liebe, sollte man dem Rat Lope de Vegas folgen und bedenken: *dass der Ehemann zwei Plätze ausfüllen muss: den des Gatten und den des Liebhabers, um seinen Verpflichtungen nachzukommen und das Feld sicher zu behaupten.* Des Weiteren sagt Lope de Vega: *Läge es in meiner Macht, würde ich einen Lehrstuhl für Ehekunde einrichten, (...) damit kein Ignorant daherkommt und glaubt, diese oder jene Frau sei aus anderem Ton geknetet, bloß weil sie verheiratet ist, und dass er's nicht nötig habe, sie zu umwerben und schönzutun, weil sie ihm durch schriftliche Abmachung gehört, als hätte man sie ihm verkauft. Auch soll keiner glauben, er hätte das alleinige Recht auf Rache und dürfe ihr tausend andere Frauen vor die Augen bringen, ohne, wie es nur recht und billig wäre, daran zu denken, dass sie das Beste, was sie nach der Seele besitzt, in seine Hände gelegt: die Ehre, das Leben, ihre innere Ruhe.*

Für Larra, der viel über die Gesellschaft und deren Sitten geschrieben hat, ist es wichtig, dass die Ehe auf Qualitäten beruht, die der Zeit widerstehen, da die Leidenschaft vorübergeht.

Ist die Liebe also nur eine Leidenschaft, die man mit in die Ehe bringen muss?

Dostojewski zum Beispiel war ein Kind der Liebe (was in der Sprache der damaligen Zeit bedeutete, ein illegitimer Sprössling zu sein), und sein Leben war von Pech und Scheitern geprägt. Und trotz allem genoss er mit seiner zweiten Frau Anna Grigorjewna zwölf Jahre voller Liebe. Der Mann, der versicherte, dass für ihn nichts so fantastisch sei wie die Realität, verliebte sich zunächst in die zauberhafte, aber unzähmbare Maria Dimitrijewna, die Frau eines russischen Offiziers. Als ihr armer gehörnter Ehemann sie schließlich zur Witwe machte, hatte Fjodor eigentlich schon genug von ihr. Dennoch heiratete er sie, damit sie nicht in finanzielle Not geriet. Es war keine glückliche Ehe. Sie bekam Tuberkulose, und in einem Anfall von Wahrheitsliebe oder von Bosheit oder beidem gestand sie Fjodor, dass sie ihm das Gleiche angetan hatte wie ihrem ersten Mann, nämlich ihn mit einem anderen betrogen hatte. Dostojewski, zutiefst verletzt von Marias Verrat und ihrer sadistischen Grausamkeit, verließ die Stadt in dem Versuch, vor ihr und gleichzeitig vor sich selbst zu fliehen. Und trotz der Verletzungen, die der Liebeskummer ihm zufügte, fand Fjodor später noch die wahre Liebe. In seinem Leben fehlte der Hauptbestandteil, um es zu einem Kunstwerk zu machen, nicht. Also, ist die Schönheit die Schöpferin der Liebe, oder reift die Liebe in der Welt der Schönheit? Und werden schöne Menschen immer geliebt …?

Ich weiß es nicht.

Liebe ist es, die mich bewegt hat und mich reden macht, wie Dante Beatrice im »Inferno« sagen lässt.

Wenn du aus deinem Leben ein Kunstwerk machen willst, sagte ich mir vor wie ein Gebet, dann darfst du die Liebe nicht daraus ausschließen. Vergiss nicht das Verlangen, das nachts in dir auflodert, nicht die köstliche Unrast der Glut, die dem

Feuer entspringt. Wenn du aus deinem Leben ein Kunstwerk machen willst, dann lass die Liebe nicht außen vor. Bitte sie herein. Allerdings solltest du gleichzeitig die Vernunft gehen lassen. Denn die Vernunft kehrt immer wieder zurück, weil sie besonnen ist, während die launenhafte Liebe vielleicht nie wiederkommt.

Als ich an Godóns Haustür klingelte – immer noch bezeichnete ich mein Haus als Godóns Haus –, öffnete mir der Schriftsteller sofort. Er trug meinen Sohn auf der Hüfte, und in der freien Hand hielt er ein malvenfarbenes Glas mit einer dunklen Flüssigkeit darin.

»Keine Angst. Er ist aufgewacht und wollte in die Arme genommen werden. Aber wir haben ihm nichts zu trinken gegeben.«

»Komm her, du kleiner Gauner!« Samuel begrüßte mich mit freudigem Strampeln und eifrigem Gesabber wie ein junger Welpe.

Gerührt sah ich mich in meinem Haus um.

Godón hatte gute Arbeit geleistet, kein Zweifel. Und auch wenn er mir keine Miete zahlte, war offensichtlich, dass ich ein gutes Geschäft machen würde, denn er hatte viel Zeit und Geld investiert, um das Haus in ein gemütliches Heim zu verwandeln.

Die ehemalige Gastwirtschaft, mein verhextes Haus, das mir solche Angst gemacht hatte, die Hütte in dem geheimnisvollen Wald, die mich vor Furcht hatte zittern lassen, war zu einem kleinen wohnlichen Palast geworden.

Ländlich schlicht, aber erlesen. Mit einem großen Tisch aus Pinienholz, der aufgearbeitet und weizengelb gestrichen worden war. Auch die anderen Möbel des ehemaligen Gastwirts waren restauriert und gewachst worden, und in der Küche stand eine Spüle aus Naturstein in der Form eines arabischen Wasserbeckens.

Das Bett im Schlafzimmer hatte nun einen französisch anmutenden Himmel aus Seide und Baumwolle und wirkte sehr einladend. Der Garten hinter dem Haus, der von Laternen erleuchtet wurde, war üppig mit Pflanzen bewachsen, und an einer Pergola aus Kupferblech kletterte junger Jasmin empor, der einen reizvollen Kontrast zu dem dunklen Metall bildete.

Eine Buchsbaumhecke schuf einen natürlichen Übergang zwischen dem Garten und dem Wald dahinter.

Ich blickte auf den Feigenbaum und verspürte keine Angst. Dann sah ich zu dem Wasserhahn hinüber, dorthin, wo sich vorher der Brunnen befunden hatte, an dem nun die automatische Bewässerung angeschlossen war.

Ich stieß einen bewundernden Pfiff aus. Samuel zupfte an meinem Haar und betrachtete alles erwartungsvoll, zufrieden an seinem Schnuller nuckelnd.

»Ich fürchte, ich muss dich hier noch viele Jahre wohnen lassen, damit sich das, was du investiert hast, für dich lohnt. Vielen Dank, Godón.«

»Oh, du weißt ja, es hat Spaß gemacht.«

Nachdem wir jeden einzelnen Raum angesehen hatten, kehrten wir ins Wohnzimmer zurück, wo uns Don Lorenzo und der pensionierte Apotheker schon erwarteten.

Der Buchhändler stand auf und hob sein Glas.

»Der Arzt hat mir erlaubt, ab und zu ein Glas Wein zu trinken«, erklärte er und setzte sich die Brille auf die Nasenspitze. »Und eine bessere Gelegenheit als diese kann es dafür gar nicht geben.«

»Für dich ist doch jede Gelegenheit die beste«, brummte Ciriaco lächelnd, ohne seinen Neid zu verhehlen. »Du bist eben ein *bon vivant.*«

»Brianda, hör mal. Ich habe beschlossen, dass der Moment gekommen ist, die Buchhandlung einem Nachfolger zu übergeben.«

Ich hielt den Atem an und drückte Samuel an mich. Der Kleine beschwerte sich mit Faustschlägen.

»Aha …«, murmelte ich; das hatte ich nicht erwartet.

»Ich habe die Person gefunden, die Locus Docendi mit der gleichen Liebe und Sorgfalt weiterführen wird, wie ich es tun würde. Und diese Person … bist natürlich du, Brianda. Ich werde mich zurückziehen. Ich habe beschlossen … Verleger zu werden. Es wird viel zu tun sein, und um beides gleichzeitig kann ich mich nicht kümmern, sodass die Buchhandlung ab jetzt dir gehört. Wenn du sie willst.«

»Oh.«

»Was sagst du?«

»Ich … natürlich! … Aber …«, stotterte ich. »Natürlich will ich. Ich bin nur so überrascht. Ich habe nicht gedacht, dass …«

»Du musst nicht viel Miete zahlen, keine Sorge. Ich weiß, dass man als Buchhändler kein Vermögen verdienen kann. Aber es sind die Bücher, die einen reich machen. Was ich dir ja nicht sagen muss, Brianda.«

»Und ich habe immer gedacht, dass du richtig Kohle hast«, meinte Don Ciriaco.

»Na dann …« Godón trank einen Schluck und steckte sich eine Erdnuss in den Mund. »Das heißt dann wohl, dass du in Nuba bleiben wirst, stimmt's, Brianda? Kein schlechter Ort, um ein Kind aufzuziehen.«

Don Lorenzo sah mich mit schief gelegtem Kopf an.

»Und was ist mit Tomás, Brianda? Du weißt ja, was ich immer sage: Wenn du aus deinem Leben ein Kunstwerk machen willst, gehört auch die Liebe dazu. Kein Groll, kein Hass, kein Zorn, keine Bitterkeit, sondern Liebe. Wahre Liebe. Ist dir schon mal ein Künstler begegnet, dem es gelungen ist, ein echtes Kunstwerk zu schaffen, das nicht mit Liebe gemacht ist? Denk beispielsweise mal an Jens Peter Jacobsen, der im neunzehnten Jahrhundert in Jütland geboren wurde. Er fror im Winter und wahrscheinlich auch im Sommer. Er trug eine Brille, die noch lästiger war als meine, und er hatte diesen gütigen Blick der Menschen, die es allen recht machen wollen, genau wie du. Und vielleicht ist es ihm sogar gelungen. Er war ein Romantiker und ein Botaniker, der Pflanzen suchte, um sie zu klassifizieren, aber er wollte ihnen nicht wehtun. Deshalb schrieb er lieber Gedichte für sie, anstatt sie zu pflücken. Er war melancholisch, neigte zur Depression, und er starb jung. Doch er hat *Nils Lyhne* geschrieben, diesen kleinen Roman über die Liebe, die alle Hindernisse überwindet, so wie das Wasser über die Felsen in einer Schlucht springt. Die ungestüme Liebe eines an Tuberkulose erkrankten zum Tode Verurteilten. Die Liebe, die einen von der Krankheit und sogar vom Tod erlöst. Und von der eigenen Existenz. Um aus deinem Leben ein Kunstwerk zu machen, musst du ihm die nötige Dosis Liebe hinzufügen. Die Liebe ist nicht wie das Salz in der Küche, von ihr hat man lieber zu viel als zu wenig. Du musst lieben, Brianda, lieben, wenn dein Leben ein wahres Kunstwerk sein soll. Liebe wie der arme Jacobsen. Hör nicht auf zu lieben. Oh, verdammt, ich glaube, ich bin ein bisschen beschwipst …«

»Auf die Liebe!« Ich hob mein Glas und zwinkerte Don Lorenzo zu.

»Aha, Tomás … Tomás also, was? Und wo ist er hin?«, erkundigte sich Don Ciriaco, der allmählich begriff, dass es da etwas gab, wovon er noch nichts wusste.

Ich zuckte mit den Schultern. Meine Wangen glühten.

»Er ist zu seinem … seinem anderen Sohn gefahren, aber er hat mir gesagt, dass er zurückkommt.«

»Und woher willst du wissen, dass er sein Versprechen hält?«, fragte Godón und zog streng die Augenbrauen hoch.

Und ich antwortete: »Weil jemand, der ihn gut kennt, mir mal verraten hat, dass Tomás immer die Wahrheit sagt.«

ANMERKUNG DER AUTORIN

Der Ort Nuba existiert nicht wirklich, ist also eine rein literarische Schöpfung. Soviel ich weiß, gibt es einen (sehr empfehlenswerten) gleichnamigen Reiseveranstalter, der jedoch nichts mit der hier beschriebenen Gegend zu tun hat. Allerdings finden sich in Spanien viele sehr ähnliche Landschaften, Refugien von außerordentlicher Schönheit, wie die Serra do Courel (Lugo, Galicien), die Valle de Sant Nicolau (Lérida, Katalonien), die Hoz de Beteta (Cuenca, Kastilien-La-Mancha), der Rincón de Belagua (Navarra), die Serranía de Ronda (Málaga, Andalusien), Las Médulas (León, Kastilien-León), der Parque Natural de Redes (Asturien), die Valle del Río Ara (Huesca, Aragonien) ..., die alle als Schauplatz für diesen Roman hätten dienen können. Genauso wie eines jener unzähligen irgendwie geheimnisvoll erscheinenden Dörfer in unserer Nähe. Doch aus literarischen Gründen habe ich es vorgezogen, Nuba zu erschaffen, um diese Geschichte dort anzusiedeln.

ZITATNACHWEISE

In Sonia Laredos Roman wird aus vielen Werken zitiert. Die längeren, nicht von der Übersetzerin selbst ins Deutsche übertragenen Passagen stammen aus:

Seite

97 Ramon Llull: *Das Buch vom Freunde und vom Geliebten,* übersetzt und herausgegeben von Erika Lorenz. Herder 1992.

127f. Ovid: *Liebeskunst,* Ovids Werke, fünfter Teil, übersetzt von Heinrich Lindemann. Verlag von Wilhelm Engelmann 1861.

142 Leo Tolstoi: *Krieg und Frieden,* übersetzt von Herman Röhl. Insel-Verlag 1922.

290 M. Valerius Martialis: *Epigramme* (lateinischdeutsch), übersetzt und herausgegeben von P. Barié und W. Schindler. Sammlung Tusculum 1999.

332 Percy Bysshe Shelley: *Verteidigung der Dichtkunst,* in: William Butler Yeats: Erzählungen und Essays, übersetzt von Friedrich Eckstein, Insel-Verlag 1916.

374 Félix Lope de Vega: *Die kluge Rache. Novellen für Marcia Leonarda,* übersetzt von Egon Hartmann. Reclam 1966.

Originaltitel: Y entonces sucedió algo maravilloso
Originalverlag: Ediciones Destino, S.A., Barcelona, Spanien

FSC
www.fsc.org
MIX
Papier aus verantwortungsvollen Quellen
FSC® C014889

Verlagsgruppe Random House FSC® N001967
Das für dieses Buch verwendete FSC®-zertifizierte Papier *EOS* liefert Salzer, St. Pölten.

1. Auflage

Gestaltung und Satz: DVA / Brigitte Müller
Gesetzt aus der Scala
Druck und Bindung: Friedrich Pustet, Regensburg
Printed in Germany
ISBN 978-3-421-04634-5

www.dva.de